HEYNE BÜCHER

SCIENCE FICTION

Herausgegeben
von Wolfgang Jeschke

Ein vollständiges Verzeichnis aller
im HEYNE VERLAG erschienenen STAR TREK-Romane
finden Sie am Schluß des Bandes.

BARBARA HAMBLY

STAR TREK®
CLASSIC

KREUZWEGE

Roman

Star Trek®
Classic Serie
Band 81

Deutsche Erstausgabe

WILHELM HEYNE VERLAG
MÜNCHEN

HEYNE SCIENCE FICTION & FANTASY
Band 06/5681

Titel der Originalausgabe
CROSSROAD
Aus dem Amerikanischen übersetzt von
BERNHARD KEMPEN

Umwelthinweis:
Dieses Buch wurde auf
chlor- und säurefreiem Papier gedruckt.

Redaktion: Rainer-Michael Rahn

Erstausgabe bei Pocket Books/Simon & Schuster, Inc., New York

Printed in Germany 1998
Umschlagbild: Pocket Books/Simon & Schuster, New York
Umschlaggestaltung: Atelier Ingrid Schütz, München
Technische Betreuung: M. Spinola
Satz: Schaber Datentechnik, Wels
Druck und Bindung: Ebner Ulm

ISBN 3-453-13340-4

Für Erina,
wo immer sie auch sein mag

1

Es geschah kurz nach Beginn der Nachtschicht. Zumindest waren sich alle Beteiligten später in diesem Punkt einig.

Um 19.40 Uhr, Sternzeit 6251.1, befand sich Captain James T. Kirk in der Sporthalle auf Deck Acht des Raumschiffs *Enterprise*. Während des Sparringskampfes mit Fähnrich Lao Zhiming – einundzwanzig Jahre alt, gedrungene Statur, schnelle Reflexe und genauso schnelle Auffassungsgabe – ertönte das Signal des internen Kommunikationssystems. Einer der Basketballspieler am anderen Ende der großen Halle nahm den Anruf entgegen.

Kurz darauf drehte der Mann sich um. »Captain?« rief er.

Kirk tauchte unter einem Schlag weg und zog sich keuchend zurück, ohne seine Deckung zu vernachlässigen. Lao entspannte sich. »Nur der Gong hat Sie gerettet, Captain«, stichelte er grinsend.

»Mich oder Sie?« gab Kirk spöttisch zurück und lief mit federnden Schritten zum nächsten Interkom-Anschluß, von denen es insgesamt acht im großen, hallenden Raum gab, der sich am Rand des primären Schiffsrumpfes befand. Der Captain bemerkte, daß die Basketballer ihr Spiel unterbrochen hatten, um unauffällig zu lauschen. Sie dribbelten auf der Stelle oder machten Dehnübungen, als würden sie sich lediglich eine Ruhepause gönnen. Natürlich waren sie neugierig darauf, was die Brücke dem Captain nach Dienstschluß mitzuteilen hatte.

Als er auf die Ruftaste drückte, spürte auch Kirk den zusätzlichen Adrenalinstoß nach der Anspannung des Sparringskampfes.

Lao hielt sich auf Distanz, aber auch er horchte.

»Captain?« Lieutenant Mahases tiefe Stimme klang völlig teilnahmslos. »Die Raumbojen der Föderation in der Nähe des Systems Tau Lyra melden ein nicht identifiziertes Schiff.«

»Unmöglich!« entfuhr es Lao.

Kirk warf ihm einen kurzen Blick zu. Der junge Mann strich sich das glatte, schweißgetränkte schwarze Haar aus dem Gesicht, während er mit gerunzelter Stirn über die widersprüchlichen Fakten nachdachte.

»Wir haben erst vor drei Stunden den gesamten Sektor überprüft, Captain, kurz vor Ende unserer Schicht. Sie haben die Sensordaten selbst gesehen. Hier ist nichts. Kein Schiffsverkehr, kein Bergbau, keine Raumstationen ... Nicht eine einzige Zivilisation – abgesehen von dem, was sich auf Tau Lyra Drei befindet. In so kurzer Zeit hätte nichts in die Reichweite der Raumbojen kommen können.«

»Sie vergessen den Kreuzwege-Nebel.« Der Schweiß, der allmählich auf seiner Brust trocknete, ließ Kirk leicht frösteln. Zumindest konnte er sich keinen anderen Grund vorstellen, warum ihm kalt werden sollte.

»Aber dort ...«, begann Lao, verstummte dann aber. Er war noch jung, ein Fähnrich, der erst vor kurzem die Akademie verlassen hatte. Doch Kirk wußte schon jetzt, daß er eines Tages zu den besten Captains von Starfleet gehören würde.

»Sie wollen sagen, daß es dort nichts gibt?« vervollständigte Kirk den Einwand des jungen Mannes und bedachte ihn mit einem schiefen, ironischen Grinsen, das sowohl seinen eigenen Erinnerungen als auch den naiven Vorstellungen des Fähnrichs über die Zuverlässigkeit von Meßwerten in kaum erforschten Regionen des Weltraums galt. »Zumindest nichts, von dem wir wüßten, Fähnrich.«

Er drehte sich um und schlug noch einmal mit dem Handballen auf die Ruftaste. »Wir sind unterwegs.«

»Es handelt sich eindeutig um ein Schiff, Captain.« Lieutenant Tonia Barrows schaltete die Fernbereichsensoren auf maximale Vergrößerung, während Kirk das Bild auf den kleinen strategischen Monitor in der Armlehne seines Kommandosessels holte. Doch die Anzeigen waren ihm zu ungenau, da sie alles ignorierten, was außerhalb der Reichweite eines Photonentorpedos lag. Also stand er auf und trat neben die Navigatorin der Nachtschicht. Mr. Spock, der in seinem Quartier gelesen hatte, als die ungewöhnliche Ortung gemeldet worden war, verließ die Hauptcomputerstation, um sich zum Captain zu gesellen.

Grüne Lichtpunkte schwebten vor dem onyxschwarzen Hintergrund des Bildschirms. Ein blaßgelber Nebel deutete den äußersten Rand der Kometenwolke des Sterns Tau Lyra an, während der Stern selbst noch zu weit entfernt war, um auf der Darstellung sichtbar zu werden. Der kleine blinkende Punkt war die Raumboje, die den Alarm ausgelöst hatte. Sie stand weit außerhalb der Kometenbahnen. Ein weiterer Lichtpunkt, der wie eine Ameise über die Mattscheibe kroch, war das näher kommende Raumschiff.

»Wie es aussieht, halten sie Kurs auf Tau Lyra, Captain«, sagte Barrows und blickte zu Kirk auf. Sie war eine hübsche und kompetente schwarzhaarige Frau, die im Ruf stand, eine gerissene Pokerspielerin zu sein. In den vier Jahren und neun Monaten dieser Mission der *Enterprise* waren viele Besatzungsmitglieder gekommen und gegangen, doch Barrows gehörte zu der kleinen Gruppe jener Leute, die von Anfang an dabeigewesen waren.

Da die Nachtschicht mit einer kleineren Brückenbesatzung arbeitete, hatte sie die Aufgaben des Piloten und des Navigators übernommen. »Jedenfalls gibt es in der Nähe nichts anderes, zu dem sie unterwegs sein könnten. Sie bewegen sich mit hoher Unterlichtgeschwindigkeit.«

»Aus welcher Richtung kommen sie?«

»Aus dem Kreuzwege-Nebel, Captain.«

Kirk schwieg einen Moment, während er die Situation einzuschätzen versuchte. Er konnte spüren, wie angespannt die Brückenbesatzung war. Diese Männer und Frauen waren ihm nicht so vertraut wie die Gruppe der Tagesschicht, auch wenn er nach Möglichkeit an jedem Abend einige Stunden auf der Brücke verbrachte. Er wußte, daß das Schiff während seiner Abwesenheit bei dem großen, unkomplizierten Lieutenant Winfield in guten Händen war. Er sah, wie der technische Offizier einen besorgten Blick mit Lieutenant Mahase austauschte, und er fühlte das Gewicht des bedrückenden Schweigens, während Dykstra an der technischen Station arbeitete. Er glaubte fast, die leichte Beschleunigung des Pulsschlags aller Anwesenden hören zu können – vielleicht nur mit Ausnahme des unerschütterlichen Mr. Spock.

Als er zu seinem Sessel zurückkehrte, wich ihm der Vulkanier nicht von der Seite. »Wann ist das letzte Schiff in der Umgebung des Kreuzwege-Nebels verschwunden?«

»Vor drei Komma sieben Standardjahren, Captain. Es war der Föderationsaufklärer *Harriet Tubman*, der mit einer zwölfköpfigen Besatzung von Starbase Zwanzig aufbrach. Davor gab es einen unbestätigten Bericht über ein Freihändlerschiff namens *Sagittarius*, das zuletzt in dieser Gegend gesehen wurde. Zusätzlich sind drei der Wachbojen der Föderation, die am Rand des Sternsystems Tau Lyra stationiert wurden, spurlos verschwunden, genauso wie drei automatische Drohnen, die vom Wissenschaftsinstitut der Föderation in den

Nebel geschickt wurden, um festzustellen, ob sich darin tatsächlich eine Turtledove-Anomalie befindet.«

»Und das alles haben Sie auswendig gelernt, damit Sie es fehlerfrei aufsagen können?« Die Türen des Turbolifts glitten mit einem leisen Zischen zu, als Dr. McCoy an die andere Seite von Kirks Kommandosessel trat und den vulkanischen Wissenschaftsoffizier mit einem sarkastischen Glitzern in den blauen Augen musterte.

Spock richtete sich kaum merklich auf, bevor er antwortete. »Da unsere derzeitige Mission darin besteht, weitere Sonden mit Meßinstrumenten in den Nebel zu entsenden, hielt ich es für logisch, mich mit den potentiellen Gefahren dieses Phänomens vertraut zu machen. Der Sektor Sechs ist größtenteils unerforscht. Die Sternkarten, die wir heute vormittag anfertigten, sind die ersten neuen Daten seit der Erkundung durch vulkanische Schiffe vor fünf Jahrhunderten. Außerdem wurde die Region damals als *p'laaka* klassifiziert – als unsicher aufgrund unvorhersehbarer Ereignisse. Seit dieser Zeit scheint der Kreuzwege-Nebel weder seine Größe noch seine relative Position in einem ungewöhnlichen Maß verändert zu haben. Er ist eine Anomalie, aber keine Gefahr.«

»Solange man sich nicht zu nahe heranwagt«, brummte McCoy.

Spock hob eine Augenbraue. »Dieselbe Feststellung könnte jemand treffen, der einen Schleimteufel in seiner Badewanne entdeckt. Obwohl die Daten bruchstückhaft sind, gibt es keinen Grund zu der Annahme, daß die Warnung vor diesem Sektor wegen des unerklärlichen Verschwindens von Schiffen ausgesprochen wurde. Nach dem Verschwinden der *Harriet Tubman* hat die Föderation den Nebel zur ständigen Gefahrenzone erklärt. Deshalb die Erkundungsdrohnen.«

Ganz zu schweigen von der üblichen Warnung vor allen Planeten, ob bewohnt oder nicht, innerhalb eines

Radius von fünf Parsec rund um eine Anomalie, dachte Kirk unbehaglich.

»Für diesen Sektor ist in zwei Jahren eine organisierte Erkundung geplant«, sagte Fähnrich Lao. Er war kurz nach Kirk auf die Brücke gekommen und rückte genauso wie der Captain immer wieder seine goldene Uniformjacke zurecht. Sein feuchtes Haar war zurückgekämmt, und seine Augen leuchteten bei der Aussicht auf eine solche Mission. »Ich würde mir sehr gerne das Planetensystem einmal genauer ansehen, das wir heute früh am Rand des Nebels entdeckt haben. Wenn man mich lassen würde.«

Kirk grinste, als er den mitreißenden Eifer in Laos Worten hörte. »Da Sie jetzt einer der ganz wenigen Fähnriche sind, die sich jemals in Sichtweite einer Anomalie aufgehalten haben, wird man Sie wohl kaum übergehen können.«

»Falls Starfleet die nötigen finanziellen Mittel auftreiben kann«, knurrte McCoy zynisch.

»Leider habe ich keine ausreichenden Informationen über die Haushaltsplanung von Starfleet«, sagte Spock. »Solange keine solche Expedition ausgerüstet werden kann, bleiben unsere Daten zwangsläufig fragmentarisch.«

»Aber man hat Trümmer gefunden«, sagte Kirk.

Spock neigte den Kopf. Alle Mitglieder der Brückenbesatzung – und sogar die meisten der knapp fünfhundert Männer und Frauen an Bord der *Enterprise* – wußten von den Trümmern. Niemand konnte die Herkunft dieser beunruhigenden Bruchstücke aus Metall und Porzellan erklären, die von der *Tubman* am Rand des Nebels registriert worden waren, etwa vier oder fünf Stunden bevor auch dieses Schiff verschwand. Doch Kirk war überzeugt, daß jeder der Basketballspieler in der Sporthalle daran gedacht hatte. Es zeigte sich daran, wie Barrows die Schultern angespannt hatte, wie Winfield den Kopf geneigt hielt. Der Bericht befand sich im Hauptcomputer und war vermutlich von jedem an Bord des Schiffes studiert worden.

Unbekannte Technologie, hieß es darin.

Und jetzt war, soweit man wußte, zum ersten Mal seit fünf Jahrhunderten ein Schiff aus dem dunklen Herzen der Gasschlieren aufgetaucht, aus den glühenden Staubwolken, den fluktuierenden Schichten und Feldern, die im My-Spektrum strahlten und den Kreuzwege-Nebel für beinahe jede Art von Sensor-Ortung undurchdringlich machten. Ein Schiff, das genau auf den ungeschützten Planeten Tau Lyra III zuhielt, dessen Bewohner noch keine Raumfahrt entwickelt hatten.

»Wir erhalten jetzt genauere Werte«, sagte Barrows. »Die gleiche Masse wie die *Enterprise*, aber wesentlich geringerer Energieausstoß. Es sieht danach aus, daß die Energiewerte immer weiter sinken.«

»Die *Tubman* ...?« sagte jemand auf der Brücke.

»Wie ist die Energiesignatur?«

»Inkonsistent.« Barrows überprüfte verblüfft noch einmal ihre Anzeigen. »Sieht aus wie ein Antimaterie-Triebwerk, aber die Leistungsrate ist niedriger.«

»Sie sind jetzt in Sichtweite ...« Lieutenant Mahase brach mit einem Keuchen ab. Sie riß die Augen auf und warf Kirk einen hilfesuchenden Blick zu, während sie langsam den Kopf schüttelte. Kirk wußte, daß Mahase nicht so leicht zu erschüttern war.

»Auf den Sichtschirm, Lieutenant.«

»Ich fasse es nicht ...«, flüsterte sie, während ihre Finger die Vergrößerungssequenz eintippten.

Das fremde Schiff, das aus den geheimnisvollen Tiefen des Kreuzwege-Nebels hervorgekommen war, war ein Raumschiff der Föderation.

Es hatte einen mattschwarzen Anstrich und war im lichtlosen Abgrund des Weltraums fast unsichtbar. Nur vor dem leuchtenden Hintergrund der Staubmassen des Nebels war es überhaupt zu erkennen.

Die Sichtluken im Rumpf waren dunkel. Nur ein schwaches rötliches Glühen zeigte sich am Ende der Triebwerksgondeln. Davon abgesehen war es, als würde man eine Aufnahme der *Enterprise* auf Negativfilm betrachten – oder eins der anderen elf Raumschiffe der Constitution-Klasse. Trotz der dunklen Farbe, trotz der von Meteoritentreffern eingedellten und verkohlten Hülle war die elegante und vertraute Form mit der dreieckigen Anordnung der schlanken Gondeln und der untertassenförmigen Kommandosektion unverkennbar.

»Faszinierend.« Spock verschränkte die Hände hinter dem Rücken und studierte den Sichtschirm.

»Ich werde als rotäugige Makrele wiedergeboren!« keuchte McCoy.

Spock war so sehr in die Betrachtung des düsteren Schiffes vertieft, daß er auf jede Bemerkung zu dieser Reinkarnationsspekulation verzichtete.

»Es ist ... eins von unseren Schiffen«, stammelte Barrows verblüfft. Kein Wunder, daß sie völlig die Fassung verloren hatte, dachte Kirk.

Hinter ihm starrte Lao mit offenem Mund auf den Bildschirm. Er war noch zu jung, um gelernt zu haben, daß in der unbekannten Welt der unendlichen Sterne alles möglich war.

»Identifikationscode?«

»Es ist noch zu weit entfernt, Captain. Ich empfange nichts, nicht einmal Rauschen.«

Kirks Blick wurde härter. »Dann öffnen Sie eine Grußfrequenz. Mr. Winfield, Deflektorschilde aktivieren.«

Er sah auf seinen eigenen Monitor, der nun zahlreichere und genauere Daten zeigte, während sich die Entfernung zwischen dem schwarzen Schiff und der *Enterprise* verringerte. »Ihre Energie läßt nach, aber vielleicht haben sie noch genügend Reserven für ein oder zwei Schüsse.« Kirk hatte selbst schon oft genug das Letzte aus der *Enterprise* herausgeholt, so daß er keinem noch so schwer angeschlagenen Schiff mehr vertraute. Auch ohne Energie für die Phaser mußte man immer noch mit den Photonentorpedos rechnen.

Das Schiff war jetzt nahe genug, um es ohne Vergrößerung erkennen zu können. Rostflecken, Kampfspuren und silbrige Kratzer von Meteoriten überzogen die schwarz gestrichene Außenhülle. Selbst unter der Farbe schien das Metall starke Abnutzungserscheinungen aufzuweisen. Jede Spur eines Namens oder einer Seriennummer mußte schon vor langer Zeit verschwunden sein.

Vor wie langer Zeit? Kirk suchte in seinem Gedächtnis nach frühen Verlusten unter den Schiffen von Starfleet. Dieses hier war zweifellos schon seit Jahrzehnten den Einflüssen des Weltraums ausgesetzt. Allerdings gab es die Constitution-Klasse erst seit zwanzig Jahren. Doch unter extremen Belastungen ...

Der Anblick verursachte ihm ein unheimliches Gefühl, so wie damals während des Zwischenfalls auf Gamma Hydra IV, als er in den Spiegel geschaut und ein vergreistes Gesicht gesehen hatte, das sein eigenes gewesen war.

Vor dem fahlen Leuchten des weit auseinandergezogenen Gasnebels drehte das andere Raumschiff plötzlich ab. Gleichzeitig meldete Barrows: »Sie gehen auf Ausweichkurs ...«

»Bleiben Sie dran!«

Noch während Kirk den Befehl gab, bediente die Navigatorin bereits die Kontrollen. Das Bild des Sterns Tau Lyra, der auf diese Entfernung kaum mehr als ein gelber Stecknadelkopf war, fiel in den schwarzen Abgrund zurück. Das dunkle Raumschiff beschleunigte schwerfällig. Kirks geübter Blick erkannte am schwächer werdenden Glühen der Triebwerke, daß die Energie der Materie-Antimaterie-Reaktion nachließ. Er blickte sich kurz zu Spock um, der sich wieder über seine Computerstation gebeugt hatte. Lao stand neben dem Vulkanier. »Wurde von den Drohnen, die im Kreuzwege-Nebel verschwanden, nicht ein Energieverlust gemeldet?«

»Positiv, Captain.« Das blaue Leuchten der Station flackerte auf Spocks kantigen Gesichtszügen. »Die *Tubman* meldete bereits zwei Parsec vor dem Rand des Nebels energetische Anomalien. Auch unsere heutige Vermessung des Planetensystems wurde durch ähnliche Effekte beeinträchtigt. Falls das Raumschiff sich dem Nebel nähern sollte, rate ich bei der Verfolgung zu äußerster Vorsicht.«

»Zum Teufel mit der Vorsicht!« stieß Kirk knurrend zwischen den Zähnen hervor. »Ich will wissen, mit wem wir es zu tun haben und was sie mit einem unserer Raumschiffe machen.« Er wußte natürlich, daß Spock recht hatte. Es nützte ihm überhaupt nichts, wenn er sich durch ungeduldige Neugier auf die Lösung des Rätsels zu unvorsichtigen Handlungen hinreißen ließ – vor allem angesichts der Warnungen, die für diesen Sektor galten. Es bestand immerhin die Möglichkeit, daß das schwarze Raumschiff ein Köder war, der die *Enterprise* in das Herz des Nebels locken sollte – zu dem Phänomen, das die ungewöhnlichen Meßwerte und unbekannten Energiespektren verursachte, die sie mangels besseren Wissens nach ihrem Entdecker als Turtledove-Anomalien bezeichneten.

Spock, der über das ausgezeichnete Gehör eines Vulkaniers verfügte, hob eine Augenbraue. Außer ihm hatte niemand etwas wahrgenommen. Vor ihnen drehte das schwarze Raumschiff erneut ab und nahm jetzt Kurs auf den leeren Weltraum, fort von den Gefahren des Nebels und dem verbotenen System Tau Lyra. Barrows setzte die *Enterprise* in Bewegung und verringerte die Entfernung zwischen den zwei Schiffen. Kirk wandte sich an McCoy. »Wenn sie glauben, daß sie ihre Kiste noch auf Warpgeschwindigkeit hochpeitschen können, will ich es sehen ...«, murmelte er. »Mr. Spock!« setzte er lauter hinzu. »Die Namen aller Raumschiffe der Constitution-Klasse, die nicht mehr im Starfleet-Dienst stehen!«

»Die *Constellation*, die *Valiant* und die *Intrepid*. Alle wurden in jüngster Zeit zerstört – und es gibt eindeutige Beweise ihrer Zerstörung. Um genau zu sein ...« Der Vulkanier richtete sich auf und blickte von Kirk zum dunklen Umriß auf dem Sichtschirm. »... es gibt keinen einzigen Bericht über ein Sternenschiff der Constitution-Klasse, das spurlos verschwunden wäre.«

»Und wie erklären Sie sich dieses Schiff?« wollte McCoy wissen.

»Ich vermute, Sie haben eine rhetorische Frage gestellt, Doktor«, gab Spock mit hochgezogener Augenbraue zurück.

»Sie verlieren Energie«, unterbrach Barrows ihr Gespräch. Kirk konnte erkennen, wie das rötliche Glühen der Triebwerke zusehends schwächer wurde. »Nach den Sensoren scheinen ihre internen Systeme kurz vor dem Kollaps zu stehen. Es ist schwer zu sagen, da die Meßwerte durch eine ungewöhnliche Abschirmung verfälscht werden.«

»Grußfrequenzen geöffnet, Captain.«

»Dann wollen wir mal sehen, ob wir von den Leuten da drüben eine Erklärung erhalten«, sagte Kirk und aktivierte das Mikrophon.

Das Trägersignal wurde von statischem Rauschen gestört, so daß Kirk möglichst deutlich sprach. »Hier ist Captain James T. Kirk vom Raumschiff *Enterprise* der Vereinten Föderation der Planeten. Sie haben die Richtlinien für den Schiffsverkehr und die Erste Direktive der Föderation verletzt. Bitte übermitteln Sie Ihren Identifikationscode, Ihren Namen und Ihren Auftrag.«

Das Rauschen wurde lauter und überflutete die Brücke mit einem prasselnden Knistern. Eine ganze Minute lang war nichts weiter zu hören, obwohl Kirk das

Gefühl hatte, daß irgendwo jemand seinen Worten lauschte. Er glaubte fast, jemanden zu sehen, der sich genauso wie er in der abgedunkelten Brücke des Schiffes aufhielt, das sich als Schatten vor den leuchtenden Schleiern des kosmischen Staubes abzeichnete.

»Hat man uns gehört?« fragte er leise.

Mahase berührte den Kommunikationsstöpsel in ihrem Ohr. »Eigentlich müßte man uns gehört haben.«

»Wenn die Energiereserven versiegen«, mutmaßte Spock, der kurz von seiner Station aufsah, »dann könnten auch die Lebenserhaltungssysteme beeinträchtigt sein. Die letzte Übertragung von der *Harriet Tubman* deutete darauf hin, daß es nicht nur Energieverluste, sondern auch eine Reihe unerklärlicher Energieausbrüche und Überladungen gab, als sie in den Nebel eindrang.«

»Ich habe den Eindruck, daß es dort drüben noch Leben gibt«, sagte Barrows plötzlich. »Jedenfalls tut sich etwas.«

Auf dem vorderen Hauptsichtschirm war zu erkennen, wie das schwarze Schiff nach unten wegkippte, um sich außer Reichweite der *Enterprise* und in Sicherheit zu bringen. »Packen Sie es mit einem Traktorstrahl, Mr. Dykstra«, bellte Kirk, während Barrows gleichzeitig ihre Konsole bearbeitete und die *Enterprise* wie ein Fallbeil nach unten drückte, um das flüchtende Schiff nicht zu verlieren. Das andere Schiff drehte wieder ab und beschleunigte träge, um sich aus dem Wirkungsbereich des Strahls zu bringen. Doch die Reserven waren erschöpft, und der Pilot konnte kaum noch etwas aus den Maschinen herausholen.

»Wir haben sie, Captain«, meldete Barrows.

»Dann gehen Sie auf Rückwärtsschub«, sagte Kirk. »Wir wollen ein wenig Tauziehen spielen.«

Die Triebwerke des schwarzen Schiffes glühten flackernd auf. Dann schossen rote Stichflammen aus den Gondeln, und das Glühen verdunkelte sich zu einem matten Braun, als die Hitzestrahlung in die kalte Schwärze des Weltraums entwich. »Die interne Energie des Schiffes ist erschöpft«, meldete Spock. »Die Lebenserhaltungssysteme versagen.«

Kirk beugte sich über das Mikrophon in der Armlehne seines Sessels und sprach wieder in die rauschende Meeresbrandung. »Hier ist das Föderationsraumschiff *Enterprise.* Ich wiederhole, hier ist die *Enterprise.* Antworten Sie!«

»Sie treiben antriebslos im Raum«, meldete Barrows. »Die Maschinen sind tot.«

»Vielleicht nicht nur die Maschinen«, setzte Mahase leise hinzu.

»Empfangen Sie noch Lebenszeichen?« fragte Kirk und blickte sich zu Spock um.

Die Augenbrauen des Vulkaniers bildeten einen spitzeren Winkel. »Ich erhalte nur unklare Angaben, Captain. Wie schon Lieutenant Barrows bemerkte, ist das Schiff stark und auf ungewöhnliche Weise abgeschirmt. Außerdem scheinen meine Meßwerte durch eine Strahlungsquelle im My-Spektrum verzerrt zu werden, die sich innerhalb des Schiffes befindet.«

»Im My-Spektrum?« Lao, der an der taktischen Station Posten bezogen hatte, fuhr plötzlich herum. »Aber das ist ...« Er verstummte, als ihm bewußt wurde, daß er ein Gespräch seiner Vorgesetzten unterbrochen hatte.

»... auffallend charakteristisch für eine Turtledove-Anomalie«, führte Kirk den Gedanken zu Ende.

Dann war plötzlich im Rauschen die Stimme eines Mannes zu hören. Er sprach angestrengt, als hätte er kaum noch Luft zum Atmen. »Föderationsschiff ...«

»Können Sie mich hören?« fragte Kirk. »Sie befinden sich in ernsthaften Schwierigkeiten. Machen Sie sich bereit, zu uns herüberzubeamen.«

»Nein«, entgegnete die Stimme keuchend. Dann folgte ein anderes Geräusch, möglicherweise eine weitere Stimme, und schließlich ein heftiges Zischen.

Die Kühlsysteme der Brückenkonsolen, dachte Kirk. *Sämtliche Schaltkreise der Brücke brennen durch.* Das Rauschen schwoll an und erstickte fast die erschöpfte Stimme, die noch einmal keuchte: »Niemals …«

Kirk warf Spock einen schnellen Blick zu. »Desorientierung infolge Sauerstoffmangel?«

»Oder ein verdammt schlechtes Gewissen«, erwiderte McCoy.

Auf dem Bildschirm vor ihnen war zu sehen, wie die erloschenen Triebwerke des schwarzen Schiffes noch einmal in grellem Orange aufflackerten. Kirk spürte die Vibrationen des Traktorstrahls durch den Boden, als das andere Schiff einen letzten vergeblichen Versuch unternahm, sich zu befreien. Dann erstarb auch dieses Glühen.

Kirk drückte auf den Interkomknopf. »Lieutenant Organa, machen Sie ein Enterkommando bereit. Volle Kampf- und Schutzausrüstung. Dr. McCoy, holen Sie Schwester Chapel und schließen Sie sich dem Team an.« Dann schaltete er auf den externen Kanal zurück. »An das unbekannte Raumschiff. Wir werden an Bord kommen und Sie herausholen, wenn Sie es nicht freiwillig verlassen wollen«, sagte er.

Es gab keine Antwort. Kirk nickte McCoy zu, der sich umdrehte und die Brücke verließ. Dann meldete sich die Stimme zurück. »… ergeben uns …«, sagte sie schleppend und gequält. »Beamen Sie uns … Koordinaten …«

Kirk war bereits auf den Beinen, als er mit dem Transporterraum sprach. »Erfassen Sie die Leute! Ich komme herunter. Sicherheit zum Transporterraum Zwei! Mr. Winfield, Sie übernehmen die Brücke.«

»Gibt es in den allgemeinen Warnungen über diesen Sektor irgendeinen Hinweis, der … nun ja … auf diese Situation anwendbar ist?«

Laos Frage unterbrach das bedrückte Schweigen im

Turbolift, während im transparenten Schlitz die Markierungen der Decks vorbeisausten. Kirk war so sehr in seine eigenen Gedanken vertieft, daß er überrascht aufblickte. Laos wacher Verstand, seine Fähigkeiten als Computerexperte und sein großes technisches und physikalisches Wissen wogen gelegentlich seine Jugend und Unerfahrenheit auf.

Es war seltsam, den Mentor spielen zu müssen, dachte Kirk. Es gab ihm zwar nicht direkt das Gefühl, zum alten Eisen zu gehören, machte ihm aber bewußt, daß er nicht mehr vierunddreißig war, sondern in wenigen Monaten vierzig wurde.

»Nicht ... direkt.«

Lao runzelte verblüfft die Stirn. Spock erklärte es ihm. »Die Warnungen, die für diesen Sektor gelten, beziehen sich auf die Wahrscheinlichkeit unerwarteter Ereignisse. Im Umkreis von fünf Parsec um jede erwiesene oder vermutete Anomalie scheint der Prozentsatz unwahrscheinlicher Ereignisse erhöht zu sein. Bei Computern ist mit einer um sieben Prozent höheren Fehlerquote zu rechnen, die nicht auf die Technik oder den Anwender zurückzuführen ist. Die statistische Variation biochemischer Experimente ist dagegen um vier Prozent ...«

»Und die meisten Heimsuchungen durch Yagghorths scheinen innerhalb eines Radius von fünf Parsec um eine Anomalie aufzutreten«, sagte Kirk leise.

Lao zuckte zusammen. Eine verständliche Reaktion, dachte Kirk. Die Bezeichnung ›Yagghorth‹ ging auf den Schriftsteller H. P. Lovecraft zurück. Kirk selbst hatte noch nie ein Yagghorth gesehen, aber er war an Bord von Schiffen gewesen, die von ihnen heimgesucht worden waren. Er hatte dabei geholfen, die Überreste der Besatzungsmitglieder aus den Luftschächten und Wartungstunneln zu holen, wo diese Geschöpfe ihre Opfer aufzubewahren pflegten.

Und er hatte die Aufzeichnungen gesehen. Er war

überzeugt, daß jeder in seinem Schiff innerhalb der vergangenen Wochen diese Bilder gesehen hatte, genauso wie die Berichte über das Verschwinden der *Harriet Tubman*. Es waren keine deutlichen Aufnahmen, die man in einer Rettungskapsel in Sektor Acht entdeckt hatte. Sie waren nach dem Energieausfall des Schiffes entstanden, und der skelettförmige Umriß, der feuchtglänzende, tintenfischartige Kopf und die schleimigen Tentakel waren im Widerschein des Feuers an Bord des unbekannten Frachtschiffes nicht klar zu erkennen. Doch das Bild dieser Wesen – augenlos, zischend und taumelnd, während sie mit der Eleganz einer Rasierklinge menschliche Körper zerfetzten – schien einem Alptraum zu entstammen, als wären sie den tiefsten Abgründen der Hölle entflohen.

»Sie können wohl kaum durch die Abschirmung gekommen sein, oder?« Lao gab sich Mühe, sein Entsetzen nicht allzu deutlich zu zeigen. »Ich meine, Schiffe der Constitution-Klasse sind doch so ziemlich gegen alles gefeit, oder?«

Die Tür glitt auf. Im kühlen Licht von Deck Sieben waren die verschiedenfarbigen Uniformen der Männer und Frauen der zweiten Wache zu sehen, die ihren Tätigkeiten nachgingen.

»Fähnrich«, sagte Kirk, »das erste, was Sie über den Weltraum lernen müssen, ist die Tatsache, daß wir hier draußen nie gegen alles gefeit sind. Und daß die Dinge hier niemals so sind, wie wir sie uns vorstellen.«

2

Das goldene Flimmern des Transporterstrahls verdichtete sich gerade zu menschlichen Umrissen, als Kirk, Spock und Fähnrich Lao den Transporterraum Zwei betraten. Dr. McCoy und Christine Chapel waren bereits eingetroffen und lösten die zusammenklappbare Trage von der magnetischen Wandhalterung. Injektoren mit Tri-Ox, Adrenalin und Antischockmitteln lagen bereit. Mr. DeSalle hatte sich mit einigen kräftigen Leuten von der Sicherheit eingefunden. An der Transporterkonsole paßte Mr. Kyle seine Einstellungen an die seltsame Abschirmung des schwarzen Schiffes an. Neben ihm stand Mr. Scott. »Es sind nur noch sechs Personen an Bord, Captain«, meldete er.

»Das muß nicht bedeuten, daß sie auf jeden Widerstand verzichten werden.« Kirk hatte schon des öfteren Besatzungen aus Notlagen gerettet. Außerdem waren diese Leute bereit gewesen, lieber im Weltraum zu sterben, als sich der Föderation zu ergeben. Wie schon Dr. McCoy bemerkt hatte, deutete einiges auf ein sehr schlechtes Gewissen hin.

»Phaser auf Betäubung, Mr. DeSalle.«

Die flimmernden Lichtsäulen verfestigten sich.

Auf jeden Fall humanoid.

Neben ihm trat Schwester Chapel widerstrebend einen Schritt vor.

Einer der Geretteten war bewußtlos, ein Vulkanier in jugendlichem Alter. Er wurde von einem kleinen, schlanken Mann in der Mitte der Gruppe gestützt. Dieser Mann machte eine schnelle Bewegung, und Chapel blieb sofort stehen, als wollte sie ein verängstigtes und möglicherweise gefährliches Tier beschwichtigen. Die anderen Mitglieder der eingetroffenen Gruppe bildeten einen schützenden Kreis, doch Kirk wußte instinktiv, daß diese dünne, unscheinbare Person mit den verbrannten Händen und der weiten, aschfarbenen Kleidung ihr Anführer war.

Kirk trat vor. »Sie stehen wegen des Verdachts auf Piraterie unter Arrest. Ich bin Captain James T. Kirk. Sie befinden sich an Bord des Föderationsraumschiffs *Enterprise.*«

Mit der folgenden Reaktion hatte er am wenigsten gerechnet. Ein Mann aus der Gruppe – ein großer und schlaksiger Typ mit schweißnassem schwarzem Haar – lachte auf. Es war ein bellendes Lachen, eine Überreaktion seiner beanspruchten Nerven. Die kurvenreiche Orionerin riß erstaunt die Augen auf und blickte sich zu einem ihrer Kollegen um. Es war ein kleiner, stämmiger Mann, der zum Sprechen ansetzte, während deutliche Entrüstung in seinem Blick lag.

»Jetzt noch nicht, Thad«, sagte der Befehlshaber der Leute.

Die große Klingonin hinter ihm trat vor und faßte den bewußtlosen jungen Vulkanier um die Hüften.

Darauf hob der Anführer seine Hände, um zu zeigen, daß sie leer waren. »Ich bin Dylan Arios«, sagte er. Sein Haar war grün und hing in Strähnen über die hervortretenden Wangenknochen und das eckige, zerbrechlich wirkende Kinn. Die Färbung seiner Haut um die wachsamen grünen Augen und die Flecken auf den behelfsmäßigen Bandagen um seine Finger und Handgelenke verrieten, daß außerirdisches Blut in seinen Adern floß.

McCoy blickte von seinem Tricorder auf. »Schaffen Sie den Jungen auf die Bahre«, befahl er knapp. Nach einem kurzen Zögern – und einem Nicken von Arios –

ließ sich die Klingonin von Schwester Chapel helfen, den jungen Vulkanier auf die Tragbahre zu legen.

Jetzt standen noch drei Personen auf der Transporterplattform – das orionische Mädchen, das von Lao und jedem anderen Mann im Raum voller Bewunderung angestarrt wurde, der junge Mann namens Thad und der große narbengesichtige Mann, der gelacht hatte. Sie rührten sich, als wollten sie etwas sagen, doch Arios hob noch einmal die Hand. »Jetzt nicht!« warnte er sie. Seine Stimme war der etwas heisere Tenor, den Kirk im statischen Rauschen der Übertragung von der Brücke des schwarzen Raumschiffes gehört hatte. Er wandte sich wieder an Kirk. »Wir hatten ein Leck im Ersatzreaktor«, erklärte er. »Unsere Krankenstation war außer Betrieb.«

»Ist das Ihre ganze Besatzung?« McCoy brachte eine Sauerstoffmaske über dem wachsbleichen Gesicht des jungen Vulkaniers an. Dann tastete er schnell mit dem Tricorder seinen Brustkorb ab und registrierte besorgt die hohen Toxinwerte in seinem Blut, die auf Schock, Trauma und schwere Erschöpfung hindeuteten. »Nur diese sechs?«

Arios zögerte nur kurz, bis er nickte. »Bleib bei Sharnas, Phil!« befahl er, woraufhin der große Mann von der Plattform stieg.

»Zu Befehl, Meister.« Er stützte sich kurz an der Bahre ab, um sein Gleichgewicht wiederzufinden, ließ sie jedoch sofort wieder los.

DeSalle warf Kirk einen schnellen Blick zu, während Chapel die Bahre in Richtung Turbolift schob; Phil wich ihr nicht von der Seite. Kirk nickte, und DeSalle gab einem seiner Wachleute zu verstehen, daß er die kleine Prozession zur Krankenstation begleiten sollte.

»Wir haben keine genauen Daten von Ihnen erhalten«, erklärte Arios. Er verschränkte die Arme und wich zurück, als McCoy seinen Tricorder auf ihn richtete. »Im Nebel wurden wir von einem Schiff angegriffen, das wir kaum erkennen konnten. Dabei wurden unsere optischen Sensoren zerstört, so daß wir nur die Masse und die Energiewerte Ihres Schiffes in Erfahrung bringen konnten, die denen unseres Angreifers ähnelten. Unsere Energie war nahezu erschöpft. In der Flucht sahen wir unseren letzten Ausweg.«

»Sie konnten nicht …«, begann Lao, doch der Captain brachte ihn mit einer Handbewegung zum Schweigen.

Kirk konnte es beinahe körperlich spüren, daß der Mann log. Und er wußte, daß die Frage, warum Arios sich nicht ergeben hatte, nachdem sein Verfolger sich als Starfleet-Schiff identifiziert hatte, nur mit einer weiteren Lüge beantwortet würde. Deshalb sagte er nur: »Ich verstehe.« Er nickte DeSalle und dem zweiten noch anwesenden Wachmann zu, die daraufhin ihre Waffen einsteckten.

Arios deutete mit den Fingern, die unter den Bandagen wie knorrige Zweige wirkten, auf die anderen, die mit ihm auf der Transporterplattform eingetroffen waren. »Die Orionerin Adajia«, stellte er vor. »Raksha …«

»Angenehm«, brummte die Klingonin, deren pechschwarze Augen nicht nur den Raum, sondern auch jede Person aufmerksam musterten, und zwar mit einem Gesichtsausdruck, als würde sie ein schwieriges mathematisches Problem im Kopf lösen. *Eine Abtrünnige?* fragte sich Kirk. Oder ein Wachhund im Auftrag der eigentlichen Meister – auch wenn Arios von seiner Besatzung mit diesem Titel beehrt wurde. Der Vulkanier – Kirk glaubte nicht, daß es sich um einen Romulaner handelte – wirkte noch zu jung, um ein Abtrünniger sein zu können, aber trotzdem war es nicht unmöglich.

»Thaddeus …« Es folgte eine kurze Pause, in der Arios nach einem passenden Nachnamen zu suchen schien. »… Smith.« Der junge Mann mit dem runden

Gesicht öffnete den Mund, um zu protestieren, doch Raksha stieß unauffällig mit dem Knie gegen sein Bein. Während des weiteren Gesprächs bemerkte Kirk am Rande, wie Thad lautlos den Namen ›Smith‹ wiederholte, um ihn sich einzuprägen.

»Der Name des Vulkaniers ist Sharnas T'Gai Khir – zumindest sein *akhra*-Name.«

Sein vollständiger Name, überlegte Kirk, war vermutlich genauso unaussprechlich wie der von Mr. Spock. Er beobachtete interessiert, wie sein vulkanischer Wissenschaftsoffizier ruckhaft die linke Augenbraue hochzog, doch Spock verstand die Aufforderung seines Captains auch ohne Worte und verzichtete auf einen Kommentar. Kirk hätte gedacht, daß Mr. Scott etwas sagen würde, nachdem er die Überprüfung der Anzeigen auf seiner Konsole abgeschlossen hatte. Der Ingenieur beobachtete mißtrauisch, wie Raksha, die Klingonin, jedes Detail des Raumes in Augenschein nahm. Kirk dagegen war mehr am Verhalten der anderen Personen interessiert – an Adajias Bestreben, möglichst nah bei Arios zu bleiben, und an der nackten, kaum unterdrückten Angst in den Augen von Thad.

»Und Phil Cooper hat Sharnas nach draußen begleitet«, sprach Arios weiter. »Mein Astrogator und Frachtmeister. Wir sind Freihändler.«

Unter Starfleet-Angehörigen kursierte das Sprichwort: *Für seine Freunde ist jeder Schmuggler ein Freihändler.* Aber auch diesmal nickte Kirk nur. Nach der bunt zusammengewürfelten Kleidung – ganz zu schweigen von der ungewöhnlichen Zusammenarbeit zwischen einer Klingonin und einem Vulkanier – konnte es sich bei diesem heruntergekommenen Haufen tatsächlich um Freihändler handeln. Ihnen fehlte jedoch die typische Miene der Sorglosigkeit und Verschrobenheit. Das schwarze Raumschiff hatte vielleicht wirklich Schmuggelwaren befördert – was Kirk möglichst bald in Erfahrung bringen wollte –, doch sein Instinkt sagte ihm, daß hier noch etwas ganz anderes im Gange war.

Mr. Scott räusperte sich. »Für Freihändler haben Sie die seltsamsten Energiesignaturen, die mir je untergekommen sind«, sagte er. Obwohl Raksha ihm einen Seitenblick zuwarf, gab Arios nicht zu erkennen, daß er diese Bemerkung gehört hatte.

»Du kannst jetzt mit ihnen reden, Jim«, sagte McCoy, als er seine Tricorderanzeigen abspeicherte und das Instrument wieder in die Schultertasche steckte. »Aber ich will jeden dieser Leute innerhalb der nächsten zwei Stunden in meiner Krankenstation sehen.« Raksha reckte den Kopf, um über die Schulter des Arztes einen mißtrauischen Blick auf seinen Tricorder zu werfen.

»Wir haben das Schiff als verlassenes Wrack am Rand des Kreuzwege-Nebels gefunden«, sagte Arios. Er humpelte ein wenig, als er Kirk vom Transporterraum um die Ecke in den kleinen Besprechungsraum neben den Arrestzellen folgte. DeSalle und seine Mitarbeiter hielten sich unaufdringlich im Hintergrund. »Der Identifikationscode und das Logbuch waren gelöscht. Wir haben ihr den Namen *Nautilus* gegeben.«

Kirk wußte, daß das der Name des ersten atomgetriebenen U-Bootes auf der Erde gewesen war, und leitete daraus ab, daß irgend jemand in Arios' Besatzung sich genauso wie er für die Geschichte der irdischen Seefahrt begeisterte. Er tippte auf Phil Cooper, denn trotz seiner zerlumpten Kleidung beherrschte der junge Mann militärische Umgangsformen.

»Wann war das?«

Vor ihnen glitt die Tür zum Konferenzraum auf. Arios und Raksha folgten Kirk hinein, doch Kirk bemerkte interessiert, daß Thaddeus und Adajia einen kurzen Moment zögerten. Sie blickten sich zuerst zu den zwei bewaffneten Sicherheitswächtern um und wandten sich dann an ihren Meister, als könnte er ihre Besorgnis beschwichtigen. Die Orionerin war sehr nervös und schien jederzeit bereit zu sein, zu fliehen oder wie eine Wildkatze zu kämpfen. Thaddeus dagegen hatte einfach nur Angst. Seine schwarzen Augen huschten ständig hin und her, wie bei einem kleinen Tier, das in einer Falle gefangen war, während ihm der Schweiß über die schwarzen Stoppeln seiner pausbäckigen Wangen lief. Nachdem Arios ihm zugenickt hatte, drängte er sich in den Raum und setzte sich neben Raksha, die den dreiteiligen Bildschirm im Zentrum des Tisches so unauffällig wie möglich studierte.

Kirk setzte sich ans Kopfende des Tisches, Mr. Spock saß zu seiner Linken, Arios zu seiner Rechten, Scott neben Spock und Lao mit einem kleinen Recorder und einem Datenblock am anderen Ende. Die Tür schloß sich lautlos, und DeSalle bezog mit seinen Leuten unaufdringlich Posten, als wären sie Leibwächter. Kirk berührte den Signalknopf unter dem Tisch, um zusätzliche Wachen in den Korridor vor der Tür zu beordern. Er hatte das Gefühl, daß sowohl Arios als auch Raksha genau wußten, was er tat.

Arios sammelte sich und suchte sorgfältig nach Worten. »Wir fanden die *Nautilus* vor vier oder vielleicht fünf Tagen.« Dieser Zeitraum sollte wohl erklären, warum er den Fund noch nicht gemeldet hatte, dachte Kirk.

»Und Ihr eigenes Schiff haben Sie aufgegeben?«

»Wir hatten es im Schlepptau, bis wir im Nebel angegriffen wurden.« Dylan Arios strahlte eine wundersame Aura der Unschuld aus, wie Kirk sie seit seiner letzten Begegnung mit dem Betrüger Harry Mudd nicht mehr erlebt hatte. »Der hintere Traktorstrahl fiel aus, so daß wir es verloren.«

»Wir haben den Kreuzwege-Nebel jetzt schon seit mehreren Tagen beobachtet«, sagte Mr. Scott und verschränkte die Arme, ohne Raksha aus den Augen zu lassen. »Ich lege meine Hand dafür ins Feuer, daß in dieser Zeit nichts von dieser Seite in den Nebel eingedrungen ist, und soweit bekannt ist, gibt es auf der anderen Seite nichts, was in dieser Zeit von dort hätte eindringen können.«

Arios schüttelte nur den Kopf. »Wir haben den Angreifer nie richtig zu Gesicht bekommen«, sagte er. »Der erste Schuß kam aus dem Nichts und zerstörte unsere optischen Sensoren. Danach waren wir praktisch blind.«

»Und dann wollten Sie auf Tau Lyra Drei Zuflucht suchen?«

Kirk bemerkte den Blick, den Raksha und Adajia austauschten, sah, wie sich die Augen des orionischen Mädchens weiteten. »*Das* war ...?«

»Wir waren uns nicht sicher«, fing Arios geschickt ihre Verblüffung ab.

»Das System Tau Lyra«, erwiderte Kirk in strengem Tonfall, »ist auf jeder Sternenkarte und im Navigationsprogramm jedes Schiffscomputers von Starfleet verzeichnet. Und es ist unmißverständlich als geschützt markiert. Außerhalb des Systems sind Warnbojen stationiert, und Sie haben ohne Zögern die erste Staffel durchflogen. Eine Landung auf dem dritten Planeten, jede Annäherung durch ein Raumfahrzeug, selbst wenn ein lebensbedrohlicher Notstand vorliegt, erfüllt den Tatbestand einer Verletzung der Nichteinmischungsdirektive der Föderation. Wenn Sie auch nur die geringste Ausbildung erhalten haben, um irgendein Raumschiff fliegen zu können, sollte Ihnen dieser Umstand bekannt sein.«

Raksha verzog die Mundwinkel zu einem ironischen Grinsen, Adajia runzelte entrüstet die Stirn, und Thaddeus war sichtlich verdutzt. »Aber die Föderation ...«, begann er.

»Halt die Klappe, Thad!« zischte Raksha, und Kirks Blick konzentrierte sich auf den kleinen Mann.

»Was ist mit der Föderation?« hakte er nach.

Thad zuckte die Schultern und grinste unbefangen.

»Ich habe nicht nachgedacht. Tut mir leid. Ich bin nur ein Unterprivilegierter.«

Kirk wandte sich wieder Arios zu, den er eine Weile schweigend musterte. »Wie lautet der Name und die Identifikationsnummer Ihres ursprünglichen Schiffes?«

»Es war die *Antilope*«, sagte Arios, während er seinerseits nachdenklich Kirks Gesicht musterte.

»Und die Registrierungsnummer?«

Arios antwortete nicht. Nach einer Weile blickte Spock vom Computerterminal auf und sagte: »In den Datenbanken von Starfleet gibt es keinen Eintrag über ein Schiff dieses Namens.«

Kirk beobachtete die Gesichter ihrer Gäste. Thad war erschüttert, Adajia verwirrt. Rakshas Mund hatte sich zu einem Ausdruck hämischer Befriedigung verzogen, wie der eines Propheten, der den Untergang einer Stadt vorhergesagt hatte und nun sah, wie sie in Flammen aufging. Arios nickte nur mit nachdenklicher Miene.

»Aber Meister, das ...«, wollte Thad protestieren, doch ein strenger Blick von Raksha ließ ihn sofort wieder verstummen.

Kirk wandte sich wieder dem Anführer der angeblichen Freihändler zu, während ihm erneut das grasgrüne Haar und die fremdartigen Knochen auffielen, die mehr Gelenke zu besitzen schienen, als bei anderen Humanoiden üblich war. »Haben Sie dafür irgendeine Erklärung?«

Ihre Blicke trafen sich wieder, dann schüttelte Arios den Kopf. Auch seine Wimpern waren grün. »Nein, im Augenblick nicht.«

»Und vermutlich auch nicht für den Umstand, daß zur Zeit kein Raumschiff der Föderation als vermißt gemeldet ist.«

»Vielleicht konvergente Evolution?« schlug Raksha abfällig vor.

»Was ist konverg ...?« mischte sich Thad ein, bevor er sich wieder zusammenreißen konnte.

Arios brachte beide mit einer Handbewegung zum Schweigen. »Ich verstehe es auch nicht«, sagte er und setzte eine Miene der Aufrichtigkeit auf. »Aber das Schiff war verlassen, als wir es entdeckten. Wir haben nichts Unrechtes getan.«

Thad schrak sichtlich zusammen, und Adajia richtete plötzlich ihre ganze Aufmerksamkeit darauf, einen ihrer juwelenbesetzten Armreifen an ihrem schlanken Handgelenk zurechtzurücken. Kirk bemerkte, daß die Klingonin angestrengt die Gesichter der Anwesenden beobachtete. Er hätte einiges darum gegeben, erfahren zu können, wonach sie Ausschau hielt.

Arios sprach ruhig weiter. »Wenn Sie uns festhalten möchten, um sich zu erkundigen, ob wir in den Strafregistern der Föderation verzeichnet sind, dann tun Sie es bitte ...«

Thad wurde blaß, sagte aber nichts.

»... aber Sie werden feststellen, daß gegen niemanden von uns etwas vorliegt.«

Kirk kniff leicht die Augen zusammen. »Das mag sein«, sagte er. »Aber im Augenblick müssen wir Sie in Gewahrsam nehmen, weil Sie unter dem Verdacht stehen, Piraterie begangen und die Erste Direktive verletzt zu haben. Mr. DeSalle ...«

Der Sicherheitsoffizier trat vor, und Arios stand auf, während er den anderen signalisierte, das gleiche zu tun.

»Bringen Sie Captain Arios und seine Besatzung in die Arrestzellen. Holen Sie Dr. McCoy, damit er sie unter angemessener Bewachung untersuchen kann. Mr. Spock, machen Sie sich bereit, mit mir an Bord des fremden Schiffes zu gehen ...«

»NEIN!« Arios, Raksha, Thad und Adajia warfen beinahe ihre Stühle um, als sie plötzlich aufsprangen. Arios griff unwillkürlich nach Kirks Ärmel, als könnte er ihn damit zurückhalten. Dann blickten sich die vier Besatzungsmitglieder der *Nautilus* unschlüssig an. Offenbar wußten sie nicht, was sie jetzt sagen sollten.

»Das dürfte keine gute Idee sein.« Raksha lehnte sich lässig gegen eine Tischkante und tat so, als hätte niemand das Entsetzen gesehen, daß kurz in ihren Augen aufgeflackert war. »Wir hatten einige Probleme mit den internen Verteidigungssystemen des Schiffes. Überall sind Fallen ...«

»Und Reaktorgase verpesten die Luft«, fügte Adajia in einem Geistesblitz hinzu, während sie an einer rabenschwarzen Locke zerrte, die sich in ihrem Ohrring verfangen hatte.

»Captain Kirk«, sagte Arios, »ich rate dringend ab.« Er zog seine Hand zurück, mit der er Kirks Arm berührt hatte, doch Kirk sah, daß seine bandagierten Finger vor Erschöpfung zitterten. »Wie Raksha bereits erwähnte, stießen wir auf einige unangenehme Verteidigungseinrichtungen, als wir das Schiff betraten. Wir hatten nicht genügend Zeit, das Schiff gründlich zu erkunden. Wir konnten nicht einmal die Fallen entschärfen, die wir bislang gefunden haben. Wenn Sie an Bord gehen, sollten Sie mich unbedingt mitnehmen.«

Kirk musterte den Mann eine Weile und versuchte, die aufrichtige Angst zu ergründen, die er in den grünen Augen des Meisters erkannte. Dann sah er aus dem Augenwinkel, daß auch Raksha ihren kaltschnäuzigen Zynismus abgelegt hatte und Furcht in ihren Augen glitzerte. Es war mehr als nur die Angst davor, daß man sie als Schmuggler entlarven könnte. Welche Schmuggelware war es schon wert, deswegen langsam in der Kälte eines sterbenden Schiffes zu ersticken?

Wovor hatten sie Angst?

»Ich werde es mir durch den Kopf gehen lassen«, sagte Kirk nachdenklich. »Mr. DeSalle, bringen Sie die Leute weg.«

»Versprechen Sie es mir!« Arios entzog sich DeSalle, der ihm eine Hand auf die Schulter gelegt hatte. »Gehen Sie nicht ohne mich oder Raksha an Bord der *Nautilus!* Bitte!«

»Sperren Sie sie ein«, sagte Kirk. »Raksha und Arios in Einzelzellen, Adajia und Thaddeus können zusammenbleiben.« Beide hatten mit entsetzten Blicken auf seine Anweisung reagiert, und Adajia wich sogar einen Schritt in die Ecke des Raumes zurück, als wäre sie bereit, sich zu wehren. »Mr. Spock?« Kirk drehte sich zum Vulkanier um, als die Besatzung der *Nautilus* aus dem Besprechungsraum geführt wurde.

Während sich alle anderen in der Nähe der Tür versammelt hatten, war Mr. Spock sitzen geblieben und hatte seitenweise Daten auf den Bildschirm des Computerterminals gerufen. Als die anderen gegangen waren, blickte er auf, und der bläuliche Widerschein unterstrich noch die Fremdartigkeit seiner Gesichtszüge.

»Es ist nirgendwo ein Schiff namens *Antilope* registriert – weder bei Starfleet noch als Freihändler-Schiff oder bei den Flotten unserer Verbündeten«, meldete er. »Wie bereits bemerkt wurde, wird auch kein Schiff der Föderation vermißt. Und es gibt keine Hinweise darauf, daß es sich um ein nur teilweise fertiggestelltes oder nicht registriertes Schiff der Constitution-Klasse handeln könnte. Die Analyse der Konstruktion der *Nautilus* ergab, daß es sich um den neuesten Typ handelt. Die Männer, die sich Phil Cooper und Thaddeus Smith nennen, konnten anhand der Netzhaut- und DNS-Muster nicht identifiziert werden. Was die Orionerin und die Klingonin betrifft, stehen uns natürlich keine ausreichenden Daten zur Verfügung. Eine vorläufige Tricorder-Analyse von Captain Arios deutet auf einen Hybriden zwischen Mensch und einer anscheinend unbekannten Spezies hin. Und die T'Gai Khir«, fügte er hinzu, während er seine Fingerspitzen zusammenlegte, »sind mit meiner Familie verwandt. Diesen Namen tragen fünf Vorfahren, die über zweihundertfünfzig Jahre alt sind, eine Matriarchin, vier Töchter und ein Sohn, der an der vulkanischen Akademie der Wissenschaften tätig ist. Er ist siebenundvierzig Jahre alt, nicht verheiratet, und sein Name ist nicht Sharnas.«

3

»Er schläft jetzt ruhiger.« Christine Chapel übertrug die Werte der Diagnose-Einheit über dem Kopf des jungen Vulkaniers auf ihren Datenblock, überprüfte die Dosis des verabreichten Antischockmittels und drehte sich dann wieder zum schlaksigen jungen Mann um, der zusammengesunken auf dem Stuhl vor der Wand saß.

Phil Cooper riß mit einem Ruck den Kopf hoch. Er war eingenickt. »Gut«, sagte er und rieb sich mit der Hand über das unrasierte Gesicht. »Er hat das meiste abbekommen, als die Spulen durchbrannten. Wir anderen hatten das Glück, uns auf der Brücke aufzuhalten.«

»Was hat er im Maschinenraum gemacht?« fragte Chapel leise. Sogar noch unter dem Einfluß des Schlafmittels lag der Schatten des Schmerzes auf den wunden Augenlidern und den seltsam geformten Lippen. Sein Haar, das lang genug war, um seine Ohren zu bedecken, rahmte ein Gesicht ein, das die gleiche gelblichgrüne Färbung hatte wie das von Mr. Spock, wenn er verletzt oder krank war.

»Ich habe gehört, daß Jungen in seinem Alter als Ingenieurlehrlinge arbeiten, aber er hätte sich niemals allein dort unten aufhalten dürfen.«

»Nein … ich meine, ja. Ich meine … Sharnas ist … so etwas wie … Nun, er mußte sich dort aufhalten.« Cooper schüttelte erschöpft den Kopf. »Dylan – der Meister – ist der Ingenieur, aber er wurde auf der Brücke gebraucht, verstehen Sie? Er hat es geschafft, den

Impulsantrieb zwei Jahre lang mit Klebeband und Spucke zusammenzuhalten, doch als wir durch den Kreuzwege-Nebel flogen, war es, als würde man in einer Tonne einen zerklüfteten Abhang hinunterrollen.« Er rieb sich erneut über das Gesicht. Seine Hand zitterte vor Erschöpfung. Auch er hatte keine gute Gesichtsfarbe. Seine Augenbrauen und die dunklen Bartstoppeln bildeten einen harten Kontrast zum blutleeren, ausgezehrten Gesicht.

Chapel ging nicht auf den Widerspruch ein, daß der Meister den Impulsantrieb der *Nautilus* zwei Jahre lang in Betrieb gehalten hatte, während der Meister selbst behauptet hatte, das schwarze Schiff erst vor vier Tagen wie eine Flaschenpost am Meeresstrand gefunden zu haben.

»Schwester Chapel.« McCoy kam aus dem benachbarten Labor. Er hielt farbige Bögen mit tomographischen Aufnahmen in der Hand und hatte einen verblüfften Ausdruck auf dem Gesicht. Er hielt kurz inne, um Cooper zu mustern, bevor er weitersprach. »Ich denke, auch Sie könnten einen gründlichen Check vertragen, Mr. Cooper.«

Cooper winkte ab. »Mir geht es gut.« Er war jünger, als er aussah, dachte Chapel, während sie sein Gesicht im Profil betrachtete. Die grauen Augen waren bereits von einem Netz aus tiefen Lach- und Sorgenfalten umgeben, und im dichten braunen Haar zeigten sich erste Spuren von Grau.

»Reden Sie keinen Unsinn!« McCoy reichte die Aufnahmen an Chapel weiter und schaltete seinen Tricorder ein. Cooper erstarrte, als würde er sich trotz seiner tiefen körperlichen Erschöpfung auf einen Angriff gefaßt machen. »Sie leiden unter einer leichten Rhodon-Vergiftung und sind nur knapp einem Schock infolge eines Traumas entgangen. Außerdem haben Sie Verbrennungen, sogar ziemlich schwere ...«

Der junge Mann schrak zurück, als McCoy auf ihn

zukam. »Mir geht es gut!« wiederholte er. »Der Meister hat mir befohlen, mich um Sharnas zu kümmern …«

»Wir kümmern uns um Sharnas«, sagte McCoy mit Nachdruck. »Das ist unser Job. Sie brauchen dringend Ruhe, und wenn ich Ihnen zu diesem Zweck eine Injektion Lexorin verpassen muß, werde ich es tun.«

Chapel, die sich die oberste Aufnahme des Stapels angesehen hatte, hob verblüfft den Kopf. Es war eine Abtastung des Nervensystems des jungen Vulkaniers, und wie die elektrosynaptischen Muster aussahen, war sie angefertigt worden, bevor die Beruhigungsmittel ihre Wirkung entfaltet hatten.

Aber es war nicht die verschwommene Galaxie aus synaptischen Impulsen, die ihre Aufmerksamkeit erregt hatte. Zwischen den Rosa- und Blautönen des Zentralnervenstrangs erstreckte sich eine Reihe weißer Gebilde, die sich fächerförmig vom Rückenmark in die Hirnrinde ausbreiteten.

Cooper war aufgesprungen, als McCoy ihm näher gekommen war, und setzte sich jetzt wieder auf den Stuhl, aber er wirkte immer noch, als wäre er bereit, um sein Leben zu kämpfen, falls McCoy in seine unmittelbare Reichweite kam. Chapel bemerkte, daß der Arzt darauf achtgab, genau dies zu vermeiden. Für einen Mann, der gerne die Rolle des altmodischen Landarztes spielte, hatte McCoy in seinen vier Jahren an Bord der *Enterprise* einen überraschend feinen Überlebensinstinkt entwickelt.

McCoy blickte mit harten und skeptischen blauen Augen vom Tricorder auf. »Drehen Sie sich um«, sagte er.

Cooper bedachte ihn nur mit einem müden Blick.

»Drehen Sie sich um!« wiederholte McCoy im Befehlston. »Ich will sehen, was Sie da im Nacken haben. Ihr Freund da drüben hat es auch …« Er deutete mit einem Kopfnicken auf den schlafenden Vulkanier. »… und nach meinen vorläufigen Untersuchungen auch Captain Arios. Also drehen Sie sich jetzt um, damit ich es mir ansehen kann, sonst werde ich Wolfman von der Sicherheit rufen und ihm sagen, daß er Sie umdrehen soll.«

Cooper griff mit der Hand nach einem Stuhlbein, und Chapel wollte schon zum Alarmknopf für Notfälle greifen, um den Sicherheitswächter im Nebenzimmer zu rufen, weil sie dachte, Cooper würde sich wehren. McCoy rührte sich nicht von der Stelle, und er ließ seinen Patienten keinen Moment aus den Augen. Dann entspannte sich Cooper. »Was soll's?« sagte er leise. »Sie haben es wahrscheinlich ohnehin längst erraten.«

Er drehte sich auf dem Stuhl herum, verschränkte die Arme über der Brust und beugte den Kopf. Wo sich das schwarze Haar teilte, konnte Chapel eine Reihe unregelmäßiger, X-förmiger Narben und etwas Metallisches in der Haut erkennen.

»Es ist ganz normale Starfleet-Technik«, sagte Cooper, nun wieder in seinem tiefen, resignierten Tonfall. »Der Meister wartet die Rezeptoren alle paar Monate, damit sie nicht verwachsen. Er tut es auch für Sharnas, so gut er kann.« Er drehte leicht den Kopf, und trotz des Schweißes, der plötzlich auf seinem Gesicht stand, und trotz seiner blaßgrauen Lippen war ein zynisches Glitzern in seine Augen getreten. »Aber wenn Sie meinen richtigen Namen und meine Starfleet-Identifikationsnummer wissen wollen, müssen Sie schon einen gründlichen DNS-Scan durchführen.«

McCoy starrte ihn verblüfft an. »Wollen Sie damit sagen, daß *Starfleet* Ihnen das angetan hat?«

»Der Klapperstorch war es jedenfalls nicht.« Cooper drehte sich um und lehnte sich wieder mit dem Rücken gegen die Wand. Seine Augenlider flatterten, und er schüttelte den Kopf, um nicht erneut einzunicken. »Auf andere Weise können sie Leute wie uns wohl kaum unter Kontrolle halten.«

McCoy sprang vor, als Cooper langsam zur Seite

kippte. Chapel ließ die Aufnahmen fallen und kam ihm zu Hilfe. Der Astrogator der *Nautilus* öffnete nicht einmal die Augen, als Chapel und McCoy ihn zu einem Krankenbett trugen. Der Arzt holte seinen Injektor hervor und verabreichte ihm eine Dosis Antischockmittel. Dann überprüfte er die Anzeigen seines Tricorders. »Geben Sie mir je eine Dosis Masiform und Dalpomin und etwas gegen Verbrennungen.«

Als Chapel zurückkam, hatte McCoy seinen Patienten auf den Bauch gedreht und ihm das Hemd ausgezogen. Wie er vermutet hatten, war das Trauma, das er registriert hatte, auf zwei längliche Brandwunden zurückzuführen, die sich von Coopers Schulter über seinen Rücken zogen. Es waren die typischen Verbrennungen durch herabfallende Kabel während einer Explosion. Als sie McCoy dabei half, die provisorischen Bandagen zu entfernen, die jemand an Bord der *Nautilus* angebracht hatte, wurde Chapels Aufmerksamkeit wieder von den halb verheilten Schnitten und Narben gefesselt, die vom ersten Brustwirbel bis zum Schädel verliefen, wo sie im schweißfeuchten Haar verschwanden.

»Starfleet ...«, murmelte sie. »Doktor, Experimente mit neurologischer Kontrolle – falls es sich tatsächlich darum handelt – sind doch ungesetzlich!«

»Selbst wenn sie es nicht wären, verstehe ich es nicht«, erwiderte McCoy, während er die verbrannte Haut mit Traumex besprühte. »Die Technik dieser Implantate ist so weit fortgeschritten, daß ich nicht einmal weiß, wie sie funktionieren könnte. Diese hier sehen verhältnismäßig einfach aus – ich werde sie noch einmal genau untersuchen, solange er weggetreten ist –, aber die des Jungen scheinen bis in die Bewußtseinszentren des Gehirns zu führen. Weiß der Teufel, welchem Zweck sie dienen.«

Er trat zurück, begutachtete noch einmal seinen Patienten, drehte sich dann um und blickte über die

Schulter auf die pulsierenden goldenen Dreiecke auf der Anzeigetafel über der reglosen Gestalt des vulkanischen Jungen.

»Entweder ist er einer fremden Zivilisation begegnet, die ihn zum Lügen überredet – oder darauf programmiert hat … oder bei Starfleet gehen äußerst seltsame Dinge vor sich.«

In der engen schwarzen Trainingskleidung, das schweißnasse Haar zerzaust an den Kopf geklatscht, wirkte der Navigator der ersten Schicht der *Enterprise* wie ein Fremdkörper auf der Brücke.

TAU LYRA III
Status – Geschützt, Stufe 1
Höchstes Technologieniveau – Elektrizität Stufe 3
Allgemeines Technologieniveau – Dampf Stufe 5
Zivilisationstyp – Klasse K einheitlich-uneinheitlich
Planetentyp – Klasse M
Kulturelle Regionen – 20
Linguistische Gruppen – 8 (nach Fernauswertung der Kommunikation)
Klima – gemäßigt polar, tropisch
Oberflächenanteil Wald – 45 %
Oberflächenanteil Wasser – 73 %
Intelligente zivilisierte Spezies – 1
Intelligente nicht-zivilisierte Spezies – 2–4 (?)

Informationen basieren auf Fernerkundungen durch Raumsonden (SZ 1547.8 – 1790.11 – 2018.3)

Der Planet Tau Lyra III wurde auf der Basis von Radiosignalen (Sternzeit 1789.9) als geschützt eingestuft. Schutzstatus 1 der Föderation. Standard-Schutzzone erstreckt sich auf Kometenwolke. (Weitere Details siehe Komitee Erste Direktive, Föderationsrat, 7.9.2261, und Bekanntmachungen 2261.) Intelligente zivilisierte Spezies bezeichnet sich selbst als Yoons, Planet wird in den Radiosendungen gewöhnlich als Yoondri bezeichnet. (Siehe Bericht über die Auswertung der Radiokommunikation Nr. 3 – Tau Lyra III.) Nach Dr. Feshan Kznith von der Vulkanischen Akademie der Wissenschaften ist die Auswertung der Radiosignale problematisch, weil eine hohe telepathische Kommunikationskomponente vermutet wird. In zwölf Standardjahren der Beobachtung wurden keine größeren Konflikte registriert, und Raumsonden fanden keine indirekten Hinweise auf militärische Gewaltaktionen in den letzten fünfzig Standardjahren. Außerdem wurden keine größeren Fortschritte in der Technologie gemeldet oder beobachtet, auch wenn solche Schlußfolgerungen aufgrund der angenommenen telepathischen Komponente der Kommunikation unsicher sind.

Tau Lyra III besitzt keine strategische, militärische oder kommerzielle Bedeutung. Der Planet könnte sich bestenfalls als Stützpunkt nutzen lassen, falls eine ständige Beobachtung des Kreuzwege-Nebels erforderlich werden sollte. Eine künstliche Station am Rand der Kometenwolke könnte jedoch genauso ökonomisch arbeiten, vor allem in Anbetracht der unklaren kulturellen Aufnahmefähigkeit der Yoons.

Standard-Warnungen beziehen sich auf alle Planeten des Systems. Siehe dazu die Beiträge …

»Was könnten sie also dort gewollt haben?« fragte Mr. Sulu. Er teilte den Bildschirm in zwei Fenster und tippte den Code für die in letzter Zeit sehr häufig abgerufenen Dateien mit den Warn- und Gefahrenhinweisen und den Aufzeichnungen von der *Harriet Tubman* ein.

Der Navigator Pavel Chekov kam mit drei Tassen Kaffee vom Automaten im Freizeitraum zurück. »Wir hatten Glück, daß es nicht in unserer Schicht passiert ist.«

Er schüttelte den Kopf und warf Lieutenant Uhura einen anerkennenden Blick zu, die in ihren hellen Trainingsleggings eine gute Figur machte. »Tonia und die anderen dürften in etwa einer Stunde Feierabend machen. Dann können wir sie danach fragen.«

Christine Chapel, die am anderen Ende des fast leeren Freizeitraums saß, spürte, wie der Blick des jungen Navigators sie streifte, doch dann hob Uhura einen schlanken Finger und brachte Chekov damit zum Schweigen. Die Krankenschwester war erleichtert. McCoys und ihre eigenen Spekulationen über das, was Cooper gesagt hatte, die Ergebnisse der Tomographie und die Delta-Scans der zwei Fremden in der Krankenstation hatten sie zutiefst beunruhigt.

Seit vier Jahren war Starfleet nun ihre Heimat, das einzige Zuhause, das ihr noch geblieben war, wie es schien. Hier befanden sich ihre einzigen Freunde – und der Mann, den sie liebte. Sie fragte sich, was diese Informationen, die zwiespältigen Schlußfolgerungen, die sich aus diesen unvollständigen Spekulationen ergaben, für ihre eigene Entscheidung bedeuteten, die immer näher rückte.

Sie blickte müde auf den Bildschirm.

Möchten Sie ins Zivilleben zurückkehren?
o *Ja*
o *Nein*

Wo möchten Sie entlassen werden?
o *San Francisco, Erde*
o *Memory Alpha*
o *Vulkan, Zentralraumhafen*
o *anderer Ort:* ____________

Wo möchten Sie Ihre Folgetätigkeit aufnehmen?
o *planetengebunden (siehe Liste in der Annex-Datei)*
o *in der Raumfahrt (siehe Liste in der Annex-Datei)*

Bei Starfleet gehen äußerst seltsame Dinge vor sich, dachte sie.

Zu dieser Uhrzeit – es war kurz nach 22.30 Uhr – leerte sich der große Freizeitraum auf Deck Acht zusehends. Kleine Gruppen saßen vereinzelt an den Tischen. Die Leute spielten Karten oder nahmen einen letzten Imbiß zu sich. Einige waren in Uniform, als hätten sie sich zu sehr daran gewöhnt, um sie ohne weiteres ablegen zu können, andere waren in Trainingsanzügen oder in Zivilkleidung, die sie von zu Hause mitgebracht hatten. Etliche saßen an den Tischen mit Lesebildschirmen, wie Chapel bemerkte.

Noch drei Monate, dachte sie, dann war ihre lange Reise zu Ende. Dann war die Fünfjahresmission abgeschlossen.

Sie alle würden sich nach neuen Tätigkeiten umsehen müssen.

Der Bildschirm über dem Tisch, an dem Uhura, Chekov und Sulu saßen, gab die Darstellung des Hauptsichtschirmes der *Enterprise* wieder. Im Rechteck aus diamantenbesetztem Samt schwebte der schwarze, fast unsichtbare Umriß der *Nautilus* wie ein Mysterium in der Dunkelheit.

»Nach den Fernerkundungen gibt es auf dem Planeten nicht die geringste Spur von Dilithium«, sagte Sulu gerade. »Kein Metebelit, keine Drogen, keinerlei seltene Elemente. Ganz gleich, aus welcher Perspektive man es betrachtet – hier ist absolut nichts los, es ist tiefste Provinz.«

»Dann ist es vielleicht der ideale Stützpunkt für Schmuggler«, warf Chekov ein. Er stellte einen Fuß auf einen Stuhl und stützte sich mit dem Ellbogen auf dem Knie ab.

»Warum sollten sie sich dazu ein System aussuchen, das mitten in einer überwachten Gefahrenzone liegt?« Uhura nahm einen Schluck Kaffee und blickte stirnrunzelnd auf den Bildschirm. »In der Umgebung gibt es doch genügend andere unbewohnte Planeten mit erträglicher Atmosphäre und Gravitation, oder?«

»Gamma Helicon Zwei ist fast identisch«, pflichtete ihr Sulu bei.

»Fast«, wiederholte Chekov gedehnt. »Vielleicht sollten wir einmal auf die feinen Unterschiede achten. Das könnte uns einen Hinweis geben, warum sie Tau Lyra Drei ausgewählt haben.«

»Sofern ihnen überhaupt eine Wahl blieb.«

Chapel, die sich schon wieder ihrem eigenen Bildschirm zugewandt hatte, wäre fast in lautes Lachen über diese Formulierung ausgebrochen. *Sofern ihnen eine Wahl blieb.*

Die letzte richtige Wahl, die sie getroffen hatte – die Aufgabe ihrer biologischen Studien, die Konzentration auf die kräftezehrende Suche nach dem Mann, den sie damals geliebt hatte, für den sie die halbe Galaxis durchstreift hatte –, war zu einer großen Enttäuschung geworden. Am Ende waren ihr nur Verbitterung, Verwirrung und Schmerz geblieben, so daß sie sich in den letzten Jahren einfach nur hatte treiben lassen.

Hätte sie es besser oder schlechter getroffen, wenn die *Enterprise* niemals auf den Planeten Exo III gestoßen wäre? Wenn sie niemals erfahren hätte, ob Roger Korby noch lebte? Wenn sie ihn niemals gefunden hätte? Zumindest wäre ihr dann noch die Suche geblieben, dachte sie ermattet.

Auf der *Enterprise* hatte sie Freunde gewonnen. Uhura, ihre Puzzle-Freundin und Vertraute vieler langer Nächte im Freizeitraum. Dr. McCoy, der für sie mehr ein Freund als ein Vorgesetzter war. Unwillkürlich fragte sie sich, wo er sich anschließend bewerben würde. Ob es ihm etwas ausmachen würde, wenn sie weiterhin für ihn arbeitete, als Assistentin in der Krankenstation eines neuen Schiffes? Falls er bei Starfleet blieb ...

Und Spock ...

Plötzlich schien ein schwerer Druck auf ihrem Herzen zu lasten, als würde es von einer Faust zusammengequetscht werden. Sie fühlte sich niedergeschlagen und verloren.

Da sie ihre biomedizinische Ausbildung nicht abgeschlossen hatte, war sie kaum ausreichend für eine Stelle in einer wissenschaftlichen Abteilung qualifiziert. Und es war keineswegs sicher, daß sie zusammen mit ihm auf dasselbe Schiff versetzt wurde, wenn sie darum bat.

Außerdem wußte sie, daß es kindisch war, daß sie sich wie ein verliebtes Schulmädchen aufführen würde …

Folge der Stimme deines Herzens, hatte Uhura einmal zu ihr gesagt – mehr als nur einmal. Chapel hatte jedoch den Verdacht, daß der Stimmwandler ihres Herzens eine Fehlfunktion aufwies.

»Vielleicht haben sie irgendwelche Weltraumtrümmer verfolgt«, schlug Uhura vor und beugte sich vor, um die Karte zu studieren, die Sulu auf den mittlerweile ziemlich überladenen Bildschirm gerufen hatte. »Möglicherweise haben sie unbekannte Komponenten geortet, ähnlich wie sie die *Tubman* gemeldet hat, die in Richtung Tau Lyra Drei trieben …«

»Und sie sind dort nicht in der Atmosphäre verbrannt?«

»Kommen Sie, Pavel, Sie wissen doch gar nicht, über welche Abschirmung sie verfügen!«

»Christine?«

Als sie den Kopf hob, sah sie, daß Fähnrich Lao Zhiming neben sie getreten war.

Er war noch in Uniform und hatte sogar seinen Datenblock dabei, den er sich unter den Arm geklemmt hatte. Er mußte direkt von der zweiten Besprechung mit dem Captain, Mr. Spock und Mr. Scott gekommen sein. Vermutlich waren in dieser Runde die gleichen Spekulationen geäußert worden, über die sich in diesem Moment die Brückenbesatzung der ersten Schicht am Nebentisch den Kopf zerbrach. Zwischen Laos Augenbrauen stand eine sorgenvolle, konzentrierte Falte.

»Wurde irgend etwas entschieden?« fragte sie. »Oder hat man Sie gebeten, nichts zu verraten?«

Lao schüttelte den Kopf und zog einen Stuhl an den Tisch, um neben Chapel Platz zu nehmen. »Ich glaube nicht, daß es sich um geheime Informationen handelt«, sagte er. »Sie wollen das Schiff mit den Sensoren unter die Lupe nehmen, bevor sie sich hinüberbeamen lassen. Mr. Scott hat seine umfangreiche Datensammlung über klingonische Fallen mitgebracht, doch bei der guten Abschirmung des Schiffes dürfte es schwierig werden, sich absolute Gewißheit zu verschaffen. Aber irgendwann wird jemand hinübergehen müssen.«

Er klang so hoffnungsvoll, daß Chapel lächeln mußte.

»Hat Dr. McCoy die anderen Leute untersucht?« fragte er nach einer Weile. »Oder … sie befragt? Was sie an Bord dieses Schiffes gemacht haben?«

Chapel schüttelte den Kopf. »Morgen«, sagte sie. »Die meisten von ihnen sind sofort eingeschlafen, nachdem der Doktor seine vorläufigen Untersuchungen abgeschlossen hatte.« Sie runzelte die Stirn, als sie die Besorgnis in seinen Augen sah und sich erinnerte …

»Thad«, sagte sie, als sie plötzlich verstand, worüber er sich Sorgen machte.

Lao nickte.

»Er weist keine der typischen DNS-Sequenzen für das Pelleter- oder Tak-Syndrom auf«, erklärte sie zögernd. »Meines Wissens sind das die einzigen Varianten, für die es noch keine Heilung gibt.«

»Noch nicht.« Er hob den Kopf, und in seinen Augen stand eine Mischung aus Trotz, Hoffnung und Wut – Wut auf das Schicksal und auf jene, die das Schicksal bedingungslos akzeptierten. »Noch nicht.« Dann seufzte er und schien einen Teil seiner Aufsässigkeit zu verlieren. Er schlang die Arme um den Datenblock und starrte eine Weile auf den Fußboden.

»Ihr Bruder hat das Pelleter-Syndrom, nicht wahr?«

Lao nickte. Chapel erinnerte sich, wie sie gemeinsam mit Lao einen Spielzeugladen auf Andorus überfallen hatten. Der junge Mann hatte in seinem typischen Überschwang alles gekauft, was nicht niet- und nagelfest war. Es wäre eine umwerfend komische Aktion gewesen, wenn der künftige Empfänger des Spielzeugs nicht bereits dreißig Jahre alt gewesen wäre.

»Smith scheint nicht annähernd so schlimm dran zu sein wie Qixhu«, sagte er schließlich. »Möglicherweise stand es zu Anfang viel schlechter, aber dann scheint sich sein Zustand gebessert zu haben. Allerdings habe ich keine Ahnung, wie er es geschafft hat, in die Besatzung eines Raumschiffs aufgenommen zu werden. Selbst jemand wie Smith sollte unter ständiger Bewachung stehen, damit niemand seine Situation ausnutzen kann. Schmuggler oder Piraten würden sich eine Menge Ärger einhandeln, wenn sie jemanden wie ihn an Bord nehmen.«

Äußerst seltsame Dinge … Wieder schossen ihr McCoys Worte durch den Kopf.

Lao blickte auf das Formular, das der kleine Leseschirm auf dem Tisch zeigte. In seinem Gesicht stand ein beinahe schmerzhafter Ausdruck.

»Meine Mutter sagt, daß er fast jeden Tag nach mir fragt. Wann ich zurückkomme. Wie lange ich schon fort bin. Er versteht es nicht.« Lao schüttelte den Kopf. »Er hat nie verstanden, wieso ich in den Weltraum gehen durfte und er nicht. Die Ausbildung an der Maschine war ihm zuwider – aber das ist wirklich das einzige, wozu er imstande ist –, und die Medikamententherapie bereitete ihm große Kopfschmerzen. Er weinte jedesmal, wenn er mir nicht zur Schule folgen durfte.«

Er schwieg, als würde er hinter dem dunklen Bildschirm eine ganz andere Szene sehen, einen großen, unbeholfenen Jungen in wattierter blauer Jacke, der im Schneetreiben von Beijing stand und seinem kleinen Bruder nachblickte.

»Ich habe ihn nur ungern auf der Erde zurückgelassen. Ich weiß, daß er gut versorgt wird. Er hat einen Job und Menschen, die sich um ihn kümmern ... aber das ist nicht dasselbe. Ich weiß, daß es nicht dasselbe ist.« Er schloß die Augen, als könnte er den Anblick dieser Szene nicht mehr ertragen, als wollte er seiner Schuld nicht mehr ins Gesicht sehen. »Aber ich mußte meine Wahl treffen.«

»Das müssen wir alle«, sagte Chapel leise. Sie streckte die Hand aus und schaltete den Bildschirm ab, ohne etwas ausgewählt zu haben, ohne etwas abzuspeichern. »Das müssen wir alle.«

4

Das erste, was Sicherheitswächter Wein etwa achtzehn Stunden später von Dylan Arios' Flucht aus der Arrestzelle bemerkte, war das Zischen im Korridor, als sich hinter ihm eine Sicherheitstür schloß. Wein sprang erschrocken auf. Er war sich bewußt, daß er sich einem vorübergehenden Tagtraum hingegeben hatte, nachdem er beobachtet hatte, wie seine Kollegin Shimada vor einigen Minuten die Messe der Sicherheitsabteilung betreten hatte. Aber er wußte auch, daß seine geistige Abwesenheit nur kurz gedauert hatte. Trotzdem konnte er sich nicht vorstellen, wie Arios hatte fliehen können und wohin er gegangen war.

Der Korridor vor den Arrestzellen, an dessen Ende der kleine Schreibtisch des Sicherheitswächters stand, war dreißig Meter lang und bot keinerlei Deckung. Er war nur leicht gekrümmt, so daß es keine Stelle gab, die der Wachhabende von seinem Platz aus nicht einsehen konnte. Wein stand auf und ging zur ersten Tür, um sie zu überprüfen. Durch das bombensichere Panzerglas der Tür sah er, wie die Klingonin Raksha das Interkom in der Zelle inspizierte. Es war eine unabhängige Einheit, die aus verständlichen Gründen nicht mit dem Hauptcomputer verbunden war.

Die zweite Zelle, in die sie Arios gesperrt hatten, war leer. Doch im sanften weißen Licht der Deckenbeleuchtung schimmerte etwas auf dem Fußboden links vom schmalen Bett.

Mit einem überraschten Fluch tippte Wein den Öffnungscode in die Kontrollen neben der Tür und marschierte hinein.

Als er später in der Krankenstation wieder zu Bewußtsein kam, gab Wein zu, daß er zuerst von seinem Schreibtisch aus Verstärkung hätte anfordern sollen, um anschließend in die Zelle zu gehen und zu überprüfen, wie Arios entkommen konnte und was er auf dem Fußboden zurückgelassen hatte. Wein hatte keine Erklärung, warum ihm nicht der Gedanke gekommen war, daß Arios die Zelle gar nicht verlassen hatte – zumindest noch nicht zu diesem Zeitpunkt. Denn Arios verließ die Zelle erst, nachdem Wein die Tür geöffnet hatte und nachdem er den bewußtlosen Sicherheitswächter unsanft auf das Bett befördert und ihn zugedeckt hatte, wobei er ihm gleichzeitig seinen Phaser abgenommen hatte.

Natürlich gab es nicht den geringsten Hinweis auf einen kleinen, schimmernden Gegenstand am Boden der Zelle …

»*ChadHom …*« Arios drückte sich an die Kommunikationseinheit der Zelle, während er Rakshas Kosenamen flüsterte und gleichzeitig an der Verkleidung der Konsole zerrte. Zuvor hatte er in Weins Schreibtisch nach einem Kabel gesucht, das er nun an die Schalteinheit anschloß. Durch das Sicherheitsfenster in der Tür sah er, wie sie näher trat.

»Versuch es mit IMP/RAN/NUM«, zischte sie leise. »Und nenn mich nie wieder *chadHom!*«

Arios wandte sich wieder der Konsole zu, gab schnell den Code ein und schüttelte dann den Kopf.

»IMP/RAN/NET.«

Wieder Fehlanzeige. »Überall kopulierendes Ungeziefer!« knurrte Raksha auf klingonisch. Sie dachte einen Moment nach. »NET/TEST«, sagte sie schließlich.

Die Tür glitt mit einem leisen Zischen auf.

»Abrakadabra«, sagte Arios, als Raksha zur Konsole ging, das Kabel herausriß und schnell eine Reihe von Befehlen eintippte. »Man muß nur den richtigen Zauberspruch parat haben.«

»Erinnere mich daran, dir bei Gelegenheit die Liste deiner Irrtümer aufzusagen, wenn wir irgendwann einmal drei Tage lang nichts Besseres zu tun haben.« Die schwarze Sturmwolke ihrer Haarmähne fiel ihr über das Gesicht, als sie mit ihren kräftigen Fingern die Tasten bearbeitete. Arios trat zwei Schritte in den Korridor zurück und kam dann wieder zu ihr, um ihr Haar mit zwei Händen zu bündeln und ihr einen Kuß in den Nacken zu geben.

»Vielleicht, wenn das hier vorbei ist«, sagte er. Sie drehte sich um und blickte zu ihm auf, in seine Augen, die so strahlend wie Sonnenlicht waren, das durch die Blätter eines Baumes drang. Als sie ihm mit einem Lächeln antwortete, war ihr Gesicht für einen kurzen Moment hübsch und jung.

Dann ging er den Korridor entlang und tippte die Codes für Thads und Adajias Zellen ein, die Raksha vor wenigen Augenblicken dem Computer entlockt hatte. Währenddessen zog die Klingonin ihren Gürtel straff und stopfte sich nicht nur das Kabel, sondern jedes Werkzeug und Ersatzteil, das sich in der Schublade des Schreibtisches befand, unter ihr Hemd. Adajia sprang vom Fußboden auf, als sich die Tür öffnete. Sie hatte erst vor kurzem gelernt, einen Stuhl zu benutzen, aber dieses Wissen hatte sich noch nicht sehr tief eingeprägt. Thad warf sich vor Freude fast in Arios' Arme, so erleichtert war er. Niemand sprach ein Wort, da sie ein gesundes Mißtrauen gegenüber verborgenen Mikrofonen hegten. Als sie den Ausgang des Zellenkorridors erreichten, hatte Raksha das Programm der optischen Überwachung zu einer Endlosschleife kurzgeschlossen. Dann schlichen sich die vier an der Tür der Sicherheitsmesse vorbei, in der es – im Gegensatz zu Weins Befürchtung – ziemlich leer war. Von dort aus ging es weiter zu einem Wartungskorridor, der sie schließlich in den Maschinenraum und die angeschlossenen Werkstätten führen würde.

Dr. McCoy stand reglos da und blickte immer wieder von seinen zwei Schützlingen, die bewußtlos und mit nacktem Oberkörper auf den Diagnosebetten lagen, auf die leuchtenden Rechtecke der Anzeigeschirme, die wie die erhellten Fenster einer bizarren Kathedrale wirkten.

So etwas hatte er noch nie in seinem Leben gesehen – und diesmal war es wirklich keine leere Redensart.

Unter dem Verband hoben und senkten sich Phil Coopers Rippen langsam im Rhythmus seines Atems. Achtzehn Stunden der Erholung und leichten Sedierung hatten seine Werte erheblich stabilisiert, und allmählich reagierte sein Körper auf das Hyperenum und die anderen metabolischen Stimulatoren. Sharnas T'Gai Khir machte immer noch den Eindruck, als wäre er kaum am Leben. Nur das konstante Auf und Ab seiner Hirnströme und der Herzaktivität deuteten darauf hin, daß der Junge keineswegs tot war, wie der äußere Eindruck vermuten ließ. Sein langes Haar war zur Seite gekämmt worden, und das Muster der entzündeten olivgrünen Narben zog sich wie die Spur eines ungeschickt gehandhabten Schlachtwerkzeuges zwischen seinen Schulterblättern bis zur Schädelbasis hinauf. Erst aus unmittelbarer Nähe wurde die Genauigkeit dieser Technik deutlich, denn die Einstiche folgten exakt dem Verlauf der Nervenbahnen. Arios – falls er dafür verantwortlich war – wußte genau, worauf er achten mußte … was immer es sein mochte.

Die Delta- und TG-Untersuchungen hatten ergeben, daß sich das feine Metallgespinst unter der Haut ausbreitete und mit den Nerven des Rückenmarks verschmolz. Selbst nach einem ganzen Tag der ständigen

Analysen war sich McCoy immer noch nicht sicher, wie er seine Beobachtungen im Logbuch beschreiben sollte.

Nur der Teufel wußte, was das alles zu bedeuten hatte.

Es ist ganz normale Starfleet-Technik, hatte Cooper gesagt, und die Erschöpfung und Resignation in seiner Stimme hatten den Arzt fast noch mehr schockiert als die Tatsache der Implantate selbst. Sein unausgesprochener Seufzer: *Ach, dieses Zeug …*

Sie wissen doch genau Bescheid. Sie hätten sich denken können, wer ich bin.

Nach der Tricorder-Analyse, die er am Vormittag in der Arrestzelle durchgeführt hatte, war auch Arios verdrahtet und hatte diese Narben im Genick. Und in Thads Gehirn gab es ebenfalls solche Implantate.

McCoy wußte, daß einige Formen der Beeinträchtigung sich durch Implantate korrigieren ließen. Doch solche Implantate wurden äußerlich angebracht. Es waren glatte Metallhüllen von wenigen Zentimetern Durchmesser, etwa ein Drittel so groß wie die Handfläche eines Menschen. Die nötige Technologie, um ein internes Implantat anzubringen, ganz zu schweigen von einer reibungslosen Kommunikation, lag weit über dem Niveau der Föderationstechnologie. Trotzdem schien sie nicht in der Lage zu sein, Thads Zustand zu normalisieren, obwohl sie ihm möglicherweise eine gewisse Erleichterung verschaffte – falls so etwas überhaupt beabsichtigt war.

In dieser Hinsicht war sich McCoy nicht völlig sicher.

Die Tür schloß sich hinter ihm, als er in sein Büro zurückkehrte. Auf dem Schreibtisch lagen Kopien der Tomographien, die er gestern nacht und heute angefertigt hatte, und daneben die Ergebnisse sämtlicher Untersuchungsmethoden, die ihm eingefallen waren, um Arios' Physiologie, DNS und seine Herkunft zu bestimmen.

Auch diese Daten gaben ihm Anlaß zu großer Beunruhigung.

»Zeitschriftenverzeichnis«, sagte er zum Computer, während er sich in seinen Sessel setzte und nach dem Kaffee vom heutigen Morgen griff, der längst kalt geworden war.

Beim Klang seiner Stimme hellte sich der Bildschirm auf und zeigte eine leere silbrige Fläche ohne Linien und Buchstaben.

»Zeitschriftenverzeichnis!« wiederholte McCoy gereizt und warf einen Blick auf sein Chronometer. Es kam nur äußerst selten zu Verzögerungen, und wenn, dann eigentlich nur zu Zeiten der größten Aktivität, also gewöhnlich zwei oder drei Stunden nach Beginn der ersten beiden Schichten.

Jetzt war es noch eine Stunde bis zum Ende der ersten Schicht. Es war die Zeit, in der die meisten Leute allmählich ihre Freizeitlektüre oder ihre Spiele abschalteten oder ihre Terminals auf die folgende Schicht vorbereiteten. Eigentlich dürfte es jetzt keine Probleme geben.

»Entschuldigung«, sagte der Computer. »Bitte wiederholen Sie Ihren Befehl.«

McCoy äußerte seinen Wunsch ein drittes Mal, und nun erstrahlte auf dem Bildschirm die rote und blaue Schrift des Verzeichnisses der gespeicherten Zeitschriftenbeiträge. »Gib mir alles über nanochirurgische Neurologie aus den letzten drei Standardmonaten«, sagte McCoy, während ihm bewußt wurde, wie lange es schon her war, seit er das letzte Mal die neuen Veröffentlichungen durchgegangen war, ganz zu schweigen davon, die Artikel selbst zu studieren.

Während seines ersten Jahres in der *Enterprise* hatte McCoy es geschafft, einigermaßen auf dem laufenden zu bleiben. Jedesmal, wenn sie an einer Starbase andockten, aktualisierte der Computer den Datenbestand, so daß jeder die neuen Beiträge in der Freizeit oder in Arbeitspausen lesen konnte. Doch im Verlauf der Monate und Jahre ihrer Mission waren einfach zu viele neue Informationen über die Entdeckung neuer Zivilisationen und neuer Lebensformen hinzugekommen, die beschrieben, erforscht, katalogisiert und verbreitet werden mußten, so daß er kaum noch Zeit hatte, sich um aktuelle Forschungen anderer zu kümmern. Und McCoy wußte, daß Chapel, Paxson und die anderen vor genau demselben Problem standen.

Wenn er die Wahl hatte, ob er einen Beitrag über genetische Manipulation, über optische Technik oder über Verbesserungen der Physik des Warpantriebs lesen sollte – oder vielleicht über das Verhalten kurlanischer Saatfische oder über die versteinerten Reste des Auges eines elthonischen Androiden –, wußte McCoy genau, wie er sich entscheiden würde. Und solche Entscheidungen hatte er in den letzten vier Jahren immer wieder getroffen.

Der Tag hatte nun einmal nicht mehr als vierundzwanzig Stunden.

In drei Monaten würde die *Enterprise* zur Erde zurückkehren. Dann stand er vor einer wirklich schwierigen Entscheidung – ob er sich für eine neue Fünfjahresmission meldete oder ob er sich an einer größeren Universität niederließ, um die nächsten Jahre damit zu verbringen, alles zu analysieren und auszuwerten, was er an Daten gesammelt hatte.

Er stellte fest, daß er nur ungern über die Konsequenzen nachdachte, die ein ruhiges Leben auf der Erde nach sich zog.

Fast ohne nachzudenken, rief er »Herein!«, als er Schwester Chapels Signal hörte. Die große Frau trat hinter den Sessel und blickte über seine Schulter auf die Liste der Artikel, die der Computer gefunden hatte. In der Armbeuge hielt sie einen Datenblock mit Kopien ihrer bisherigen Untersuchungsergebnisse. Es war Jahre her, seit er sie das letzte Mal so fasziniert und besorgt wegen eines Problems erlebt hatte.

»Es könnte etwas so Neues sein, daß noch gar nichts darüber veröffentlicht wurde«, bemerkte sie, nachdem sie gemeinsam erkannt hatten, daß kein einziger Artikel etwas über völlig neue Techniken der Erweiterung der Funktionen des Zentralnervensystems oder der neurologischen Kontrolle oder ähnliche Themen erwähnte. »Außerdem könnten die Informationen geheim sein, wenn Starfleet dahintersteckt.«

Sie hielt einen Moment inne. »Das wäre doch möglich, oder?« fragte sie schließlich.

McCoy blickte verblüfft zu ihr auf.

»Roger ...« Es fiel ihr sichtlich schwer, den Namen ihres verstorbenen Geliebten und Lehrmeisters auszusprechen. In den Infosendungen hatte man ihn ›den Pasteur der archäologischen Medizin‹ genannt. Er war der Mann gewesen, für den sie ihre eigene biomedizinische Karriere aufgegeben hatte. Vermutlich hatte sie diese zwei Silben seit der unheimlichen und schrecklichen Begegnung mit dem, was auf Exo III noch von diesem Mann übrig gewesen war, nicht mehr ausgesprochen.

»Roger hat mir einmal etwas über ›Verschwörungen in den oberen Rängen von Starfleet‹ erzählt, wie er sich ausdrückte. Über gewisse Personen, die jede neue Entwicklung, jede neue Erkenntnis, ganz gleich, wie wohltätig sie sein mochte, zur Vergrößerung ihrer persönlichen Macht ausnutzen würden. Ich war mir nie sicher, wieviel ich davon glauben konnte.« Ihr plötzliches reumütiges Lächeln verschwand genauso schnell, wie es gekommen war.

»Damals schien es, daß überall habgierige Wissenschaftler lauerten, die Roger um die Früchte seiner Arbeit betrügen wollten. Könnte es ... wirklich eine Art Verschwörung geben, die die Mitglieder von Starfleet unter neurologische Kontrolle bringen will?«

Sie klang sehr besorgt, und McCoy konnte es ihr nicht verübeln. Schließlich war Starfleet seit vier Jahren ihre Zuflucht gewesen, ihr Zuhause, das einzige, was ihr nach Rogers Tod noch geblieben war.

McCoy war nach seiner Scheidung und dem Zusammenbruch seines bisherigen Lebens in einer ähnlichen Situation gewesen, so daß er genau wußte, wie sie sich fühlte.

»Wenn es so wäre, Chris ...«, begann er und schüttelte den Kopf, während er die Daten auf dem Bildschirm durchlaufen ließ. »Eine solche Technik würde irgendwo Spuren hinterlassen. Sie könnte nicht aus dem Nichts entstehen. Vielleicht nicht die neurologische Verdrahtung selbst, aber zumindest die Herstellung des Drahtes, die Forschung und Entwicklungsarbeit, wenn es sich um eine Art Draht handelt. Selbst eine Verschwörung könnte das alles nicht geheimhalten. Und ich habe ein solches Metall noch nie zuvor auf einer Tomographie gesehen. Es müßte irgendwo Fortschritte auf dem Gebiet der Holoprogramme, der Überwachungssysteme oder der Mikrochirurgie geben. Irgend etwas. Niemand kann diese Hardware aus einem Stück Seife schnitzen. Wenn jemand so präzise und effiziente Nanotechnologie an Starfleet verkauft hat, muß er sie auch anderswo verkauft haben, und sei es für ganz andere Zwecke. Unsere Analysen der Verdrahtung deuten darauf hin, daß das Zeug buchstäblich wächst, indem es sich von selbst aus im Blut gelösten Mineralien regeneriert ...«

»Bitte wiederholen Sie Ihren Befehl«, sagte der Computer.

»Was zum Teufel ist heute bloß mit dem Ding los?« brummte McCoy.

»Bitte spezifizieren Sie Ihre Frage.«

»Ich habe nicht mit dir geredet«, erwiderte er. »Ich will nur alles über nanochirurgische Neurologie aus den letzten drei Standardmonaten ...«

Danach schien sich der Computer zusammenzureißen, so daß McCoy nicht weiter darüber nachdachte. Er war immer noch mit der Frage beschäftigt, woher

Starfleet diese hochgezüchtete Technik erhalten hatte und wie es zu den Entwicklungen kommen konnte, von denen Phil Cooper gesprochen hatte.

»Ich kann nicht glauben, wie primitiv diese Sicherheitssysteme sind!« Raksha tippte geschickt verschiedene Codes in die kleine Tastatur ein, die sie in der Abgeschiedenheit des Lagerraumes Nummer 7-3 an die Datenleitung zu den Computern der Backbordwerkstätten des Maschinenraums angeschlossen hatte. »Hat niemand diesen Leuten erzählt, daß man keine Frettchen aussperren kann, indem man ein Fallgitter herunterläßt?«

»Vielleicht ist es eine Falle«, gab Adajia zu bedenken. Sie war damit beschäftigt, aus Klebeband, einer kleinen Brechstange und Ersatzklingen für Drahtscheren, die sie in einem Werkzeugschrank gefunden hatte, eine Waffe zu basteln.

»Ich wußte gar nicht, daß Frettchen an Bord von Raumschiffen erlaubt sind«, sagte Thad besorgt. »Das Konzil hat jedenfalls nicht erlaubt, daß wir Katzen im Institut halten. Ich fand, daß das eine Gemeinheit war.«

»Es war eine Gemeinheit«, stimmte Adajia zu. »Das Konzil besteht aus gemeinen Leuten, Thaddy. Fast so gemein wie Klingonen.«

»Nein.« Arios kam aus einem schmalen Wartungsschacht hervor. In einer Hand hielt er ein Punktschweißgerät, und über seiner Schulter hing ein Bündel von Kabeln. Nachdem er eine Nacht geschlafen und gut gegessen hatte, zitterten seine Hände nicht mehr, aber er sah immer noch sehr erschöpft aus. »Niemand ist so gemein wie die Klingonen.«

»Damit hast du voll ins Schwarze getroffen, *puq*«, pflichtete Raksha ihm grinsend bei.

»Ich bin davon überzeugt«, sagte der Meister, als er zu Raksha trat und nachdenklich das Schweißgerät in seiner Hand betrachtete, »daß dies hier tatsächlich die

Enterprise ist. Die primitive Technik läßt keinen anderen Schluß zu.«

»Wir sind hier gleich fertig.« Raksha schloß ihre Arbeit ab und löste die Überbrückungsschaltungen von den Datenleitungen in der Wand. »Wo in diesem Schiff befindet sich der unauffälligste Knotenpunkt für die Steuerung der Türen, der Beleuchtung und der Schwerkraft?«

»Neben der Bowlingbahn«, sagte Arios. »Auf Deck Zwanzig. Wir können die Luftschächte nehmen, um hinzugelangen.«

»Was ist eine Bowlingbahn?« fragte die Orionerin, während sie ihre gefährlich aussehende Waffe in der Hand wog und sie dann in der Luft kreisen ließ.

»Man stellt kopflastige Gebilde aus widerstandsfähigem Kunststoff im labilen Gleichgewicht auf«, erklärte Arios, »und versucht dann, sie aus zwanzig Metern Entfernung mit einer über den Boden rollenden Kugel umzuwerfen.«

»Und was ist, wenn man sie nicht im Gleichgewicht halten kann?« fragte Thad, der immer noch eine sorgenvolle Miene zog.

Adajia schüttelte den Kopf. »Die Föderation erobert die Galaxis, reist von Stern zu Stern, hält die Romulaner in Schach – und dann beschäftigen sich die Menschen in ihrer Freizeit mit solchen Dingen?« Ihre Ohrringe glitzerten, als sie ihr Haar zurückwarf.

Arios grinste, während er sich die Kabel in die Taschen stopfte. »In der *Nautilus* befand sich die Bowlingbahn in den modifizierten Decks«, sagte er mit einem ironischen Funkeln in den grünen Augen. »Doch auf diesem Schiff müßte es dort sicher sein.«

»Bitte wiederholen Sie die Anforderung!«

Spock blickte mit einem verwunderten Stirnrunzeln von den Ergebnissen der astronomischen Analysen auf, die er studiert hatte.

»Die Hochfrequenzabtastung der *Nautilus* ist im oberen Spektrum zusammengebrochen.«

Er war schon immer der Ansicht gewesen, daß das sprachgesteuerte Betriebssystem des Computers den Bedürfnissen eines zivilisierten Intelligenzwesens unangemessen war, und die Probleme, die an diesem Nachmittag immer wieder auftraten, erschienen ihm als typisches Beispiel für die Unzulänglichkeit solcher Systeme. Die Menschen schienen sich in jeder Hinsicht große Mühe zu geben, überlegte Spock, präzise Aussagen zu vermeiden, ob es um die Interaktion mit Mitmenschen oder mit Maschinen ging …

Seine feinen Ohren registrierten vertraute Schrittgeräusche draußen vor seiner Tür, und wie es schien, hatte er bereits »Herein!« gerufen, bevor der Türsummer gedrückt wurde. »Captain«, begrüßte er seinen Freund.

»Was haben Sie erreicht?«

Der hochwertige Bildschirm auf Spocks Schreibtisch zeigte nun eine schematische Darstellung der Sensoranalyse, die an den Stellen markiert war, wo die Schilde des schwarzen Schiffes die Messungen beeinträchtigt hatten. Captain Kirk verschränkte die Arme und blickte über die Schulter seines Ersten Offiziers auf die Grafik. Erst jetzt fielen ihm die kleinen Unterschiede in der Konstruktion der *Enterprise* und der *Nautilus* auf, die auf dem Sichtschirm nicht so offensichtlich gewesen waren.

»Wenn ich mich nicht irre«, sagte er leise, »habe ich eine solche gedrungene Form des Rumpfes auf den allerneuesten Entwürfen gesehen, die noch nicht einmal zu richtigen Konstruktionsplänen ausgearbeitet wurden. Doch dieses Schiff ist schon seit vielen Jahren – wenn nicht Jahrzehnten – im Einsatz. Man sieht es sogar an den Stellen, wo das Diskussegment repariert wurde.«

Er schwieg, während er die Serie der Darstellungen betrachtete. Grüne Umrisse wechselten sich mit gelben ab, je nachdem, welche Sensoren die Daten geliefert hatten. Einige der Graphiken ließen kaum mehr als das nackte Skelett des Schiffes erkennen. Entweder registrierten die Sensoren nichts auf der entsprechenden Frequenz, oder die ungewöhnliche Abschirmung verschluckte alles, was sich in bestimmten Bereichen befand.

Die *Enterprise* hatte für alle, die sie – und die Menschen – zum ersten Mal studiert hatten, genauso ausgesehen, dachte er.

Die Gorns, erbitterte Gegner, mit denen man aber schließlich doch hatte reden können. Die Romulaner, die unter undurchdringlichen Tarnschilden ihr Schachspiel gespielt hatten.

... um neue Welten zu erforschen, neues Leben und neue Zivilisationen, dachte Kirk. Und was hatten diese neuen Zivilisationen in den letzten fünf Jahren davon gehalten, von ihnen erforscht zu werden?

»Die Triebwerksgondeln strahlen ungewöhnlich viel Wärme ab«, stellte er schließlich fest. »Selbst wenn man berücksichtigt, daß das Kühlungssystem ausgefallen ist.«

»Das Muster ist typisch für Wracks, in denen das Lebenserhaltungssystem noch arbeitet.« Spock tippte eine Reihe von Befehlen ein, woraufhin eine spezielle Grafik sichtbar wurde, die leuchtende gelbe Wolken in einigen ungewöhnlichen Bereichen zeigte. Wieder huschten Spocks Finger über die Tastatur, ohne daß der Vulkanier hinsehen mußte – »nur um anzugeben«, hätte McCoy dazu bemerkt. Auf der zeitlichen Abfolge der Darstellungen war kaum eine Veränderung in der Wärmeverteilung zu erkennen.

»Hauptsächlich Schimmel«, sagte der Erste Offizier. »*Vescens ceolli* oder *zicreedens*. Er deutet darauf hin, daß die entsprechenden Bereiche des Schiffes seit mindestens zwei Jahren nicht in Betrieb waren. Diese Grafik wollte ich Ihnen zeigen.«

Spock vergrößerte eine andere Illustration. Rote Pixel wanderten über den Bildschirm, als der Computer die Messungen zu verschiedenen Zeitpunkten zeigte. Kirk versuchte, die rätselhaften gelben Wolken auf dem vorherigen Diagramm mit den Verschiebungen der roten Bereiche in diesem in Einklang zu bringen.

»Was ist das?«

»Energie im My-Spektrum, Captain.« Spock lehnte sich in seinem Sessel zurück, verschränkte die Arme und neigte den Kopf ein wenig zur Seite. »Weder Licht noch Wärme, obwohl manche Spezies sie als Farbe und andere als Geräusch wahrnehmen können. Auch das ist, wie Sie bereits bemerkten, typisch für eine Turtledove-Anomalie.«

Kirk beobachtete, wie sich die roten Bereiche langsam in der Maschinensektion und den Triebwerken ausbreiteten, um sich schließlich wieder zusammenzuziehen. Ausdehnung und Kontraktion, Ausdehnung und Kontraktion, wie der Herzschlag eines fremden Lebewesens. »Gibt es eine mechanische Ursache für diesen pulsierenden Effekt?«

Instinktiv wußte er, daß die Antwort auf diese Frage nein war. Spock würde sich bestimmt damit herausreden, daß er nicht über genügend Daten verfügte.

Doch der Vulkanier sagte eine ganze Weile gar nichts.

Kirk ließ das Schweigen auf sich wirken. Daß Spock mit einer Antwort zögerte, war bereits eine deutliche Botschaft. Auf dem Bildschirm dehnte sich das Rot aus und zog sich wieder zusammen.

»Ist das eine Echtzeit-Darstellung?«

»Positiv. Sie sehen, daß es nirgendwo eine zeitliche Verzögerung gibt?«

Kirk nickte. Der Pulsschlag setzte in den Triebwerken zum selben Zeitpunkt wie im Maschinenraum ein. »Können Sie die zeitliche Abfolge noch feiner einstellen?«

»Meßfrequenz auf null Komma fünf Sekunden erhöhen«, wies Spock den Computer an, während seine Hand sich unwillkürlich zur Tastatur bewegte, als würde er sich darauf gefaßt machen, präzisere Angaben einzutippen.

Gemeinsam betrachteten sie, wie sich das Diagramm ruckend veränderte. Kirk dachte an den dünnen, grünhaarigen Mann, der ihn ohne jede Hemmung angelogen hatte, während er in seiner Zelle saß. Und an die Klingonin mit den wachsamen Augen, die irgendwie den Eindruck machte, als hätte sie alles schon einmal gesehen. *Gehen Sie nicht ohne mich oder Raksha an Bord der* Nautilus!

Raksha hatte von Fallen gesprochen. Und DeSalle hatte ihm einen ausführlichen Bericht darüber abgeliefert.

Er überlegte, ob er gerade auf ein besonders ausgeklügeltes Fallensystem blickte oder ob es etwas ganz anderes war.

»Frequenz auf null Komma eins«, sagte Kirk.

Die Ausdehnung begann immer noch in exakt demselben Moment.

»Eine ziemlich genaue Abstimmung.«

Doch er wußte, daß es sich nicht so verhielt. Die Energie im Maschinensektor war die Quelle der Energie in den Triebwerksgondeln. Er wußte selbst nicht genau, warum er sich dessen so sicher war.

»Haben Sie eine Theorie?«

»Negativ, Captain.«

»Aber irgend etwas macht Ihnen Sorgen.«

Spock blickte überrascht zu ihm auf. »Es ist unzulässig, ohne ausreichende Daten zu spekulieren«, sagte er. »Im Augenblick lassen die Daten noch keine weitergehenden Schlüsse zu, und die Muster wirken zu widersprüchlich.«

»Auch unterschwellige Hinweise sind Daten.« Kirk hatte in den vier Jahren und neun Monaten, die er mit seinem peniblen Wissenschaftsoffizier verbracht hatte, gelernt, Worte wie *Gefühl* oder *Ahnung* zu vermeiden. »Hegen Sie vielleicht den – natürlich völlig unlogischen – Verdacht, daß diese Energie organischen Ursprungs sein könnte?«

Plötzlich flackerte die Bildschirmdarstellung und zog sich zu einem allmählich verblassenden Lichtpunkt zusammen, bis die Mattscheibe völlig schwarz geworden war. Die emotionslose Altstimme des Computers sagte: »Bitte wiederholen Sie Ihre Anweisung.«

Spock runzelte die Stirn und starrte mit eiskaltem Blick auf den dunklen Bildschirm.

In der letzten Stunde jeder Schicht ließ der Betrieb auf der Bowlingbahn auf Deck Zwanzig allmählich nach. Um die Snackbar und den Bereich der Holospiele zu reinigen und die Bahnen einzuwachsen, wäre es eigentlich nicht nötig gewesen, die ganze Einrichtung zu schließen, da während dieser letzten Stunde sogar die eingefleischten Bowler wie Jefferson und die Gebrüder Adams – der Frachtmeister und der Astrophysiker – duschen gingen, noch etwas aßen und sich umzogen, bevor ihre Schicht begann. Doch Lieutenant Mbu hatte ein Faible für makellose Sauberkeit und Ordnung, so daß sie auf einer Schließung bestand. Sie überprüfte die Spielstände der verschiedenen Konsolen, um nötigenfalls die Programme auszutauschen, deren Beliebtheit nachließ, und zog sich anschließend in ihr Büro zurück, um die Daten auszuwerten, die sie für ihre Studie über das Freizeitverhalten von Starfleet-Angehörigen sammelte, während Fähnrich Effinger die Bowlingbahn aufräumte.

Die vollautomatische Bowlinganlage mußte kaum gewartet werden, und für das Einwachsen gab es zwei äußerst effiziente Maschinen von Dack & Homilie. Die Bahnen bestanden aus gediegenem und qualitativ hochwertigem Kunsteichenholz vom Mars. Effinger hegte zwar kein grundsätzliches Mißtrauen gegen Maschinen, aber er wollte sich trotzdem nicht völlig darauf verlassen. Computergesteuerte Anlagen ließen sich zwar sehr exakt programmieren, aber ihnen fehlte seiner Ansicht nach das künstlerische Urteilsvermögen, das nur Menschen besaßen. Es war seine Angewohnheit, die Einstellungen zwei- oder dreimal pro Woche manuell zu korrigieren, um die Feinheiten zu berücksichtigen, die von den lernfähigen Modulen nicht mehr wahrgenommen werden konnten. Und wenn er den Einwachsmaschinen auf die Bahnen folgte – natürlich in Socken –, ging er immer wieder in die Knie, um etwas mehr Politur auf der rechten Seite aufzutragen, die von den meisten Bowlern naturgemäß stärker beansprucht wurde.

Damit war er gerade beschäftigt, als er vom Eingang eine Stimme rufen hörte. »Äffchen!« Es war sein alter Spitzname, im Tonfall freudigen Entzückens artikuliert. Als er aufblickte, sah er die reizvolle Shimada – die niemals bowlte – auf ihn zukommen. Sie lächelte und hatte die Arme ausgestreckt. Sie war so hübsch wie ein Porzellanpüppchen, ihr nachtschwarzes Haar wehte, befreit von den üblichen Klammern, um den Saum ihres kurzen roten Rocks. Der strahlende Ausdruck ihrer braunen Augen raubte ihm fast den Atem.

Im nächsten Moment stockte ihm tatsächlich der Atem, als die grüne Hand der Orionerin Adajia aus der Klappe zum Luftschacht hervorkam, die plötzlich offenstand. Man konnte über sie sagen, was man wollte – und dazu gab es eine ganze Menge zu sagen –, aber Adajia konnte äußerst geschickt mit einem Phaser umgehen.

Arios, Raksha, Thad und Adajia sprangen einer nach dem anderen aus dem Lüftungsschacht in den Raum, in dem sich außer dem bewußtlosen Effinger niemand aufhielt. Die Illusion der hübschen Shimada hatte sich spurlos verflüchtigt. Arios und die Klingonin machten sich ohne Zögern auf den Weg zu den Holospielkonsolen, während Thad und Adajia Effingers Mund und Augen mit Klebeband verschlossen und ihn mit den Händen an das Geländer neben der Bowlingbahn fesselten. Arios hatte im Nu die Verkleidung des Spieleterminals abgenommen.

»Mit welchem soll ich mich befassen?« fragte Raksha überflüssigerweise, denn nur noch einer der bunten Bildschirme war hell erleuchtet. Sie hockte sich auf den Sitz davor und verbrachte die nächste Minute damit, das Spiel abstürzen zu lassen und in das Betriebssystem vorzudringen, um die Möglichkeiten dieses leistungsfähigen Computerterminals ausnutzen zu können.

Thad hatte unterdessen die Schuhe ausgezogen und nutzte die Bowlingbahnen für sein privates Vergnügen, indem er Anlauf nahm und auf Socken über die spiegelglatt gewachste Fläche aus Kunsteichenholz rutschte.

»Systemcheck!« sagte Spock. »Ergebnisse der Fehlersuche anzeigen!«

Blaue Datenkolonnen wanderten über den silbernen Hintergrund des Bildschirms – Referenzdateien der Kommunikationssoftware, Befehlsdateien, die das Materie-Antimaterie-Verhältnis in den Reaktoren und die Arbeitsabläufe der Recyclingprozesse regulierten, die Parameter der Temperaturkontrolle für die Labors, die Privatquartiere und Duschkabinen sowie den Swimmingpool auf Deck Zwanzig. Außerdem Holoprogramme, Romane, Briefe, wissenschaftliche und technische Zeitschriften, Logbücher aller Abteilungsleiter und Computersysteme, dazu die Sicherheitskopien der Logbücher. Die Überwachungsprogramme der Betten in der Krankenstation und der Zellen in der Arrestsektion. Anzeigen interner Sensoren vom letzten Lagerraum bis zur Brücke. Dosierungsanleitungen für die Wachsmaschinen der Bowlingbahn, die Helligkeitsregelung der Sonnenlampen im Freizeitraum, die Stärke von Captain Kirks Morgenkaffee und die Intensität der Magneten, mit denen sämtliche Schranktüren und Wartungsklappen im Schiff verschlossen wurden.

»Kein Systemfehler gefunden«, sagte der Computer mit einer Stimme, die in Kirks Ohren irgendwie selbstgefällig klang.

Spock schüttelte verwirrt den Kopf. »Überprüfung der Ursache ...«, begann er, doch Kirk unterbrach ihn. »Er lügt!« sagte er.

Der Captain drehte sich um, marschierte zur Tür und konnte im letzten Moment abbremsen, bevor er sich eine blutige Nase geholt hätte, weil sich die Tür nicht öffnete.

»Krankenstation an Wartungsteam! Krankenstation an Wartungsteam!« Dr. McCoy trat vom Interkom-Anschluß an der Wand zurück. Der Arzt verlor die Geduld und schlug mit der geballten Faust gegen die widerspenstige Tür.

Es überraschte ihn nicht, daß sie sich auch dadurch zu keiner Reaktion bewegen ließ.

»Scheibenkleister!« sagte Mr. Scott. Selbst die Türen der winzigsten Räume auf der *Enterprise* – und er befand sich gerade in einem der winzigsten Räume der *Enterprise* – besaßen manuelle Schaltvorrichtungen, doch die magnetische Verschlußklappe über der Schaltung genau vor ihm saß plötzlich so fest, daß sie sich nicht von der Stelle bewegen ließ.

Eine Störung der Magnetkraftkontrolle, schlußfolgerte Scotty. Wer hätte gedacht, daß so etwas möglich war?

Er drückte die Taste des Interkoms, während er genau wußte, daß er sich durch diese peinliche Situation zum Gespött der ganzen *Enterprise* machen würde. »Wartungsteam, hier spricht Mr. Scott. Es gibt ein Problem mit der Verriegelung zur Toilettentür Nummer ...« Er warf einen Blick auf die Seriennummer über dem Kommunikationsanschluß. »... Nummer vierzehnzwölf. Wartung? Hört mich jemand?«

Es gab keine Antwort.

Statt dessen war auf einmal eine leicht heisere Stimme über den Anschluß zu hören, die Mr. Scott vage vertraut vorkam. »Captain Kirk? Hier spricht Dylan Arios.« Dann gab es eine kurze Pause, in der sich Scotty fragte, ob die Störung, die für den Magnetverschluß der manuellen Kontrollen verantwortlich war, gleichzeitig für eine Fehlschaltung im internen Kommunikationssystem gesorgt haben könnte.

Dann sprach Arios weiter. »Wir ... äh ... haben die Kontrolle über Ihr Schiff übernommen.«

5

Den Teufel haben Sie getan!« brüllte Kirk, nachdem er mit der geballten Faust auf die Taste des Interkom-Anschlusses geschlagen hatte. »Wo zum Teufel ...?«

Die heisere Stimme meldete sich ein wenig zögernd zurück. »Sie können mich über die interne Kommunikation über den Anschluß ... der Messe auf Deck Elf erreichen. Das ist der einzige Kanal, der noch offen ist.«

»Die Messe auf Deck Elf«, wiederholte Lieutenant Organa von der Sicherheit, während sie geschickt von der Pyramide aus Tischen herunterkletterte, die mit überraschender Schnelligkeit errichtet worden war, wenn man bedachte, wie verwirrt die Leute im Freizeitraum zunächst gewesen waren. Sie hatten versucht, auf diese Weise an die Lüftungsschächte in der Decke heranzukommen. »Shimada, im Maschinenraum muß es irgendwo Entmagnetisierer geben. Wenn wir die Verkleidungen über den Schaltungen lösen können, kommen wir weiter. Kennt sich jemand mit der Lage der Lüftungsschächte zwischen hier und dem Maschinenraum aus?«

Sie hatten sich bereits vergewissert, daß der Computer keine Informationen mehr herausrückte.

»Ich!« Fähnrich Lao wandte sich von der Tastatur eines der Lesebildschirme im Freizeitraum ab, die er bearbeitet hatte. Normalerweise gestattete das Terminal Zugang zur Bibliothek, doch nach Laos fachmännischer Manipulation zeigte der Monitor nun sehr ungewöhnliche Daten. Auf der anderen Seite des Raumes untersuchte der Zweite Ingenieur Danny Miller die widerspenstige Klappe über der manuellen Türkontrolle. Wie die meisten der Leute, die im Freizeitraum festsaßen, trug er Uniform, in seinem Fall einen roten Overall, doch in den Taschen befand sich kein Entmagnetisierer. Der Grund war der, daß diese Geräte trotz der Sicherheitsvorrichtungen dazu neigten, die Programme anderer elektronischer Handwerkzeuge zu löschen.

»Aber sie können sich unmöglich in der Messe auf Deck Elf aufhalten«, sagte Lao, als er sich den aufgetürmten Tischen näherte. »So etwas können sie nur von einem leistungsfähigen Terminal aus bewerkstelligen, und davon gibt es keine auf Deck Elf. Offenbar haben sie den Kommunikationskanal umgeleitet.«

Er deutete mit einem Kopfnicken auf den Lesebildschirm. »Es sieht so aus, als ob sie außerdem sämtliche Schotten in den Korridoren verriegelt haben.«

»Aber heute abend ist doch das große Bowling-Turnier!« protestierte Fähnrich Jefferson. »Wenn sie uns daran hindern, diese Schleimteufel aus dem Maschinenraum zu besiegen ...«

»Passen Sie auf, wen Sie einen Schleimteufel nennen, Sie Schimmelfrosch!« gab Miller mit einem Grinsen zurück.

»Also könnten sie überall stecken«, sagte Organa mißgelaunt.

Urplötzlich erlosch die Beleuchtung.

»Ich überwache die Krankenstation«, sprach Dylan Arios weiter. »Ich werde es erfahren, wenn meinen Leuten, die dort liegen, etwas zustößt. Und glauben Sie mir, Captain, ich werde damit beginnen, die Lebenserhaltungssysteme herunterzufahren. Wir sind in einer verzweifelten Situation. Es tut mir leid, aber so verhält es sich im Augenblick. Haben Sie verstanden?«

Kirk tastete fluchend nach dem Interkom-Anschluß.

In der Akademie hatte er die erforderlichen Überlebenskurse belegt, aber es war schon sehr lange her, seit er auch nur daran *gedacht* hatte, wie man die Kontrollen im Dunkeln bediente. Zum Glück war die Nummer der Messe auf Deck Elf leicht zu merken: 11-1. Er wollte nicht, daß das gesamte Schiff ihre weiteren Gespräche belauschen konnte.

»Was wollen Sie?«

Hinter sich in der Dunkelheit hörte er das Rascheln von Spocks Kleidung und dann ein helles Rauschen, als Spock seinen Kommunikator öffnete. Arios oder einer seiner Leute hatte offenbar sämtliche Kommunikationssysteme des Schiffes mit einem Störsignal lahmgelegt.

»Wir möchten, daß Sie uns nach Tau Lyra Drei bringen«, sagte Arios.

»Können Sie ihn nicht irgendwie aufspüren?« Mr. Sulu warf einen Blick über die Schulter und sah im schwachen Schein einer Notlampe die langen Beine von Lieutenant Uhura, die unter der Kommunikationskonsole hervorschauten. Zu einem anderen Zeitpunkt, dachte er, hätte dieser Anblick eine ausgiebigere Würdigung verdient.

Sie versuchte, eine etwas weniger unbequeme Stellung einzunehmen, und Lieutenant Dawe, der für sie die tragbare Lampe hielt, bemühte sich, ihr möglichst viel Raum zum Arbeiten zu lassen. Im Augenblick gab es für ihn nichts Besseres zu tun, da der Monitor seiner technischen Station hartnäckig auf der Ansicht bestand, alles wäre in bester Ordnung.

»Das ist nicht so einfach.« Uhuras Stimme klang gedämpft und gereizt, während sie sich erneut wand, um die ungewohnte Haltung ihrer Arme zu erleichtern. Mit einem bleistiftförmigen Prüfgerät untersuchte sie ein Kabel nach dem anderen im undurchdringlichen Labyrinth unter der Konsole, um möglicherweise irgendeinen Hinweis zu finden, was auf dem Schiff vor sich ging.

Sogar die Notbeleuchtung der Brücke war erloschen. Im düsteren Schein der Handlampen wirkte der große runde Raum, in dem sich überall drohende Schatten erhoben, wie die Behausung prähistorischer Höhlenbewohner.

Im Vergleich zu dieser Finsternis erstrahlten die Sterne auf dem Sichtschirm mit atemberaubender Brillanz. Sulu, der neben der Tür zum Turbolift in der Dunkelheit stand, dachte daran, daß er fast die unbeschreibliche Schönheit der kalten, unendlichen Nacht vergessen hatte. Und wenn sie nicht in Gefahr gewesen wären, hätte er stundenlang auf der dunklen Brücke sitzen und in die Unendlichkeit aus Leere und Licht starren können.

Sie hatten ihre Geschwindigkeit reduziert, kurz bevor die Beleuchtung deaktiviert worden war. Es war genau der Moment gewesen, in dem Sulu erkannt hatte, daß es irgend jemandem gelungen war, in die mehrfach gesicherten Computersysteme einzudringen. Chekov hatte sich tief über seine Navigationskonsole gebeugt und versuchte, weitere Kurskorrekturen einzugeben, während er darauf hoffte, daß die Behauptungen des Computers den Tatsachen entsprachen, daß seine Anweisungen den Computer auch wirklich erreichten und daß nicht demnächst eine neue Katastrophe über sie hereinbrach.

»Auf Deck Elf ist er jedenfalls nicht«, sagte Uhura, ohne den Prüfstift aus den Zähnen zu nehmen. »Sie müssen die Verbindung irgendwie umgeleitet haben.«

»Können Sie etwas wegen der Störung der Kommunikatoren unternehmen?« fragte Chekov. »Wenn wir wenigstens mit den anderen Kontakt aufnehmen könnten ...«

»Ich hab's!« Sulu spürte, wie sich die Verkleidung unter seinen Fingern lockerte. Er schob den Entmagnetisierungsstift in seine Gürteltasche zurück und riß die Klappe herunter. Dann suchte er nach dem Handgriff für die Turboliftkontrolle und riß daran. Widerstrebend teilten sich die silbrig beschichteten Türhälften und enthüllten ein schwarzes Rechteck aus stockfinsterer Dunkelheit. Das spärliche Licht von der Brücke wurde nur vom senkrechten gelben Sicherheitskabel zurückgeworfen, das wie eine goldene Naht in schwarzem Samt schimmerte.

»Hmm«, sagte Sulu. Von hier aus ging es nur noch nach unten.

»Meister ...«

Raksha legte Arios eine Hand auf die Schulter. Er bedeckte das Mikrofon des Kommunikationsanschlusses mit der Hand und blickte sie mit grünen Augen an, die im Schein der Lampe, die sie neben der Spielkonsole befestigt hatten, auf unheimliche Weise leuchteten. Thad vergnügte sich immer noch damit, über die frisch gewachsten Bowlingbahnen zu rutschen. Adajia saß neben der Tür am anderen Ende des Raumes und war in der Dunkelheit fast unsichtbar. In einer Hand hielt sie Weins Phaser, und mit der anderen bediente sie sich aus einer Schüssel Popcorn. Der Geruch durchdrang den ganzen Raum, und gelegentlich war zu hören, wie sie sich geräuschvoll die Finger ableckte.

»Wenn das hier die *Enterprise* ist«, sagte die Klingonin leise, »können wir unser Problem ganz einfach lösen, indem wir die Lebenserhaltung abschalten. Das weißt du.«

Arios' Mundwinkel zuckten. Er hatte einen viel zu zarten Mund, dachte Raksha nüchtern; in seinem schmalen Gesicht wirkte er zu zerbrechlich, fast wie das Skelett einer Motte. In ihrem Volk könnte ein solcher Mann nicht überleben.

»Das weiß ich.«

Sie blickten sich eine Weile schweigend an.

»Du weißt, wer an Bord ist?« fragte sie. Doch es war eigentlich gar keine Frage. »Ich kenne seinen Namen nicht, aber du kennst ihn.«

Er nickte knapp. »Ja, ich kenne ihn.«

»Dann schließe ihn in deine Bedingungen ein. Fordere ihn als Geisel und stoße ihn dann durch eine Luftschleuse. Erschieße ihn, wenn er zu flüchten versucht. Sag einfach, Adajia oder ich hätten deine Befehle in den Wind geschlagen und ihn in winzige Stücke zerrissen. Es würde mir sogar Spaß machen.«

Er schloß die grünen Augen und wandte das Gesicht ab. »Das kann ich nicht zulassen.« Er holte tief Luft, als müßte er sich gegen eine große Last stemmen, dann wurde seine Stimme wieder leicht. »Du solltest lieber weitermachen, wenn Kirk nicht dahinterkommen soll, daß ...«

Sie griff mit ihrer braunen Hand nach seinem Kinn und drückte sein Gesicht zurück, so daß er ihr in die Augen blicken mußte.

»Wer immer es ist«, sagte sie beherrscht, »er ist verantwortlich für das, was man dir angetan hat.«

Arios schwieg.

»Er ist verantwortlich, daß Sharnas' Zentralnervensystem wie die Hauptader einer denebianischen Silbermine aussieht. Er ist verantwortlich, daß du Phil jedesmal das Fell abziehen und seine Implantate auf Vordermann bringen mußt. Er ist verantwortlich, wenn du nachts immer wieder schreiend aus deinen Alpträumen erwachst ...«

»Nicht für jeden«, erwiderte Arios ruhig.

Sie kniff die Lippen zusammen, bis sie nur noch ein Strich der Verbitterung waren, und ihre Finger krallten sich in die Haut seines spitzen Kinns. »Töte ihn! Wer immer es ist.«

»Das kann ich nicht.«

»Dann sag mir, wer es ist, und ich werde es für dich tun.«

Eine Bowlingkugel rollte donnernd über die Bahn. Thad, der sie geworfen hatte, rannte ihr nach und überholte sie auf den Socken rutschend. Er war ein begeistertes Kind beim Spiel. Rakshas Blicke folgten dem kleinen Mann, und zum ersten Mal glitzerten in ihren Augen Tränen.

»Er ist verantwortlich für Thad.«

Arios wand sich aus ihrem Griff und sah auf das Gewirr aus Tastaturen und Monitoren herab. Seine Hände zitterten leicht, und er legte sie schnell ineinander, damit die Klingonin es nicht sah. »Ich kann es nicht. Es ist unmöglich.« Er blickte ihr nicht in die Augen. »Du solltest jetzt gehen.«

Sie wandte sich ab. »Thad«, rief sie. »Thaddy, komm her, du wirst jetzt zum Wachmann befördert.«

»Mit Phaser und allem?« Sein Gesicht strahlte voller Vorfreude, dann blieb er wie angewurzelt stehen, als seine Angst die vorübergehende Begeisterung für diesen Vertrauensbeweis verdrängte.

»Mit Phaser und allem«, sagte Raksha. »Ich muß Adajia mitnehmen. Du wirst diese Tür im Auge behalten und die Ohren aufsperren. Wenn du irgendein seltsames Geräusch hörst oder auch nur das Gefühl hast, etwas könnte sich durch die Dunkelheit anschleichen … dann wirst du dich darum kümmern.«

Er riß erschrocken die dunklen Augen auf. Sie drückte ihm den zweiten Phaser, den sie in Weins Schreibtisch gefunden hatten, in die Hand und nickte Arios zu, der sich wieder mit dem Interkom-Anschluß beschäftigte. »Du mußt den Meister beschützen«, sagte sie. Als Adajia ihr folgte und sie wieder in das offene Loch des Lüftungsschachts einstiegen, fügte sie auf klingonisch hinzu: »Und die Götter des Blitzes mögen dich beschützen!«

»Mir ist bewußt, daß Tau Lyra Drei unter dem Schutz der Ersten Direktive steht«, fuhr Arios' heisere Stimme fort. »Trotzdem haben wir dort etwas Wichtiges zu erledigen. Wir haben nicht die Absicht, den Bewohnern des Planeten Schaden zuzufügen – und auch nicht der Besatzung dieses Schiffes. Wir sind keineswegs Weltraumpiraten, Captain, auch wenn Sie anderer Meinung sein mögen. Aber wir müssen so schnell wie möglich nach Tau Lyra, und unser Schiff muß repariert werden.«

Kirks Gedanken rasten, während ihm immer neue und schrecklichere Möglichkeiten durch den Kopf schossen. Was, zum Teufel, war auf der Brücke los? Waren die Kontrollen der Maschinen und des Warpantriebs unterbrochen? Der Interkom-Anschluß befand sich neben der Tür zu Spocks Büro, durch die er dumpfe Geräusche hörte. Die Schallisolierung war niemals hundertprozentig, so daß er immer wieder leise Stimmen und ein Klopfen wahrnahm, wenn jemand durch die verschlossene Tür zur benachbarten Bibliothek zu gelangen versuchte.

»Jemand aus meiner Besatzung wird mit Mr. Spock zur *Nautilus* hinübergehen«, sagte Arios. »Ich hoffe, er ist sich bewußt, daß ich durch die implantierten Überwachungssysteme jederzeit verfolgen kann, was mit meinen Leuten geschieht. Wie ich schon sagte, würde ich nur ungern die Lebenserhaltung abschalten, aber ich bin dazu bereit. Und von hier aus bin ich dazu in der Lage. Ich hoffe, daß Sie daran keinen Zweifel haben.«

»Kann er es tun?« Kirk legte eine Hand über das Mikro.

Spocks Stimme kam aus einer anderen Richtung als beim letztenmal. Kirk vermutete, daß der Vulkanier versuchte, an die Notausrüstung hinter der Wandklappe zu gelangen, zu der unter anderem ein Entmagnetisierer gehörte. Wenn die Verkleidung nicht völlig fugenlos festsaß, waren Spocks Finger möglicherweise stark genug, um das Metall zur Seite zu biegen, doch ohne einen Ansatzpunkt waren seine überragenden Kräfte nutzlos. *Wir sind seit fünf Jahren unterwegs,* dachte Kirk verärgert, *und in dieser Zeit hat sich niemand gefragt, was geschehen würde, wenn die Magnetverschlüsse nicht mehr wie gewohnt funktionieren.*

»Er scheint von einem leistungsfähigen Terminal aus in den Hauptcomputer eingedrungen zu sein«, antwortete die kühle Stimme des Wissenschaftsoffiziers. »Da die Basisprogramme, die die Lebenserhaltung und andere wichtige Funktionen des Schiffes kontrollieren, theoretisch gegen eine Manipulation auf dieser Ebene gesichert sind, haben wir es hier eindeutig mit technischen Fähigkeiten zu tun, die unseren weit überlegen sind.«

»Das heißt also, ja?«

»Ich habe keine detaillierte Kenntnis von Captain Arios' Fähigkeiten, Captain.« Auch wenn Spock immer wieder behauptete, von allen menschlichen Gefühlsregungen frei zu sein, klang seine Stimme leicht, aber deutlich besorgt. »Ich würde jedoch davon ausgehen, daß die Wahrscheinlichkeit dafür äußerst hoch ist.«

Kirk fluchte. »Dann heißt die eigentliche Frage wohl: *Würde* er es tun?«

Doch auf diese Frage hatte Spock überhaupt keine Antwort.

»Werden Sie es schaffen, Zhiming?« Lieutenant Organa nahm den Feuchtigkeitsfilter entgegen, der vom offenen Zugang des Lüftungsschachtes in der Decke heruntergereicht wurde, und gab ihn an die anderen weiter, die auf dem Boden warteten. Um die Tischpyramide waren kreisförmig ein Dutzend Schalen mit Pflanzenöl angeordnet, in denen behelfsmäßige Dochte brannten, so daß das Arrangement wie ein schlichter, aber großer Altar wirkte. Lao wußte, daß sich drei Kisten mit Kerzen in einem Schrank des Freizeitraumes befanden, aber leider war auch er mit Magnetverschlüssen gesichert. Die Lampen aus Pflanzenöl waren Fähnrich Giacomos Idee gewesen, und zum Glück hatte sich auch Mr. Brunowski im Freizeitraum aufgehalten, der für die Programmierung der Lebensmittelsynthetisierer verantwortlich war.

Im Augenblick trennten Giacomo, Jefferson und Emiko Adams Häkelgarn, Stickseide und Makrameekordeln aus den verschiedenen Handarbeitsprojekten auf, an denen gearbeitet worden war, als die Lichter in der *Enterprise* ausgingen. Zum Glück war diese Form der Freizeitbeschäftigung an Bord des Schiffes zur Zeit sehr in Mode. Wenn sie an den Inhalt der magnetisch verriegelten Schränke gelangen könnten, hätten sie natürlich genügend Textilfasern zur Verfügung gehabt, um einen Orientierungsfaden durch jeden Lüftungsschacht des Schiffes legen zu können. Doch als Lao sich das System der Schächte ins Gedächtnis rief, glaubte er, daß sie mit dem auskommen würden, was sie hatten.

»Es müßte gehen, solange ich da drinnen auf nichts Lebendiges stoße«, scherzte er, und ein paar Leute lachten unterdrückt. Yagghorths waren nicht der einzige Alptraum, mit dem Raumfahrer immer wieder konfrontiert wurden. Erst vor einem Monat hatte die *Kreiger* das Wrack eines Freihändlers in der Nähe des Systems Beta Lyra entdeckt. Jeder Winkel des Schiffes war mit den ausgetrockneten Überresten udarianischer Blutmaden vollgestopft gewesen, in jedem Raum des Schiffes hatten sie knietief den Boden bedeckt, und sogar die Maschinen waren damit verklumpt. Die Leute von der *Kreiger* hatte chemische Sensoren einsetzen müssen, um die Knochen der Besatzung wiederzufinden.

»Sie meinen, etwas anderes als Mäuse?« witzelte Brunowski.

Lao ging zum Lesegerät hinüber, an dem Miller immer noch versuchte, mit der bizarren Schematik der Programmstruktur zurechtzukommen. »Ich kann einfach nicht verstehen, wie sie die Sicherheitsvorkehrungen durchbrochen haben«, sagte der Ingenieur und strich sich mit der Hand über den Kopf, bis sich sein braunes Haar wie der Kamm eines überraschten Kakadus sträubte. »Ich habe sie persönlich vor einem Jahr neu installiert. Es ist keineswegs ein Generalprogramm, sondern die Sicherheitsdateien sind speziell auf jedes System zugeschnitten.«

»Es sieht fast so aus, als hätten sie es geschafft, für jedes einzelne Bit die Sicherungen zu umgehen.« Lao verschränkte die Arme und studierte den Bildschirm im flackernden Schein der rauchenden und stinkenden Lampen.

»Ist so etwas möglich?«

Lao zuckte die Schultern. »Nein«, sagte er lakonisch und kehrte zu den Tischen zurück. Organa reichte ihm die einzige Handlampe, die in diesem Raum vorhanden war. Miller hatte sie in einer Tasche seines Overalls bei sich getragen. Dann gab sie ihm das Ende eines langen, reichlich verdrehten Fadens, den er sich um einen Fußknöchel knotete. Er bestieg die Tische und kroch von oben in die schmale Öffnung des Luftschachtes. Lao besaß ein gutes Gedächtnis, und er hatte in den fünf Monaten, die er an Bord des Schiffes war, den Grundriß der *Enterprise* eingehend studiert. Während Giacomo Garn aussortierte, das sich für Dochte eignete, und Brunowski und Miller die Programmierung der Nahrungsspender davon zu überzeugen versuchten, daß sie in der Tat lauter Schüsseln mit Öl wünschten, hatte Lao aus dem Gedächtnis einen Plan des Lüftungssystems gezeichnet, dann die Biegungen und Abzweigungen gezählt und gehofft, daß er keine vergessen hatte.

»Was ist, wenn sie sich im Maschinenraum verschanzt haben?« fragte Giacomo besorgt, die ihm nachgeklettert war und nun unter der Öffnung stand.

Lao schaltete die Handlampe ein. Der Schacht war

nur knapp fünfzig Zentimeter weit. Es war nicht gerade der Ort, dachte er ironisch, wo man gerne einem Yagghorth begegnete. Nicht einmal einer Maus, wenn er es sich recht überlegte.

»Darüber werde ich mir Gedanken machen, wenn es soweit ist«, sagte er und schob sich dann vorsichtig durch die Dunkelheit.

»Also gut«, sagte Kirk. »Diese Runde haben Sie gewonnen. Ich vermute, die Beleuchtung ist überall im Schiff ausgefallen.«

Er hatte auf jeden Fall den Eindruck, daß es auf Deck Sieben in der unmittelbaren Umgebung von Spocks Quartier finster war. Hier zwischen der Schiffsbibliothek und den Kabinen mit den Leseschirmen war es normalerweise sehr ruhig, doch jetzt war durch die Wände überall das undeutliche Rascheln menschlicher Aktivitäten wahrzunehmen. Kirk dachte kurz an McCoy und fragte sich, wie es in der Krankenstation aussehen mochte. Und ihm wurde beinahe übel, als er sich die Situation auf der Brücke vorzustellen versuchte.

Minuten verstrichen, ohne daß er eine Antwort erhielt. Kirk hörte das fast lautlose Rascheln von Mr. Spocks Kleidung, als der Vulkanier sich wie eine große Raubkatze durch den dunklen Raum bewegte. Seinem leisen Atem war nicht die geringste Angst oder Verzweiflung anzumerken. Wenn Arios an die speziellen – und angeblich vielfach abgesicherten – Programmverzeichnisse gelangt war, hätte er die Kontrolle der Beleuchtung und der Türen in bestimmten Bereichen des Schiffes außer Betrieb setzen können, doch es war zu vermuten, daß er das ganze Schiff lahmgelegt hatte. Zumindest wäre Kirk so vorgegangen, wenn er die Besatzungsmitglieder isolieren und von einer allgemeinen Suche abhalten wollte.

»Hören Sie!« probierte er es noch einmal. »Geben Sie

die interne Kommunikation nur für ein paar Minuten frei, damit ich meinen Leuten sagen kann, daß sie bleiben sollen, wo sie sind. Ich glaube Ihnen, daß Sie nur Ihr Schiff reparieren und nach Tau Lyra Drei gebracht werden wollen. Ich kann Ihnen nicht erlauben, auf einem geschützten Planeten zu landen, aber ich werde Ihnen bei der Reparatur Ihres Schiffes helfen. Was Sie danach tun, ist ganz allein Ihre Sache.« Er hoffte, daß seine Worte ehrlich klangen und nicht den Eindruck irgendwelcher Hintergedanken erweckten.

»Aber lassen Sie mich zu meiner Besatzung sprechen. Irgend jemand wird auf Sie stoßen, und ich möchte vermeiden, daß es in der Dunkelheit zu gefährlichen Mißverständnissen kommt. Ich möchte den Leuten sagen, daß ich eine Vereinbarung mit Ihnen getroffen habe, daß weder Sie noch irgendein Mitglied Ihrer Besatzung verletzt werden darf.«

»Man wird mich nicht finden, Captain«, antwortete Arios' Stimme. »Und ich habe Ihren Leuten bereits gesagt, daß sie uns nicht zu nahe kommen sollen. Es ist nicht so, daß ich kein Vertrauen in Ihr Wort hätte. Sie standen ... Sie stehen im Ruf, Ihr Wort zu halten. Aber ich weiß auch, Sie würden niemals zulassen, daß ein Haufen gefährlicher Weltraumpiraten auf einem geschützten Planeten landet. Es tut mir leid, aber ich kann wirklich kein Risiko eingehen. Und damit meine ich jedes Risiko.«

»Aber das haben Sie bereits getan.«

Kirk blickte sich verblüfft über die Schulter um, obwohl er wußte, daß er dort nichts erkennen würde. Plötzlich hatte Spock in seiner unmittelbaren Nähe gesprochen, und er spürte die Körperwärme des Vulkaniers an seinem Arm.

»Wie ich Ihrem Gespräch mit Rakshanes entnommen habe«, sagte Spock und benutzte die klingonische Ehrenanrede, »haben Sie sich bereits geweigert, die gesamte Besatzung der *Enterprise* zu opfern, obwohl Sie damit an einer Person Rache üben könnten, die Ihnen Unrecht angetan hat, wie Sie glauben. Jemand, der Sie und Ihre Besatzung verletzt hat. Das deutet darauf hin, daß ein Kompromiß im Rahmen des Möglichen liegt.«

Es folgte ein längeres Schweigen. Kirk fragte sich, was Mr. Spock mitgehört hatte, denn er selbst hatte nur unverständliches Gemurmel über die Verbindung wahrgenommen. Jetzt hörte er leise eine helle männliche Stimme – vermutlich die von Thad, dem jungen Mann mit der kindlichen Naivität –, die besorgt fragte: »Aber wie konnte er das mithören?«

»Spock ist Vulkanier, er konnte natürlich alles verstehen, obwohl ich die Hand auf das Mikrophon gelegt hatte. Wir wußten, daß sie sich zusammen in Spocks Kabine aufhalten ... Es tut mir leid, Captain.« Arios' Stimme war nun wieder klar und deutlich zu verstehen. »Und Ihnen, Mr. Spock, möchte ich sagen, daß ich bereits genügend Risiken eingegangen bin. Ich kann mir keine weiteren leisten. Einige von uns haben ihre eigenen Direktiven. Sie werden sich ...«

Plötzlich gab es ein kratzendes Geräusch an der Tür, das scharfe Klacken einer gelösten Abdeckplatte, dann das Knirschen der Handschaltung. Ein Spalt aus grellem, gelbem Licht stach in Kirks Gesichtsfeld, unerträglich hell nach der langen Zeit in der Finsternis. Als der Durchgang breiter wurde, waren zwei Gestalten zu erkennen, zwei Frauen, die dunkelhäutige Raksha in der Rüstung aus Leder und glänzendem Metall und die mit üppigen Reizen versehene Adajia.

Adajia hatte einen Phaser und eine gefährlich aussehende, mit Metallklingen bestückte Waffe. Raksha hielt in einer Hand eine Brechstange und trug über der anderen Schulter eine große Werkzeugtasche mit dem Emblem von Starfleet und der Seriennummer der *Enterprise*. Die meisten dieser Taschen waren außerdem mit einem Kürzel versehen, das verriet, aus welcher Abteilung des Schiffes sie stammten. Doch in diesem

Fall hatte jemand – wahrscheinlich Raksha selbst – den Vermerk mit Klebeband unkenntlich gemacht.

Adajias Phaser war ein Starfleet-Modell. Das bedeutete, daß sie ihn vermutlich einem Sicherheitswächter abgenommen hatten, wahrscheinlich dem Mann, der sie in der Arrestsektion bewacht hatte.

»Captain«, sagte Raksha, die einen sicheren Abstand zur Tür hielt, »auch Sie werden uns begleiten, da wir vorübergehend eine Geisel benötigen. Jetzt würde ich Ihnen gerne die Handgelenke fesseln ...« Sie hob eine Rolle mit silbernem Klebeband. »Wenn Sie sich weigern, wird Adajia Ihnen mit einem schwachen Schuß eine leichte Betäubung verpassen, damit ich Sie anschließend fesseln kann. Für mich wäre das eine Zeitvergeudung, und Sie hätten den Rest des Tages Kopfschmerzen. Nötigenfalls kann Adajia auch Sie beide außer Gefecht setzen, doch dann muß ich mir jemand anderen suchen, der mir dabei hilft, die Maschinen und den Computer der *Nautilus* zu reparieren. Nun?«

»Ich habe bereits erklärt, daß ich kooperationsbereit bin«, sagte Kirk und streckte ihr die Hände hin.

»Mr. Spock, treten Sie bitte zurück. Aber halten Sie sich vom Schreibtisch fern.«

Spock gehorchte. Adajia blieb vor der Tür stehen und behielt beide Männer sowie den dunklen Korridor im Auge. Raksha riß Kirk grob herum und fesselte ihm die Hände hinter dem Rücken.

»Haben Sie alles nötige Reparaturwerkzeug im Maschinenraum gefunden?« fragte Spock höflich. Hinter Adajia war der Korridor schwarz und völlig still, doch Kirk hatte während der Finsternis den Eindruck gehabt, daß er von dort Stimmen gehört hatte. Wenn er lauschte, registrierte er immer noch gelegentliches Gemurmel aus der Bibliothek nebenan. Die Schallisolierung eines Raumschiffes war zwar sehr kostspielig, aber unbedingt notwendig für eine Besatzung, die wochen- oder manchmal monatelang völlig auf sich gestellt war. Trotzdem war sie niemals vollkommen.

»Das meiste, was wir brauchen, befindet sich bereits auf der *Nautilus*«, sagte Raksha und blickte den Vulkanier über Kirks Schulter an. »Wir müssen die Schnittstelle zwischen Computer und Maschinen wieder in Ordnung bringen, weswegen ich Sie und nicht Mr. Scott ausgewählt habe. Abgesehen von der Tatsache, daß wir Mr. Scott bis jetzt noch nicht lokalisieren konnten. Gehen wir! Ich denke, wir sollten den Steuerbord-Transporterraum nehmen und nicht den genau neben der Sicherheitsabteilung. Hier entlang.«

Ihre weichen Sohlen verursachten kaum ein Geräusch auf den Metallplatten des Fußbodens. Der Strahl von Adajias Handlampe huschte kurz über die Körper jener, die das Pech hatten, sich in diesem Korridor aufzuhalten, als das Licht erlosch. Kirk erkannte Gilden von der historischen Abteilung, dessen Quartier hinter der nächsten Biegung lag. Als der Mann sich leise stöhnend bewegte, atmete Kirk auf. Es bestand kein Zweifel, daß die zwei Frauen jeden Menschen, auf den sie getroffen waren, mit einer geballten Betäubungsladung außer Gefecht gesetzt hatten. Und als er in Rakshas hübsches und gleichzeitig eiskaltes Gesicht blickte, war Kirk froh, daß es nicht schlimmer gekommen war.

Interessiert bemerkte er, wie gut sie sich mit diesem Schiff auskannten. Die *Nautilus* war zwar fast identisch mit der *Enterprise*, aber die Vertrautheit, mit der sie über Scotty gesprochen hatte, alarmierte ihn und vermittelte ihm das unangenehme Gefühl, daß sie ausgezeichnet über das Personal des Schiffes informiert war.

»Hier werden wir Sie unterbringen.« Ihre Stimme erzeugte ein leises Echo im Gang zwischen den zwei Transporterräumen. »Nachdem wir Mr. Spock zurückgebeamt und den Meister und die anderen an Bord gebracht haben, werden wir Ihren Leuten sagen, wo Sie sind. Es tut mir leid, daß es auf diese Weise geschehen muß.«

Vielleicht tat es ihr wirklich leid, dachte Kirk, aber sie machte nicht den Eindruck, daß sie deswegen nachts keinen Schlaf finden und ihr Kissen vollheulen würde.

»Vielleicht muß es nicht auf diese Weise geschehen«, sagte er. »Erzählen Sie uns einfach, wer Sie sind und was Sie vorhaben, und dann ...«

Sie stieß ein kurzes, bellendes Lachen aus. »Glauben Sie mir, Captain«, sagte sie, »Sie würden es gar nicht wissen wollen.« Ihre Augen waren bitter und schwarz wie Kaffee, von uralter Wut und uralten Schmerzen getrübt. »Sie würden es wirklich nicht wissen wollen«, wiederholte sie etwas leiser.

Direkt hinter den Steuerbord-Transportern befanden sich mehrere Frachträume. Raksha entmagnetisierte die Klappe neben der nächsten Tür und drehte den Griff gerade weit genug, um einen Menschen durch den Spalt zu lassen. Als letzte Vorsichtsmaßnahme riß sie ein Stück Klebeband ab und drückte es ihm über den Mund. Dann beförderte sie ihn mit einem unsanften Stoß in die Dunkelheit. Ein Schmerz zuckte durch seine Schulter, als er gegen etwas stieß, vermutlich einen Frachtcontainer, doch als er sich wieder aufgerappelt hatte, war die Tür längst verschlossen.

Durch die Metalltür hörte er das Summen eines Phasers, als sie den Öffnungsmechanismus verschweißte.

Ihre Stimme war kaum noch zu verstehen, als sie durch den Gang zum Transporterraum lief und sagte: »Es ist Nummer sieben-eins-zwölf, Mr. Spock. Er ist dort gut aufgehoben, bis Sie wieder zurück sind.«

Kirk trat mit dem Fuß gegen den Behälter hinter ihm. Er hatte keine Ahnung, was sich darin befinden mochte. Es konnte alles mögliche sein, von Bodenproben über archäologische Ausgrabungsstücke bis zu unbekannten Artefakten. Er kehrte dem Container den Rücken zu und begann damit, langsam und geduldig die Kante mit den Fingern abzutasten. Wenn er eine scharfe oder spitze Stelle fand, konnte er sie dazu benutzen, das Klebeband durchzuwetzen, bis er seine Hände befreit hatte.

»T'Iana ...«

Christine Chapel fuhr herum, als sie das heisere Flüstern vom Bett hörte. Die Leuchtanzeigen der medizinischen Systeme verbreiteten einen schwachen Schein in der beengenden Dunkelheit. Doch das Licht war kaum stark genug, um den ungebändigten schwarzen Haarschopf auf dem einen Kissen und die feinen, aristokratischen Gesichtszüge auf dem anderen erkennen zu lassen. Der vulkanische Junge namens Sharnas hatte seit mehreren Stunden reglos dagelegen, fast wie eine Statue. Jetzt ging sein Atem schneller, seine Mundwinkel und die wunde Haut unter den Augen verzogen sich vor Schmerz. Seine langen und zarten Hände zitterten auf dem rauhen Stoff des Lakens, und seine Füße unter der Decke zuckten, als würde er auf glühenden Kohlen laufen.

»T'Iana«, murmelte der Junge erneut in verzweifeltem Tonfall. »Laß es nicht zu, daß sie es tun. Ich will es nicht. Sie töten ...«

Seine Hand bewegte sich krampfartig, als müßte er im Traum eine wichtige Arbeit erledigen. Chapel setzte sich ans Bett, nahm seine Hand und betrachtete das schmale Handgelenk, die Handflächen und die Finger, die kreuz und quer von blaßgrünen Schnitten und Narben in verschiedenen Heilungsstadien überzogen waren. Einige setzten sich bis unter seinen Ärmel fort.

Aus sehr privaten Gründen hatte Chapel vor drei Jahren begonnen, die komplizierte vulkanische Sprache zu lernen. Dies war das erste Mal, daß sie sich mit einem Vulkanier und nicht nur mit dem Lerncomputer zu unterhalten versuchte. »Es ist alles gut«, sagte sie und hoffte, daß sie diese einfache Phrase richtig ausgesprochen hatte. Sie umschloß die zitternden Finger, um sie zu beruhigen. »Sie sind in Sicherheit.«

In Sicherheit wovor? War T'Iana die Matriarchin eines Clans? Vielleicht die Mutter des Jungen?

Sharnas wälzte hektisch den Kopf hin und her, während ein leiser Schmerzenslaut in seiner Kehle erstarb. »Laß es nicht zu«, flehte er. Jede Spur von vulkanischer Logik und Ausgeglichenheit war von der Panik weggewischt. »Laß es nicht zu, daß sie es tun, T'Iana. Ich will nicht ...«

»Sie sind in Sicherheit«, wiederholte Christine, während sie sich fragte, ob er es wirklich war. Die Beleuchtung war jetzt seit etwas mehr als dreißig Minuten ausgefallen. Nach dem kurzen Gespräch zwischen Dylan Arios und Captain Kirk, das über das Kommunikationssystem im ganzen Schiff zu hören war, war es völlig still gewesen. Zwischen dem Behandlungsraum und McCoys Büro sowie den anderen Labors lagen das Wartezimmer, ein weiteres Büro und ein längerer Korridor, so daß sie nichts hörte, auch wenn sie ihre Ohren anstrengte. Zu Beginn der Dunkelheit hatte sie noch Schritte im Korridor vernommen und dann das dumpfe Geräusch eines Körpers, der gegen die Wand prallte, was sie davon überzeugt hatte, daß es auf dem gesamten Deck genauso finster war wie hier.

Sie fragte sich, wie lange die Batterien der Lampen in der Krankenstation durchhielten und ob Arios aus Verzweiflung seine Drohung wahrmachte, die Lebenserhaltung abzuschalten. Sie war sich nicht sicher, denn sie hatte ihn seit dem gestrigen Abend nur kurz gesehen. Sie hatte nicht den Eindruck gewonnen, daß er ein grausamer Mann war, aber sie wußte genau, daß gar keine Grausamkeit nötig war, um viele Lebewesen töten zu können.

Dazu genügte bereits ein ausgeprägtes Pflichtbewußtsein.

Sharnas zuckte unter ihrer Hand, als würde er gegen

einen unbekannten Feind kämpfen. »Bitte!« flüsterte er. »Es wird … mich verzehren. Zwing mich nicht …«

Ein Beruhigungsmittel hätte dem jungen Vulkanier geholfen, doch es befand sich hinter der verriegelten und nicht zu öffnenden Tür. Sie strich über seine bartlosen und schweißfeuchten Wangen und strich ihm die schwarzen Haarsträhnen aus der Stirn. »Es ist alles gut«, sagte sie, während sie tiefes Mitleid für diesen Jungen empfand und sich wünschte, sie könnte ihn erreichen, sich ihm verständlich machen, seine Ängste beschwichtigen. »Niemand wird Sie zu etwas zwingen, was Sie nicht tun wollen.« Der Satz war auf vulkanisch recht kompliziert, und sie war sich nicht sicher, ob sie ihn fehlerfrei formuliert hatte – oder ob er ihn überhaupt verstanden hatte.

Ein Alptraum, der sich aus den finsteren Tiefseegräben seiner persönlichsten Ängste erhob? Oder durchlebte er noch einmal ein Ereignis, das sich wirklich zugetragen hatte?

Seine Stimme vibrierte wie ein schrilles Violintremolo des Entsetzens. »T'Iana …«

Dann fuhr er plötzlich hoch und stieß ihre Hand mit der erschreckenden Kraft eines Vulkaniers zurück. Seine schwarzen Augen waren ein Abgrund des Entsetzens, als er in die Finsternis starrte. »Es ist in meinem Geist!« schrie er. Er wand sich, hielt sich den Kopf, beugte sich vor und drückte mit den Händen gegen seine Schläfen, als wollte er seinen Schädel zerdrücken. »ES IST IN MEINEM GEIST!«

Dann ging sein Ausruf in einen verzweifelten Angstschrei über.

6

Das erste, was Spock bemerkte, als er in der Maschinensektion der *Nautilus* materialisierte, war der Geruch.

Er war deutlich neben den letzten Resten des süßlichen Rhodon-Gases wahrnehmbar. Der Gestank nach verbrannter Isolierung und Rauch, gemischt mit einem leichten Fischgeruch und einer beißenden Note, bei der sich ihm trotz der Atemmaske die Nackenhaare sträubten, trieb durch die Dunkelheit des großen Shuttle-Hangars. Automatisch überprüfte er die Anzeigen des Tricorders, und von überall her kamen Hinweise auf Lebensformen. Schimmelpilze und Flechten überwucherten die Röhren und Leitungen an der hohen Decke, und im schwachen Schein der vereinzelten Notlampen erkannte er flüchtig huschende Ratten und Bohrglimpfe in den Winkeln der riesigen Halle. Dieses kleine Ungeziefer vermehrte sich in vielen größeren Raumschiffen, wenn die Fracht nicht gründlich desinfiziert wurde. Die Quarantänevorschriften von Starfleet schlossen einen solchen Befall fast automatisch aus, doch die meisten der unabhängigen Schiffe verfügten nicht über genügend Besatzung, um die Kontrollsysteme zu warten, so daß diese immer wieder ausfielen. Die Freihändler im Gebiet und an den Grenzen der Föderation fingen sich häufig solche Plagen ein. Das war einer der Gründe, warum die Föderation kein sehr herzliches Verhältnis zu den Freihändlern hatte.

»Ich gebe Ihnen jetzt einen guten Rat, Mr. Spock«, sagte Raksha, und ihre Stimme kam hallend von der hohen Decke zurück. »Trennen Sie sich nicht von Adajia und mir. Versuchen Sie nicht, uns zu überwältigen und das Schiff auf eigene Faust zu erkunden. Entfernen Sie sich nie außer Sichtweite.«

Er musterte die beiden Frauen eine Weile, die Klingonin in ihrer metallbesetzten Rüstung, die Brechstange locker über die Schulter gelegt, und die Orionerin, die ihre selbstgebastelte Waffe in der zarten Hand hielt. Drohte mehr Gefahr von ihnen oder von den Fallen, mit denen dieses Schiff angeblich gespickt war?

Wenn letzteres zutraf, wie gefährlich konnten solche Fallen noch sein, nachdem fast die gesamte Energie des Schiffes ausgefallen war?

Der Geruch machte ihm Sorgen. Er war vage vertraut und gleichzeitig abstoßend, wie die meisten Gerüche fremdartiger Enzymsysteme. Er blickte sich noch einmal im Hangar um, und ihm fiel auf, daß der Raum seit langem unbenutzt sein mußte. Überall an den Lüftungsschächten waren Rostlöcher, und der rötliche Pelz der Johnson-Flechte zerfraß langsam den Fußboden. Die Sensoren der *Enterprise* hatten Zonen abwechselnder Wärme und Kälte registriert, ein deutliches Anzeichen für ein fehlerhaftes Lebenserhaltungssystem, und hier unten in der Maschinensektion schien die Luft vor feuchter Dschungelhitze zu tropfen. Sein Hemd klebte am Rücken, und das lange schwarze Haar der Frauen bildete nasse Strähnen.

Restenergien zuckten durch Wände, Röhren und Schächte, ohne etwas zu bewirken. Der Sauerstoffgehalt der Luft war gering, und Spock spürte ein leichtes Schwindelgefühl, das auf die Fluktuationen im Hauptschwerkraftgenerator zurückzuführen war. Ohne die tiefen Vibrationen der Maschinen wirkte das Schiff auf erschreckende Weise still.

Er regulierte die Anzeigen des Tricorders, worauf die Falschfarben des My-Spektrums auf dem kleinen Bildschirm sichtbar wurden und wie ein schlafendes Herz pulsierten.

»Hier entlang.« Raksha schlich wie eine Katze über den unebenen und verschmutzten Boden, ohne einen Laut zu verursachen. Sie knotete ihr schwarzes Haar im Nacken zusammen und zog ein Stilett aus ihrem Stiefel, um den Haarknoten zu fixieren. »Als erstes müssen wir die Sauerstoffproduktion und die Pumpen reparieren. Adajia, du behältst ihn im Auge. Ich werde in den Computerraum gehen, um die Verbindungen wiederherzustellen, während ihr euch um die Maschinen kümmert.«

Sie blieb im offenen Durchgang stehen. Es schien, daß alle Türen des Schiffes sich im geöffneten Zustand verkeilt hatten, oder vielleicht war es auch zu so vielen Fehlfunktionen gekommen, daß der Meister und seine Besatzung sich einfach nicht weiter darum gekümmert hatten. Ihre Augen funkelten im Widerschein von Adajias Handlampe, der blitzend von der Messerklinge in ihrem Haar zurückgeworfen wurde.

»Und ich habe keineswegs gelogen, was die ... Verteidigungssysteme dieses Schiffes betrifft, Mr. Spock«, sagte sie ruhig. »Sie würden es niemals bis zum Transporterraum schaffen. Auch wenn nur wir ... drei an Bord dieses Schiffes sind, würden Sie sich nirgendwo verstecken können, glauben Sie mir.«

Spock fragte sich, warum Raksha bei der Zahl gezögert hatte, und hob eine Augenbraue, als die Klingonin in der Dunkelheit verschwand. »Faszinierend.«

»Das sagt Sharnas auch immer«, bemerkte Adajia, die ihn in den gegenüberliegenden Korridor und von dort aus durch einen Wartungsschacht führte, wo die Wände von einer Art grüngoldenem Harz verklebt schienen, das im Licht der kleinen Lampe feucht glänzte. »Reden Sie auch ständig von Wahrscheinlichkeiten und sagen den Leuten, daß es unlogisch ist, was sie tun?«

»Wenn es die Situation erfordert.« Der Geruch im tiefer gelegenen Deck war noch intensiver, vermutlich wegen der größeren Hitze. Das violette Glühen der My-Spektrum-Anzeige auf seinem Tricorder war so hell, das es die verdreckten Wände beleuchtete. Spock stellte interessiert fest, daß die Ersatzsysteme der Maschinensektion in die unteren Decks verlegt worden waren, und fragte sich nach dem Grund. Diese Anordnung wies alle Merkmale einer behelfsmäßigen Konstruktion auf, die vor längerer Zeit in aller Eile durchgeführt worden war.

Ein weiterer interessanter Punkt war die Tatsache, daß Raksha sich mit den Computern beschäftigte, um die Maschinensysteme zu rekonfigurieren. Wenn sie der Computeroffizier der Besatzung war – und höchstwahrscheinlich auch für die Störung der Systeme der *Enterprise* verantwortlich war –, überraschte es ihn nicht, daß sie ihn von den Computern der *Nautilus* fernzuhalten versuchte. Aber er fragte sich, ob es noch einen weiteren Grund gab. Vielleicht wollte sie nicht, daß er die Computersysteme sah.

Er streckte eine Hand aus, um die Wand zu berühren, während in seinem Kopf eine Theorie allmählich konkretere Formen annahm. »Höchst interessant«, murmelte er.

Sie brauchten nicht lange, um die Sauerstoffversorgung und die Pumpen zu reparieren sowie die Schnittstelle zum Hauptcomputer des Schiffes wieder zu aktivieren. Spock vermutete, daß sich der Computer ebenfalls in den unteren Decks der Maschinensektion befand. Über die Kommunikatoren, die das ausgefallene Interkomsystem ersetzen mußten, meldete Raksha, daß bereits frische Luft durch das Schiff wehte, und als Mr. Spock den Maschinenraum erreicht hatte, war die Luftqualität schon wieder so gut, daß er seine Maske abnehmen konnte.

Spock war froh, daß er sich jetzt freier bewegen

konnte, da diese Maschinen ganz anders als gewohnt konfiguriert waren. Sie waren kleiner, kompakter und weniger leistungsfähig als die der *Enterprise* – was Anlaß zur Verblüffung gab, wenn man das fortgeschrittenere Design der *Nautilus* bedachte. Düstere Tanks und Spulen mit unbekannter Funktion drängten sich dort, wo eigentlich die Verstärkersysteme des Warpantriebs hätten sein müssen, und statt Mr. Scotts Überwachungskonsole gab es eine eiförmige Plexiglasblase, die früher einmal kristallklar gewesen war, nun jedoch mit den allgegenwärtigen gelben, grünen und braunen Harzschlieren überzogen war. Der fischige, fremde Gestank war dort besonders intensiv – und vor allem in den tiefen, dunklen Schatten zwischen und hinter den Tanks. Unwillkürlich lauschte Spock auf jedes Geräusch innerhalb des Schiffes, das nicht von ihm selbst, Adajia oder der leisen blechernen Stimme von Raksha aus dem Kommunikator verursacht wurde, während er die großen, durchgebrannten Generatorspulen flickte und austauschte.

»Haben Sie schon Energie im Steuerungssystem?« fragte Raksha über den Kommunikator. »Das Gerät auf der rechten Seite«, fügte sie hinzu, als könnte sie seine vorübergehende Verwirrung sehen. »Es ist zwischen den Röhren angebracht und hat eine kuppelförmige Abdeckung.«

Er brauchte einen Moment, bis er zwischen den Rhodon-Röhren und den Kühlaggregaten etwas entdeckt hatte, das ihn vage an die Maschinen erinnerte, die er kannte. Dann kniff er leicht die Augen zusammen, als er zu Adajia hinübersah, die im Schneidersitz auf einem verrosteten Signalmodulator hockte und den Phaser locker in der Hand hielt.

»Ich kann nirgendwo eine Kontrolleuchte erkennen«, antwortete er über seinen Kommunikator.

»Unten befinden sich mehrere Klappen. Sehen Sie nach, ob drinnen irgendwelche Leitungen durchgebrannt sind.«

Spock folgte ihren Anweisungen und entdeckte einen Kurzschluß. Während Raksha einen Intervalltest durchführte, zog er seinen blauen Pullover aus und schob die Ärmel des schwarzen Unterhemdes hoch, das er immer an Bord der *Enterprise* trug, wo es, wie in allen Schiffen, die eine vorwiegend menschliche Besatzung hatten, nach vulkanischen Begriffen ungemütlich kalt war. Abgesehen von der recht hohen Luftfeuchtigkeit fühlte er sich an diesem Ort wohl, und er fragte sich, ob Adajia – die ebenfalls von einer Wüstenwelt stammte – genauso empfand.

Während er arbeitete, lauschte er weiter angestrengt auf Geräusche, bis er sich fragte, was hier nicht stimmte. Es dauerte eine Weile, bis er erkannte, daß er auf diesem Deck kein Kratzen und Scharren von Rattenkrallen auf Metall hörte, kein Knirschen von Bohrglimpfen, die sich unter dem Fußboden bewegten.

Zufall? Oder lag es am Rhodon-Gas?

»Ihr Captain sagte, daß er sich auch als Ingenieur betätigt hat?« fragte er schließlich, während er einen Testlauf durchführte, um die Impulsenergie auf die Kanäle abzustimmen, die Raksha wiederhergestellt hatte.

Adajia nickte. »Er wurde an der Akademie ausgebildet, nachdem er das Institut verlassen hatte. Er hat dieses Schiff viele Jahre lang zusammengehalten. Ich selbst kenne mich damit nicht aus. Er hat mich erst vor einem Jahr von meinem Clansherrn bekommen, kurz nach dem Aufstand beim Bullenfest, aber ich weiß, daß er Sharnas im Institut kennengelernt hat und Phil an der Akademie.«

Spock nickte, während er die unvertrauten Begriffe in seinem Gedächtnis abspeicherte. Er wußte, daß es in den Orion-Systemen seit mindestens fünfzehn Jahren keinen Aufruhr mehr gegeben hatte. Und er fragte sich, welchen Dienst der Meister einem orionischen Clansherrn erwiesen haben könnte, um als Geschenk eine allem Anschein nach sehr teure Konkubine zu erhalten. Doch er konnte seine indiskrete Neugier zügeln.

»Und Mr. Cooper wurde zum Astrogator ausgebildet?«

Er steckte mit Kopf und Schultern in einer Wartungsklappe, während er hörte, wie sie näher kam, damit er sie hören konnte.

»Ja. Das Konzil war der Ansicht, daß auch der Meister zum Astrogator ausgebildet werden sollte, obwohl er als Ingenieur viel besser ist. Jedenfalls hat er dabei Phil getroffen. Sie hauten zusammen ab und kamen nur noch einmal zurück, um Thad zu holen. Thad hat ihnen geholfen, Sharnas herauszuholen, was McKennon ziemlich überrascht haben dürfte.«

»McKennon?«

Sie erschauderte. »Jemand, dem Sie niemals freiwillig begegnen möchten.« Sie lehnte sich mit dem Rücken an einen Tank, und Spock konnte von seinem Arbeitsplatz aus ihr langes, sanft geschwungenes grünes Bein sehen, den Phaser an ihrem Gürtel und die glänzenden Klingen ihrer Keule, die sie wie eine langstielige Rose in der Hand hielt.

»Einer der Meister am Institut«, sprach sie nach einer Weile weiter. »Sie wollte Thaddy töten«, setzte sie leise hinzu. Ihre Stimme klang gleichzeitig erstaunt und angewidert. »Ein *chuulak* – nur wegen eines Pflichtversäumnisses.«

»Wer wollte Thad umbringen?« fragte er und kroch unter dem durchgebrannten Wärmefilter hervor. Einige Kontrolleuchten brannten wieder, aber noch längst nicht in voller Stärke. Im Maschinenraum waren sie offensichtlich so angeschlossen worden, daß sie besonders hell leuchteten, während sie im übrigen Schiff nicht über den trüben bräunlichen Schimmer hinauskamen, der mit dafür verantwortlich war, daß es auf dem Weg vom Hangar hierher fast finster gewesen war. Rakshas Umleitung der Signalverbindungen deutete darauf hin, daß zuvor viele wichtige Energieleitungen komplett lahmgelegt worden waren.

»McKennon«, sagte Adajia. »Und die Meister. Die Meister des Konzils. Aber sie tun nur, was McKennon ihnen sagt.«

Spock hatte Captain Kirk in den vergangenen fünf Jahren mehrfach bei der Anwendung eines Tricks beobachtet, den er von Anfang an wegen seiner Effektivität bewundert hatte, auch wenn seine eigenen Versuche in dieser Richtung bislang nicht so erfolgreich waren und er bezweifelte, daß er jemals das Geschick des Captains mit dieser nonverbalen Lüge erreichen würde. Doch diesmal schätzte Spock die Voraussetzungen als äußerst günstig ein. Er blickte plötzlich auf und hoffte, daß sein Ausdruck der Überraschung überzeugend wirkte. Er sah zum Eingang des Maschinenraums, der außerhalb von Adajias Sichtfeld lag, da sie mit dem Rücken zum Tank stand. Zu seiner Befriedigung wirbelte die Orionerin tatsächlich herum und stellte sich mit erhobenem Phaser der Gefahr, die sich ihrer Ansicht nach offenbar jederzeit durch die Korridore dieses dunklen Schiffes nähern konnte.

Spock legte eine Hand an ihren Hals und übte Druck auf das Nervenzentrum in der Schulter aus. Er fing die Frau auf, als sie zusammensackte, während der Phaser laut auf den Metallfußboden polterte. Unwillkürlich zuckte er zusammen, obwohl er wußte, daß das Gehör von Klingonen längst nicht so fein entwickelt war wie das von Vulkaniern. Die Wahrscheinlichkeit betrug kaum mehr als zehn Prozent, daß Raksha im Rumoren der wiedererwachten Maschinen etwas bemerkt hatte.

Seine erste Idee war, Adajia zu fesseln, damit er möglichst lange freie Hand hatte, die verborgenen Geheimnisse des Schiffes zu erkunden. Das Rhodon-Gas vertrieb zwar den süßlichen Geruch der Nagetiere, der an schmutzige Kleidung erinnerte, nicht jedoch den üblen Gestank der Bohrglimpfe. Auf anderen Wracks hatte

Spock Exemplare dieser Spezies gesehen, die die Größe seiner Hand erreicht hatten. Also hob er die bewußtlose Frau einfach auf die Konsole des Signalmodulators, wo sie vor dem Ungeziefer sicher war, und ließ sie dort liegen, wo sie wie eine auf dem Altar geopferte Jungfrau aussah, deren langes, samtschwarzes Haar fast bis zum Boden herabfiel.

Sie hatte den Begriff *chuulak* erwähnt. Wenn er sich richtig an den ländlichen Orion-Dialekt erinnerte, bezeichnete dieses Wort eine öffentliche Hinrichtung zum Zweck der Entmutigung möglicher künftiger Missetäter.

Es war eine recht drakonische Strafe für eine Pflichtvernachlässigung, vor allem wenn man Thaddeus Smith' eingeschränkte Zurechnungsfähigkeit berücksichtigte.

Schließlich stellte Spock seinen Tricorder wieder auf das My-Spektrum ein und folgte schnell und lautlos der Spur dieser unbekannten Energiequelle, während er im Hinterkopf die Möglichkeiten durchging, wer diese Leute sein könnten und wie sie an das schwarze Wrack eines Föderationsschiffes allerneuster Konstruktion geraten waren.

Er war an zwei Abzweigungen nach rechts vorbeigekommen – pechschwarze Löcher im schwachen Licht der Handlampe. Fähnrich Lao überlegte, ob er auf dem Originalplan tatsächlich zwei oder vielleicht drei gesehen hatte. Die ganze Situation erinnerte ihn sehr an die Überlebens- und Intelligenztests, die er an der Akademie hatte bestehen müssen – aber auch an die anspruchsvolleren Labyrinthe, die er in Vergnügungsparks besucht hatte. Außerdem fragte er sich, warum er in einer solchen Situation ausgerechnet an jenen Stellen, die er nicht mit den Händen erreichen konnte – zum Beispiel an seinen Füßen –, einen unerträglichen Juckreiz empfand.

Er wollte Dr. McCoy danach fragen, wenn das hier vorbei war, entschied er mit einem ironischen Grinsen. Vielleicht gab es einen wissenschaftlichen Namen für dieses Phänomen.

Während er noch darüber nachdachte, erlitt er den ersten Anfall erstickender Übelkeit.

Kirk mußte zehn Minuten lang geduldig an der Kante des Containers reiben, schaben und zerren, bis sich das Klebeband, mit dem seine Handgelenke gefesselt waren, merklich gelockert hatte. Der Zeitraum kam ihm viel länger vor. Und die ganze Zeit hatte er in Richtung der unsichtbaren Tür gelauscht – oder zumindest dorthin, wo sich seiner Erinnerung nach die Tür befunden hatte, bevor es stockfinster geworden war. Er wollte vermeiden, daß ihm auch nur das leiseste Geräusch einer Stimme oder die geringste Bewegung entging.

Doch es war nichts zu hören. Die gepanzerten Türen waren so gebaut, daß sie einem extremen Druckunterschied standhielten. Außerdem hatten Raksha und Adajia sie mit ihren Phasern gründlich verschweißt. Kirk arbeitete langsam weiter und versuchte, seine rasende Ungeduld zu unterdrücken, wenn er sich vorstellte, wie seine Besatzung sich durch das verdunkelte Schiff bewegte, um nach ihm oder Dylan Arios zu suchen. Die meisten der Leute waren längst nicht so gut mit dem Aufbau der *Enterprise* vertraut wie er. Außerdem konnten sie jederzeit in irgendwelche Fallen tappen, die Arios ihnen gestellt hatte.

Während er seine Befreiung vorantrieb, rief er sich noch einmal jedes Wort ins Gedächtnis, das von Arios und seiner Besatzung gesprochen worden war, jedes Detail ihrer Kleidung, ihres Verhaltens und ihrer Ausdrucksweise. Irgendwo mußte es einen Hinweis geben, etwas, das ihm verriet, wer diese Leute waren und was sie im Schilde führten.

Warum wollten sie unbedingt nach Tau Lyra III, oder Yoondri, wie der Planet von seinen Bewohnern genannt wurde – nach allen Berichten eine friedliche Welt der harmlosen Farmen und Stadtstaaten, die seit Jahrzehnten oder gar Jahrhunderten keinen Krieg geführt hatten?

Raksha und Adajia waren vermutlich mit Spock zur *Nautilus* hinübergebeamt, der Vulkanier Sharnas konnte nach Auskunft von Dr. McCoy nicht allein auf den Beinen stehen, und Phil Cooper war durch Beruhigungsmittel außer Gefecht gesetzt.

Damit waren nur noch Arios und Thad Smith handlungsfähig – sofern Smith wirklich sein Name war. Was hatte der junge Mann mit dem zarten Gesicht und den großen Augen, der zweifellos unter irgendeiner mentalen Beeinträchtigung litt, unter diesen Weltraumpiraten verloren? Die gleiche Frage stellte sich hinsichtlich des jungen Vulkaniers.

Warum gab es keine Informationen über die *Antilope*, über das mysteriöse schwarze Schiff und über Arios selbst? Ein Mischling, so wie Spock, aber zur Hälfte Mensch und zur anderen Hälfte … was? McCoy hatte es nicht gewußt.

In den frühen Tagen der Weltraumfahrt waren natürlich immer wieder Schiffe verschwunden, und auch jetzt noch kam es gelegentlich dazu. Eine Verbindung mit einer noch unbekannten Spezies war keineswegs unmöglich. Trotzdem …

Kirk mußte sich einigen Verrenkungen unterziehen, bis er auf dem Boden hockte und ein Stück Klebeband unter seinen Stiefelabsatz geschoben hatte. Dann zerrte und riß er daran, bis sich die Fessel weiter gelockert hatte. Jetzt konnte er das nächste Stück an der Ecke des Containers durchwetzen. Nachdem er endlich seine Hände und seinen Mund von dem Klebeband befreit hatte, begann er eine geduldige und systematische Suche, bis er die Abdeckplatte des verschweißten Öffnungsmechanismus der Tür gefunden hatte. Dort befestigte er ein Ende des Klebebandes und benutzte es wie einen Ariadnefaden, um die Wände des Raumes in beiden Richtungen abzutasten, bis er gefunden hatte, wonach er suchte: einen manuell bedienbaren Transportwagen mit abnehmbaren Handgriffen.

Die Griffe bestanden aus hohlen Metallröhren. Ihr Durchmesser reichte gerade aus, um sie in das verklemmte Plastikrad zu stecken. Mit diesem Hebel konnte er das Rad gegen den Widerstand der verschmolzenen Mechanik drehen und schaffte es, einen etwa zwanzig Zentimeter breiten Spalt zwischen den Türhälften zu öffnen, bevor sich gar nichts mehr rührte.

Kirk fluchte, aber er dankte den Sternen, daß er in letzter Zeit viele Stunden in der Sporthalle verbracht hatte. Er zwängte sich durch den Spalt und gelangte schließlich in die Finsternis des Korridors. »Kann mich jemand hören?« rief er in die Stille. »Ich bin der Captain.«

Der Abstieg durch die Jefferies-Röhren war langsamer und schwieriger als durch den Turboliftschacht. Aber vermutlich wesentlich sicherer, dachte Mr. Sulu, während er die dritte Abdeckplatte entmagnetisierte und seine Finger anspannte, um sie von der Öffnung des Wartungsschachts abzuziehen. Die Energie konnte jederzeit zurückkehren, und dann würden die Kabinen der Turbolifte mit einer Geschwindigkeit durch den Schacht rasen, bei der sich niemand schnell genug in Sicherheit bringen konnte.

»Natürlich gab es im Labor nirgendwo einen Entmagnetisierer«, knurrte Lieutenant Bergdahl, der Leiter der anthropologischen Abteilung, als er hinter Sulu aus der engen Röhre kroch. Im schwachen Licht der Handlampe, die Sulu trug, waren die Schweißperlen zu erkennen, die auf der Halbglatze des Mannes standen, und seine Augen blitzten silbrig auf, als er sich wiederholt in der tiefen Dunkelheit umsah. Nicht daß sie mit einem Überraschungsangriff aus der Laborsektion oder den zwei Decks rechnen mußten, die über ihnen lagen, dachte Sulu. Auf Deck Zwei gab es exakt drei Labors, und auf Deck Eins befand sich nur die Brücke. »Wir halten solche Geräte normalerweise gut unter Verschluß, sofern Fähnrich Adams nicht wieder ihre Pflichten vernachlässigt.« Er blicke sich zu seiner kleinen Assistentin um, die sich mit den anderen auf Deck Zwei der Gruppe angeschlossen hatte.

»Ich hatte gerade versucht, eine Verbindung zum Hauptcomputer herzustellen«, bemerkte Lieutenant Maynooth, der sich besorgt im Hintergrund hielt, als sich die Gruppe im Korridor sammelte und für die nächste Abstiegsetappe bereitmachte. Der gelbe Schein der Lampen bewegte sich unruhig über die Wände und erzeugte unheimliche Schatten, die sich wie Monster rings um die Gruppe erhoben. Sulu hatte die batteriebetriebene Notlampe von der Pilotenkonsole mitgenommen, die sie in den Labors durch weitere Leuchtkörper aus den Notlagern ergänzt hatten.

»Man hat einige sehr leistungsfähige Programmsperren eingerichtet«, sprach der Physiker in anerkennendem Tonfall weiter. »Wirklich ausgezeichnete Arbeit. Ich muß zugeben, daß ich mich davon ablenken ließ und mir handschriftliche Notizen machte ...«

»Haben Sie den Eindruck, Arios und seine Leute sind in den Hauptcomputer eingedrungen?«

»Es sieht danach aus.« Maynooth rückte die Brille mit den dicken Gläsern auf seiner Adlernase zurecht. Er hatte bereits vier Operationen hinter sich, die die zunehmende Verschlechterung seiner Sehkraft aufhalten sollten, und schon vor langer Zeit eine Allergie gegen Retinox entwickelt. Mit seinen dürren Armen und dem kurzsichtig vorgereckten Kopf ähnelte er im Halbdunkel einer Gottesanbeterin im blauen Laborkittel. »Natürlich sind sämtliche Kommunikationskanäle unterbrochen. Sie müssen also an einem der Hauptknotenpunkte sitzen und Zugang zu einem leistungsfähigen Terminal haben. Damit ist die Anzahl der Orte, an denen sie sich aufhalten könnten, bereits erheblich eingeschränkt.«

»In Anbetracht der laxen Arbeit der Sicherheitsabteilung«, fügte Lieutenant Bergdahl bissig hinzu, bevor er als erster in die Jefferies-Röhre stieg, »überrascht es mich nicht, daß sie so wenig Schwierigkeiten damit hatten ...«

Sulu war ihm kurz darauf gefolgt und sah, wie der Leiter der Anthropologie unter ihm innehielt und sich verzweifelt an die Sprossen klammerte, während er keuchend nach Luft schnappte. Im selben Moment verschwamm auch Sulus Sichtfeld. Er spürte eine Eiseskälte in der Brust, und am ganzen Körper brach ihm der Schweiß aus.

»Zurück ...«, krächzte er mit letzter Kraft, während die anderen ihn von oben verständnislos anstarrten. Dann sprangen Maynooth, Adams und Dawe vor, um ihn an den Schultern zu packen und hochzuziehen.

»Holen Sie Bergdahl heraus ...«, keuchte er, »... irgendein Gas ... in der Röhre.«

Dawe hielt den Atem an und beugte sich über den Wartungsschacht, um dem Anthropologen zu helfen, der sich bereits ein kleines Stück hinaufgekämpft hatte. Bergdahl gab ein ersticktes Geräusch von sich und erschlaffte in Dawes Armen, als er die Jefferies-Röhre verließ und an der Wand des Korridors zusammenbrach. Auch Dawe stieß ein schockiertes Keuchen aus und mußte sich abstützen, während er nach Luft schnappte.

Sulu hatte sich ebenfalls nicht mehr auf den Beinen halten können; seine Kniegelenke waren weich wie Butter geworden. Im gelblichen Licht hatte er vermutlich die gleiche graue und kränkliche Gesichtsfarbe wie der Anthropologe und der Ingenieur, dachte Sulu.

Allmählich erholte er sich, genauso wie Dawe und

Bergdahl, der die angebotene Erste Hilfe nicht mehr nötig hatte.

Schließlich raffte Sulu sich auf und wagte sich wieder vor. Behutsam schob er sich in den Schacht und stieg eine Leitersprosse nach der anderen hinunter. Auf der vierten Sprosse spürte er, wie er wieder von einer flimmernden Übelkeit überwältigt wurde. Ihm war kalt, und er hatte das Gefühl, ersticken zu müssen und sich nicht mehr halten zu können. Er mußte sich mit aller Kraft dazu zwingen, wieder hochzusteigen. Wenn Dawe sich nicht an der Schachtöffnung bereitgehalten und ihm geholfen hätte, wäre er möglicherweise zu schwach geworden und in die Röhre gestürzt.

»Ich werde einen Tricorder aus einem Labor holen«, sagte Adams, wie Sulu nur undeutlich wahrnahm, dann hörte er wie aus weiter Ferne ihre Schritte im Korridor.

»Es kann unmöglich Gas sein«, sagte Maynooth. »Woher sollte es stammen?«

Sulu hielt den Kopf in die Hände gestützt, während sich immer noch alles um ihn drehte. Dieses seltsame Gefühl war nicht ganz dasselbe wie Sauerstoffmangel. »Vielleicht bilde ich mir das alles nur ein«, murmelte er sarkastisch.

Maynooth schnaufte in der Dunkelheit, während eine Handlampe große gelbe Kreise auf seine Brillengläser zeichnete. »Möglicherweise«, sagte er mit einem befriedigten Unterton.

»Zhiming?« Im schwachen, verrauchten Licht des Freizeitraums kletterte Lieutenant Organa auf den Turm aus Tischen und hielt sich an der Kante des offenen Luftschachts fest. »Zhiming, hören Sie mich?«

Der Faden, der in der dunklen Öffnung verschwand, bewegte sich nicht mehr.

Es gab keinen Zweifel, daß sich hier unten eine Lebensform aufhielt. Mit ziemlicher Sicherheit ein fremde Spezies, dachte Spock, als er sich an den Geruch erinnerte, bei dem sich seine Nackenmuskeln verkrampft hatten. Trotz der hohen Konzentration von Energiefeldern im My-Spektrum konnte Spock den verschwommenen Umriß auf der Tricorderanzeige erkennen. Offensichtlich war selbst eine extrem hohe Dosis an My-Energie nicht für jede Form von Leben tödlich.

Das war zumindest ein kleiner Trost.

Anderseits, dachte er, wäre es noch tröstlicher zu wissen, ob es sich um eine Lebensform auf Kohlenstoffbasis handelte, die wenigstens annähernd humanoid war. Immerhin war es möglich, daß eine unbekannte Energie von einem Silizium-Lebewesen ohne Probleme absorbiert werden konnte, für einen Vulkanier jedoch eine tödliche Gefahr darstellte. Spock programmierte den Tricorder so, daß er das My-Spektrum automatisch im Auge behielt. Die außergewöhnliche Abschirmung des Schiffes hatte verhindert, daß sie von der *Enterprise* aus weitere Besatzungsmitglieder orten konnten, denn nach der Größe und Masse der Lebensform zu urteilen, gab es noch mindestens einen Piraten an Bord der *Nautilus*. Und wenn diese Schlußfolgerung richtig war, könnte Dylan Arios sich irgendwann Verstärkung holen.

Das Wesen hatte die doppelte Masse eines durchschnittlichen Menschen und war ganz anders konfiguriert. Natürlich wichen auch die Metabolismuswerte von menschlichen Standards ab. Der kleine Speicher des Tricorders war vermutlich überfordert, wenn das Wesen genauso oder ähnlich wie Arios' Vorfahren zu einer unbekannten Spezies gehörte, aber …

Das Korrelationsprogramm präsentierte auf dem winzigen Monitor das Ergebnis mit den höchsten Wahrscheinlichkeitsparametern.

Diese lagen im Schnitt bei neunzig Prozent.

Spock spürte, wie seine Hände eiskalt wurden.

Nach der Analyse des Programm handelte es sich bei dem Lebewesen, das sich zwei Decks unter Spock aufhielt, um einen Yagghorth.

Auf der *Nautilus* trieb sich ein Yagghorth herum!

Kein Wunder, daß Raksha und Adajia ihm geraten hatten, in ihrer Nähe zu bleiben, dachte Spock. Kein Wunder, daß Arios mit allen Mitteln zu verhindern versucht hatte, daß irgendein Besatzungsmitglied der *Enterprise* das schwarze Schiff betrat. Der Grund dafür war nicht primär, daß er etwas zu verbergen hatte, sondern aufrichtige Sorge um ihre Sicherheit. Anderseits mußte das, was sie in der *Nautilus* vor ihnen verbergen wollten, so wichtig sein, daß sie sogar darauf verzichtet hatten, das Schiff bei der ersten Gelegenheit freiwillig zu verlassen.

Es wäre immerhin denkbar, daß sich sechs Personen eine gewisse Zeit gemeinsam mit einem Yagghorth an Bord eines Raumschiffs der Constitution-Klasse aufhielten, ohne daß ihnen etwas zustieß. Zum Beispiel wenn sie die Lebensmittelsynthetisierer in den unteren Decks darauf programmierten, alle paar Stunden frisches Fleisch und Blut auszuspucken, um zu verhindern, daß das Monstrum in den oberen Decks auf Jagd ging. Doch eine solche Situation konnte niemals eine dauerhafte Lösung darstellen. Unbehaglich schaltete Spock auf einen größeren Ausschnitt, um die Position dieses Wesens mit größerer Genauigkeit bestimmen zu können.

Spock schlüpfte durch eine halb geöffnete Drucktür und stieg den schmalen Schacht hinunter, in dem es nach Bohrglimpfen stank, während es immer dunstiger wurde. Diese Leute hatten bis jetzt erheblich mehr Erfolg gehabt als die meisten Besatzungen in vergleichbaren Situationen. Er überlegte, ob es etwas oder jemanden auf Tau Lyra III gab, der es mit einem Yagghorth aufnehmen konnte. Vielleicht die parapsychisch aktiven Weisen, die angeblich auf dem Planeten lebten. In

Anbetracht der Nähe dieser Welt zur Anomalie im Kreuzwege-Nebel war es immerhin eine Möglichkeit.

Obwohl Spocks Brustkorb mit jeder Leitersprosse, die er tiefer hinabstieg, scheinbar fester zusammengedrückt wurde, empfand er dennoch eine fast überwältigende Neugier.

Er hatte zwar gesagt, daß man nicht auf der Basis unvollständiger Daten spekulieren sollte, aber trotzdem schossen ihm zahllose Möglichkeiten durch den Kopf. Es gab eine Energiequelle in diesem Schiff, die im My-Spektrum strahlte. Irgendwie war ein Yagghorth an Bord gelangt. Es wurde allgemein angenommen, daß sie im Larvenstadium verbreitet wurden, obwohl es dafür natürlich keinen eindeutigen Beweis gab. Ihre Anwesenheit verhinderte, daß man zur Energiequelle gelangen konnte. In siebzig Prozent der zugegebenermaßen nicht sehr zahlreichen Fälle einer Verseuchung mit Yagghorths war diese in der Nähe einer Turtledove-Anomalie aufgetreten. Daher war es denkbar, überlegte Spock, während er vorsichtig durch das triefende Labyrinth der ehemaligen Besatzungsquartiere schlich, daß dieser Yagghorth von einer anomalieähnlichen Energiequelle angelockt worden war.

Wir sind in einer verzweifelten Situation, hatte Arios gesagt.

Und Raksha hatte mehrere Male nachdrücklich betont, daß er in ihrer Nähe bleiben sollte.

Plötzlich empfand er einen Stich der Besorgnis um Adajia, die er ein Deck höher bewußtlos zurückgelassen hatte.

Doch nach den Tricorderanzeigen befand sich der Yagghorth immer noch unter ihm. Er stand am Zugang zu einem weiteren Wartungsschacht, der in die Finsternis hinabführte. Schimmelpilze bedeckten die Metallwände in der tropischen Hitze und konzentrierten sich in den Ecken und Winkeln der Röhre. Hier und dort hatte ein Leuchtkörper überlebt und verbreitete trübes

Licht, das zusätzlich unterstrich, wie heruntergekommen dieses Schiff war.

Warum sich ein Generator für My-Energie an Bord befand, war natürlich nur sekundär von Belang, dachte Spock. Aber aus dieser Frage konnten sich einige Antworten ergeben, die vielleicht sogar die Theorie stützten, an der er gearbeitet hatte, seit er zum ersten Mal den Maschinenraum gesehen und dort mit Adajia gesprochen hatte.

Dann kam ihm ein anderer Gedanke. Er wandte sich vom Schacht ab, während er sein feines Gehör in der Stille der Umgebung aufs äußerste strapazierte, und ging ein paar Schritte weit den Gang zurück. Vor der offenen Tür eines Besatzungsquartiers blieb er stehen. Bohrglimpfe verschwanden huschend in den verrosteten Luftschächten. Ihre rot-schwarzen Rücken glänzten im schwachen Licht, und ihre langen, dünnen Fühler ragten aus den dunklen Öffnungen, als Spock hastig die leeren Schubladen der fest eingebauten Schränke durchsuchte.

Im ersten Quartier fand er nichts. Im zweiten entdeckte er einige kleine Plastikwürfel, die etwa drei Zentimeter Durchmesser hatten, und ließ sie in ein Seitenfach der Tricordertasche fallen.

Dann überprüfte er noch einmal die Anzeigen des Tricorders, lauschte einen Moment und hörte nur das Scharren des kleinen Ungeziefers in der Dunkelheit. Er fragte sich, ob er auf diese Weise die Bewegungen des größeren Wesens wahrnehmen könnte, das irgendwo unter ihm lauerte.

Spock hörte nichts, was ihm eine Antwort auf diese Frage gab. Er nahm den Phaser aus dem Gürtel und stieg leise durch die Jefferies-Röhre hinunter.

Auf den nächsttieferen Decks war es sogar noch dunkler. Die Hitze hätte seinem Heimatplaneten Ehre gemacht, wenn nicht die erstickende Luftfeuchtigkeit gewesen wäre, die auf seiner Haut und an den Wänden kondensierte. Verschiedenste Schimmelpilze und andere wärmeliebende Lebensformen hatten sich mit ihrem Gestank breitgemacht. Hier unten roch es besonders intensiv nach dem Yagghorth – ein Geruch wie nach sehr altem Öl. Die harzigen Absonderungen klebten dick an den Wänden. So nahe an der Energiequelle überdeckte die Farbe des My-Spektrums alles andere auf dem Tricorderbildschirm. Nachdem Spock vergeblich versucht hatte, einen huschenden Schatten von zerfließender Gestalt zu verfolgen, gab er es auf und konzentrierte sich auf sein Gehör.

Hier war es zweifellos schon sehr lange heiß und feucht gewesen. War es eine Folge der Erzeugung von My-Energie? Oder eine Voraussetzung für den Betrieb des Generators?

Er rief sich die Artikel ins Gedächtnis, die er gelesen hatte, Spekulationen über die Beziehung zwischen der Energie des My-Spektrums und nicht-instrumentellen Transportphänomenen über große Entfernungen. Eine Beziehung zum schwächeren Warpantrieb und den verstärkten Impulstriebwerken der *Nautilus* schien fast sicher. Und zur Tatsache, daß kaum irgendwelche Kontrollen für die Energiesysteme vorhanden waren, die einen großen Anteil der Maschinerie der *Enterprise* beanspruchten.

Die Frage war nur: Wer hatte die *Nautilus* mit einem My-Antrieb ausgestattet?

Spock hielt erneut inne, um zu horchen und sich zu konzentrieren. Das Schaben von Krallen. Ratten? Wenn ja, dann waren es große. Aber es bestand kein Grund, warum es hier keine großen Ratten geben sollte. Spock hatte Raumratten auf vernachlässigten Planetenfähren gesehen, die nicht nur eine enorme Größe, sondern auch bizarre Mutationen aufwiesen. Er versuchte den Tricorder so einzustellen, daß er auf dem Bildschirm gleichzeitig nach dem Yagghorth Ausschau halten und die Nähe zum My-Energie-Generator einschätzen konnte. Zur Antwort erhielt er eine Fehlermeldung und eine höfliche Aufforderung, das System zu rekalibrieren.

Der einzige Überlebende eines Yagghorth-Befalls, mit dem er je gesprochen hatte – Commander Kellogg von Starbase 12 –, hatte gesagt, daß diese Wesen sich völlig lautlos bewegten. Doch die Aufzeichnungen befallener Schiffe deuteten auf ein Zischen oder ein Schaben wie von Chitin hin.

Er richtete den Tricorder wieder auf das My-Spektrum aus, da er keine Ahnung hatte, wie eine solche Maschine aussehen könnte. Dann stellte er seinen Phaser auf maximale Energie und lauschte auf jedes Geräusch in der Finsternis, während er weiter vorstieß.

»Sie haben ihn verdrahtet, als er acht Jahre alt war.«

Christine Chapel fuhr erschrocken herum. Sie hielt immer noch die eiskalten Finger des jungen Vulkaniers in ihren Händen. Phil Cooper hatte sich ein wenig in seinem Bett aufgerichtet und blickte sie mit schmerzgetrübten grauen Augen an. In der dunklen Krankenstation wirkte sein unrasiertes Gesicht zerschunden und älter, als er war, während sein Kopf unter der Einwirkung des Melanex wackelte.

»Sie mußten es tun«, sprach Cooper schleppend weiter. »Werden als Empathen trainiert ... für den Psi-Antrieb. Die Vulkanier sind darin am besten. Ausgezeichnete mathematische Fähigkeiten. Absolut notwendig. Sie müssen verstehen, was sie tun, wenn sie den Raum von innen verzerren, statt außen herum wie beim Warpantrieb. Man hat es mit Deltanern, Betazoiden und Rembegil probiert. Alle Rembegil sind dabei gestorben. Die kleinen gläsernen Elfen mit ihren großen grünen Augen. Langes grünes Haar. Das Konzil dachte, es wäre geschafft, als sie mit den Rembegil Kontakt aufnahmen. Habe jahrelang eine ihrer Kolonien geleitet, eine der größten.« Er strich sich mit einer Hand durchs Haar.

»Es liegt an den Träumen, verstehen Sie? Man hat es mit Sperren und Begrenzern versucht, um die Träume zu unterdrücken. Bei Vulkaniern und Betas hat es funktioniert. Die Verdrahtung ... macht die Träume.«

Er sank aufs Bett zurück und schloß die Augen. Seine Stimme war nur noch ein undeutliches Flüstern. »Die meisten Leute haben keine Ahnung von diesem Aspekt. Ich weiß nicht, was Starfleet Ihnen erzählt.«

Christine hatte das Gefühl, die Dunkelheit würde sie wie ein Kokon von der Außenwelt isolieren, als wäre sie in einer Traumblase gefangen. »Man hat es Ihnen angetan, als Sie Starfleet beitraten?« fragte sie leise.

Sie glaubte, wieder Rogers Stimme zu hören, sie erinnerte sich, wie das Mondlicht auf seine blasse Brust im V-Ausschnitt seines dunklen Satingewandes schien, wie der botanische Garten der Universität roch und wie die Juwelenaugen von Zia Fang glitzerten, dem rigelianischen Gott der Heilkunst, dessen klobige Steinstatue in einer Nische zwischen den Regalen mit uralten Schriftrollen und den Übersetzungsgeräten stand. *Du darfst nie vergessen, daß es immer irgendwo eine Verschwörung gibt, Chris,* hatte er gesagt. *Sie werden alles korrumpieren, ganz gleich, wie gut du bist oder wie sehr du dich anstrengst. Irgendwann werden sie die Kontrolle übernehmen.*

Damals hatte sie nicht daran glauben wollen.

Cooper nickte, ohne die Augen zu öffnen. »Ich bin Astrogator, für Impuls und Warp. Muß das Schiff für den Sprung in Position bringen und anschließend feststellen, wo es herausgekommen ist. Es ist völlig klar, daß sie den Piloten unmöglich freie Hand lassen können. Wäre eine Gefahr für das Frachtmonopol des Konzils. Der Meister wartet die Nanotechnik ... das meiste repariert sich von selbst. Regeneration durch Wachstum.«

So etwas kann man nicht aus einem Stück Seife schnitzen, hatte McCoy gesagt. Doch die Narben rings um die nach außen ragenden metallischen Implantate in Sharnas' Nacken verrieten, daß immer wieder daran herumgeschnitten worden war.

Seit ihrer Begegnung mit Roger hatte Christine nie genau gewußt, was sie von Verschwörungstheorien halten sollte. Sie kannte sämtliche Geschichten, die von Leuten wie Brunowski und Bray im Freizeitraum erzählt wurden: Kratisos Shah war noch am Leben und hatte eine Bar auf Antares IV eröffnet. Die Föderation unterhielt ein geheimes Labor in einem Schwarzen Loch und betrieb undurchsichtige Forschungen. Verschiedene historische Gestalten – in jeder Geschichte eine andere – waren in streng bewachten Einrichtungen geklont worden.

Doch selbst in den abenteuerlichsten Geschichten war nie etwas von einem Konzil erwähnt worden.

Cooper versuchte, wieder die Augen zu öffnen, doch Chapel erkannte trotz der Dunkelheit, daß sein Blick getrübt war und sich auf nichts konzentrieren konnte. »Sie haben einen Vulkanier an Bord«, murmelte er. »Der Meister ist zum größten Teil ein Rembegil, hat aber genügend menschliche Gene, um den Streß ertragen zu können. Das Konzil hat damit begonnen, als die Kolonie allmählich ausstarb. Sie haben ihn gezüchtet und psionisch trainiert. Geschieht ihnen recht«, setzte er geheimnisvoll hinzu. »Dadurch konnte er ihren Einfluß auf Thad brechen. McKennon hat zwei- oder dreimal versucht, ihn zurückzugewinnen. McKennon.« Er verzerrte das Gesicht vor Angst oder in Erinnerung an einen Schmerz. Dann schüttelte er den Kopf. »McKennon. Die Meister haben Thad nicht viel Hirn übriggelassen, aber er hat ein verdammt gutes Herz. Das Konzil hat das Zuchtprogramm inzwischen aufgegeben. Zuviel Streß, zu viele Probleme mit dieser Kombination.«

Chapel schüttelte verwirrt den Kopf. »Ich habe noch nie etwas vom Konzil gehört«, sagte sie. »Wer …?«

Cooper blinzelte, versuchte sich auf sie zu konzentrieren und sich zu erinnern, wo er war. »Ach«, seufzte er schließlich, und seine Stirnfalten entspannten sich ein wenig. »Ja, die *Enterprise*. Habe ganz vergessen, wo ich bin.«

Nach den Tricorderanzeigen war der My-Energie-Generator irgendwo in der undurchdringlichen Finsternis, in der sich normalerweise die Recyclingabteilung befand. Völlig logisch, dachte Spock, der immer noch seine Ohren und Augen anstrengte, um die beengende Stille und Dunkelheit zu durchdringen. Die Lebensmittelsynthetisierer waren der Grund, warum sich hier wichtige Datenleitungen des Computers konzentrierten.

Einige der Synthetisierer schienen noch zu funktionieren. Wie er vermutet hatte, lag ein schwerer Verwesungsgestank in der Luft, ein Köder für den Yagghorth, der ihn davon abhielt, die weiter oben gelegenen Maschinenräume heimzusuchen. Es überraschte ihn jedoch, daß keine der Türen und Schotten, die er auf seinem Weg nach unten durchschritten hatte, verriegelt war.

Vielleicht war ihnen bewußt, daß eine Barrikade im Fall eines Yagghorth bestenfalls eine vorübergehende Sicherheitsmaßnahme war. In befallenen Schiffen war man immer wieder auf durchbohrte Wände und Böden gestoßen.

Die meisten der grauen Synthese-Maschinen waren dicht mit Flechten, Pilzen und mutierten Pflanzen überwuchert, ein häßlicher, lichtloser Dschungel, der in der dampfenden Hitze dieses Raumes ausgezeichnet gedieh. Dünne Vorhänge aus grauen Gewächsen hingen von den Leitungen, die kreuz und quer an der Decke verliefen, so daß Spocks Sichtfeld zusätzlich eingeschränkt wurde. Ein Synthetisierer war aufgebrochen, und ein Schimmelpilz mit gelben Tentakeln – offensichtlich eine fleischfressende Art, zumindest was Ratten und Bohrglimpfe betraf – hatte sich von dort über eine Fläche von etwa acht Quadratmetern ausgebreitet. Feuchtigkeit tropfte von der Decke, und überall war das Scharren und Huschen von Ungeziefer zu hören. Für Spock wurde es immer schwieriger, auf die größere Gefahr zu lauschen, die jetzt recht nahe irgendwo in der Dunkelheit lauerte.

Der Boden und die Wände des Raumes waren mit einer dicken, klebrigen Harzschicht überzogen, die weiter als sein ausgestreckter Arm nach oben reichte und im Licht der Handlampe widerwärtig glänzte. An verschiedenen Stellen war die Schicht noch feucht, und draußen im Korridor stieß er auf eine offenbar sehr frische Spur. Der ölige Gestank war überall.

Er blickte wieder zu den Leitungen des Computers und der Energieversorgung hinauf. Die Zentralsammelstelle des Recyclingsystems wäre eine günstige Stelle für den Anschluß der Kontrollen des My-Generators. Ähnlich gute Kandidaten waren die Terminals der Spielkonsolen neben der Bowlingbahn oder des botanischen Labors. Er lauschte aufmerksam, bevor er wieder in den Korridor hinaustrat. Immer noch nichts, aber er spürte, daß seine Herzschlagfrequenz sich trotzdem erhöhte. Als nächste Station seiner Suche bot sich die Bowlingbahn ganz in der Nähe an, dachte er, während er den Phaser in den Gürtel zurücksteckte, um den Tricorder neu zu justieren.

Dann hielt er inne und blickte verblüfft auf seine Anzeigen. Hatte er den Tricorder vielleicht zu hoch kalibriert …?

Einen Sekundenbruchteil später sprang er von der gähnenden schwarzen Öffnung des Turbolifts weg, als ein schlanker Tentakel aus der Dunkelheit schoß und nach ihm schlug. Spock flüchtete den Korridor zurück, ohne sich umzublicken, und hörte das geisterhafte Flüstern von Chitin und Knochen, als sich der Yagghorth aus dem Liftschacht drängte, wo sich das Wesen versteckt hatte. Er hörte, wie sich hinter ihm etwas mit erschreckender Schnelligkeit bewegte, und warf sich durch die Tür in den Raum mit den Synthetisierern. Hektisch zerrte er an der manuellen Kontrolle, während etwas gegen die sich schließenden Türhälften schlug, das wie eine riesige, gallertartige Spinne klang. Spock hetzte zum Wartungsschacht am anderen Ende des Raumes, bis er von etwas am Fußknöchel gepackt wurde. Der stahlharte Griff hätte ihm fast den Knochen gebrochen.

Eine gewaltige Kraft riß ihn von den Beinen.

Er prallte schmerzhaft auf den Boden, wirbelte herum und versuchte sich am nächsten Synthetisierer festzuhalten. Hinter sich sah er im Türspalt das feuchte Glänzen eines augenlosen Kopfes, der sich hindurchzuzwängen versuchte, zwei dünne, vielgelenkige Beine, einen Kranz aus schlüpfrigen Tentakeln, die sich schmatzend an den Türrahmen klammerten. Der längere Tentakel, der seinen Fuß gepackt hatte, endete in einem Greiforgan, der sich Spocks Bein hinaufwand, um ihn besser in den Griff zu bekommen. Ein zweites Glied, das mit einem messerscharfen Gebiß bestückt war, hatte ihn noch nicht erreicht.

Die Kraft, mit der der Yagghorth an ihm zerrte, war unglaublich. Spock klammerte sich mit beiden Händen an den Griff der Wartungsklappe des Synthetisierers und wagte es nicht, auch nur einen Moment lang loszulassen, um seinen Phaser zu ziehen. Er spürte, daß die Sehnen in seinen Händen und Schultern kurz vor dem Zerreißen standen. Er trat mit dem freien Fuß nach dem Tentakel, obwohl er wußte, daß es eine nutzlose Geste der Verteidigung war. Das Wesen schlang eine weitere Windung um seinen Fußknöchel, und das Greiforgan näherte sich Spocks anderem Bein. Der Mund mit den rasiermesserscharfen Zähnen hatte sich zurückgezogen und betastete nun die Wand neben der Tür. Als er sich zielstrebig den manuellen Kontrollen näherte, erkannte Spock überrascht, daß der Yagghorth offenbar wußte, wie die Tür funktionierte.

Er ließ mit der rechten Hand los, griff nach seinem Phaser und feuerte, während ihm beinahe die linke Schulter ausgerenkt wurde. Als er versuchte, sich loszureißen, wurde die Haut von den Fingern seiner linken Hand abgeschürft, worauf er allmählich den Halt verlor. Er schoß erneut, genau ins Zentrum der schwarzglänzenden Tentakel, obwohl er in der Dunkelheit kaum sein Ziel erkennen konnte. Heftige Schmerzen tobten in seinem linken Bein und seiner linken Schulter. Er versuchte immer noch, sich festzuhalten, doch das Metall entglitt seinen blutigen Fingern, bis sein Körper auf den Boden schlug. Schon im nächsten Augenblick, wie es schien, war er direkt vor dem zwölf Zentimeter breiten Türspalt. Ein Tentakel wand sich um seinen Brustkorb und zerquetschte seine Rippen, als ihm klar wurde, daß das Wesen ihn ohne weitere Umstände durch den Spalt zerren wollte.

Noch einmal feuerte er mit dem Phaser mitten in die wimmelnde Masse aus Knochen und Organsubstanz hinter der Tür. Das Geschöpf zuckte zusammen und wand sich. Doch im nächsten Augenblick schlug Spock mit brutaler Gewalt gegen die Metallränder der Tür und wurde in den Spalt gezwängt.

»*Nemo!*« hörte er von irgendwo im Korridor die laute Stimme einer Frau. Und während er allmählich das Bewußtsein verlor, drang ein weiterer Ruf an seine Ohren. »*Zchliak!*«

Das war das vulkanische Wort für *Freund*.

7

Wir brauchen etwas Spitzes, das sich unter Druck nicht verbiegt.« Kirk wußte selbst nicht, warum er flüsterte. In der Dunkelheit und völligen Stille an Bord des Schiffes zögerte er, seine Stimme zu erheben. »Irgendwelche Vorschläge? Hat jemand etwas dabei?«

»Eine Haarspange ist wohl zu klein, oder?« hörte er eine weibliche Stimme. Es war Sicherheitswächterin Wheeler, und im nächsten Moment wurde ihm ein etwa acht Zentimeter langer Gegenstand in die Hand gedrückt. »Angeblich besteht sie aus Titanium.«

Er drückte sie mit aller Kraft in der Hand zusammen und spürte, wie sich das Metall verbog. »Zu schwach«, sagte er. »Und ich fürchte, ich habe sie jetzt ruiniert.«

»Dann werde ich wohl nie wieder ein Wort mit Ihnen reden, Captain.« Sie nahm die Haarspange zurück.

»Ich habe ein paar Schreibstifte in meiner Tasche«, sagte Fähnrich Gilden, der als Assistent in der historischen Abteilung arbeitete. »Wenn Sie zwei zusammenstecken, könnte es funktionieren. Die Tasche müßte hier irgendwo auf dem Fußboden stehen.«

Es gab ein leises Scharren, als sich mehrere Körper bewegten und Hände in weitem Kreis den Boden abtasteten. Kirk war in den Korridoren zwischen Spocks Büro und dem Transporterraum Zwei auf acht Besatzungsmitglieder gestoßen, die langsam aus der Betäubung erwachten. Es waren Mediziner, Transportertechniker und Sicherheitskräfte oder Leute wie Fähnrich

Gilden, die einfach das Pech hatten, daß ihre Quartiere in der Nähe lagen.

»Mit wie vielen Leuten haben wir es zu tun?« fragte Lieutenant Oba nach einer Weile. Der Transporterassistent sprach genauso wie Kirk mit leiser Stimme, als würde er befürchten, daß die Leute, die das Schiff übernommen hatten, sie über die lahmgelegten Kommunikationsanschlüsse belauschen könnten.

Und Kirk war sich nicht sicher, ob eine solche Möglichkeit wirklich ausgeschlossen war.

»Ich weiß es nicht«, sagte er. »Die Sensoren haben in der *Nautilus* kein weiteres menschliches Leben gefunden, aber das Schiff lag unter einer starken Abschirmung. In einigen Bereichen ließ sich überhaupt nichts orten. Aber ich glaube nicht, daß es insgesamt mehr als sechs sind. Bleiben noch vier, nachdem zwei von ihnen mit Mr. Spock zur *Nautilus* gebeamt sind. Und meines Wissen liegen zwei von diesen vier in der Krankenstation.«

Und einer von den übrigen zwei, setzte er in Gedanken hinzu, *scheint nicht zu selbständigen Handlungen in der Lage zu sein.* Und wenn er sich an die schwarzen Kinderaugen und das Lächeln erinnerte, glaubte Kirk nicht daran, daß Thad niederträchtig und brutal genug sein konnte, um zu töten. Zumindest nicht aus eigenem Antrieb. Vielleicht auch gar nicht.

Damit blieb nur noch einer.

Der sich überall versteckt haben konnte.

»Ich hab's!« war Gildens Stimme zu hören.

»Ich bin hier«, sagte Kirk.

Ein Rascheln in der Dunkelheit. Jeder Stift war achtzehn Zentimeter lang und zwei Zentimeter dick. Am einen Ende befand sich die Schreibspitze, am anderen eine stumpfe, abgerundete Drucktaste. Sie paßten gut in den Werkzeughalter, wo er sie mit etwas Klebeband befestigte.

Kirk fand sich buchstäblich mit verbundenen Augen

in den Räumen und Korridoren der *Enterprise* zurecht, vor allem in den mittleren Decks, wo sich die Transporterräume, die Krankenstation und der Hauptcomputer auf Deck Sieben befanden, der Freizeitraum und die Lebenserhaltung auf Deck Acht und die Offiziersquartiere auf Deck Fünf. Er mußte gar nicht nachdenken, um zu wissen, daß sich eine Notwerkzeugausrüstung neben dem Lift hinter dem Transporterraum Zwei befand. Es kostete ihn, Oba und den stämmigen Fähnrich Curtis einige Mühe, die magnetische Verriegelung der Klappe zu lösen, doch irgendwann verbog sich das Metall und gab nach, bis sie die längliche Werkzeugkiste bergen konnten. Sie fühlten sich wie Schatzjäger, die auf das Versteck von Piraten gestoßen waren.

Die Kiste enthielt neben Medikamenten und Sauerstoffmasken auch zwei Handlampen und einen Entmagnetisierer.

»Gut«, keuchte Kirk. »Gilden und Oba, Sie beide haben Erfahrungen mit Computern ...«

»Aber keine sehr hohe Qualifikation«, erwiderte Gilden. »Ich kann fragmentierte historische Dateien entwirren, aber ...«

»Das spielt keine Rolle. Ich weiß ohnehin nicht genau, was Sie erwartet, wenn wir uns den Hauptcomputer vornehmen.« Sie hatten sich bereits auf den Weg gemacht, um im huschenden Licht der Handlampen schnell zum Transporterraum zu gelangen, wo Kirk den Verschluß des Werkzeugschranks öffnete, um weitere Lampen und Entmagnetisierer an sich zu nehmen. Wenn Gilden und Oba in die zentrale Computerstation kamen, bestand die hohe Wahrscheinlichkeit, daß das gesamte Personal bewußtlos – oder in schlimmerem Zustand – vor den Konsolen lag.

»Butterfield, ich brauche Ihren Phaser. Wheeler, Sie begleiten Oba und Gilden zum Hauptcomputer und sehen sich dort um. Holen Sie weitere Lampen und

Entmagnetisierer aus dem Allzweckraum am Ende des Korridors. Fähnrich ...«

»Wenn Sie keine Einwände haben, Captain«, sagte Curtis und hob das Stück Stahlrohr auf, das sie als Hebel benutzt hatten, »werde ich in der Nähe des Transporterraums bleiben, falls jemand versuchen sollte, das Schiff zu verlassen ... oder hineinzugelangen.« Er blickte ruhig und mit einem leichten Lächeln in die unheimlich wirkenden Lichtbalken der tragbaren Lampen.

»Gehen Sie keine unnötigen Risiken ein«, sagte Kirk – auch wenn er wußte, daß diese Bemerkung überflüssig war. Sie beide wußten es. »Und besorgen Sie sich möglichst schnell einen Phaser. Ich werde zusehen, daß ich jemand zu Ihnen zurückschicke, um Sie abzulösen.« Dann wandte er sich an die kleine Gruppe der Sicherheitskräfte und unfreiwilligen Computerexperten, die ihm zum zentralen Wartungsschacht des Schiffes folgten. »Ich muß nicht ausdrücklich betonen, daß Sie so viele Schränke wie möglich ausräumen sollen. Wir brauchen Entmagnetisierer, Lampen und Phaser. Wir müssen herausfinden, wo sich diese Leute verstecken. Sie sitzen an einem leistungsfähigen Terminal in der Nähe einer Hauptenergieleitung. Paxson, Sie begleiten die Gruppe zum Hauptcomputer. Vielleicht wird dort unten medizinische Hilfe benötigt. Butterfield, Sie gehen auch mit und arbeiten als Laufbursche. Ich werde auf der Brücke sein.«

Während er sprach, entsicherte und öffnete er die Klappe der manuellen Kontrolle. Ächzend und widerstrebend schwang die Klappe des Wartungsschachts auf. Kirk schob sich mit dem Oberkörper hinein, während seine Begleiter hinter ihm lauschten.

Von oben war nichts zu hören.

Irgend jemand – vermutlich Sulu – hatte bestimmt versucht, die Brücke zu verlassen und herunterzukommen. Dort oben gab es Werkzeug, mit dem sich die

Türen öffnen ließen, selbst wenn kein Entmagnetisierer zur Verfügung stand.

Vorsichtig richtete Kirk den Lichtkegel seiner Handlampe nach oben. Das einzige, was sich bewegte, war die glitzernde Feuchtigkeit, die aus der Klappe eines Luftschachtes tropfte. Die Lüftungssysteme wurden hier nicht so häufig wie im Rest des Schiffes gewartet. Obwohl in der Dunkelheit der Jefferies-Röhre kein Anzeichen für Gefahr zu erkennen war, gab es auch kein Anzeichen, daß irgend jemand in den fast zwei Stunden seit dem Erlöschen der Beleuchtung hier durchgekommen war.

Das paßte überhaupt nicht zu Mr. Sulu.

Kirk stellte einen Fuß auf die Leiter, die an einer Seite der Röhre verlief, und leuchtete die metallenen Sprossen aus. Nichts. Seine Stiefel erzeugten einen dumpfen Hall, als er sich umdrehte, um die Handlampe nach oben zu richten.

Immer noch nichts.

Äußerst vorsichtig begann er mit dem Aufstieg.

»Muß ich ausdrücklich darauf hinweisen, daß Sie zu Yagghorth-Futter werden, wenn Sie Ihren Phaser noch einmal benutzen?«

»Das ist unnötig, Rakshanes.« Spock rollte sich äußerst behutsam herum und betastete die wunde Stelle über den kurzen Rippen unter seinem linken Arm, bis ein plötzlicher, stechender Schmerz durch seinen Brustkorb schoß. Die Sehnen seiner Finger schmerzten ebenfalls bei jeder Bewegung, und als mit etwas Verspätung das Gefühl in seine linke Hand zurückkehrte, bemerkte er, daß an mehreren Stellen die Haut abgeschürft und mit malachitgrünem Blut verklebt war.

Die Tür war jetzt ganz geöffnet. Im schwachen Licht einer Handlampe stand Raksha an den Rahmen gelehnt da, wie eine Bronzestatue mit einem Phaser in der

Hand. Die Granatsteine des Stilettgriffs glänzten wie Blutstropfen in ihrem Haar. In der schattigen Dunkelheit hinter ihr schimmerte etwas wie feuchte Plastikfolie oder eine nässende Wunde, eine schuppige Haut, die über unebene Knochenplatten gespannt und wie mit feinem Goldstaub besprenkelt war. Freiliegende Organe pulsierten träge im Nest aus gebogenen Rippen und stachelbewehrten Beinen. Adajia tippte immer wieder mit den Fingernägeln in die tröpfelnde Masse aus Tentakeln, die sich auf der Vorderseite des tintenfischähnlichen Kopfes konzentrierten.

Als Spock sich bewegte, schoben sich farnähnliche Auswüchse aus den Beingelenken und den kleinen Öffnungen im Hornkamm des Kopfes. Das helle Gelbweiß bildete einen überraschenden Kontrast zur tiefschwarzen Masse des Wesens, wie der Atem eines Babys im Gegensatz zu einem klingonischen Mentalsondierer. Es rollte seine Tentakel ein und zog sie zurück, genauso wie das vordere Beinpaar, das es wie eine Gottesanbeterin mit geöffneten Klauen hob. Dabei fiel das Licht von Rakshas Handlampe auf eine Reihe metallischer Knöpfe im farnbesetzten Kopfkamm und im Genick.

Spock richtete sich auf die Ellbogen gestützt auf, und die Schmerzen in seinen Schultern, seinem Rücken, seinen Händen und Beinen waren beim Anblick dieses glitzernden Funkelns verschwunden. Er wurde sich seiner Schlußfolgerung kaum bewußt, die ihn zu diesem Zeitpunkt nicht mehr überraschen konnte. Es war, als hätte er das letzte Puzzleteil gefunden, das seine verschiedenen Beobachtungen an Bord des Schiffes zu einem kompletten Bild verband. »Die Menschen Ihrer Zeit haben es geschafft, die Yagghorths zu zähmen«, sagte er.

Raksha kam näher und hob vorsichtig den Phaser auf, der neben Spocks blutiger Hand lag. Sie warf ihn Adajia zu, die ihn wie eine durch die Luft wirbelnde

Blume auffing. Der Yagghorth zog seine Sinnesorgane ein und fauchte. Raksha bot Spock eine Hand an und half ihm auf die Beine. Seine Schultern fühlten sich an, als wäre er mit dem stumpfen Ende einer Axt verprügelt worden.

»Sie haben nicht die leiseste Vorstellung, mein Freund.«

»Ist es erlaubt, um Aufklärung zu ersuchen?« Er bewegte vorsichtig seine Finger, während sein Körper immer noch mit den Nachwirkungen des Schocks zu kämpfen hatte. Doch sein Geist machte bereits Fortschritte. Nun konnte er das Geschöpf im Licht der Handlampe etwas deutlicher erkennen. In seiner gegenwärtigen zusammengekauerten Haltung war es etwas über zwei Meter hoch, doch Spock vermutete, daß es sich zu fast doppelter Größe erheben konnte. Es hatte die spinnenartigen Beine angewinkelt und die rudimentären Flügel halb ausgebreitet. Die drei schweren Tentakel wirkten mit ihrer starken Segmentierung eher wie eine Wirbelsäule und kaum wie äußere Gliedmaßen. Bisher war es niemandem gelungen, ein Yagghorth so zu töten, daß ein intaktes Skelett übriggeblieben war. Unwillkürlich registrierte er die Details der Anatomie, die vornübergebeugte Haltung, die Art, wie das Wesen unablässig den Kopf bewegte, und die Antennenfächer, die wie in einer Meeresströmung wogten.

Er konnte auch das glitzernde Metall im Rückgrat erkennen, das den Implantaten ähnelte, die man in Sharnas' und Arios' Genick eingesetzt hatte.

Raksha blickte von Spock zum Yagghorth und sah plötzlich erschöpft aus. »Sharnas hat mir eine Geschichte über einen vulkanischen Meister erzählt, der am Kreuzwege-Nebel einem Gott begegnete«, sagte sie. »Er bat um Aufklärung ohne jede Einschränkung. Der Gott gewährte seine Bitte, wie es die Götter gelegentlich zu tun pflegen. Der Vulkanier ging und ertränkte sich, weil es die einzige logische Konsequenz war.« Sie lehnte sich mit der Schulter gegen die Tür und strich sich eine schwarze Haarsträhne aus dem Gesicht. »Klingonen haben den Ruf, dumm zu sein. Darauf sind wir stolz.«

Spock neigte den Kopf leicht zur Seite und blickte in die tiefschwarzen Abgründe der Trauer. Eine Zeitlang gab es kein Geräusch außer ihrem Atem, dem Pulsschlag der Maschinen und dem Tropfen der Feuchtigkeit im finsteren Bauch des unheimlichen Schiffes. »Dann kommen Sie also aus der Zukunft«, sagte er schließlich, um zu bestätigen, was er längst vermutet hatte.

Raksha seufzte. »Ja, sicher.« Sie rieb sich über die Stirn, die in tiefen Falten der Qual lag, und erschauderte, als wäre ihr plötzlich kalt geworden. »Ja. Aber es ist nicht so, wie Sie denken.«

»Es ist kein Gas.« Captain Kirk kehrte aus dem Schacht zurück und riß sich die Sauerstoffmaske vom Gesicht. Trotz des Atemgeräts hatte er ein Stück höher das Gefühl gehabt, ersticken zu müssen, während er beinahe von einem Schwächeanfall überwältigt worden wäre. Wheeler und Gilden stützten ihn und warfen sich einen verdutzten Blick zu.

»Das könnte der Grund sein«, sagte Butterfield, »warum wir nichts von den Leuten auf der Brücke gehört haben.«

Kirk ging langsam zur Tür hinüber, die auf die Notbrücke führte, ein Duplikat der Kommandozentrale, das sechs Decks tiefer genau unter der Hauptbrücke lag. Unten in der Maschinensektion gab es einen weiteren solchen Raum, der genauso wie dieser von Ersatzcomputern umgeben war. Ein gut geschütztes zweites Herz und Hirn der *Enterprise*. Kirk entmagnetisierte die Abdeckung der Kontrollen neben der Tür, um sie manuell zu öffnen. Dann trat er in den dunklen Raum, einen unheimlichen Doppelgänger der vertrauteren

Brücke. Es war stockfinster, nachdem sogar die kleinen roten Standby-Lämpchen der vollständig deaktivierten Konsolen erloschen waren.

Der Lichtfinger seiner Handlampe stocherte in der Dunkelheit herum, als er den Raum durchquerte und über die Stufen vor die verschlossenen Turbolifttüren trat.

»Ich schätze, jetzt müssen wir es auf die harte Tour probieren«, sagte er.

Thad Smith stand eine ganze Weile vor der breiten metallbeschlagenen Öffnung im hellblauen Freizeitraum. Er hatte erkannt, daß es ein Nahrungsspender war, weil sich davor ein Abstellplatz für Tabletts befand und darüber verschiedene Knöpfe angebracht waren. Statt der bunten Bilder, mit denen er sein ganzes Leben lang hervorragend zurechtgekommen war, gab es hier Schriftzeichen, so wie in den Messen der Höherprivilegierten.

Obwohl der Meister und Phil sich im vergangenen Jahr viel Mühe gegeben hatten, ihm das Lesen beizubringen, war es für ihn immer noch schwierig, ein *I* von einem *J* oder ein *H* von einem *A* zu unterscheiden. Noch schwieriger war es, sich an die richtigen Laute zu erinnern, die in der Abfolge der Buchstaben ein Wort ergaben. Außerdem waren es in diesem Fall recht lange Wörter.

Trotzdem …

Er blickte sich vorsichtig über die Schulter um. Arios saß reglos im Schein der kleinen Batterielampe am Tisch, den sie zu den Spielkonsolen gezerrt hatten. Er hatte seine Hände im Halbkreis der Tastaturen zusammengelegt, die Raksha an die Konsole angeschlossen hatte, und hielt den grünen Kopf gebeugt, als würde er schlafen. Nur sein flacher und schneller Atem verriet, daß er keineswegs schlief, sondern sich in Trance befand. Doch die Trance des Meisters war tiefer und länger, als Thad je zuvor an ihm beobachtet hatte.

Außerhalb des hellen Kreises aus Licht war der Freizeitraum stockfinster. Nur der Boden schimmerte wie eine Wasserfläche, und hier und da war der grinsende Bildschirm einer Spielmaschine zu sehen. Kein Laut drang aus dem Korridor hinter der verschlossenen Tür; nur ein gelegentliches Brummen von Aggregaten in den Nebenräumen und das tiefere, beruhigende Pulsieren der Maschinen waren zu hören.

Das Geräusch der Maschinen ließ Thad erschaudern. Wenn sie nicht mehr von hier fortkamen, wenn Raksha die Maschinen der *Nautilus* nicht bald repariert hatte, würde man ihn und den Meister fassen und höchstwahrscheinlich dem Yagghorth dieses Schiffes vorwerfen. Dies würde ebenfalls geschehen, wenn der Meister die parapsychischen Barrieren nicht aufrechterhalten konnte, die er um diesen Raum und zwischen allen Decks dieses Schiffes errichtet hatte.

Thad glaubte allmählich nicht mehr daran, daß er es schaffte. Es war ein sehr großes Schiff, so groß wie die *Nautilus*, und voller Menschen.

Also wandte er sich lieber wieder dem Nahrungsspender zu. Er wußte, daß süße Sachen wie Schokolade oder klingonische Karamelfrüchte ihm helfen würden. Sie gaben ihm die Energie zurück, die er für die Illusionen brauchte. Kaffee war auch gut. Eigentlich konnte er das Wort für Kaffee lesen, aber hier gab es vier verschiedene Knöpfe mit diesem Wort, auch wenn die Buchstabenfolge etwas anders zu sein schien, als er sie kannte. Es gab noch viele andere Wörter, hinter denen sich möglicherweise etwas Giftiges verbarg.

Vorsichtig näherte er sich dem Föderationsangehörigen in der roten Uniform, der immer noch an ein Geländer gefesselt am Boden lag. Thad überlegte, wie er dem Mann, der einen Schnurrbart trug, das Klebeband vom Mund abreißen konnte, ohne ihn zu verletzen. Doch als ihm keine bessere Möglichkeit einfiel, nahm er einfach ein Ende des Bandes und zog daran.

»Wie bekommt man Schokolade aus dem Nahrungsspender?« fragte er.

»Häh?« erwiderte Fähnrich Effinger.

»Ich brauche Schokolade aus dem Nahrungsspender, aber über den Knöpfen sind nur Buchstaben und keine Bilder. Ich kann nicht sehr gut lesen.«

Im Institut und in allen Fabriken waren die Nahrungsspender für die Unterprivilegierten selbstverständlich mit Bildern versehen, die nach Thads Meinung außerdem viel hübscher als Schriftzeichen aussahen.

»Ach so«, sagte Effinger. »Äh ... alle Knöpfe der zweiten Reihe von links sind für Schokoladenriegel. Nummer eins ist Schokolade mit Mandeln, Nummer zwei mit Macadamianüssen, Nummer drei mit Erdnußkaramel. Nummer vier ist ein matschiges Orangennougat, das scheußlich schmeckt, und ganz unten gibt es Marshmallow mit Kokos, aber der Synthetisierer hat manchmal Probleme mit dem Kokosgeschmack.«

»Oh, danke. Sind alle Knöpfe mit dem Wort *Kaffee* in Ordnung?«

»Ja. Ganz oben gibt es schwarzen Kaffee. Die anderen sind mit Milch, Zucker und so weiter. Können Sie mir einen Mandelschokoladenriegel mitbringen, wenn Sie gerade dabei sind?«

»Ich glaube nicht, daß der Meister es mir erlauben würde«, sagte Thad. »Es tut mir leid. Wir lassen Sie gehen, wenn wir verschwinden.« Er klebte Effingers Mund wieder zu und holte schwarzen Kaffee und zwei Schokoladenriegel – einen mit Macadamianüssen und einen mit Erdnußkaramel. Leise schlich er sich an Arios' Seite.

»Meister?«

Arios hob nur ein wenig den Kopf, ohne die Augen zu öffnen. »Thad?« Seine Lippen sprachen den Namen ohne einen Laut.

»Ich habe dir ein paar Süßigkeiten und Kaffee gebracht.«

Arios tastete blind nach der Kaffeetasse. Thad mußte ihm helfen. »Er ist heiß«, warnte er, doch Arios nippte ungerührt daran und brach dann unbeholfen ein Stück von dem Schokoladenriegel ab.

»Vielen Dank.« Seine Stimme klang belegt und schleppend, wie jemand, der im Schlaf sprach. »Nichts Neues?«

»Nein?«

»Wie lange schon?«

Thad blickte auf das Chronometer an seinem Handgelenk. Die meisten Unterprivilegierten hatten nie gelernt, digitale Anzeigen zu lesen. Daher bestand seine Uhr aus einem drei Zentimeter großen geteilten Kreis, eine Hälfte für den Tag und eine für die Nacht. Jede war in zwölf farbige Segmente unterteilt. Es war ein Standardmodell für Unterprivilegierte, das er vom Meister erhalten hatte. »Eineinhalb Stunden«, sagte er, nachdem er eine Weile die analoge Anzeige studiert hatte.

Arios antwortete nicht, spannte jedoch die Kiefermuskeln an, als hätte er einen Peitschenschlag erhalten. Er versank wieder in Trance. Sein Atem ging schwer, und tiefe Falten des Schmerzes hatten sich in die weiche Haut unter seinen Augen gegraben. So leise, wie er konnte, nahm Thad den Kaffee und die Reste der Schokoladenriegel und kehrte zu seinem Posten neben der Tür zurück. Er aß und trank nachdenklich, während er auf die leisen Echos im dunklen und gelähmten Schiff lauschte.

»Mr. Sulu!«

Die Stimme erzeugte einen unheimlichen Hall im Turboliftschacht, aber es war unverkennbar die des Captains. Sulu stürmte zur offenen Tür, beugte sich in die Finsternis und erkannte freudig einen kleinen gelben Punkt tief unter sich. »Captain! Alles in Ordnung?«

Die anderen drängten sich hinter ihm – mit Ausnahme von Chekov, der immer noch an der Navigationskonsole saß und die langsame Bewegung des Schiffes im Auge behielt.

»Haben Sie versucht, an den Sicherheitskabeln in den Schacht zu steigen?«

»Ja, Captain«, rief Sulu. »Das gleiche Problem wie in den Jefferies-Röhren ... ich schätze, Sie haben die gleiche Erfahrung gemacht. Es ist kein Gas ...«

»Oder eins, das durch die Atemmasken dringt«, erwiderte Kirk.

Sulu ging vor dem tiefen schwarzen Abgrund in die Knie. »Dawe hat festgestellt, daß sieben oder acht Luftschächte auf verschiedenen Decks als verstopft angezeigt werden. Wir glauben, daß es Besatzungsmitglieder sind, die versucht haben, durch die Schächte die verriegelten Türen zu umgehen. Sie bewegen sich nicht von der Stelle. Wir wissen nicht, ob sie nur bewußtlos oder tot sind.«

Kirk fluchte. Er fragte sich, wie viele Leute tot in den Luft- und Wartungsschächten des Schiffes liegen mochten und wie Arios so etwas bewerkstelligt hatte. »Sind noch andere interne Sensoren in Betrieb?«

»Negativ. Dawe sagt, daß Transporterraum Zwei vor etwa einer Stunde aktiviert wurde. Drei Personen wurden zur *Nautilus* hinübergebeamt.«

»Das waren Spock, die Klingonin und die Orionerin. Sind sie zurückgekommen?«

»Nein, Captain.«

»Irgendein Hinweis, wo sich Arios verstecken könnte?«

»Nicht der geringste – außer daß er an einem leistungsfähigen Terminal sitzen muß.«

Kirk schwieg, während er zur dunklen Masse aus Köpfen im ockergelben Rahmen aus Streulicht hinaufsah. »Wie weit konnten Sie sich nach unten wagen?«

»Durch die Röhren sind wir bis Deck Drei gekommen. Maynooth ist jetzt dort, um herauszufinden, was Arios mit dem Computer angestellt hat.«

»Es ist wirklich erstaunlich, Sir«, war nun die leicht näselnde Stimme des Physikers zu hören. »Einfach verblüffend. Eigentlich dürfte es gar nicht gehen, was diese Leute getan haben. Sie manipulieren die Sicherheitssysteme, als ob … Nun, es handelt sich um ein äußerst hochentwickeltes Störprogramm. Es leistet Dinge, wie ich sie noch nie zuvor gesehen habe!« Er klang, als würde er auf der Stelle den Schöpfer dieses Programms heiraten wollen.

»Captain«, sagte Sulu mit tiefer Besorgnis in der Stimme. »Captain, was sind das für Leute?«

Eine gute Frage. Kirk war eine mögliche Antwort in den Sinn gekommen. Er hätte bereits in dem Augenblick darauf kommen können, als Cooper im Transporterraum gelacht hatte.

Er blickte wieder nach oben, um die Entfernung und den Bewegungsspielraum seines Wurfarms einzuschätzen. »Gehen Sie runter auf Deck Drei, und öffnen Sie dort die Lifttüren«, sagte er nach einer Weile. »Mr. Butterfield …« Er drehte sich zum Sicherheitswächter um und reichte ihm seinen Entmagnetisierer. »Gehen Sie zum Büro der Sicherheit, und holen Sie mir ein Seil. Öffnen Sie unterwegs jede Tür, an der Sie vorbeikommen, und trommeln Sie genügend Leute mit Entmagnetisierern und Lampen zusammen, um die medizinische Abteilung und die Maschinensektion gründlich zu durchsuchen. Finden Sie Mr. Scott oder schicken Sie jemanden los, der nach ihm sucht. Und bringen Sie mir einen Bericht über die beiden Leute, die sich in der Krankenstation befinden. Wheeler, Sie begleiten ihn.«

Als der Mann mit dem Seil zurückkam, brachte er ein halbes Dutzend Sicherheitskräfte mit. Sie berichteten, daß Mr. DeSalle versucht hatte, die kleine Messe der Sicherheitsabteilung durch den Luftschacht zu verlassen, und daß man seitdem nichts mehr von ihm gehört hatte. Inzwischen hatte Kirk Meldungen von Uhura und Maynooth erhalten, daß das interne Kommunikationssystem des Schiffes so kurzgeschlossen war, daß sämtliche Handkommunikatoren ionisiert wurden, indem die Signale sich im Hauptcomputer überkreuzten und gegenseitig auslöschten. Die Blockade der Türen und Turbolifte, die Abschaltung der Beleuchtung und die Verstärkung der Magnetschlösser wurde von einer Programmsperre gesichert, die Maynooth fast sprachlos vor Bewunderung machte.

»Aber ich werde es schon schaffen«, rief der bebrillte Physiker optimistisch nach unten. »Ich brauche nur ein wenig Zeit. Es ist die schönste Programmierung, die ich je gesehen habe, und ich werde keine Ruhe finden, bis ich sie erobert habe.«

Er klang wie die Hälfte der männlichen Ingenieure und Sicherheitsleute, nachdem sie erstmals einen Blick auf die reizende Shimada geworfen haben, dachte Kirk mit einem Lächeln. Er fragte sich, was Lao von dieser Sache halten würde.

Und er fragte sich, wo Lao stecken mochte und wie es ihm ergangen war. Auf keinen Fall hockte er irgendwo in der Dunkelheit und drehte Däumchen.

Butterfield hatte auch den Sicherheitswächter Wein mitgebracht. Er hatte ihn aus der Arrestzelle befreit, in der sich zuvor Dylan Arios aufgehalten hatte. Der Mann war nicht in der Lage, eine befriedigende Erklärung für sein unaufmerksames Verhalten abzugeben, doch nach dem unheimlichen Phänomen in den Verbindungsschächten hatte Kirk nicht die Absicht, ihm deswegen einen Vorwurf zu machen.

»Wir hatten es schon des öfteren mit Aliens zu tun, die uns mit Illusionen beeinflussen konnten«, sagte er verbittert. »Falls es sich tatsächlich nur um eine Illusion handelt und nicht um etwas ganz anderes. Nein, sie sind geflohen, haben am Terminal im Besprechungsraum neben dem Arrestbereich einige Vorbereitungen getroffen und sich dann irgendwo verkrochen, wo sie ihre Manipulation in Ruhe zu Ende führen konnten.«

Während er sprach, war er damit beschäftigt, das Seil an dem schweren Metallring eines Wandhalters für Klebeband festzuknoten, den Butterfield im Schrank mit den Notwerkzeugen gefunden hatte. »Raksha und Adajia haben mindestens fünfzehn Minuten benötigt, um von ihrem Versteck zu Mr. Spocks Büro zu gelangen. Vermutlich haben sie den größten Teil des Weges durch die Luftschächte zurückgelegt. Das bedeutet, daß sich Arios vermutlich irgendwo in der Maschinensektion aufhält. Mr. Sulu?«

»Ja, Sir?«

»Fangen Sie!« Mit aller Kraft warf er den Ring senkrecht nach oben in den Liftschacht. Er brauchte vier Versuche, bis er die nötige Höhe gewann, doch dann fing der Pilot den Ring ohne Mühe auf. Er zog ein gutes Stück Seil hinauf und knotete es fachmännisch zusammen, bis sich damit eine Person abseilen ließ.

Sie diskutierten noch die Vorgehensweise, wie sie jemanden auf Deck Acht hinunterbringen konnten, als sich dort die Tür öffnete und Lieutenant Organas Stimme zu hören war. »Hallo, Sie da oben!«

»Haben Sie Zugang zum Hauptcomputer?« wollte Kirk sofort wissen. »Ist da unten alles sicher?«

»Wir haben das ganze Deck durchsucht«, rief die Stellvertreterin des Sicherheitsoffiziers zurück. »In den Wartungsschächten ist irgendein Gas, das uns den Zugang nach oben und unten versperrt. Es scheint sogar Sauerstoffmasken zu durchdringen. Offenbar ist es auch in den Luftschächten, obwohl es nirgendwo in die Räume eindringt. Fähnrich Lao wurde in einem Schacht bewußtlos, als er versuchte, zur Maschinensektion zu gelangen. Wir haben ihn vor wenigen Minuten mit dem Tricorder lokalisiert. Er scheint in Ordnung zu sein, aber mir wäre wohler, wenn Dr. McCoy einen Blick auf ihn werfen würde.«

»Mir geht es gut!« Die breitschultrige Gestalt von Lao Zhiming hinter ihr schirmte das Licht ab, das in den Schacht fiel. »Captain, haben Sie sich einmal diese Programmierung angesehen? So etwas Phantastisches habe ich noch nie gesehen, aber es ist keine fremde Technik! Ich bin mir völlig sicher! Die Logiksysteme sind hundertprozentig kompatibel. Könnten diese Leute ...?«

»Still, Fähnrich!« unterbrach Kirk den Mann. »Keine weiteren Spekulationen – das ist ein Befehl!« Es gab zwei Möglichkeiten, und er hatte bei keiner von beiden ein gutes Gefühl.

Er konnte hören, wie Lao zunächst verblüfft war, dann jedoch allmählich verstand, als er erwiderte: »Ja, Captain.«

»Machen Sie weiter«, fügte Kirk etwas freundlicher hinzu, um die verbale Ohrfeige auszugleichen. »Sammeln Sie so viele Daten und Fakten wie möglich, aber erstatten Sie nur mir Bericht.«

»Verstanden, Sir.«

Der schwache Schein der Handlampe schimmerte für einen Moment auf seinem Haar, bevor er sich in den Raum zurückzog.

»Wir werden Maynooth zu Ihnen hinunterschicken«, rief Kirk Lieutenant Organa zu. »Mr. Sulu, sichern Sie den Mann in Ihrer Schlinge, und lassen Sie ihn dann so schnell wie möglich herunter. Lieutenant Organa, wenn er bei Ihnen ist, kommen Sie herauf und leiten die Suche auf diesem Deck, aber ich würde immer noch darauf wetten, daß Arios sich irgendwo in der Maschinensektion verkrochen hat. Mr. Sulu, Sie übernehmen das Kommando.«

»Verstanden, Captain.«

»Stationieren Sie Boten auf jedem Deck am Turboliftschacht. Ich bin in der Krankenstation, wenn Sie mich brauchen. Ich denke, es ist an der Zeit, mich um unsere verbliebenen Gäste zu kümmern.«

8

Die Zukunft.« Phil Cooper strich sich mit einer zitternden Hand durchs Haar und blickte die Leute, die sich um sein Bett versammelt hatten, mit Augen an, die schon seit langer Zeit nicht mehr an das glaubten, was sie sahen. Dann seufzte er und wandte den Blick ab. »Ja«, sagte er. »Wir kommen aus der Zukunft. Falls Sie wirklich die sind, die Sie zu sein behaupten.«

McCoy verzog verärgert die Mundwinkel. »Wer, zum Teufel, sollten wir sonst sein?«

»Wer weiß?« Coopers Blick wanderte vom Arzt zu Captain Kirk, der neben McCoy stand, dann zu Chapel, die immer noch neben dem bewußtlosen Sharnas hockte, und zu Fähnrich Lao, der bewaffnet und fast unsichtbar neben der gähnenden Türöffnung stand. Lao hatte es bereits erraten, wie Kirk wußte, daß die *Nautilus* entweder ein Besucher aus der fernen Zukunft oder ein so geheimes Starfleet-Projekt war, daß es nicht einmal Gerüchte darüber gab. Ganz gleich, was Cooper zu sagen hatte, es war jedenfalls nicht für die Ohren eines gewöhnlichen Sicherheitswächters bestimmt.

»Starfleet hat Zugang zu alten Uniformen, alten Schiffen und alten Logbüchern«, erklärte Cooper schließlich. »Sie könnten sich genau informieren und alles künstlich rekonstruieren, wie wir es aus den alten Logbüchern kennen. Sogar die Sternenkonstellationen draußen vor den Bullaugen könnten eine Illusion sein. Wenn ich Ihnen vertraue, erzähle ich Ihnen alles über die Rebellion und das Versteck der Schattenflotte und wie der Meister Kontakt mit ihr aufgenommen hat. Wie er die Gehorsamkeitsprogrammierung geknackt hat, mit der das Konzil jeden Captain, jeden Astrogator und psionischen Empathen von Starfleet unter Kontrolle hält. Und anschließend werden wir alle von dem exotischen holographischen Raubtier in Stücke gerissen, das gerade beim Publikum am beliebtesten ist.« Die Anzeige seiner Herzfrequenz über dem Diagnosebett stieg leicht an. Offensichtlich hatte er bereits ähnliche Holoprogramme gesehen.

»Wenn wir Informationen gewollt hätten«, sagte McCoy behutsam, »hätten wir Sie mit Lyofan oder Zimath vollpumpen können.«

Cooper lachte verächtlich. »Glauben Sie wirklich, daß man so etwas nicht schon längst versucht hat? Das ist der einzige Vorteil, wenn einem das Rückgrat verdrahtet wurde. Und daß ich in der Lage bin, einen Psi-Sprung wahrzunehmen, bevor er stattfindet. Und daß ich gelegentlich die Stimme des Meisters in meinem Kopf hören kann.«

Er legte wieder eine Hand an die Schläfe, schloß die Augen und beugte sich mit einem Erschaudern vor. Im Licht der Handlampen und batteriebetriebenen Leuchtkörper war es nicht mehr ganz so dunkel in der Krankenstation, doch in den Winkeln lauerten immer noch tiefe Schatten. Im unfreundlichen Zwielicht wirkte Coopers Gesicht alt und erschöpft. »Es tut mir leid«, sagte er nach einiger Zeit mit dumpfer Stimme. »Vielleicht sind Sie wirklich die, die Sie zu sein behaupten. Vielleicht sind wir wirklich durch diese Anomalie in die Vergangenheit gelangt, wie der Meister vorausgesagt hat, falls die Voraussetzungen stimmten und falls ...« Er zögerte und suchte ziemlich offensichtlich nach einer Lüge oder einer Ausrede, was ihm unter den Nachwirkungen des Melanex schwerfiel. »... falls alle Berechnungen korrekt waren.«

Falls was? fragte sich Kirk.

Arios, wo immer er sich auf dem Schiff aufhalten mochte, mußte ebenfalls unter der Müdigkeit leiden. McCoy hatte bei seiner ersten Untersuchung einen Grad der Erschöpfung festgestellt, die sich nicht durch einen Tag der Ruhe ausgleichen ließ. Irgendwann würde er Fehler machen.

»Wir können ihnen vertrauen.« Die Stimme vom anderen Bett war kaum mehr als ein leises Murmeln. Chapel drehte sich schnell um und griff nach der Hand des Jungen, um sich sofort wieder zurückzuziehen, als sie sich an Mr. Spocks Aversion gegen jeden überflüssigen Körperkontakt erinnerte. Doch es schien dem Jungen nichts auszumachen – vielleicht aufgrund seiner Schwäche. »In meinen Träumen …«, sagte er zu Cooper, »… berührte sie meinen Geist. Sie lügt nicht. Sie meint es ehrlich. Der Vulkanier an Bord dieses Schiffes ist wirklich Spock von der *Enterprise*. Also sind wir wirklich hier.«

Chapel spürte, wie ihr Gesicht plötzlich heiß wurde, und war dankbar für die Dunkelheit. Sie erinnerte sich daran, daß Vulkanier die Fähigkeit besaßen, eine mentale Verbindung herzustellen. Außerdem war Sharnas als Empath trainiert worden, wie Cooper gesagt hatte.

Er wußte Bescheid. Er wußte nicht nur, daß Spock wirklich Spock war – denn im Geist eines unbeteiligten Dritten war keine Lüge möglich –, sondern auch, daß sie keineswegs unbeteiligt war. Er wußte von der Liebe, die sie jahrelang vergeblich für den leidenschaftslosen Ersten Offizier empfunden hatte.

Einen Moment lang fühlte sie sich nackt, als hätte der Junge ihre tiefsten Geheimnisse vor den Anwesenden ausgebreitet. Aus dem Augenwinkel bemerkte sie, wie Sharnas verblüfft reagierte, als er nun ihr Unbehagen spürte. Kurz trafen sich ihre Blicke, und er deutete ein verständnisvolles und beruhigendes Nicken an. Als Chapel sich wieder abwandte und McCoy, Kirk und dann dem jungen Lao ins Gesicht blickte, erkannte sie darin nur Neugier auf das, was Cooper zu berichten hatte. Die Männer waren überhaupt nicht an Christines Gefühlen interessiert.

»Das Konzil …«, begann Sharnas, doch Cooper schüttelte heftig den Kopf.

»Nein! Keine Informationen, hat der Meister gesagt. Nichts.«

Die schrägen Augenbrauen des Jungen zogen sich zusammen. Seine Stimme, die unter den Nachwirkungen des giftigen Gases krächzend geworden war, klang überraschend tief. »Wenn sie Bescheid wissen, könnten sie vielleicht … etwas ändern. Damit es anders kommt.«

»Der Meister hat es verboten«, erwiderte Cooper hartnäckig, schloß die Augen und lehnte sich wieder zurück. »Für McKennon könnte jede Information nützlich sein. Du weißt, daß sie uns auf der Spur war. Also sage ich: Nein!«

»Sie haben uns bereits einiges erzählt«, sagte Kirk und hob einen Finger, um McCoys unausgesprochenen Kommentar im Keim zu ersticken. »Sie waren zwar nicht richtig bei Bewußtsein, aber Schwester Chapel hat vieles von dem, was Sie sagten, aufgezeichnet. Es ist genug, um eine Reihe von Schlußfolgerungen zu ziehen. Zum Beispiel was das Konzil betrifft. Und was in der Zukunft … Wie viele Jahre sind es?«

Cooper gab sich mit einem Seufzer geschlagen. Sein Körper entspannte sich, als wären seine Knochen bislang nur durch die Anspannung und den Schmerz zusammengehalten worden. »Ich war nie sehr gut in Geschichte«, sagte er leise. »Der Meister und ich flüchteten sechsundvierzig aus der Akademie. Zweitausendfünfhundertsechsundvierzig. Wir … Die meisten Menschen glauben nicht, daß das Konzil wirklich solche Dinge tut. Die meisten kommen auch nie in Berührung mit Neurochirurgie, Psionik oder Genmanipulation. Aber vor den Leuten in der Akademie läßt es sich nicht geheimhalten, ganz gleich, wie stark die Programmierung ist. Jeder, der sich zum Captain oder Astrogator ausbilden läßt, wird verdrahtet. Wir arbeiten ständig mit den Psionikern zusammen, mit den Sicherheitstruppen, mit den gezähmten Wissenschaftlern, die Schaltkreise anstelle eines Gehirnstamms haben. Wir flüchteten vor … zwei Jahren.«

»Und das war der Zeitpunkt, zu dem Sie sich die *Nautilus* angeeignet haben.«

Cooper blickte auf. »Sie sollte verschrottet werden. Sie war völlig veraltet, nachdem sie jahrelang irgendwo in der Provinz Erz transportiert hatte. Aber irgendwann hatte man sie auf Psi-Antrieb umgerüstet, wahrscheinlich kurz nachdem Starfleet die Technologie vom Konzil erhalten hatte. Der Meister hat sie wieder auf Vordermann gebracht.«

»Und was macht das Konzil?« fragte Kirk mit leiser Stimme. Er blickte sich unauffällig zu Lao und Chapel um, während er sich fragte, wieviel sie erfahren durften oder sollten. *Drei Menschen können ein Geheimnis für sich behalten …* Er verdrängte die Fortsetzung dieses alten Sprichworts aus seinen Gedanken.

»Was ist das Konzil?«

Cooper wandte nur das Gesicht ab und lehnte sich trotzig zurück. Kirk konnte die Anspannung seiner Rückenmuskeln erkennen, als würde er sich körperlich gegen das Gewicht der schrecklichen Entscheidungen stemmen, die mit jedem Zeitparadoxon verbunden waren. Ob er etwas tat oder nicht – beides konnte unangenehme Auswirkungen auf die Zukunft haben.

Schließlich sprach Sharnas.

»Das Konzil war der Wegbereiter für die gesamte Technik der psychoaktiven Neurostimulation durch nanotechnische Verdrahtung«, sagte er. Er hustete, zuckte jedoch nur leicht zusammen. Das Hyperenum begann allmählich seine heilende Wirkung zu entfalten, während das Dalpomin den metabolischen Streß abbaute.

»Die frühesten Anwendungen dienten dazu, kriminelle Geistesgestörte zu kontrollieren«, redete der Vulkanier weiter, als würde er von einer ihm fremden Welt berichten. »Ihre geistigen Aktivitäten wurden dokumentiert, überprüft und im Gleichgewicht gehalten. Die Implantate hielten sie ruhig und brachten sie wieder zu Verstand, wenn sie gewalttätige Impulse zu entwickeln begannen.« Er hustete wieder und hielt sich die vernarbte Hand an die Seite. »Aber nach der Seuche gab es Millionen, Milliarden von Intelligenzwesen, die gestorben wären oder hätten getötet werden müssen, wenn man ihnen nicht durch die neurologische Verdrahtung geholfen hätte. Dadurch blieben ganze Planetenpopulationen bei Verstand. Das Konzil hat die Zivilisation gerettet. Buchstäblich. Überall.«

»Gerettet ...«, sagte Lao nachdenklich in die Stille. »... oder hat es sie umgewandelt? In etwas ganz anderes ... das sich besser kontrollieren und beherrschen läßt?« Er sah bereits vor sich, was kommen würde. In seiner Stimme lag Unglauben – oder vielleicht die Hoffnung, einen konkreten Grund für seinen Unglauben finden zu können. *Sagen Sie mir, daß es nicht wahr ist!*

»Wenn Sie durch die Gitterstäbe eines Kerkers gefüttert werden«, erwiderte Cooper, »ist es Ihnen gleichgültig, ob die Hand, die Ihnen zu essen gibt, sauber oder schmutzig ist. Sie essen einfach und danken Ihrem Schicksal.«

Sharnas schüttelte den Kopf. Sein Gesicht war ernst, doch seine Augen blickten sehr traurig. »Für viele gab es nicht einmal diese Wahl. Ganze Zivilisationen wurden ausgelöscht, entweder durch die Krankheit selbst oder durch die Folgen des neurosynaptischen Versagens, das durch die Seuche verursacht wurde. Oder durch die anschließenden Kriege und die ... die Schäden, die die Kriege im genetischen Material der Überlebenden erzeugten. Doch zwanzig Jahre später kamen Captains und Astrogatoren von Starfleet, die als Kinder verdrahtet worden waren, und sie machten die … die Entdeckung, die zur Entwicklung des Psi-Sprungantriebs führte. Mit dem sich der Raum buchstäblich krümmen läßt, so daß ein Schiff … den Subraum umgehen kann.«

»Was?« Kirk versuchte es sich vorzustellen, doch es gelang ihm nicht. »Wie? Ich meine …«

»Was war der Durchbruch?« fragte Lao, und für einen Moment erwachte seine gewohnte Begeisterungsfähigkeit, während die Dunkelheit und Stille schwer auf allen Anwesenden lastete. »Die aktuellen Forschungen arbeiten an einer Verbesserung der Wurmloch-Theorie, aber …«

»Fragen Sie lieber nicht«, sagte Cooper – ein wenig zu hastig. »Aber es funktioniert. Und es ist schneller und leichter als alles, was Sie sich erträumen können. Es ist ein völlig anderes Prinzip. Aber es geht nur, wenn Sie einen verdrahteten Astrogator und Empathen haben … neben ein paar anderen Sachen. Und genau dadurch errang das Konzil die Kontrolle über Starfleet. Und über die gesamte Handelsschiffahrt. Der Warpantrieb war über Nacht veraltet. In den letzten sechzig Jahren hat das Konzil die Entscheidungen für Starfleet und den Föderationsrat getroffen. Das Konzil bekommt alles, was es will.«

»Ich schätze«, sagte Kirk in die schreckliche Stille hinein, »etliche Mitglieder des Föderationsrats sind ebenfalls verdrahtet.«

Die regengrauen Augen glitzerten zynisch. »Sie begreifen sehr schnell.«

Das Konzil bekommt alles, was es will. Kirk hatte sich lange genug in hohen Kreisen aufgehalten, hatte die Regierungen fremder Planeten und kleiner Kolonien erlebt und sich mit kleinen und großen bürokratischen Systemen auseinandergesetzt, um zu wissen, was dieser Satz bedeutete.

Außerhalb der Krankenstation huschten Lichtstrahlen wie Glühwürmchen durch die finsteren Korridore. Stimmen waren zu hören, gedämpft vom seltsamen Drang, nicht zu laut zu sprechen. »Da oben ist er!« sagte jemand, dann folgte ein metallisches Klappern, während ein weiteres unternehmungslustiges Besatzungsmitglied vorsichtig aus einem Luftschacht befreit wurde. Drei solcher Opfer, die einen Fluchtweg aus einem verschlossenen Raum oder abgeriegelten Korridor gesucht hatten, waren bereits von den Technikern geborgen worden. Alle waren wieder wohlauf, nachdem man sie ins Freie gebracht hatte.

Auch er konnte etwas mehr Freiraum gebrauchen, dachte Kirk. Mit einem Teil seines Geistes war er immer noch der Captain eines Schiffs in Not.

Aber er war nicht bereit, wegen dieser Situation zu verzweifeln. In der Schlacht von Achernar hatte Kirk erlebt, wie die Leute selbst nach einem tödlichen Treffer weitergelaufen waren.

Starfleet sollte zur Marionette einer privaten Verschwörung werden, um den Interessen dieser Gruppe zu dienen. Die Föderation sollte als Alibi-Parlament enden, das den Anweisungen jener folgte, die den Geist anderer Menschen kontrollieren konnten.

Alles, wofür er gearbeitet hatte – all seine Träume von zukünftigen Welten, zukünftiger Gerechtigkeit … alles verloren.

Innerhalb eines Zeitraums von weniger als dreihundert Jahren.

Wer künftig in seine Fußstapfen treten und zu den Sternen aufbrechen wollte, mußte sich zuvor das Rückenmark verdrahten und sich von Stimmen im Kopf sagen lassen, was er tun durfte und was nicht. Was er denken durfte und was nicht.

Sharnas hatte diese Zukunft erlebt. Cooper ebenfalls. Sie spiegelte sich in ihren Augen.

»Nein …«, flüsterte Lao an seiner Seite, wie ein Mann, der ein Holovideo sah, in dem Menschen, die er liebte, in einem digitalen Feuersturm vernichtet wurden.

Aber das hier war real. Es würde irgendwann real werden.

Kirk drehte sich um und sah die Spuren der Verwitterung, die dieses Wissen in McCoys erschöpftem Gesicht hinterließ.

Dann werden wir alle von einem holographischen Raubtier in Stücke gerissen …

Eine Wahnvorstellung? Paranoia? Kirk glaubte nicht daran. Es gab dort eine Dunkelheit, in die er noch keinen Blick geworfen hatte, in die er gar nicht blicken wollte.

»Es tut mir leid«, sagte Cooper leise. »Ich hätte es Ihnen nicht erzählen dürfen. Sie wollten es wissen.«

»Ja«, sagte Kirk. »Wir wollten es wissen.« Warum lag es in der Natur des Menschen, immer alles wissen zu wollen?

Er atmete tief durch. Es war, als würde er mit einer Bauchwunde einen ersten zögernden Schritt tun. Als würde er die ersten Worte zu einer Frau sprechen, nachdem er Hinweise auf einen Nebenbuhler gefunden hatte. »Es gibt also eine Widerstandsbewegung in Starfleet?«

Cooper nickte. »Die Schattenflotte spaltete sich vor etwa drei Jahren ab. Sie besteht hauptsächlich aus Schmugglern. Die *Nautilus* ist das einzige Raumschiff mit Psi-Antrieb, das ihnen zur Verfügung steht. Die anderen Einheiten sind kampf- und navigationstechnisch weit unterlegen.«

Das konnte eine Lüge sein, dachte Kirk, als er das Gesicht des jungen Mannes betrachtete. Zumindest betete er, daß Cooper log. Gleichzeitig fragte er sich, warum es für ihn so wichtig war, daran zu glauben, daß es eine Lüge war. Er wollte daran glauben, daß die Rebellen der Schattenflotte stark genug waren. Stark genug, um siegen zu können.

Doch was spielte es für eine Rolle, wenn jeder ohnehin verdrahtet werden mußte?

Was ging es ihn überhaupt an, wenn all dies erst viele Jahre nach seinem Tod geschehen würde?

»Was hat Sie also zu uns geführt? Was wollen Sie auf Tau Lyra Drei?«

Cooper schüttelte den Kopf. Sharnas holte Luft, und der Astrogator kam ihm mit einem schroffen »Nein!« zuvor.

»Aber ...«

»Nein, habe ich gesagt! Du vertraust ihnen, Sharnas. Weil du ihr vertraust.« Er deutete mit einem Kopfnicken auf Chapel, die immer noch am Bett des Jungen hockte. »Ich nicht. Du hast doch erlebt, wie sie eine Holokammer programmieren können. Du bist völlig davon überzeugt, an einem Strandpicknick teilzunehmen oder zusammen mit Sherlock Holmes Verbrecher zu jagen ... oder mit einem gefesselten vierzehnjährigen Mädchen Sex zu haben oder dir die Eingeweide herausreißen zu lassen, falls jemand im Konzil dich nicht mag.

Du bist Starfleet-Captains begegnet, die von McKennon so programmiert wurden, daß sie auf Befehl ihr eigenes Leben und das ihrer Besatzungen riskieren. Du kennst Leute, die sechzehn Stunden pro Tag hart arbeiten und jeden erdenklichen Dienst erfüllen. Andere glauben, daß ihre Familien von jemandem ermordet wurden, den das Konzil aus dem Weg räumen will. Natürlich kann Schwester Chapel wirklich daran glauben, daß der Vulkanier an Bord Mr. Spock und das hier die *Enterprise* ist. McKennon könnte all das und noch viel mehr veranlaßt haben, bevor sie hierhergeschickt wurde, um dein Händchen zu halten.«

»Du irrst dich«, sagte Sharnas leise. »Ich würde es bemerken.«

Kirk bemerkte, wie Lao schockiert den Atem einsog. *Er ist noch zu jung für so etwas,* dachte er. *Er hat noch Ideale ...*

»Und welche Überzeugungen hat man Ihnen eingepflanzt, Mr. Cooper?« fragte er ruhig zurück.

Cooper erwiderte seinen Blick, gab aber keine Antwort.

Kirk sprach in nicht unfreundlichem Tonfall weiter. »Es ist sehr unwahrscheinlich, daß Ihr Meister von hier verschwinden und in sein eigenes Schiff zurückkehren wird, wissen Sie. Im Augenblick hat er nur Thad bei sich. Wir werden ihn nötigenfalls mit Tricordern aufspüren. Wir müssen etwas tun. Die Bewohner dieses Planeten haben keine Ahnung, sie haben noch nicht einmal die Raumfahrt entwickelt, sie ahnen nichts von fremden Welten. Warum wollen Sie ausgerechnet nach Tau Lyra Drei?«

Cooper drehte das Gesicht zur Wand.

»Fragen Sie ihn nicht danach.« Sharnas' Stimme war tief und leise. »Und fragen Sie auch mich nicht. Ich glaube, daß sein Mißtrauen ungerechtfertigt ist, aber falls er doch recht hat… Bis jetzt haben wir Ihnen nichts gesagt, was McKennon nicht schon längst wissen dürfte. Sie ist… die Domina des Konzils, der Starfleet untersteht. Es ist ihr Ziel, die Schattenflotte zu vernichten, uns wieder unter Kontrolle zu bringen.«

Der Diagnosemonitor über dem Bett zeigte eine erhöhte Herzschlagfrequenz und einen gesunkenen Blutdruck. Offenbar waren bei der Erwähnung ihres Namens die Symptome des Schocks und Traumas zurückgekehrt. Chapel stand hastig auf. »Captain, ich muß… Sie darum bitten, keine weiteren Fragen zu stellen. Keinem von beiden.« Auf ihrem Gesicht lag der Schatten dessen, was sie erfahren hatte, aber auch die Entschlossenheit, ihre Patienten zu schützen, ganz gleich, wer sie waren oder was sie wußten.

Kirk zögerte. »Es ändert nichts an der Tatsache, daß wir mehr über die Situation wissen müssen, Schwester«, sagte er schließlich. »Mr. Lao, Sie gehen wieder zum Hauptcomputer. Versuchen Sie irgendwie, die

Sperre zu durchbrechen und das Schiff wieder unter Kontrolle zu bekommen. Und zu niemandem ein Wort! Ich wiederhole: zu niemandem! Ich denke, ich muß nicht besonders betonen, daß das für alle Anwesenden gilt.«

Lao nickte. Kirk erkannte in seinem Gesicht die gleichen Gefühle und Gedanken, die auch ihm durch den Kopf gingen. Eine leere Dunkelheit, wo etwas zerstört worden war. Wie Blaubarts achte Frau hatten sie eine verschlossene Tür geöffnet, und was sie dahinter gesehen hatten, konnten sie nun nicht mehr ungesehen machen. Es war ein Gefühl, als wäre seine innere Schwerkraft abgeschaltet worden, so daß er nun haltlos dahintrieb.

»Ich werde mich dem Sicherheitsteam anschließen, das versuchen soll, durch die Jefferies-Röhren in die Maschinensektion zu gelangen«, sprach er weiter, obwohl es ihm schwerfiel. Schließlich war er immer noch der Captain. Es spielte keine Rolle, wieviel die anderen von seinen Gedanken und Gefühlen errieten – über das plötzliche Ende all dessen, worauf er sein ganzes Leben gegründet hatte –, er hatte trotz allem ein Schiff zu führen. Und er hatte der Ersten Direktive zu folgen, obwohl sie ihm jetzt nur noch wie ein schlechter Witz vorkam.

Er wußte jedoch, daß er ziemlich erschöpft klang. »Ich werde Wein als Boten hierlassen ...«

»Captain ...!« Sharnas riß die schwarzen Augen wieder auf, und die Anzeigen über seinem Kopf schossen nach oben. Er versuchte sich aufzurichten, doch Chapel hielt ihn mit sanfter Gewalt zurück, zwang ihn wieder auf das Kopfkissen. »Captain, der Meister ...« Sharnas befeuchtete seine Lippen. Er stieß seine Worte zögernd und schwerfällig hervor. »Der Meister will mit Ihnen reden.« Die Anzeigen beruhigten sich wieder, als er den Kopf vorbeugte und die Arme um den Körper schlang, als wollte er sich vor etwas schützen. Als er wieder auf-

blickte, waren Ruhe und Logik – seine ganze vulkanische Art – aus seinem Gesicht verschwunden. An dessen Stelle waren nun die leicht schräge Kopfhaltung und die gebeugten Schultern getreten, an die Kirk sich aus den Gesprächen im Konferenzraum und in der Arrestzelle erinnerte.

»Captain, ich erfahre soeben, daß Mr. Spock die Reparaturen auf der *Nautilus* abgeschlossen hat.« Sogar die leichte Heiserkeit Arios' war in seiner Stimme. »Er kehrt in Kürze zurück ... Transporterraum Zwei. Nachdem Sie Sharnas und Phil auf unser Schiff gebeamt haben.«

»Captain Arios, ich fürchte, das ist nicht möglich«, sagte Kirk entschlossen. »Wo sind Sie? Sie können sich nicht ewig verstecken, meine Leute ...«

»Ihre Leute tasten sich mit Handlampen durch die Dunkelheit, und ich verspreche Ihnen, daß die Programmsperren für die Beleuchtung und die Türen so lange intakt sein werden, bis wir alle auf unser Schiff zurückgekehrt und weit fort sind. Ich habe Ihren Traktorstrahl und die Bewaffnung mit einer Zeitsperre versehen, und ich werde nötigenfalls auch eine für den Warpantrieb installieren.«

»Seien Sie kein Dummkopf!«

Sharnas' Gesicht verzog sich zu einem seltsamen Grinsen, das verblüffend an Arios erinnerte. »Captain, wenn ich ein Dummkopf wäre, hätten Sie jetzt wirklich sehr große Probleme. Ich will Ihnen auf keine Weise Schaden zufügen. Weder Ihnen noch Ihrer Besatzung oder irgend jemandem auf Yoondri. Ich schwöre Ihnen, daß wir weder die dortige Kultur manipulieren noch den Bewohnern irgend etwas erzählen werden, was sie nicht wissen sollten. Doch vorher müssen wir ...«

Seine Stimme verstummte plötzlich, und Sharnas machte eine zuckende Handbewegung. Die Anzeigen über dem Bett zitterten im Takt seines Pulsschlags.

»Doch vorher müssen wir ...«

»Jim, du darfst nicht …«, setzte McCoy zu einem leisen Protest an.

»Captain, wir haben Kontakt mit der Maschinensektion«, flüsterte eine Stimme. Als Kirk sich umdrehte, sah er Fähnrich Giacomo keuchend im Türrahmen stehen. »Wir haben Seile durch das Lüftungssystem hinuntergelassen. Auch dort ist Gas in allen Schächten.«

»Sorgen Sie dafür, daß Wachen am Nottransporter Zwei auf Deck Einundzwanzig postiert werden, und zwar sofort!« Er sprach leise, fragte sich jedoch, wieviel Arios über seine mentale Verbindung mit dem jungen Vulkanier mithören konnte. Aber im Grunde war es ihm gleichgültig. »Ganz gleich, wie Sie es tun, aber tun Sie es!«

Dann wandte er sich wieder Sharnas zu, der mit leerem Blick vor sich hinstarrte, als wäre er in zeitloser Entfernung etwas begegnet, das ihn mit Schrecken und Trauer erfüllte. »O mein Gott …«, flüsterte er atemlos und kaum hörbar.

Die Anzeigen seiner Lebenswerte explodierten geradezu. Schock, Trauma, Lebensgefahr. »Dalpomin«, bellte McCoy, und Chapel stürmte bereits durch die offene Tür in die Dunkelheit.

Sharnas sog keuchend den Atem ein …

Und dann veränderte sich sein Gesicht. Er war wieder der Vulkanier Sharnas, in dessen Gesicht ein panischer Ausdruck stand.

»Was ist los?« fragte Cooper und wuchtete sich auf einem Ellbogen hoch.

»Er ist fort.« Sharnas zitterte am ganzen Körper, als McCoy ihm den Injektor mit dem Beruhigungsmittel gegen den Arm drückte. »Ohnmacht … Schmerzen …« Er sah aus, als würde er selbst jeden Augenblick in Ohnmacht fallen.

Kirk wirbelte herum und raste durch die offene Tür und den Korridor zur Notbrücke, wo sich immer noch eine kleine Gruppe um den Turboliftschacht drängte.

Zusätzlich zur Röhre, die senkrecht durch alle Decks des Diskussegments schnitt, zweigte von hier ein schräger Tunnel ab, der bis zur Maschinensektion im Rumpf führte. Mr. DeSalle stand in der Öffnung und rief in den hallenden Schacht. »Seien Sie froh, daß es dort keinen Luftschacht gibt, durch den Sie hätten flüchten können, Scotty!« Er drehte sich um und begrüßte Kirk lässig. »Es ist Mr. Scott, Sir«, sagte er. »Er war die ganze Zeit in der Backbord-Toilette der Maschinensektion eingesperrt.«

»Na so was!« Kirk trat an den Liftschacht und prüfte mit Händen und Füßen, wie schwierig der Abstieg werden würde.

Der Sicherheitsoffizier hielt ihn am Arm fest. »Sie sollten sich vorher mit einem Seil sichern lassen, wenn Sie unterwegs wegtreten, Captain.«

»Na gut«, sagte Kirk und blickte über die Schulter zurück. »Lao, Sie kommen mit. Vielleicht brauche ich Sie am Computer …«

DeSalle antwortete nur mit einem Achselzucken und trat hinter ihnen in den dunklen Tunnel.

»Organa, reichen Sie mir das Seil …«

Bis in den Maschinenraum waren es fünfundvierzig Meter. Der Sicherheitswächter, der hinuntergestiegen war, hatte nach vier oder fünf Metern das Bewußtsein verloren und mußte wieder zurückgezogen werden. Kirk, Lao und DeSalle schafften den Abstieg in etwa sechzig Sekunden.

»Was zum …?«

Kirk drehte sich um und rief durch den Schacht nach oben. »Lieutenant Organa, trommeln Sie sämtliche Sicherheitskräfte zusammen, damit sie die Maschinensektion durchkämmen. Besetzen Sie sämtliche Hochleistungsterminals, und stellen Sie zusätzliche Wachen an allen Transporterräumen auf. Sie müßten jetzt gefahrlos die Schächte benutzen können. Schnell!«

Lichter schwärmten wie Glühwürmchen durch die

Korridore. Kirk marschierte mit hallenden Schritten an der Spitze eines Trupps aus Sicherheitskräften durch das Schiff. In einer Messe nahm er weitere Leute auf, die dort Kaffee getrunken und auf den Beginn ihrer Schicht gewartet hatten, als die Beleuchtung erloschen war. Kirk gab ihnen unterwegs Anweisungen, daß sie alle Terminals und die Räume untersuchen sollten, in denen sich in der letzten Stunde vor dem Ende der Schicht kaum jemand aufgehalten hatte.

»Wie steht es mit der Bowlingbahn, Captain?« warf ein stämmiger Techniker im Arbeitsoverall ein. »Dort gibt es sehr anspruchsvolle Spiele, die äußerst leistungsfähige Prozessoren benötigen. Außerdem verlaufen die Hauptleitungen der Recyclingkontrolle direkt unter dem Fußboden.«

»Was für Spiele?« Kirk hatte die Bowlingbahn während seines Dienstes als Captain der *Enterprise* insgesamt vielleicht viermal aufgesucht. Er konnte sich dunkel an Flipper und Pachinko erinnern, doch hochwertige Spieltechnologie hatte er bislang nur zu Ausbildungszwecken an der Akademie kennengelernt.

»Holospiele in bester Qualität«, sagte Lao, der wie ein junger Puma neben ihm herhetzte. »Die Baseball-Phantomliga läuft jetzt schon seit fast vier Jahren. Mario hat recht. Ich habe zugesehen, wie die Techniker diese Spiele neu einrichteten. Sie laufen auf Hochleistungsterminals. Von dort aus könnte man leicht in den Hauptcomputer eindringen.«

Geschieht mir recht, dachte Kirk mürrisch, *daß ich meine Freizeit mit Spock beim Schachspiel verbracht habe, statt mich dem gemeinen Volk anzuschließen.* Er fragte sich, was ihm sonst noch entgangen sein mochte.

Die Maschinensektion war in der Regel nicht so dicht bevölkert wie das Diskussegment, und es gab größere Bereiche, in denen die Schotten immer noch verriegelt waren und wo die wenigen Techniker und Forscher, die sich hier aufgehalten hatten, festsaßen, seit Raksha die internen Systeme des Schiffes mit einer Sperre versehen hatte. Kirk bemerkte jedoch, daß nur sehr wenige mit Panik reagiert hatten. In den Freizeiträumen und Messen, die Zugang zu Lebensmittelsynthetisierern hatten, waren improvisierte Lampen aus Öl und Bindfäden hergestellt worden, so daß es im ganzen Schiff nach verbranntem Fett stank. Auf Deck Sechzehn hatte Lieutenant Bistie eine Magnetspule aus einem Schweißgerät ausgebaut, mit der er die Verriegelung der manuellen Kontrollen überwunden hatte. Das Personal im Ersatzcomputerraum hinter der Notbrücke auf Deck Neunzehn hatte überhaupt keinen Fluchtversuch unternommen. Als Kirk und seine Gruppe die Türen öffneten, drängten sich die Leute um mehrere Terminals, wo sie mit der Geduld von Computerexperten an den Programmsperren arbeiteten.

»Wir sind bis jetzt noch kein Stück weitergekommen, Captain«, sagte der dünne, arrogante Computeroffizier McDonough, der sich zufällig hier aufgehalten hatte, als die Türen versagten. Ausnahmsweise klang er jetzt ehrfürchtig. »So etwas habe ich noch nie zuvor gesehen. Es ist, als hätten unsere eigenen Programme ... wie soll ich es sagen? ... winzige Löcher, durch die die fremden Befehle einfach hindurchschlüpfen konnten. Ich hatte es noch nie mit so hoch entwickelter Computertechnik zu tun.«

»Natürlich nicht«, sagte Lao verbittert, als er und Kirk sich wieder auf den Weg machten. »Schließlich haben diese Leute einen Vorsprung von über zweihundertfünfzig Jahren. Ich würde wirklich gerne wissen, wie die Systeme der Zukunft aussehen, die sich gegen solche Angriffe wehren können!«

Überall in der Maschinensektion stießen sie auf kleine Rettungsteams, die Menschen aus Lüftungsröhren und Wartungsschächten bargen. Handelte es sich um eine Art psionisches Resonanzfeld, das nur in bestimmten engen Bereichen wirkte? Konnte Arios

Theta-Wellen projizieren? Und wenn ja, war er darin trainiert worden, oder setzte er technische Hilfsmittel ein? Kirk hatte ähnliche Fähigkeiten in verschiedenen fremden Kulturen erlebt und hatte auch gesehen, was mit Zivilisationen geschah, die solche Kräfte entwickelt hatten.

Doch jetzt war kein solcher Effekt mehr vorhanden.

Sie stiegen durch die letzte Röhre nach unten, während der Lärm ihrer Stiefel auf den Metallsprossen durch den angrenzenden großen Raum mit den Recyclingsystemen hallte. Im Licht ihrer Handlampen wirkten die Staffeln der Synthetisierer, die leise vor sich hin murmelten, wie unruhige Grabstellen in der Dunkelheit. Kirk entsicherte seinen Phaser und fragte sich, was sie hier erwartete. Würde Arios in der Lage sein, trotz seiner Erschöpfung die volle Kraft seiner mentalen Fähigkeiten einzusetzen, wenn er wieder bei Bewußtsein war? Er hatte mindestens einen Verbündeten an seiner Seite, doch es war nicht sicher, ob der junge Mann sich ergeben oder sich verpflichtet fühlen würde, bis zum Tod zu kämpfen.

Die gelben Lichtkreise der tragbaren Lampen konzentrierten sich auf die Abdeckplatte neben der Tür zur Bowlingbahn. DeSalle entmagnetisierte den Verschluß. Dann stellte sich links und rechts je ein Sicherheitswächter auf, bis DeSalle am manuellen Öffnungsmechanismus riß. Von drinnen hörten sie eine Stimme: »Keinen Schritt näher!«

Die Männer hielten inne. Kirk beugte sich zu Lao hinüber. »Wäre Arios in der Lage«, fragte er leise, »den Computer so zu programmieren, daß Thad die Abschaltung der Lebenserhaltungssysteme veranlassen könnte?«

Der junge Mann nickte. »Wenn er an die Basisprogramme herangekommen ist, kann er auch eine entsprechende Befehlsdatei anlegen. Er müßte nur eine bestimmte Taste markieren, damit Thad weiß, welche er drücken muß, da er sich in einer Streßsituation wohl kaum auf anspruchsvollere Dinge konzentrieren könnte. Wenn Arios ihn schon seit langem kennt, weiß er genau, daß er darauf Rücksicht nehmen muß. Die Möglichkeit besteht also.«

Kirk kniff die Augen leicht zusammen, als er den schwachen Lichtschein hinter dem Türspalt betrachtete. »Nachdem die meisten Türen und Schotten geöffnet sind, besteht kaum die Gefahr, daß wir ersticken, aber die Schwerkraft und die Wärmekontrolle könnte uns Schwierigkeit machen.«

»Sorgen Sie für eine ruhige und entspannte Situation«, sagte Lao leise. »Achten Sie darauf, daß er nicht in Panik gerät, und verwirren Sie ihn nicht. Und machen Sie ihm keinen Vorwurf, daß seine geistigen Fähigkeiten beeinträchtigt sind.«

Kirk warf ihm einen kurzen Blick zu, als er die Erfahrung in Laos Stimme hörte – und auch die Besorgnis und Wut, daß jemand sich über einen Menschen wie Thad lustig machen könnte. Schließlich trat er allein an die Tür und rief hinein: »Smith? Thaddeus?« Er dachte daran, daß Thad sich vielleicht nicht erinnerte, daß Arios ihn mit dem Nachnamen Smith vorgestellt hatte. »Thad, hier spricht Captain Kirk.«

Es folgte ein längeres Schweigen, in dem Kirk nur ein sehr leises Geflüster hören konnte. »Meister? Meister! Wach doch bitte auf!«

Dann trat Kirk durch die Tür. DeSalle, Lao und die Wachen blieben zurück.

Ein Kreis aus gelblichem elektrischen Licht erhellte das Ende der Reihe von Spielkonsolen auf der anderen Seite der fünfunddreißig Meter langen Halle. Knallbunte Plakate hingen über den Terminals. *Der Schatz der Weltraumpiraten. Asteroiden-Monster. Galerie der Wunder.* Drei der Konsolen waren ausgebaut und vor dem größten Bildschirm wieder zusammengesteckt worden, auf dem normalerweise das Spiel *Necroblaster 989* lief.

Vor dieser Konsole war Dylan Arios auf einem Stuhl zusammengesunken. Mit dem grau-grünen Kopf auf einem gekrümmten Arm sah er aus wie eine umgeworfene Vogelscheuche.

Thad richtete sich auf und wirbelte herum. Er hielt seinen Phaser in beiden Händen und zielte damit auf Kirk. Das runde, kindliche Gesicht war in Schweiß gebadet, und in den dunklen Augen standen Todesangst und wilde Entschlossenheit.

»Bleiben Sie stehen!« Seine Stimme überschlug sich. »Ich werde Sie töten! Ich werde es wirklich tun!«

Kirk hob seine Hände, um zu zeigen, daß sie leer waren, obwohl in seinem Rücken ein Phaser an seinem Gürtel steckte. »Ich bin nicht gekommen, um dir etwas Böses zu tun«, sagte er.

»McKennon hat das gleiche behauptet ...« Thads Stimme brach, bis er sich wieder zusammenreißen konnte. »Das behaupten alle.«

Kirk warf einen Blick auf den bewußtlosen Arios. »Was ist mit ihm passiert?«

»Ich weiß es nicht!« Thad klang verzweifelt und verängstigt. »Er hat durch Sharnas gesprochen und gesagt, daß er gerade von Nemo in der *Nautilus* hörte, daß die Maschinen repariert sind ...«

»Und das funktionierte genauso wie mit Sharnas?«

»Ja.« Die Waffe zitterte sichtlich in seinen schweißnassen Händen. Kirk fragte sich, worauf der Phaser eingestellt sein mochte.

»Wer ist Nemo?« fragte er im Tonfall einer zwanglosen Unterhaltung. Keine der beiden Frauen war verdrahtet gewesen, erinnerte sich Kirk. Die Sensoren hatten kein intelligentes Leben im schwarzen Schiff entdeckt, was natürlich auch an der Abschirmung liegen konnte.

»Niemand«, sagte Thad hastig. »Äh ... ich meinte, daß er ... daß er es von Adajia erfahren hat.« Er blickte sich zu Arios um, während es in seinem Gesicht zuckte.

»Dann ist er ... einfach zusammengebrochen. Er sagte noch: ›O mein Gott!‹ Dann ... dann starrte er vor sich hin, als hätte er etwas Schreckliches gesehen.«

»Wir müssen ihn in die Krankenstation bringen«, sagte Kirk freundlich, während er sich wie ein Verräter vorkam. »Er braucht Hilfe. Keinem von euch wird etwas Böses angetan. Ich schwöre es. Ich verspreche es. Außerdem könnt ihr im Augenblick sowieso nicht fliehen, weißt du«, fügte er hinzu, als Thad sich im großen Raum umblickte und offensichtlich nach einer Fluchtmöglichkeit suchte. »Meine Leute haben das Schiff wieder unter Kontrolle. Wir haben es nur noch nicht geschafft, die Beleuchtung wieder einzuschalten.« *Und die Turbolifte zum Funktionieren zu bringen,* dachte er. *Und den Hauptcomputer und die Kommunikation. Aber das kann Thad nicht wissen.*

Thad wirkte, als würde er vor Unentschlossenheit und Furcht jeden Moment in Tränen ausbrechen. Er wurde plötzlich mit einer schwierigen Verantwortung konfrontiert, deren Konsequenzen er überhaupt nicht absehen konnte.

»Du kannst den Phaser behalten«, setzte Kirk hinzu. »Wie klingt das?«

Das Konzil hat Thad nicht viel Hirn übriggelassen, hatte Phil laut Chapels Aufzeichnungen gesagt. *Aber er hat ein verdammt gutes Herz.*

Und eine schreckliche Angst vor dem Konzil, das etwas Unbekanntes und für Kirk Unvorstellbares mit ihm angestellt hatte.

Thad warf erneut einen qualvollen Blick auf Arios, um sich dann wieder Kirk zuzuwenden. Er versuchte zu einer Entscheidung zu kommen und wußte, daß er dazu nicht imstande war. »Also gut«, gab er sich schließlich geschlagen. Er suchte nach einer Stelle, wo er seinen Phaser ablegen konnte, dann steckte er ihn unbeholfen in eine Tasche seines weiten Overalls. Kirk hoffte, daß die Waffe gesichert war.

»Mr. DeSalle«, rief er vorsichtig, worauf der Sicherheitsoffizier hinter ihm in der Tür erschien. Kirk würde dem Mann auf ewig dankbar sein, daß er ebenfalls seinen Phaser weggesteckt hatte. »Wir wollen Captain Arios in die Krankenstation bringen. Postieren Sie dort jemanden, der dafür sorgt, daß uns niemand in die Quere kommt. Ich habe Thad gesagt, daß er seinen Phaser vorerst behalten kann.«

Zwei weitere Sicherheitskräfte erschienen, die ebenfalls unbewaffnet waren. Thad sah nervös zu, wie sie gemeinsam seinen Meister anhoben und durch den Raum trugen. »Es ist alles in Ordnung«, sagte Lao freundlich, nachdem er neben ihn getreten war. »Du hast dich völlig richtig entschieden. Daran gibt es keinen Zweifel.«

»Wirklich?« Thad blickte ihn wehmütig an. »Ich bin darin nicht sehr gut ... ich meine, ich bin ja nur ein Unterprivilegierter. Die meisten Rebellen waren dagegen, daß ich bei ihnen mitmache. Aber ich gebe mir Mühe.«

Sie folgten Kirk und der kleinen Prozession. »Wenn er aufwacht, möchte er bestimmt Kaffee und etwas Süßes«, redete Thad weiter, während er auf Arios zeigte. »So ist es meistens nach einem Psi-Sprung, und er sagte, daß das hier viel anstrengender sein würde. Ach ja, vergessen Sie nicht den Mann da.« Er deutete auf Fähnrich Effinger, den sie in diesem Raum überwältigt hatten. Der Mann saß erschöpft am Geländer einer Bowlingbahn, an das er mit den Händen gefesselt war, und hatte noch den Klebestreifen vor dem Mund.

Erst als sie Arios in ein Zimmer der Krankenstation trugen, schien Thad sich wieder einigermaßen gefangen zu haben. Kirk hatte DeSalle leise die Anweisung gegeben, jeden Kontakt zwischen Thad und Sharnas oder Cooper zu vermeiden. Sie kamen ohne Probleme an der Tür zum Sicherheitstrakt der Krankenstation vorbei und liefen durch den dunklen Korridor weiter. Durch eine offene Tür – Kirk kam es seltsam vor, so viele offene Türen zu sehen und überall Stimmengewirr zu hören – sah er den gelblichen Schein von Handlampen und erkannte McCoys Stimme. »Nein, mit Ihnen scheint alles in Ordnung zu sein«, sagte der Arzt.

»Das habe ich Ihnen doch gleich gesagt!« antwortete die Stimme von Lieutenant Sue.

DeSalle räusperte sich. »Offenbar hat keiner der Leute, die in den Schächten und Gängen von diesem ... Phänomen betroffen waren, einen bleibenden Schaden davongetragen.«

»Natürlich nicht«, sagte Thad mit ernstem Gesichtsausdruck. »Es war nur eine stehende Theta-Welle, die verhindern sollte, daß Sie sich frei durch das Schiff bewegen. Die Meister können so etwas in bestimmten Bereichen erzeugen.« Er berührte seinen Hinterkopf. »Für uns wäre es schlimmer. Sie können das Implantat im Schmerzzentrum bis zum Äußersten reizen, und wir können es nicht ... die Unterprivilegierten können es nicht wie normale Leute abschütteln. Es hat irgendwas mit der Klugheit zu tun. McKennon ...« Er zuckte zusammen und ließ den Satz unvollendet.

Kirk stemmte die Hände in die Hüften und blickte auf den kleinen Mann herab. »Also ist ›Meister‹ ein Titel für Angehörige des Konzils.«

Thad nickte. »Wie geht es Phil?« fragte er unvermittelt.

»Dem Umständen entsprechend dürfte es ihm gutgehen.« Kirk richtete den Strahl seiner Handlampe in ein leeres Zweibettzimmer und nickte DeSalle zu. »Kann Ihr Meister Kontakt mit der *Nautilus* aufnehmen? Sie sagten, jemand hätte ihm mitgeteilt, daß die Maschinen repariert sind.«

Thad zögerte und schüttelte dann bedauernd den Kopf. »Ich darf nicht darüber sprechen.«

»Nemo?« stieß Arios hervor und streckte suchend eine Hand aus, während die Sicherheitsleute ihn auf das Bett legten. »Nemo …«, wiederholte er, diesmal jedoch in verzweifelterem Tonfall.

»Wer ist Nemo?«

»Du kannst es uns ruhig sagen«, meldete sich Lao zu Wort. »Sharnas hat den Geist einiger Leute hier sondiert und gesagt, daß wir wirklich die sind, die wir sind.«

Thad stieß einen schweren Seufzer aus, aber er wirkte erleichtert. Kirk konnte gut verstehen, daß die anderen Rebellen nicht sehr begeistert waren, daß dieser Unterprivilegierte sich der Schattenflotte angeschlossen hatte. »Er ist unser Yagghorth«, sagte Thad schließlich.

Er setzte sich auf das zweite Bett und blickte niedergeschlagen zu Kirk auf, der seinen Blick voller Entsetzen erwiderte.

»Haben Sie keinen Yagghorth in der *Enterprise?*« fragte Thad überrascht. »Ich dachte, Mr. Spock wäre Ihr Empath, der Partner Ihres Yagghorth.«

Als er sah, daß alle Anwesenden ihn mit verständnisloser Verblüffung anstarrten, fügte er hinzu: »So funktioniert der Psi-Antrieb. Die Yagghorths machen es. Sie lassen die Schiffe durch den Raum springen.«

9

Eine halbe Stunde später wurde diese Neuigkeit durch Mr. Spock bestätigt. »Es ist eine völlig logische Situation«, sagte er, während er eine Hand ausstreckte, deren Abschürfungen von Dr. McCoy mit einem Synthohautspray behandelt wurden, das nicht ganz seiner Hautfarbe entsprach. Die linke Hand war mit einer dickeren Schicht aus Dermaplast bedeckt, die wieder eine andere Tönung hatte, und aufgrund der Art und Weise, wie er sich bewegte, vermutete Kirk, daß McCoy Spocks verletztes Bein und seine angebrochenen Rippen mit einem Verband versehen hatte. Er war ziemlich ramponiert und mit völlig verdreckter Kleidung gemeinsam mit Raksha und Adajia auf die *Enterprise* zurückgekehrt, als sie erfahren hatten, daß Arios in ihrer Gewalt war. Es hatte keine Verhandlung gegeben, doch die Sensoren deuteten darauf hin, daß die *Nautilus* in ein neues Abschirmfeld gehüllt war, das für einen Transporter von außen undurchdringlich war. Vermutlich hatte Raksha es im Zuge ihrer Reparaturen installiert. Trotz der Verletzungen wahrte Spock seine Aura der Unerschütterlichkeit, als wäre es zu menschlich – und damit unangemessen –, einen zerzausten oder verstörten Eindruck zu machen.

Sharnas, der sich in seinem Bett aufgesetzt und das lange schwarze Haar aus dem Gesicht gestrichen hatte, wirkte so ordentlich und erhaben wie eine zufriedene Katze.

»Alles ergibt sich mit logischer Konsequenz aus den rätselhaften Fakten, die zum Teil schon in dieser Zeit über die Yagghorths bekannt sind«, fügte der junge Vulkanier hinzu. »Die untersuchten Exemplare waren genetisch fast völlig identisch, obwohl sie Schiffe und Kolonien in den verschiedensten Sektoren heimsuchten. Die Identität schloß sogar nicht-evolutionäre Merkmale wie die Kopfform, das Farbmuster und das Tanzverhalten ein. Wußten Sie, daß die Yagghorths tanzen? Doch es konnte niemals festgestellt werden, wie sie den Transport bewerkstelligen. Es ist nicht einmal geklärt, ob sie nach allgemeinem Verständnis intelligent sind. Doch nachdem die ersten empathischen Spezies durch die Verdrahtung mentalen Kontakt aufnehmen konnten – in erster Linie die Betazoiden, die bereits im Kindesalter verdrahtet wurden, um die neurologischen Folgeschäden der Seuche auszugleichen –, wurde auch ein Kontakt mit den Yagghorths möglich.«

Kirk erschauderte, als er sich daran erinnerte, was seine Akademie-Kollegen ihm über die Yagghorths erzählt hatten, und an das befallene Schiff, das die *Farragut* angeflogen hatte, als er dort direkt nach dem Abschluß der Akademie als Fähnrich gedient hatte. Der Yagghorth war bereits vernichtet, als die *Farragut* das Notsignal empfangen hatte, doch Kirk hatte dabei geholfen, die Leichen dreier Besatzungsmitglieder aus den Energiespulen zu bergen, wohin sie von dem Wesen verschleppt worden waren. Er konnte sich immer noch an das viele Blut und Harz erinnern, das von den Wänden getropft war.

»Man stellte fest, daß die Yagghorths von anderen Welten träumen«, sprach Sharnas leise weiter. »Und dann begeben sie sich dorthin ...« Er öffnete die Finger seiner Hand, als würde er einen Schmetterling fliegen lassen. »Einfach so. Das einzige, was sie brauchen, ist ein Bezugspunkt, eine Modulationsspule und einen Grund, warum sie die Schiffe, in denen sie sich befinden, mitnehmen sollen.«

»Ihre bisherigen Bezugspunkte waren die Energiequellen des My-Spektrums, die von Turtledove-Anomalien emittiert werden«, sagte Spock. »Eine Energieform, die sie selbst emittieren können. Faszinierend.«

»Sie stellen kein Problem dar, solange sie gefüttert werden«, fügte Adajia hinzu, während sie Dr. McCoys Gesichtsausdruck beobachtete. »Und Nemo ist … richtig nett.«

Kirk sah, daß McCoy dasselbe wie er empfand, verzichtete jedoch auf einen entsprechenden Kommentar. Die kleine Gruppe der Zeitreisenden hatte sich im Sicherheitsbereich der Krankenstation versammelt. Phil Cooper war wieder angekleidet – in das seltsame, gefärbte Wollhemd und die ausgeleierten Kampfhosen, mit denen er auf der *Enterprise* eingetroffen war – und saß auf einem der Duraplast-Stühle der Krankenstation. Thad Smith achtete darauf, sich nicht zu weit von ihm zu entfernen, und hatte eine Hand schützend über den Phaser gelegt, der immer noch in seiner Hosentasche steckte. Fähnrich Lao hatte ihn überreden können, einen Blick darauf werfen zu dürfen, und sich davon überzeugt, daß die Waffe auf leichteste Betäubung eingestellt und gesichert war. Sharnas, der klein und abgemagert und furchtbar jung im blauen Patientenhemd aussah, lehnte sich gegen die Kissen, doch zum ersten Mal waren seine Augen klar und nicht von Medikamenten oder Schmerzen getrübt. Adajia hockte im Schneidersitz im Rahmen der dunklen Tür zum Nachbarraum, die man offengehalten hatte, obwohl die Beleuchtung und die Türen wieder wie gewohnt funktionierten. Sie blickte immer wieder zu Dylan Arios hinüber, der dort reglos im Halbdunkel auf dem Bett lag. Nur eine Hand, die auf seiner Brust lag, wurde von einer Kontrollampe beleuchtet, während sich sein Gesicht im Schatten befand.

Vor beiden Räumen waren Wachen postiert, und die Sicherheitswächter Butterfield und Shimada hatten

Raksha und Lao zum Hauptcomputer begleitet, doch eigentlich erwartete Kirk nicht, daß seine Gäste weiteren Ärger machen würden. Das Schiff wurde gerade an die zweite Tagesschicht übergeben, was noch nicht völlig reibungslos verlief. Scotty und seine Leute überprüften jeden Zentimeter des Schiffes, um sicherzustellen, daß es keinen Schaden gegeben hatte. Und bis jetzt hatte er nichts gemeldet. Ähnliche Teams aus Leuten von der Sicherheit und der Technik stellten die Bowlingbahn auf den Kopf, um alles für das bevorstehende Turnier vorzubereiten.

Das Schiff kehrte wieder zur Alltagsruhe zurück.

Nur Kirk konnte noch nicht zur Tagesordnung übergehen. Nach den Dingen, die er erfahren hatte, würde für ihn nie wieder etwas normal sein. Das galt auch für alle anderen, die in diesem Raum anwesend waren.

Kirk hatte selbst schon genügend Zeitreisen unternommen, um zu wissen, daß es theoretisch möglich war, die Zukunft zu ändern. Sofern man wußte, wo der Knackpunkt lag. Er konnte sich nicht vorstellen, was man über eine zeitliche Entfernung von fast dreihundert Jahren bewirken konnte, wie sich die Seuche und die Korruption der Föderation verhindern ließen, wie sich das Konzil aufhalten ließ. Er konnte keinen Einfluß auf Ereignisse nehmen, von deren Ursachen er nicht die geringste Ahnung hatte.

Solche Dinge waren ungemein kompliziert, da jedes Ereignis im Laufe der Zeit immer weitere Kreise zog und die Konsequenzen exponentiell zunahmen. Daher war eine Manipulation möglicherweise viel gefährlicher, als einfach stillzusitzen. Bereits sein Wissen war in gewisser Weise ein Eingriff, eine Veränderung – doch Wissen allein war nicht genug.

Er wußte nicht, was er tun konnte. Falls er überhaupt etwas tun konnte.

Und falls Cooper und Arios die Wahrheit gesagt hatten, verstand sich.

Und wie konnte er sich jemals sicher sein, da die Beweise in ferner Zukunft lagen?

»Es ging im Grunde nur darum, die Yagghorths zu überzeugen, daß die Raumschiffe ihre Eier und die ihnen zugeteilten Empathen ihre Nestpartner waren«, faßte Sharnas zusammen, als wäre es die logischste Sache der Welt. »Sie verbinden sich mit dem Empathen, und durch die Modulatorspulen stimmen sie sich auf das Triebwerk ab.«

Spock erinnerte sich an die Modulatorspule. Sie war eine der Maschinen gewesen, für die Raksha ihm Reparaturanweisungen gegeben hatte, ohne ihm zu erklären, worum es sich handelte. »Ich hatte den Eindruck, daß die Yagghorths eine nicht-intelligente Lebensform darstellen«, sagte er.

»Zu diesem Thema gibt es nur sehr wenig aussagekräftige Daten«, erwiderte der junge Vulkanier. »Yorubas Studie aus dem Jahr 2478 zeigte ...«

»So!« McCoy kam herein, Schwester Chapel im Gefolge, die ein Tablett mit einem Injektor und einer Blutanalyse-Einheit trug. »Ich werde eine allgemeine Gamma-Untersuchung machen, falls dieses Wesen mit irgendwelchen unbekannten Erregern infiziert war, aber zuerst möchte ich Ihnen etwas Blut abzapfen, um einige Tests durchzuführen. Sie scheinen die erste Person in der Geschichte der Xenomedizin zu sein, die von einem Yagghorth gebissen wurde, ohne in kleine Stücke zerrissen zu werden.«

Phil und Thad wandten den Blick ab, als das dunkelgrüne Blut in die Ampullen floß. Spock und Sharnas setzten ihre Diskussion über die Yagghorths fort, als wäre der eine von ihnen nicht beinahe vom Pseudo-Nestpartner des anderen zerfetzt worden.

»Alles wieder in Ordnung«, meldete Raksha, als sie mit Lao in das Krankenzimmer trat. »Ich habe Ihnen ja gesagt, daß es nicht lange dauern würde.« Die Metallbeschläge ihrer Rüstung glitzerten, als sie durch die zweite Tür ins Nachbarzimmer ging, wo Arios immer noch schlief. »Hey, *puq*«, sagte sie leise mit einer Stimme, die Kirk noch nie zuvor von einem Klingonen gehört hatte.

»Soweit ich feststellen konnte, hat sie nichts an der existierenden Programmierung verändert, als sie die Sperren beseitigte«, sagte Lao.

Er sah müde aus, dachte Kirk. Gehetzt und innerlich ausgebrannt. Kein Wunder. Er war erst einundzwanzig Jahre alt. Für ihn gab es noch Dinge, die überwältigend, unüberwindlich und endgültig wirkten. Er konnte noch die alles verfinsternde Verzweiflung der Jugend empfinden. Selbst Kirk mit seiner langen Erfahrung verspürte ein Gefühl der Hilflosigkeit. Als er die Trostlosigkeit und Niedergeschlagenheit in den Augen des jungen Mannes sah, erkannte er, wie weit er sich vom jungen und leidenschaftlichen Fähnrich an Bord der *Farragut* entfernt hatte, der voller Entsetzen über das gewesen war, was der Yagghorth angerichtet hatte. Damals hatte er sich gefragt, wie Captain Garrovick ihren grausigen Fund ertragen hatte. Jetzt wußte er, daß man sich irgendwann daran gewöhnte und einfach wie gewohnt weitermachte.

Man mochte Schäden davontragen, die man notdürftig reparierte – wie das zusammengeflickte, alte Raumschiff, zu dem die *Nautilus* geworden war –, aber man machte weiter, so gut es eben ging.

»Wie gesagt, soweit ich feststellen konnte.« Lao rieb sich ermüdet das Gesicht. »Ich habe mir Notizen gemacht ...«

»Vernichten Sie sie«, sagte Kirk leise. »Nicht einmal Sie selbst sollten sie noch einmal lesen.«

Lao warf ihm einen verdutzten Blick zu.

»Was mich überrascht«, sagte Phil gerade zu Spock, »ist der Umstand, daß Sharnas und der Meister Nemo dazu überreden konnten, zu desertieren und sich den Rebellen anzuschließen. Ohne ihn hätten wir nichts mit einem Psi-Sprungschiff anfangen können. Ich verstehe immer noch nicht, wie sie es geschafft haben.«

»Wir haben nichts geschafft«, sagte Sharnas. »Nemo hat diese Entscheidung getroffen. Völlig selbständig und aus eigenem Antrieb. Und das ist genau das, was das Konzil nicht versteht.«

»Wir haben es hier mit einem Zeitparadoxon zu tun«, sagte Kirk so leise, daß McCoy und Chapel, die Wachen vor der Tür und die kleine Rebellengruppe seine Worte nicht mithören konnten. »Ich weiß zu diesem Zeitpunkt noch nicht, welche Folgen es haben wird, aber Arios hatte recht, als er darauf bestand, daß die Informationen auf ein Minimum reduziert bleiben müssen. Ich werde sämtliche Notizen konfiszieren, die sich Maynooth, Miller oder McDonough vielleicht gemacht haben.«

Er blickte sich nachdenklich um. Im Nebenraum stand Raksha schweigend vor Arios' Bett und sah mit verschlossener Miene und trauriger Erschöpfung in den Augen auf ihn herab. Als Dr. McCoy und Chapel den Raum verließen, wandte sich Thad mit wehmütigem Gesichtsausdruck an Spock. »Wissen Sie, ich mag Ihre Starfleet viel lieber als unsere.«

»Thad«, erwiderte Phil geduldig, »genau das ist der Grund, warum wir Rebellen geworden sind.«

Lao lächelte, und ein Teil der Müdigkeit verschwand von seinem Gesicht.

»Diese Leute haben uns ein wenig über ihre Widerstandsbewegung erzählt, obwohl wir nicht wissen können, ob es die Wahrheit ist. Aber sie haben uns immer noch nichts darüber erzählt, was sie auf Tau Lyra Drei wollen. Was sie in diesem Sektor der Galaxis wollen, warum sie sich ausgerechnet diese Zeit ausgesucht haben und was sie sich von diesem Unternehmen versprechen. Doch selbst wenn wir eine Antwort auf einige oder alle dieser Fragen erhalten sollten, ändert das nichts an unserer Aufgabe. Tau Lyra Drei ist ein geschützter Planet mit einer intelligenten Zivilisation ohne Raumfahrt. Es ist unsere Pflicht, jeden äußeren Einfluß auf diese Zivilisation zu verhindern, ganz gleich durch wen und aus welchem Grund. Wir müssen dieser Zivilisation die Möglichkeit geben, sich aus eigener Kraft zu entwickeln, bis sie von sich aus Kontakt mit anderen raumfahrenden Zivilisationen aufnehmen kann. Ganz gleich, welche Motive unsere Besucher verfolgen, wir dürfen nicht tatenlos zusehen, wie sie die Erste Direktive verletzen.«

»Völlig richtig«, sagte Lao. Er zögerte, während er nach Worten suchte, die seinen Fragen und seiner Verzweiflung Ausdruck verliehen. »Captain ...«

Kirk fragte sich, was er dem jungen Mann antworten sollte. Daß es immer eine Möglichkeit gab? Wie konnte er sich so sicher sein, daß diese Möglichkeit nicht genau zu der Situation führte, die sie vermeiden wollten?

Er konnte sich niemals sicher sein. Niemand konnte das. Die Hoffnung und die Verzweiflung waren Faktoren, die genauso wie alles andere die Kreise der Zeit beeinflußten.

Seine Überlegungen wurden durch das Summen des Interkoms unterbrochen. »Captain«, sagte Uhuras Stimme. »Wir empfangen Signale von den Raumbojen rund um das System Tau Lyra. Die Übertragungen begannen, während unsere Kommunikation gestört war. Wir konnten sie erst jetzt auswerten.«

»Signale?« fragte Kirk skeptisch. »Was für Signale?«

Ihre Stimme klang irgendwie bedrückt. »Vor eineinhalb Stunden gab es eine größere Sonnenprotuberanz auf dem Stern Tau Lyra. Durch die Eruption wurden die meisten der Raumbojen beschädigt oder gestört, doch nach den empfangenen Signalen ... wurde sämtliches Leben auf Tau Lyra Drei vernichtet.«

Sämtliches Leben.

James Kirk stand auf der Brücke der *Enterprise* und

betrachtete die Aufzeichnung der Informationen, die vor neunzig Minuten von den Sensoren des Schiffes empfangen worden waren. Er sah, wie die herausgefilterte gelbe Korona des Sterns für einen kurzen Moment heller wurde, wie ein gewaltiges Tier, das im Schlaf zuckte. Dann war alles wieder normal … Fünf Minuten lang … Zehn Minuten lang. Dann nahm die Helligkeit erneut zu, aus dem gelben Leuchten wurde eine tödliche Weißglut, bis eine Eruption aus der Oberfläche brach, eine grelle Fackel, als hätte der Stern plötzlich seine Energieproduktion verdoppelt.

Sämtliches Leben.

Die Bewohner des Planeten waren gestorben, ohne zu wissen, was mit ihnen geschehen war. Eine plötzliche Helligkeit und Hitze, die sie in die Häuser trieb … Nach den Berichten hatten sie erstaunliche Gebäude aus Gips und eisenharten Pflanzenfasern errichtet, und zwar auf den gebeugten Rücken der seltsamen Bäume, die an irdische Banyans erinnerten und typisch für die gemäßigten Zonen waren. Auf der Armlehne seines Kommandosessels lag ein kleiner Stapel aus blaßgrünen Datenfolien, die ihm die historische Abteilung geschickt hatte. Artikel, Vermutungen, Fernuntersuchungen, durchgeführt von gewissenhaften Gelehrten, die sich der Erforschung dieses Planeten gewidmet hatten … die gemäß der Ersten Direktive niemals ihren Fuß auf diese Welt gesetzt hatten, jedoch dem Tag entgegenfieberten, an dem es ihnen erlaubt sein würde.

Jetzt würde dieser Tag nie mehr kommen.

Scheuende Zugtiere, die die Fahrzeuge zum Stehen brachten. Schützend über die Augen geworfene Arme. Überladene Kommunikationsverbindungen, die zusammenbrachen, als die Isolierung verbrannte. Die Bevölkerung auf der Nachtseite schlief, las, sang oder schaute sich die Videos an, die über Funkwellen verbreitet wurden. Sie stürzten an die Fenster, betrachteten staunend den anschwellenden Mond, der in unerträglicher Helligkeit erglühte und wieder verblaßte, als der Himmel selbst in tödlichem Licht erstrahlte.

Zehn Minuten lang wachsende Panik, Angst und Gebete.

Und dann kam die Hitze.

Sämtliches Leben.

Er schloß die Augen.

Sämtliches Leben.

Es entging ihm nicht, daß die kleine Zeitanzeige am unteren Rand des Bildschirms exakt denselben Zeitpunkt angab, zu dem Dylan Arios das Bewußtsein verloren hatte, als er die stehende Theta-Welle zwischen den Decks des Schiffes nicht mehr aufrechterhalten konnte.

Und Kirk hatte nicht vergessen, daß sich die *Nautilus*, dieser Schattenzwilling seines eigenen Schiffes, im System Tau Lyra aufgehalten hatte, als sie durch das Eintreffen der *Enterprise* zur Flucht genötigt wurde. Es hatte zwar danach ausgesehen, als wäre sie soeben in den äußersten Rand der Kometenwolke eingedrungen, doch es gab natürlich auch die Möglichkeit, daß das Schiff nicht zum Planeten unterwegs war, sondern von dort gekommen war.

Und Arios war so verzweifelt gewesen, dieses Ziel zu erreichen, daß er sogar sein Leben riskiert und es mit einem Föderationsraumschiff aufgenommen hatte.

Wieviel von alldem hätte verhindert werden können, wenn er früher gewußt hätte, wer und was diese Leute waren?

Er hatte keine Ahnung – nicht einmal jetzt.

Wie groß war der Anteil seiner Verantwortung am Tod einer ganzen Planetenbevölkerung?

Er öffnete wieder die Augen und starrte auf den Bildschirm. Er zeigte nun den gegenwärtigen Zustand des Sternes Tau Lyra. Die angezeigten Daten über Temperatur und Korona-Aktivitäten waren fast identisch mit denen, die vor einer Woche gemessen worden waren, vor einem Monat oder vor zwölf Jahren, als das System erstmals untersucht worden war.

Nur daß die vier inneren Planeten des Systems nun in Schutt und Asche lagen. Die Zivilisation, die er auf Befehl der Föderation hatte beschützen sollen – eine Selbstverständlichkeit gegenüber einer anderen intelligenten Spezies –, existierte nicht mehr.

Hinter ihm stieß jemand einen überraschten Ausruf und dann einen Fluch aus. Als Kirk sich umdrehte, sah er, daß Dylan Arios hinter seinen Sessel getreten war. Er machte den Eindruck, als würde er sich dort schon seit geraumer Zeit aufhalten. Kirk hob eine Hand, um dem Sicherheitswächter ein Zeichen zu geben, der sich mit entschlossenem, aber deutlich gerötetem Gesicht näherte. »Alles in Ordnung«, sagte Kirk, und der Mann zog sich auf seinen Posten neben der Turbolifttür zurück.

»Ich dachte, Sie wollten mit mir reden.« Arios verschränkte die Arme und neigte den Kopf leicht zur Seite, während er den Sichtschirm betrachtete. Er wirkte erschöpft und ausgezehrt, doch seine Augen waren trotz der dunklen Ringe der Schlaflosigkeit klar – und unendlich traurig. »Die anderen sind übrigens immer noch in der Krankenstation.«

Kirk drückte auf die Interkomtaste. »Krankenstation hier«, meldete sich Chapels Stimme.

»Alles in Ordnung bei Ihnen?«

»Ja«, sagte sie mit leichter Verwirrung. »Sie meinen sicher unsere … Gäste. Es geht ihnen gut.« Es gab eine kurze Pause, in der sie wahrscheinlich einen Blick ins Nebenzimmer oder auf einen Monitor warf. »Ja, niemand hat die Krankenstation verlassen.«

»Einschließlich Captain Arios?« Er blickte auf den jungen Mann an seiner Seite, und Arios hob die feinen grünen Augenbrauen.

»Ich denke schon. Ich habe seinen Zustand erst vor einer Minute gecheckt.«

»Die Meister haben mir diese Fähigkeit verliehen«, sagte Arios mit einem schiefen, aber erstaunlich milden Grinsen. »Sie haben mich gezüchtet, ausgebildet und mein Gehirn verdrahtet, als ich sechzehn Jahre alt war und mich lieber mit anderen Dingen beschäftigt hätte. Sie waren sehr überrascht, als ich diese Fähigkeiten gegen sie einsetzte.« Er blickte auf den Bildschirm, der noch einmal das Aufflackern, die trügerische Ruhe und dann das Inferno zeigte. »Sie sind hier«, sagte er anschließend mit noch leiserer Stimme.

»Wollen Sie damit andeuten, daß das Konzil dafür verantwortlich ist?«

Arios nickte. Fähnrich Lao, der ermattet, aber hartnäckig an der Konsole des Hauptcomputers gearbeitet hatte, vollführte eine halbe Drehung mit seinem Stuhl. Er schien etwas sagen zu wollen, doch dann wandte er sich wieder ab und setzte seine Arbeit fort.

»Es ist theoretisch möglich, eine solare Protuberanz auszulösen, indem man Fusionstorpedos mit ausreichender Energie in einen Stern feuert«, sagte Mr. Spock, der seine Station verließ, an der er eine digitalisierte Darstellung derselben Szene betrachtet hatte, um eine gründliche Spektralanalyse durchführen zu können. »Tau Lyra war schon immer ein relativ instabiler Stern mit langfristigen Aktivitätszyklen, wie aus den spektroskopischen Aufzeichnungen der letzten dreihundert Jahre ersichtlich wird. Irgendwann wäre es ohnehin zu einer heftigen Eruption gekommen.«

»Wann genau?« Kirk empfand eine Müdigkeit, die bis in die Knochen spürbar war.

»Statistisch betrachtet, irgendwann zwischen morgen und in zweihunderttausend Jahren.«

»Und wie hoch war die Wahrscheinlich«, bohrte Kirk weiter, »daß die Eruption heute erfolgen würde?«

Spock warf ihm einen leicht überraschten Blick zu. »Genauso hoch wie an irgendeinem anderen Tag dieses Zeitraums.«

Kirk schwieg.

»In unserer Zeit ist Tau Lyra Drei ein toter Planet.« Arios blickte wieder auf den Bildschirm, so daß das grelle Licht des Sterns deutlich die Falten in seinen Augenwinkeln betonte. »Wir wußten, daß er zu diesem Zeitpunkt zerstört wurde. Wir kennen die Aufzeichnungen, in denen Sie die Zerstörung meldeten. Wir kamen zu einem Zeitpunkt, der kurz vor Ihrem Eintreffen lag, damit wir den Planeten rechtzeitig erreichen konnten, bevor es geschehen würde.«

»Warum?«

Arios seufzte, und Kirk sah das Zucken seiner Gesichtsmuskeln. Als er wieder aufblickte, sagte er: »Die alten linguistischen Analysen deuteten auf hochentwickelte psionische Fähigkeiten in der Gesamtbevölkerung hin, die bei einigen Weisen besonders stark ausgeprägt waren – vielleicht stärker als bei den Meistern.«

»Also haben Sie dort nach Verbündeten gesucht, die Ihnen im Kampf gegen das Konzil von Nutzen sein könnten.« Auf dem Bildschirm waren unter der Aufzeichnung kleine Fenster eingeblendet, die verschiedene Meßwerte anzeigten: die plötzlich ansteigende Radiowellenaktivität, als das planetenweite Kommunikationssystem zusammenbrach, die zunehmende Luftfeuchtigkeit, als die Ozeane zuerst unter dichten Nebelbänken verschwanden und dann verdampften, die Brände, die vor allem in den dichten Wäldern aufloderten, die den größten Teil der Planetenoberfläche bedeckten. Ein kleinerer Bildschirmausschnitt stellte Tau Lyra Drei dar, wie der Planet unter einer dichten weißen Wolkendecke verschwand. Darunter mußten Zustände wie in einem Höllenkessel herrschen.

Sämtliches Leben.

Arios zuckte zusammen und wich der Härte in Kirks Augen aus. »Ich dachte, wir hätten unsere Spur verwischt«, sagte er leise. »Wir trafen Vorsichtsmaßnahmen, um eine Verfolgung zu verhindern.«

Kirk erinnerte sich an Vorsichtsmaßnahmen, die er selbst und andere gegen Klingonen, gegen Infektionen und Seuchen, gegen Angriffe und Überfälle aus dem Hinterhalt auf zahllosen Welten getroffen hatten. Manchmal waren die besten Vorsichtsmaßnahmen nicht genug. Manchmal gab es keine Sicherheit.

»Wir brauchen Verbündete, die es mit einem ausgebildeten und verdrahteten Meister des Konzils aufnehmen können«, fuhr Arios leise fort. »Wir selbst müssen besser ausgebildet werden. Es muß eine Alternative zur Verdrahtung und zum Einsatz des Psi-Antriebs geben. Es muß eine Möglichkeit geben, wie sich parapsychische Fähigkeiten trainieren und verstärken lassen, ohne die totale mentale Kontrolle in Kauf nehmen zu müssen. Wir können das Konzil nicht vernichten – und das, was das Konzil getan hat –, wenn wir weiterhin von ihrer Technik abhängig sind. Irgendwann würden wir genauso wie die anderen Meister werden.«

»Nein«, sagte Kirk, obwohl er wußte, daß Arios zumindest teilweise recht hatte.

»Und wir brauchen eine Methode, wie wir gegen die Verdrahtung vorgehen können. Wir wußten nicht, was wir dort vorfinden würden, aber wir ... hatten Hoffnung. Vielleicht war es dumm von uns.«

»Nein.« Kirk schüttelte den Kopf. »Nein, es war nicht dumm. Lieutenant Barrows? Setzen Sie Kurs auf Tau Lyra Drei!«

»Ja, Captain.« Ihre Hände huschten flink über den Kurscomputer. Sie wirkte etwas mitgenommen, nachdem sie fast zwei Stunden lang bewußtlos in einem Luftschacht gelegen hatte, als sie von einem versperrten Korridor in einen anderen zu gelangen versucht hatte. Aber sie war einsatzfähig. Einige Leute von der Tagesschicht waren auf der Brücke geblieben, um mitzuhelfen, das Chaos der letzten Stunden zu beseitigen, andere wie Sulu und Chekov hatten sich zu einem verspäteten Abendessen zurückgezogen. Vermutlich begann soeben die Phase der Erinnerungen, Horrorgeschichten und Legendenbildungen über die Zeit, als die Lichter erloschen waren.

»Was soll mit der *Nautilus* geschehen, Captain?«

»Wir können uns im Planetenorbit treffen«, sagte Arios. »Nachdem die Maschinen repariert sind und Sharnas wieder einsatzbereit ist, werden wir springen und im Orbit um Tau Lyra Drei auf Sie warten.«

Kirk biß die Zähne zusammen. »Den Teufel werden Sie tun!« sagte er ruhig. »Lieutenant Barrows, wir bleiben auf Unterlicht. Volle Traktorenergie auf die *Nautilus*. Benachrichtigen Sie mich unverzüglich, falls Probleme mit dem Traktorstrahl auftreten.«

»Verstanden, Captain.«

»Mr. Spock? Stellen Sie sämtliche Daten über die Sonneneruption von Tau Lyra zusammen, und holen Sie alle vorhandenen Informationen über Tau Lyra Drei aus den Datenbanken. Wir treffen uns um zweiundzwanzig Uhr im Hauptkonferenzraum.«

Spock neigte leicht den Kopf und hob die Datenfolien auf, die über seine Station verteilt waren. Der Hauptsichtschirm zeigte nun wieder ferne Sterne, die sich leicht seitlich verschoben, als die *Enterprise* sich in Bewegung setzte.

»Lieutenant Uhura? Haben Sie irgendwelche Radiosignale vom Planeten selbst empfangen können?«

Uhura, die sich gerade mit Lieutenant Mahase besprach, blickte auf und zog ihren Kommunikationsstöpsel aus dem Ohr. »Ich habe einige Aufzeichnungen, Captain, aber sie sind bruchstückhaft und verzerrt.«

»Wie lange würden Sie und die Xenolinguisten brauchen, um sie zusammenzuflicken und zu entzerren?«

»Je nachdem, wie gut die Unterlagen in den Computerdatenbanken sind, zwischen zehn und zwanzig Stunden, Captain«, antwortete Uhura, ohne mit der Wimper zu zucken. Kirk wurde erste einige Stunden später klar, daß er seinen Kommunikationsoffizier gerade darum gebeten hatte, auf ein wohlverdientes Abendessen nach einem besonders anstrengenden Tag zu verzichten.

»Setzen Sie Ihre Leute darauf an«, sagte der Captain. »Wenn Sie bis zweiundzwanzig Uhr irgendwelche Ergebnisse haben, überspielen Sie sie bitte in den Konferenzraum. Wenn nicht, informieren Sie mich, sobald Sie etwas haben.«

Er wandte sich wieder Arios zu, der immer noch hinter ihm stand. Er hatte die Augenbrauen hochgezogen, doch in seinem Blick war keine Spur von Überraschung.

»Ihre Leute haben große Besorgnis geäußert, daß sie zum Opfer einer Täuschung geworden sein könnten – daß dieses Schiff und alle Besatzungsmitglieder Teil einer großangelegten Verschwörung sein könnten, die von dieser McKennon inszeniert wurde, um Sie in Sicherheit zu wiegen«, sagte er ruhig. »Das Mißtrauen beruht auf Gegenseitigkeit. Ich glaube Ihnen, daß Sie aus der Zukunft kommen, denn die Tagebuchspeicher, die Spock in einem verlassenen Quartier Ihres Schiffes eingesammelt hat, lassen daran kaum noch einen Zweifel. Aber was den Rest Ihrer Geschichte betrifft – wer Sie sind und was Sie im System Tau Lyra zu suchen haben –, so habe ich nicht mehr als Ihr Wort. Nicht nur das Konzil könnte hochkomprimierte Fusionstorpedos in die Sonne gefeuert haben. Ich hoffe, Sie verstehen, daß ich Sie an Bord der *Enterprise* unter Bewachung festhalten muß, bis ich zumindest weiß, ob sich ein Raumschiff in diesem System aufgehalten hat, während oder bevor die Eruptionen begannen. Ein anderes Raumschiff außer der *Nautilus*, versteht sich.«

10

Heißer Regen prasselte wie Maschinengewehrfeuer aufs Wasser, das die Farbe einer entzündeten Wunde hatte. Der orkanartige Sturm riß Kirk fast von den Beinen, als er zusammen mit dem Landetrupp aus dem Schutz der Ruine trat, in der sie materialisiert waren. Über und neben ihnen schwankten ächzend die verkohlten Äste des Baumes von Oobast. Ein großer Teil war bereits herabgestürzt und bildete ein gefährliches Gewirr aus Draht, Stahl und Glas unter dem Teppich aus stinkender Asche.

Sämtliches Leben, dachte Kirk. In seinem Kopf wiederholten sich ständig diese zwei Worte mit dem bitteren Beigeschmack des Vorwurfs, daß er etwas dagegen hätte unternehmen sollen. *Sämtliches Leben.*

Mit der *Nautilus* im Schlepptau hatten sie drei Tage benötigt, um Tau Lyra mit Unterlichtgeschwindigkeit zu erreichen. In dieser Zeit hatten Uhura, Gilden aus der historischen Abteilung und Lao am Computer so viele Daten wie möglich über den Planeten zusammengestellt. Sie hatten nach den wahrscheinlichsten Orten gesucht, an denen jemand überlebt haben könnte, und ständig mit den Sensoren die Oberfläche nach Lebenszeichen abgesucht. Doch bis jetzt hatten sie nichts gefunden.

Uhura hatte außerdem jedes Datenfragment, jede spektrographische Aufzeichnung und jede Übertragung durchkämmt, die noch in den Speichern der ausgebrannten Raumbojen gesteckt hatte. Doch auch dort gab es keinen Hinweis darauf, daß sich ein weiteres

Raumschiff im System Tau Lyra aufgehalten hatte, während die Bojen noch in Betrieb waren. Es gab nur die Antimateriespur des unsauber arbeitenden Impulsantriebs der *Nautilus* und eine Energiesignatur, die mitten in den Kreuzwege-Nebel führte.

»Ein Schiff mit Psi-Sprungantrieb hätte überhaupt keine Spur hinterlassen«, hatte Arios eingeworfen, als man ihn mit diesen Erkenntnissen konfrontierte. »Außerdem wäre der Impulsantrieb in besserer Verfassung als der unsere, nach allem, was wir beim Passieren der Anomalie und des Nebels einstecken mußten. Ein Starfleet-Sprungschiff hätte weit innerhalb des Kreises aus Raumbojen materialisieren können, um die Torpedos abzuschießen und sofort wieder zu verschwinden. Sie könnten sieben Sternsysteme entfernt abwarten und uns mit Fernbereichsensoren beobachten, ohne auch nur einen einzigen Staubwirbel zu hinterlassen.«

Kirk wußte immer noch nicht, ob er dem Mann glauben konnte oder nicht. Auf seinen Befehl hatte Spock sämtliche Torpedoröhren des schwarzen Schiffes inspiziert und festgestellt, daß sie alle die Spuren jahrzehntelanger Korrosion und Schimmelbefalls aufwiesen. Doch es gab natürlich andere Methoden, um einen Torpedo auf den Weg zu bringen.

Die Landegruppe bestand aus Kirk, McCoy, Russell aus der historischen Abteilung, Adams aus der Anthropologie, Fähnrich Lao mit einer Videoaufzeichnungseinheit, drei Sicherheitskräften und Dylan Arios, der sich im Toben des Windes kaum auf den Beinen halten konnte. Die Datenbruchstücke, die Gilden und Lao zusammengestellt hatten, deuteten darauf hin, daß nur noch eine der größeren Städte über dem Wasserspiegel lag, doch selbst für Oobast galt dies nur zum Teil. Außerdem war der Begriff ›Stadt‹ mit Vorsicht zu genießen.

Mit derselben Berechtigung konnte man auch von ›Clanbehausung‹ oder ›Familienbaum‹ sprechen.

Gebrochene Bögen aus verbranntem Holz erhoben sich schwarz vor den brodelnden Wolkenmassen. Was der Sturm abgerissen hatte, lag wie verkohlte Skelettreste im steigenden trüben Wasser, das von Regen- und gelegentlichen Hagelschauern aufgepeitscht wurde. Blauweiße Blitze zuckten durch den Himmel, flüchtige Nebelgeister sammelten sich im Windschatten der Orkanböen, und am Horizont taumelten Wasserhosen.

Es war die Hölle.

Von der Zivilisation, die auf dieser Welt zu Hause war, von den Familien, die zum Clan des Baumes von Oobast gehörten, die der seltsamen Musik mit dem unregelmäßigen Takt oder dem unverständlichen Durcheinander der Radiohörspiele gelauscht hatten – von alldem war nichts übriggeblieben. Der schlammige Boden war ein undurchdringliches Gewirr aus zerrissenen Drähten und durchgebrannten Kabeln. Unter Kirks Stiefeln zerbrachen Scherben aus Glas und Porzellan. Mr. Kyle führte sie zu einer höheren Stelle am westlichen Stadtrand, wo der Baum von Oobast eine Hügelkette überwachsen hatte. Dahinter begann das gut geschützte Zentrum der Stadt. Im Osten breitete sich, nur wenige Meter von ihren Ankunftskoordinaten entfernt, eine graue Wasserfläche aus, die sich bald in trübem Nebel verlor.

Im Wasser schwappten Brocken aus angesengtem Gips und Stücke von hölzernem Mobiliar, das noch nicht vollgesogen und versunken war. Hier und da waren Maschinenteile und einfache elektronische Reste zu erkennen. Fähnrich Lao trug die Aufzeichnungskamera auf der Schulter und starrte blinzelnd in den prasselnden Regen.

»Ich dachte, es würde … schlimmer sein«, sagte er nach einer Weile. »Wo sind die Leichen?«

»In den Häusern«, antwortete McCoy knapp. »Die Temperaturen stiegen auf mehr als fünfhundert Grad.

Die Stürme, die bei einer solchen Hitze entstehen, reißen alles mit sich, was nicht niet- und nagelfest ist.«

Kirk blickte auf das zinnfarbene Meer, das sich zu ihren Füßen erstreckte. Trotz des Regens und Sturms hing knietief weißer Nebel über dem Wasser und wirbelte um die geschmolzenen Fundamente der Gebäude – die Geister all dessen, was er und Starfleet hier zu schützen versucht hatten.

»Selbst im Wasser kann nichts überlebt haben«, sagte Kirk leise.

Sie stapften weiter, lehnten sich gegen den Wind und wateten durch Pfützen, in denen sich Trümmer, Kabel und andere Dinge verbargen, auf denen ihre Stiefelsohlen ausrutschten. Wo die Hügel Teile der ursprünglichen Baumstadt vor dem Sturm geschützt hatten, wo große Massen aus verbranntem Holz die Gebäudeteile aus Stahl und Glas mit zu Boden gerissen hatten, um alles unter sich zu begraben, und wo der Dunst die Sichtweite auf wenige Meter beschränkte – dort stießen sie auf die ersten Leichen.

Symmetrische Analog-Humanoide, erkannte Kirk, als er durch das Trümmergewirr auf die Überreste blickte. Runder Brustkorb, sechs Gliedmaßen, flache, froschähnliche Köpfe. Die früheren Studien hatten ein ähnliches Bild ergeben. Augen auf der Vorderseite des Kopfes, dreifingrige Hände. McCoy und Adams legten zwei Leichen frei, so gut es ging, während Lao sie an Ort und Stelle fotografierte. Russell, der schlanke, asketische Leiter der historischen Abteilung, band gelbe Streifen um die Baumstämme, um die Stellen zu markieren, wo er Knochen gefunden hatte.

Kirk wurde sich mit plötzlicher Eindringlichkeit bewußt, daß die Wissenschaftler, die Tau Lyra Drei und die Yoons zu ihrem Studienobjekt gemacht hatten, mit Erschütterung reagieren würden, wenn sie von der Vernichtung dieser Kultur erfuhren. Sie würden sich fühlen, als hätten sie Familienangehörige verloren, was in gewisser Hinsicht sogar stimmte.

Sie hatten die Zivilisation verloren, die seit elf Jahren, seitdem die Föderation von ihrer Existenz wußte, ihr Interesse wachgehalten hatte. Die Kultur, über die sie viele Artikel und Bücher geschrieben hatten. Sicher hatte jeder von ihnen gehofft, eines Tages diesen Planeten besuchen und als Botschafter der Föderation auftreten zu können. Die Zivilisation, um deren Anerkennung sie gekämpft hatten, die sie unter den Schutz der Föderation gestellt und deren Beobachtung sie betrieben hatten.

Kirk war sich bewußt, daß er es diesen Wissenschaftlern schuldig war, so viel wie möglich von den Überresten dieser Kultur zu sammeln, bevor alles von Wind und Wasser erodiert wurde.

»Noch irgendwelche Lebenszeichen?«

McCoy schüttelte den Kopf. »Der Tricorder ist auf höchste Empfindlichkeit eingestellt. Es gibt eine Menge elektrischer Interferenzen. Aber hier kann einfach nichts überlebt haben.«

Ferne Donnersalven und ein Himmel, der Hurrikans und Tornados auf der Erde wie einen lauen Sommerregen wirken ließen. Nein. Hier konnte nichts überlebt haben. Die großen Sensoren der *Enterprise,* die aus dem Orbit einen Apfelbaum von einem Birnbaum unterscheiden konnten, wurden zu sehr durch die statische Elektrizität der Gewitterstürme gestört. Wider besseres Wissen hatte Kirk die Oberfläche des Planeten mit einer gewissen Hoffnung aufgesucht.

»Nichts.« McCoy drehte sich mit dem Tricorder im Kreis. »Keine Tiere, keine Insekten … Gab es hier überhaupt Insekten?«

»Tausende von Arten.« Arios war inmitten der Trümmer mit gebeugtem Kopf in die Knie gegangen. Wasser troff von seinem glänzendgrauen Anzug und von der Kugel aus polarisiertem Glas, die seinen Kopf schützte.

Sein Gesicht war vor Schmerz verzerrt. »Vögel … beziehungsweise vogelähnliche Wesen. Baumläufer, die entfernt an Faultiere erinnern …. Sie haben die Baumläufer als Haustiere gehalten.« Als er aufblickte und den Ausdruck in Kirks Augen sah, sagte er: »Ich … ich kann das alles fühlen. Es ist wie ein Echo, das durch die Trümmer hallt. Wie die Erinnerung an einen Traum.«

Kirk sagte nichts.

»Ich habe diese Leute nicht getötet!«

Kirk sagte immer noch nichts, sondern wandte sich ab. Er wankte, als er unvorbereitet von einer Sturmböe getroffen wurde.

Sie hielten sich an die Daten, die Lao und Gilden rekonstruiert hatten, und überquerten die Hügel, bis sie auf das ehemalige Stadtzentrum stießen. Einige Berichte hatten darauf hingedeutet, daß es hier eine hohe Konzentration von Weisen gegeben hatte, als hätte sich hier eine Universität oder eine Art parapsychologisches Ausbildungszentrum befunden. Angesichts der Katastrophe hatten die Yoons offenbar die dortigen unterirdischen Räume als Bunker benutzt und Kisten die Treppenstufen hinuntergeschleppt, bis sie von der Hitze überwältigt wurden und gestorben waren. Sie lagen überall herum, zusammengekauert und verzerrt, immer noch ihre Schätze in den verkohlten Händen. Es waren Kisten mit Druckwerken, die aus Blättern bestanden, die mit seltsamen bunten Schnüren zusammengebündelt waren, Töpfe und Krüge, die anscheinend Medikamente enthielten, und andere fremdartige Gegenstände. Der unterste der Kellerräume wurde bereits überflutet. Die Decken ächzten unter dem Gewicht der durchnäßten Erde und stürzten ein. Die Mitglieder des Landetrupps schleppten sich mit vier unhandlichen Kisten ab, um sie über die Treppenstufen wieder an die Oberfläche und von dort aus zu den Transporterkoordinaten zu bringen, damit sie an Bord der *Enterprise* gebeamt werden konnten.

Ganz gleich, was sich in diesen Kisten befand, dachte Kirk, als sie sich im goldenen Flimmern des Transporterstrahls auflösten, es waren die Schätze, deren Rettung den Yoons am wichtigsten gewesen war. Das mindeste, was er für sie noch tun konnte, war, sie für die Yoons in Sicherheit zu bringen.

»Die höchste Stelle der Stadt müßte in dieser Richtung liegen«, sagte Lao, der zusammen mit Gilden die Kartographie ausgearbeitet hatte. Im elektromagnetischen Chaos, das das zerstörte Magnetfeld des Planeten hinterlassen hatte, funktionierte kein Standard-Kompaß mehr. Daher begnügte Lao sich mit einem Terrain-Scanner, dessen unregelmäßiges Netzwerk sich als geisterhafter Widerschein auf seinem gläsernen Gesichtsschutz spiegelte. Der junge Mann wirkte erschüttert und war sehr still geworden, nachdem er die übereinander gehäuften, verkohlten und vom Wasser durchweichten Knochen im Bunker gesehen hatte. Im Gegensatz zu Russell und den Sicherheitsleuten wußte er, daß es nicht die Opfer einer sogenannten gottgewollten Katastrophe, sondern eines kaltblütigen Mordes waren.

»Und die Frage lautet«, sprach Kirk leise in den tragbaren Recorder, den er an seinem Gürtel mitgenommen hatte, »wer der Mörder ist und wie das Verbrechen begangen wurde. Denn es besteht immer noch die Möglichkeit, daß der Mann, der behauptet, der Kronzeuge zu sein, in Wirklichkeit der Urheber dieser Katastrophe ist.«

Aber es gab keine Möglichkeit, diese Frage zu klären.

Der höchste Punkt der Stadt – oder der Ruinen der ehemaligen Stadt – war eine Art Hügel aus den Bögen geschwärzter Baumstämme, die aus einem Felsgrat gewachsen waren, der sozusagen das Rückgrat des Baumes von Oobast bildete. Im Schutz des Grats waren die Bögen hier mehr oder weniger intakt geblieben, obwohl sie in den heulenden Sturmböen gefährlich wankten. Kirk hielt sich unwillkürlich an den verbogenen Eisenstreben und den Bündeln aus verkohlten Drähten fest, die wie verwelkte Schlingpflanzen herabhingen. Tief unter ihm umspülte das Wasser die Baumwurzeln und Trümmer, die gelegentlich durch den strömenden Regen sichtbar wurden, um im nächsten Augenblick wieder von Nebelschwaden verhüllt zu werden. Kirk atmete keuchend in der Hitze, und unter dem Schutzanzug war seine Kleidung schweißdurchnäßt.

Arios band sich ein Seil um die Hüfte und sicherte sich an der Strebe einer verbogenen Plattform, die von einem Gewirr aus schwarzen Ästen, zerrissenen Kabeln und Maschinentrümmern umgeben war und vierzig Meter über dem tosenden Wasserstrom lag. Er verschränkte die Arme und senkte den Kopf, um sich zu konzentrieren. So stand er lange Zeit wie ein Bettler im Regen da, während der Sturm ihn mit Wasser übergoß und er sichtlich Mühe hatte, sich auf den Beinen zu halten. Der grollende Donner schien das Ende der Welt zu verkünden, und die Blitze tauchten die glänzenden Gestalten des Landetrupps in geisterhaftes, grellweißes Licht. Irgendwo in der Nähe löste sich ein Klumpen aus Ästen, Metallstreben und Gipsbrocken und stürzte krachend in die Tiefe. Hinter Arios konnte Kirk Wasserhosen erkennen, die am Horizont zwischen Wolken- und Nebelfetzen einen Höllentanz aufführten.

Schließlich kehrte Arios aus seiner Trance zurück und löste das Seil, worauf er beinahe gestürzt wäre. Lao und Kirk sprangen gleichzeitig vor, um ihn aufzufangen, denn trotz des Schutzanzuges hätte er niemals einen Sturz in die tiefen Fluten überlebt. Arios' Gesicht unter dem Helm sah grauenerregend aus, und Kirk kam der Gedanke, daß es entsetzlich sein mußte, über psionische Gaben zu verfügen und seinen Geist auf einem Planeten zu öffnen, dessen gesamte Bevölkerung bei lebendigem Leib verbrannt war.

»Haben Sie etwas gehört?« fragte er leise.

Der Meister schüttelte nur den Kopf.

Später sahen sie sich im Besprechungsraum die Aufzeichnungen an, die Fähnrich Lao gemacht hatte. Weiteres Bildmaterial stammte von Lieutenant Reilly, dessen Landegruppe den Baum von Ruig auf der anderen Seite des Kontinents untersucht hatte. Reilly war zusammen mit Chapel, Sharnas, Gilden, DeSalle und einigen seiner Sicherheitswächter auf dem Planeten gewesen. Chapel sah recht mitgenommen aus und Sharnas ebenfalls.

Ruig war das zweite Bevölkerungszentrum, das noch nicht überflutet war und in dem Arios und Sharnas eine Konzentration von Weisen vermuteten. Dieser Baum wuchs senkrecht an der Wand einer tiefen Schlucht mitten in einer wichtigen Bergbauregion. Viele der Bewohner hatten in den Minen Zuflucht gesucht, als die Hitze gekommen war und sich der Nachthimmel rötlich verfärbt hatte. Die Gruppe hatte die Yoons gefunden, die zu Tausenden verkohlt, ausgetrocknet und mumifiziert worden waren, bis zu zweihundert Metern tief in den Stollen, gemeinsam mit ihrem Besitz, der für sie wichtig genug gewesen war, um ihn bis zum Ende der Welt in ihrer Nähe zu haben.

Der untere Teil der Mine stand bereits tief unter Wasser. Der Bildschirm des Konferenzraumes zeigte die verzerrten froschähnlichen Gesichter, die ausgedorrten Gliedmaßen und verdampften Augen der Toten. Der Oberkörper eines Kindes war mit einer Lache aus geschmolzenem Wachs bedeckt, offenbar der Rest eines Spielzeugs. Neben der Krallenhand eines anderen Kindes lagen die Bruchstücke einer Porzellanpuppe, die in der Hitze zersprungen war. Im dunstigen Halbdunkel war kaum zu erkennen, wie Sharnas knietief im rauschenden Wasser des Schachtes stand, eine Handlampe am Gürtel, den Geist auf die Dunkelheit konzentriert, während er nach einer Antwort auf seine stummen Rufe suchte.

Es hatte keine Antwort gegeben.

»Und was machen wir jetzt?« fragte McCoy. Sein schleppender Südstaaten-Akzent klang tiefer als gewohnt, ein sicheres Zeichen, wie tief ihn der Besuch des Planeten erschüttert hatte. In seinen blauen Augen war ein gefährliches Funkeln, die kaum unterdrückte hilflose Wut eines Mannes, der Schlimmstes erlebt hatte, ohne etwas dagegen tun zu können.

»Werden Sie jetzt in die *Nautilus* hüpfen, um in den Sonnenuntergang davonzufliegen, und nach irgendeinem anderen Planeten suchen, der Ihnen für Ihre verdammte Rebellion nützlich sein könnte?«

»Sie meinen einen anderen Planeten, zu dem wir McKennon führen könnten?« Arios' verbitterte Stimme klang wie Sandpapier, als er seinen Kopf von den Händen erhob und McCoy in die Augen sah. Schließlich war es der Arzt, der beschämt den Blick senkte.

Kirk sah sich am Tisch um. Alle Anwesenden machten den Eindruck, als hätten sie einen Gewaltmarsch hinter sich, sogar der unerschütterliche Mr. Spock, der die vergangenen drei Tage damit verbracht hatte, abwechselnd die Informationen über die Soneruption auszuwerten und Arios und Mr. Scott bei den Reparaturarbeiten in der *Nautilus* zu assistieren – natürlich unter angemessener Bewachung durch mehrere Sicherheitskräfte. Scott, der als einziger nicht auf dem Planeten gewesen und viel zu pragmatisch eingestellt war, um sich wegen einer Veränderung der Zukunft Sorgen zu machen, wirkte trotz allem tief bestürzt.

Lao sah jedoch am schlimmsten aus, stellte Kirk fest. Er hatte die Zusammenstellung aller Computerdaten über den Planeten Yoondri geleitet, er hatte Uhuras letzten Kommunikationsbericht und jedes scheinbar zusammenhanglose Stückchen Information begutachtet, das Gilden in den Dateien der historischen Abteilung gefunden hatte. Er hatte bis tief in die Nacht gearbeitet, gelegentlich sogar die Nacht durchgearbeitet, als wäre diese Arbeit eine Droge, die ihn seine Verwirrung und Verzweiflung vergessen ließ.

Kirk konnte ihn gut verstehen. Auch er hatte nachts unruhig geschlafen und war ständig von Träumen über andere Zeiten, andere Zukünfte und andere Vergangenheiten heimgesucht worden.

Er blickte in die Gesichter rund um den Konferenztisch – McCoy mit seiner Wut, Chapel, die ihre Finger an die Wangen gelegt hatte, als könnte sie den Anblick einer Video-Szene nicht ertragen, die sie zuvor in den Minen mit eigenen Augen gesehen hatte. Lao mit den dunklen Schatten unter den Augen und den Falten, die sich zwischen Nase und Kinn eingegraben und ihn über Nacht alt gemacht hatten. Raksha und Cooper, die in sich selbst zurückgezogen waren, Thad mit dem gewohnten Blick ängstlicher Besorgnis und Adajia, die sich vorsichtig und mißtrauisch umsah ...

Doch diese Leute würden sich zumindest an das halten, was Arios ihnen eingab. Die Programmierung, von der Cooper so beiläufig gesprochen hatte, hatte zwei Seiten.

»Falls diese McKennon, von der Sie sprechen, tatsächlich existiert«, sagte Kirk. »Falls es wirklich ein Konzil gibt.«

Raksha hob den Kopf und blickte ihn mit zornig funkelnden Augen an.

»Ich habe es allmählich satt, ständig ...«

Arios hob eine Hand. »Nein, seine Zweifel sind berechtigt«, sagte er. »Genau das war schon die ganze Zeit unser Problem.«

»Die Technologie des Einsatzes hochkomprimierter Fusionstorpedos zur Auslösung von Eruptionen und Protuberanzen instabiler Sterne wurde in wissenschaftlichen Magazinen bereits theoretisch erörtert«, warf Mr. Spock sachlich ein. »Es ist keineswegs unlogisch, sich zu fragen, ob sie bereits zur Anwendungsreife gelangt ist. Es ist vorstellbar, mit vorhandenen technischen Mitteln ein Abschußsystem zu entwickeln, das einen solchen Torpedo vom Rand der Kometenwolke auf den Weg zu Tau Lyra bringt. Der Torpedo könnte darauf programmiert werden, erst achtzehn Stunden oder auch achtzehn Tage nach dem Abschuß zu detonieren. Der Verursacher müßte sich zum Zeitpunkt der Eruption überhaupt nicht mehr in der Nähe des Systems aufhalten.«

Raksha bleckte knurrend die Zähne, wie ein Tier, das zubeißen wollte, doch Arios legte ihr eine Hand auf den Unterarm.

»Es gibt immer wieder Verschwörungstheorien«, sagte er zu ihr. »Das weißt du. Die meisten Leute glauben immer noch nicht daran, daß das Konzil für die Verbreitung der Seuche auf Qo'noS und Romulus sorgte, damit auch die Hälfte der Bevölkerung dieser Planeten verdrahtet werden mußte. Ich selbst hielt es für eine recht weit hergeholte Idee, bis wir beide den Hauptcomputer des Konzils anzapfen konnten und die entsprechenden Dateien fanden.«

Er wandte sich wieder an Kirk. »Und ich weiß, daß die meisten Leute die Nachwirkungen der Seuche, die Verschlechterung des Erziehungssystems und den eigentlichen Kloningprozeß für den gesunkenen Bildungsstand verantwortlich machen. Und nicht die Tatsache, daß etwa siebzig Prozent der Klongruppen genetisch darauf angelegt sind, als Unterprivilegierte geboren zu werden, weil sie ihre schlecht bezahlten Jobs bereitwilliger akzeptieren. Sie sind verdammt gute Arbeiter.« Er lächelte Thad zu.

»Wir sind auch sehr gute Rebellen«, sagte der Unterprivilegierte mit schüchternem Stolz. »Das heißt, wenn uns jemand sagt, was wir tun sollen.«

Lao richtete sich auf und starrte Thad und dann Arios in fassungslosem Entsetzen an, doch Arios war immer noch auf Kirk konzentriert.

»Ich denke, daß Sie jetzt entscheiden müssen, was geschehen soll, Captain.«

»Und ich denke, damit kommt der Punkt«, sagte Phil Cooper, »an dem wir herausfinden werden, ob Sie die Wahrheit sagen … oder ob all dies ein Täuschungsmanöver des Konzils ist, um uns dazu zu verleiten, Ihnen das Versteck der Schattenflotte zu verraten. Und warum ein Yagghorth es vorzog, Starfleet zu verlassen und sich uns anzuschließen.«

Für eine Weile war es still im Konferenzraum. Die im Dreieck angeordneten Bildschirme mitten auf dem Tisch waren dunkel. Kirk konnte sich nur schwer daran gewöhnen, daß von den Besatzungsmitgliedern der *Enterprise* nur diejenigen, die sich in diesem Raum aufhielten, die ganze Wahrheit kannten – über die Zukunft, über das Konzil und die Konsequenzen, die sich aus der Anwesenheit dieser heruntergekommenen Gesetzlosen ergaben. Das übrige Personal des Schiffes ging wieder zur Tagesordnung über. Die Gespräche beim Abendessen in den Freizeiträumen drehten sich wieder um das nie gelöste Problem, warum die Synthetisierer es nicht schafften, ordentliche Schokolade oder passende Kleidung zu produzieren, oder man stritt sich um Lagerraum, der in den letzten anderthalb Jahren knapp geworden war. Heute abend fand das große Bowling-Turnier zwischen der Sicherheit und der technischen Abteilung statt, und wer sich nicht dafür interessierte, konnte die Vorführung des Films *Gargoyle Man* besuchen. Ansonsten versuchten sich die Leute darüber klar zu werden, was sie tun wollten, wenn diese Fünfjahresmission vorbei war.

Immer ging es um die Frage, was man tun sollte, dachte Kirk. Und was er tun konnte, um eine so ferne Zukunft zu verändern.

»Äh …« Adajia hatte verlegen die Hand gehoben. Irgendwie hatte sie sich goldenen Nagellack besorgt und ihre unbändige Mähne mit juwelenbesetzten Kämmen zusammengesteckt. »Meister, gibt es irgendeinen Grund, warum wir nicht … einfach hierbleiben können? Ich meine, das Konzil existiert noch nicht, also kann es uns auch nichts anhaben. Hier hast du kein Strafregister. Wir besitzen das schnellste und beste Raumschiff der ganzen Galaxis und eine überragende Computertechnik. Wir könnten mächtig absahnen und reich werden.«

McCoy wollte etwas sagen, riß sich jedoch wieder zusammen, ohne Arios aus den Augen zu lassen. Chapel rührte sich nicht von der Stelle. Auch Spock beobachtete Arios und hob nur eine Augenbraue. Er war bestimmt neugierig, dachte Kirk. Neugierig auf die Antwort des Meisters. Fähnrich Lao saß neben Thad und hatte die Augen geschlossen und die Stirn auf die Fäuste gestützt. Doch die Anspannung seiner Schultern und der verbitterte Ausdruck seines Gesichtes verrieten Kirk, daß der junge Mann keineswegs innerlich ruhig war.

»Es ist schön und gut, wenn wir über unsere Verpflichtung gegenüber der Schattenflotte reden«, sprach Adajia weiter. »Aber du weißt genau, daß wir niemals gewinnen können. Die Schattenflotte besteht aus etwa vierzig Planetenfähren, ein paar Frachtschiffen und vielleicht tausend Kampfschiffen, von denen die meisten irgendwo versteckt sind. Starfleet hätte uns damals auf Delta Sieben beinahe den Garaus gemacht, um beim nächsten Mal ...«

Ihre malachitgrünen Lippen zitterten, und sie blickte schnell auf ihre Hände. »Müssen wir wirklich unbedingt zurückkehren?«

»Es gibt gewisse Regeln bezüglich eines Zeitparadoxons«, warf Spock mit freundlichem Nachdruck ein.

»Wir würden mit niemandem darüber reden«, versprach die Orionerin und hob in einer kindlich wirkenden Geste des Schwurs eine Hand. »Und selbst wenn ... dann könnten wir damit vielleicht verhindern ...«

Lao blickte auf und starrte sie mit glühendem Blick an.

»Nun«, schnitt Arios ihr mit einem leichten Grinsen das Wort ab. »Erstens würde ich nur ungern das temporale Chaos miterleben, wenn wir Technologie des sechsundzwanzigsten Jahrhunderts in das dreiundzwanzigste Jahrhundert importieren.«

»Aber dann wäre es ja gar keine Technik des sechsundzwanzigsten Jahrhunderts mehr«, warf Thad ein, »sondern Technik des dreiundzwanzigsten Jahrhunderts!«

»Vielleicht wird dadurch die Seuche verhindert«, fügte Adajia hinzu. »Und dann könnte niemals das Konzil entstehen.«

»Vielleicht«, stimmte Arios zu. »Und möglicherweise würde dadurch auch der Ausgang verschiedener Kämpfe, Schlachten und Konflikte gegen verschiedene militärische Mächte der Galaxis verändert, die in den nächsten dreißig Jahren ausbrechen werden. Dann könnte sich die Seuche nie so weit ausbreiten, weil große Teile der Bevölkerung der Föderation und des Klingonischen Imperiums bereits ausgelöscht sind.«

Kirk hätte schwören können, daß Adajia ihn mit verdutzter Einsicht ansah, mit der Erinnerung an noch ungeschriebene Geschichte in den dunklen Augen. »Ach«, sagte sie. »*Das* meinst du …« Kirk hatte plötzlich ein sehr merkwürdiges Gefühl.

»Zweitens«, sprach Arios weiter, »haben wir nicht nur das einzige Sprungschiff mit Psi-Antrieb im dreiundzwanzigsten Jahrhundert, sondern auch das einzige Sprungschiff mit Psi-Antrieb der Schattenflotte.«

»Du denkst, damit könntest du dir Pluspunkte verschaffen, wenn Starfleet uns schließlich erwischt?« fragte Raksha mit einem sarkastischen Grinsen. »Ich schlage vor, du liest in deinem Handbuch noch einmal die Kapitel über Starfleet nach.«

»Und drittens«, sagte Arios, während er ungerührt seine Insektenfinger verschränkte, »ist das Konzil bereits hier. McKennon ist uns durch die Anomalie im Kreuzwege-Nebel gefolgt. Sie hat bereits einen Planeten zerstört. Wir müssen sie dazu bringen, uns wieder in die Zukunft zu folgen, bevor sie auf die Idee kommt, dieses Zeitparadoxon für ihre Zwecke zu nutzen.«

Er wandte sich wieder an Kirk. »Wenn Sie damit einverstanden sind, Captain, würde ich vorschlagen, daß die *Enterprise* uns bis an den Rand des Kreuzwege-Nebels eskortiert. Ich schätze, McKennons Schiff wird uns irgendwann bemerken und uns folgen. Ich werde Ihnen zeigen, wie Sie Ihre Standard-Schilde konfigurieren müssen, damit sie uns nicht einfach mit dem Transporter herausholen kann, solange wir noch an Bord sind. Am Rand der Gravitationssenke um die Anomalie werden Sie sich mit der *Enterprise* zurückziehen. Wir werden so schnell wie möglich die Singularität zu erreichen versuchen und hoffen, daß ihre Phaser durch die Ionenfelder der Gaswolken lange genug abgelenkt werden, bis wir verschwunden sind. Dann müssen sie uns folgen.«

Spock hob eine Augenbraue. »Sie legen eine erstaunliche Zuversicht in die strukturelle Integrität Ihres Schiffes an den Tag.«

Arios lächelte. »Ich lege eine erstaunliche Erkenntnis der Tatsache an den Tag, daß ich im Augenblick nichts wegen der strukturellen Integrität der *Nautilus* unternehmen kann.«

Spock hob auch die zweite Augenbraue zum Zeichen, daß er sich geschlagen gab.

»Und was wird McKennon tun, während wir Sie eskortieren?« fragte Kirk verbittert. »Sich zurücklehnen und zuschauen? Wenn Ihre Behauptungen den Tatsachen entsprechen, Captain Arios, dann hat sie soeben eine Zivilisation mit einer knappen Milliarde unschuldiger Intelligenzwesen vernichtet. Was veranlaßt Sie zu der Vermutung, sie würde zögern, ein Raumschiff anzugreifen, dessen Waffensysteme ihren eigenen weit unterlegen sind?«

Arios blickte auf seine verschränkten Hände. »McKennon wird Sie nicht angreifen.«

»Wollen Sie damit vielleicht andeuten, daß wir sie gar nicht sehen werden? Daß wir auch dann keinen Beweis ihrer Existenz erhalten werden? Daß wir uns nach wie vor nur auf Ihr Wort verlassen können?«

»Ich denke schon, daß Sie sie sehen werden«, sagte Arios langsam, als würde er seine Worte mit Bedacht wählen. »Daß sie sich bis jetzt noch nicht gezeigt hat, dürfte daran liegen, daß sie keinen Kampf riskieren will, um Ihnen keinen Schaden zuzufügen. Vermutlich wird sie das Feuer auf uns genau in der Sekunde eröffnen, wenn wir die *Enterprise* verlassen haben.«

»Und wenn wir Ihr Schiff aus dem Traktorstrahl entlassen haben?« hakte Kirk nach. »Wenn Sie frei sind und tun können, was Sie wollen? Wenn diese Leute wirklich so böse sind, wie Sie behaupten – wenn sie tatsächlich ganze Planeten mit einer Seuche infiziert haben, um die Bewohner anschließend durch genetische Manipulation und neurologische Kontrolle gefügig zu machen –, dann hege ich Zweifel, daß sie ihre Feinde nur aus Rücksicht auf die vierhundertdreißig Personen an Bord dieses Raumschiffes verschonen werden.«

»Was die vierhundertneunundzwanzig übrigen Personen betrifft, ist Ihre Skepsis sicherlich gerechtfertigt«, erwiderte Arios und blickte auf. »Doch zu Ihrer Besatzung gehört eine Person, die den Anstoß zur Gründung des Konzils gab, Captain. Und dessen ist McKennon sich natürlich bewußt.«

Das schockierte Schweigen, das auf diese Information folgte, wurde vom Summen des Interkoms gestört. »Captain ...«, kam Lieutenant Uhuras Stimme aus dem Lautsprecher. Sie klang erschüttert. »Ein Raumschiff ... ist in diesem Sektor aufgetaucht. Ohne Ankündigung. Die Sensoren ... haben nichts registriert, keine Antimateriespur, nicht einmal einen Subraum-Dopplereffekt. Es ist einfach ... aufgetaucht. Wir werden auf einer Starfleet-Frequenz gerufen. Sie sagen, daß sie mit Ihnen reden möchten, Captain.«

11

»Captain Kirk!« Die Frau, die sich auf dem Bildschirm als Domina Germaine McKennon vorgestellt hatte, eine kleine, zierlich gebaute und unglaublich hübsche Frau, streckte beide Arme aus, als sie von der silbrigen Plattform des Transporters trat. Sie trug keinerlei Starfleet-Insignien, sondern offenbar die Zivilkleidung des sechsundzwanzigsten Jahrhunderts. Der Saum ihres engen grünen Kleides umspielte ihre Waden, und darüber trug sie einen weißen Kasak aus hauchdünner Seide, der wie ein weiter Umhang hinter ihrem Rücken wehte. Ihr einziger Schmuck waren Ohrringe – winzige Rosen aus rosa getöntem Kunstelfenbein – und ein blumenförmiges Bündel aus grünen und weißen Bändern an der Spange, die die schweren kupferfarbenen Wellen ihres dichten Haars zusammenhielt.

»Vielen Dank für Ihre Erlaubnis, an Bord kommen zu dürfen.«

Kirk ergriff unwillkürlich ihre beiden Hände und fühlte sich instinktiv in ihrer Nähe geborgen. Für ihn war es eine ungewöhnliche Reaktion auf eine Frau, die genügend Autorität besaß, um den Einsatz von Raumschiffen zu befehlen. Zumindest hatte er so etwas seit vielen Jahren nicht mehr empfunden. Doch als er versuchte, dieses Gefühl genauer zu analysieren, schien es sich bis auf einen schwachen Hauch zu verflüchtigen.

McKennon blickte lächelnd zu ihm auf. »Ich muß dringend mit Ihnen reden, und als hoher Offizier wissen Sie, wie leicht selbst kodierte Übertragungen von …

den falschen Leuten abgehört werden können. Verzeihen Sie meine Paranoia.« Sie lächelte entschuldigend. »Es ... dürfte daran liegen, daß ich es immer wieder mit ... skrupellosen Feinden zu tun hatte.«

Ihr Parfüm erinnerte ihn an etwas, das er einmal gekannt und irgendwann verloren hatte. Vielleicht eine Jugendlichkeit, die er niemals selbst besessen hatte. Er mußte sich darauf konzentrieren, dieses Gefühl zu verdrängen.

»Sie meinen Dylan Arios.«

Eine kleine Falte bildete sich zwischen den Flügeln ihrer Augenbrauen. »Er ist bei weitem nicht mein schlimmster Feind.«

Kirk wandte sich ab. Ihre Nähe beunruhigte ihn. Sie war ganz anders, als er nach Arios' Schilderungen vermutet hatte. Es paßte überhaupt nicht zu ihr, ein Gemetzel wie das auf Tau Lyra III anzuordnen. Sie schien vielmehr Sanftmut und eine fast spirituelle Freundlichkeit auszustrahlen. Hinter ihm verbeugten sich Spock und McCoy. »Mein Erster Offizier Mr. Spock, der Bordarzt Dr. Leonard McCoy.«

»Ich bin entzückt.« Ihre Begrüßung war nicht überschwenglich, aber ihr Lächeln verbreitete Wärme. Kirk wurde sich bewußt, daß sie vermutlich genauso wie Dylan Arios den Führungsstab der *Enterprise* gut aus historischen Aufzeichnungen kannte, die in Memory Alpha gespeichert waren. Nicht nur von dieser Mission, sondern auch von späteren, falls es noch weitere Missionen geben würde. Falls sie alle die nächsten drei Monate überlebten.

McKennon hatte vielleicht gesehen, wie sie alt geworden waren.

Sie mußte genau wissen, an welches Ereignis sich Adajia verblüfft erinnert hatte.

Es war ein beunruhigender Gedanke, daß sie wußte, was aus ihm, aus Mr. Spock, aus McCoy und den anderen werden würde ...

… vor allem aus dem Mitglied der Besatzung, das das Konzil aus der Taufe heben würde.

Kirk verdrängte diesen Gedanken. Als er die Frau durch den Korridor zum Konferenzraum führte, bemerkte er die interessierten Blicke der Leute, die sich in größerer Anzahl als gewöhnlich aus irgendeinem Grund in diesem Teil des Schiffes aufhielten. Von der Besatzung wußte zu diesem Zeitpunkt nur eine Handvoll, was vor sich ging, aber jeder wußte, daß etwas vor sich ging. Die Gerüchte über ein Schiff, das praktisch aus dem Nichts aufgetaucht war, dessen Maschinen nicht von den Sensoren gemessen werden konnten, das keine Subraumeffekte erzeugte, hatten sich in Windeseile unter der Besatzung verbreitet, die immer noch über die Computersperre, die *Nautilus* und das Schicksal von Tau Lyra III spekulierte.

McKennon blickte sich mit offener Neugier um und begrüßte alle Passanten mit einem freundlichen Lächeln. »Wenn ich ehrlich sein soll«, sagte sie, als Kirk zurücktrat, um sie als erste in den Konferenzraum einzulassen, »frage ich mich manchmal, ob Arios' Parteinahme für die Schismatiker nicht in Wirklichkeit irgendein Trick ist, mit dem er sich innerhalb des Konzils Rückendeckung verschaffen will. Trotz seines Charmes war er schon immer erschreckend ehrgeizig bei der Verfolgung seiner eigenen Ziele.«

»So?« Kirk zog einen Stuhl zurück, damit sie darauf Platz nehmen konnte. *Wir könnten doch einfach hierbleiben und reich werden,* hatte Adajia vorgeschlagen. Und ihren Vorsprung von drei Jahrhunderten ausnutzen. Aber es war denkbar, daß Arios' Ambitionen in eine andere Richtung gingen.

»Er kann sich gut verstellen«, sagte sie und blickte lächelnd zu Kirk auf. »Aber Ihnen ist sicherlich aufgefallen, welchen Einfluß er auf seine Besatzung ausübt. So etwas ist jedoch, möchte ich hinzufügen, keineswegs typisch für Starfleet. Ein Meister der höchsten Stufe –

zu dem er geworden wäre, wenn er die nötige Disziplin dazu aufgebracht hätte – kann nicht nur die Handlungen, sondern zu einem großen Teil auch die Gedanken seines Astrogators und seines Empathen kontrollieren. Bis zu einem gewissen Grad sogar ihre Emotionen. Zweifellos hat er den armen kleinen Unterprivilegierten, den er entführt hat, einer gründlichen Gehirnwäsche unterzogen.«

Sie runzelte die Stirn, und ein schmerzvoller Blick trat in ihre tiefen, meergrünen Augen. »Ich schätze, daß er in den zwei Jahren, seit er das Institut des Konzils im Zorn verließ, nach derselben Methode eine überwältigende Anhängerschaft unter den ursprünglichen Dissidenten von Starfleet gewonnen hat. Da die meisten von ihnen verdrahtet sind, war es für ihn ein Kinderspiel. Es gefällt ihm, die Kontrolle zu haben«, schloß sie mit einem ironischen Unterton. »Und es gefällt ihm, Macht auszuüben.«

McCoy und Spock warfen sich einen vielsagenden Blick zu. Kirk wußte, daß sie genauso wie er jedes Gespräch mit dem Meister Revue passieren ließen, um nach Hinweisen zu suchen. Nach etwas, das ihnen einen Anhaltspunkt für die Wahrheit gab. Unter ihrem Kasak zog McKennon eine Ledertasche hervor, die nicht größer als ihre Hand war und an ihrem Gürtel befestigt gewesen war. Mit geschickten Fingern holte sie ein weißes, ovales Instrument aus Plastik heraus und drückte mit einem Fingernagel auf einen grauen Knopf. Dann musterte sie die Bildschirmeinheit auf dem Konferenztisch und nahm eine weitere Einstellung vor.

»Ich denke, das sollten Sie sich einmal ansehen.«

McCoy hob eine Hand. »Bevor wir das tun«, sagte er, »wüßte ich gerne, was für ›Methoden‹ Sie Arios vorwerfen.«

McKennon dachte kurz mit gerunzelter Stirn nach, als würde sie nach der besten und verständlichsten Erklärung suchen. Als McCoy sie betrachtete, hatte auch er ein eigenartiges Gefühl, denn sie erinnerte ihn plötzlich an seine Tochter, die er seit zehn Jahren nicht mehr gesehen hatte. Wahrscheinlich lag es an ihrer zierlichen Gestalt und ihrer Aura der Zartheit, dachte er. Ihre Augen machten jedoch einen ganz anderen Eindruck …

»Leonard …«, sagte eine leise Stimme hinter seinem Rücken.

Und für eine Sekunde sah er seine Frau.

Als er später darüber nachdachte, hätte er nicht mehr beschwören können, daß er sie wirklich gesehen hatte, obwohl er in diesem Moment sicher war, daß er sie aus dem Augenwinkel wahrnahm. Auf jeden Fall versetzte ihm der Anblick einen tiefen Stich. Das Süßgrasparfüm und das Granatrot ihres Kleides, das sie bei ihrer ersten Begegnung getragen hatte, die zerreißende Mischung aus Trauer, Bedauern und Verlangen, die ihm fast den Atem raubte, als er in seinem Sessel herumschwenkte …

Natürlich stand niemand neben oder hinter ihm.

Dieser Verlust war schmerzhafter als der Augenblick des Wiedererkennens.

»Oder auf diese Weise«, sagte McKennon und zog seine Aufmerksamkeit wieder auf sich, ohne daß McCoy wußte, wie sie es anstellte. Sie hatte die gleiche magnetische Anziehungskraft wie Arios. »Bitte … aber es geht auch anders.«

Soweit McCoy feststellen konnte, hatte sich die Domina weder gerührt noch etwas an ihrem Gesichtsausdruck verändert oder auch nur einen Laut von sich gegeben. Sie saß einfach nur mit verschränkten Händen und ernster Miene da. Doch McCoy spürte, wie er eine unvermittelte Abscheu empfand, einen tiefen Widerwillen, als hätte die Frau gerade eine bissige oder unanständige Bemerkung über seine Männlichkeit oder seine Herkunft gemacht. Oder als hätte er beobachtet, wie sie sich eine Made aus dem ungewaschenen Haar gezupft und sie aufgegessen hatte. Unwillkürlich schoß ihm der Gedanke durch den Kopf: *Mein Gott, wie kann etwas so Widerwärtiges auf den ersten Blick so nett aussehen …?*

Aber sie war gar nicht widerwärtig. Ihr Haar war nicht schmutzig, sondern sauber und duftete leicht nach Vanille.

Er hatte keine Ahnung, woher sein plötzlicher Widerwille gekommen war – und wohin er nun verschwunden war.

»Mein Gott!« sagte er leise. Kirk starrte die Frau mit erschütterter Ehrfurcht an, Spock hatte eine Augenbraue erhoben und wirkte zutiefst fasziniert.

McKennon lachte wie Glöckchen in einer abendlichen Brise. »Meine Zimmergenossinnen und ich benutzten diesen Trick, wenn irgendwelche Verehrer zu aufdringlich wurden. Aber nur, wenn wir nie wieder mit diesem Mann ausgehen wollten und wenn wir keinerlei Interesse an seinen Freunden hatten. Es tut mir leid, Doktor, Captain. Verzeihen Sie.«

»Äußerst faszinierend«, sagte Mr. Spock.

»Haben Sie es als Abscheu empfunden?« fragte McKennon ihn neugierig. »Die Nervenimpulse sind bei Vulkaniern anders, aber Sie sind zur Hälfte Terraner, nicht wahr?«

Spock neigte zustimmend den Kopf. »Was ich so faszinierend finde«, sagte er, »ist die Wahl der demonstrierten Emotion.«

In ihren grünen Augen blitzte etwas auf. »Dachten Sie, als Frau würde ich bewirken, daß die beiden sich Hals über Kopf in mich verlieben? Das wäre durchaus möglich.« Ein kaum zu bemerkender rötlicher Hauch strich über ihre Wangen. »Allerdings habe ich damit … gewisse Probleme.« Sie wandte sich hastig ab und berührte wieder ihr kleines Plastikgerät. »Eigentlich bin ich gekommen, um Ihnen das hier zu zeigen.«

Auf den Bildschirmen des Konferenztisches erschien ein körniges Bild der *Nautilus,* die sich als Silhouette vor dem schwefelgelben Schein von Tau Lyra abzeichnete.

»Wir waren an der Grenze der Reichweite unserer Sensoren«, erklärte McKennon leise. »Viel zu weit entfernt, um sie aufhalten zu können. Die Aufzeichnung entstand mit maximaler Vergrößerung.«

Ein Schlitz aus orangefarbenem Licht zeigte an, daß sich die Schotten des Shuttle-Hangars geöffnet hatten. Dann kam etwas Kleines, Schwarzes und Rostiges daraus hervor, lautlos und leicht wie ein metallisches Insekt. Kurz darauf war eine schmutziggelbe Flamme zu erkennen, und das Ding schoß wie ein Pfeil davon, direkt auf die Sonne zu. Fast im selben Augenblick drehte das ramponierte Raumschiff ab und entfernte sich.

»Der erste Kontakt mit der *Enterprise* muß kurz darauf stattgefunden haben.« Die Domina verschränkte ihre manikürten Finger, und auf ihrer Stirn stand immer noch die schmerzhafte Falte. »Ein Projektil mit eigenem Antrieb wie dieses hat den Vorteil, daß es keine Spuren in den Torpedoröhren hinterläßt. Wir wissen, daß die Rebellen solche Waffen bei Überfällen erbeutet haben. Unser eigener Unterlichtantrieb wurde beim Transit durch die Kreuzwege-Anomalie schwer beschädigt. Die *Nautilus* war bereits außer Reichweite, bevor wir mit der Verfolgung beginnen konnten. Danach durchkämmten wir den Sektor, um ihre Spur wiederzufinden. Wir waren vier oder fünf Parsec entfernt, als unsere Sensoren Sie registrierten. Sie hatten die *Nautilus* im Schlepptau. Ist die Besatzung noch an Bord?«

Kirk und Spock tauschten einen schnellen Blick aus. Kirk nickte. »Ja.«

»In Sicherheitsgewahrsam?« fragte sie, schüttelte jedoch im nächsten Augenblick den Kopf. »Nein, das würde Arios nicht zulassen. Wenn Sie diese Leute einsperren«, redete sie weiter, während sie Kirks fragenden Blick musterte, »würden sie Ihnen … auf jeden Fall eine Menge Probleme bereiten.«

McCoy setzte zum Sprechen an, doch Kirk verhindert seine Bemerkung mit einer winzigen Geste.

»Sie dürfen ihre Quartiere vorläufig nicht verlassen.«

In der Tat hatte die Besatzung der *Nautilus* die drei Tage ihres Fluges nach Tau Lyra unter lockerer Bewachung in den Suiten verbracht, die normalerweise für Botschafter reserviert wurden. Es war sowohl Arios' als auch Kirks Wunsch gewesen, daß die Leute meistens unter sich blieben, auch wenn Thad und Adajia inzwischen Bowling-Unterricht genommen hatten, während Raksha in ihrer Nähe geblieben war, um weiteren Zeitparadoxa zuvorzukommen. Im Verlauf der Reise hatte Kirk beobachtet, wie sich neue und tiefere Falten in McCoys Gesicht gegraben hatten, nachdem er die Last des Wissens ertragen mußte, was mit der Galaxis geschehen würde. Er hatte beobachtet, wie Laos unbesorgte Begeisterung erstickt wurde und der junge Mann sich in seine fieberhaften Computeranalysen geflüchtet hatte. Er hatte bis tief in die Nacht gearbeitet, als wollte er damit den Träumen entkommen, die der Schlaf bringen mochte.

Noch vor einer Woche war er sich sicher gewesen, daß Lao einmal zu den besten Offizieren der nächsten Generation von Starfleet gehören würde. Jetzt bezweifelte er, daß der junge Mann nach dem Ende ihrer Mission wieder Fuß fassen würde.

Niemand wußte, ob und wie er damit fertig wurde.

In seinen Phasen trüberer Stimmung stellte Kirk sich die gleiche Frage, obwohl er tief im Innern die Antwort darauf wußte. Er würde weiterhin der sein, der er war, und tun, was er konnte. Und in den fünf Jahren dieser Mission hatte er gelernt, daß es normalerweise immer etwas gab, was man tun konnte, wenn man nicht den Mut verlor.

Manchmal traf er sich spät abends mit Arios, um in der Aussichtskammer auf Deck Zwölf die Sterne zu beobachten. Manchmal sah er, wie der Meister und

Raksha schweigend beieinander saßen, nachdem sie die Reparaturen in der *Nautilus* erledigt hatten – ein Liebespaar, das zu Freunden geworden war. Zwei- oder dreimal hatte er Chapel und Sharnas beobachtet, wie sie im Halbdunkel miteinander sprachen. Kirk wußte, daß auch Chapel in diesen Tagen nur wenig Schlaf fand.

McKennon beugte sich vor. »Haben – oder hatten diese Leute irgendwann Zugang zum Schiffscomputer? Über Bibliotheksterminals, Nahrungsmittelspender oder anderes?«

»Die Lesegeräte in ihren ... Zellen«, sagte Spock, »wurden durch Einheiten ersetzt, die keine Verbindung zum Hauptcomputer haben.«

Sie schien sich ein wenig zu entspannen und seufzte. »Sie sollten diese Leute genau beobachten«, sagte sie. »Auch wenn Sie nicht an eine solche Möglichkeit glauben, Captain, empfehle ich Ihnen dringend, jede Funktion und jedes Programm in Ihren Datenbanken und den Sicherheitssystemen zu überprüfen und eine gründliche Suche nach Viren in allen Systemen durchzuführen. Wir könnten Ihnen dabei helfen, wenn Sie es wünschen. Sie sind äußerst rücksichtslos, Captain Kirk, und sowohl Arios als auch diese Klingonin sind hochintelligent. Sind Sie in der *Nautilus* gewesen? Oder sonst jemand aus Ihrer Besatzung?«

Spock sagte nichts. Er saß mit verschränkten Händen da, so daß die Flecken der künstlichen Haut nicht zu sehen waren.

»Noch nicht«, sagte Kirk.

»Nach fünf Tagen? Sie müßten den Transportercode doch mühelos mit Lyofan in Erfahrung bringen können.«

»Mein Wissenschaftsoffizier warnte mich vor energetischen Anomalien innerhalb des Schiffes«, entgegnete Kirk ausweichend. »Und Arios sprach von Fallen. Wir hatten uns noch nicht entschieden, wie wir am besten vorgehen, als unsere Sensoren die Sonneneruption meldeten. An diesem Punkt nahmen wir die Besatzung der *Nautilus* in Gewahrsam und machten uns mit dem anderen Schiff im Schlepptau auf den Weg nach Tau Lyra. Selbst wenn sie uns den Transportercode gegeben hätten, mit dem wir ihre Schilde durchdringen können, hätte ich es nicht gewagt, bei maximaler Unterlichtgeschwindigkeit einen Transportvorgang zwischen den beiden Schiffen durchzuführen.«

»Ich verstehe«, sagte die Domina.

Kirk deutete mit einem Nicken auf den Bildschirm, der die *Nautilus* wie einen stählernen schwarzen Vogel vor der Sonne zeigte. Der Spalt aus Licht, das kleine schwarze Projektil, das lautlos hervorkam, dann das Aufblitzen des Antriebs. Das Hangartor, das sich wieder schloß, und das rötliche Aufglühen der Triebwerksgondeln der *Nautilus*. Keine Brennspuren in den Abschußröhren der Torpedos. Keinerlei Beweis.

Er hatte nur Arios' Wort und seine wiederholten Warnungen vor dieser hübschen, so zart wirkenden Frau, die jetzt an seiner Seite saß.

»Waren Sie auf dem Planeten?«

McKennon schüttelte den Kopf. Sie kniff leicht die rosafarbenen Lippen zusammen, als wollte sie ein Zittern unterdrücken. »Wir waren uns nicht bewußt, daß sie solche Waffen an Bord hatten, bis unsere Sensoren die Antriebsenergie wahrnahmen«, sagte sie. »Alles, was die Schattenflotte besitzt, hat sie aus unseren Arsenalen und den überfallenen Handelsschiffen gestohlen. Wenn wir es geahnt hätten, hätten wir vermutlich … ich weiß es nicht. Vielleicht die Erste Direktive mißachtet. Sie gewarnt. Irgend etwas …« Ihre Hand beschrieb eine leichte Geiste der Hilflosigkeit.

»Aus welchem Grund haben sie es getan?« fragte Kirk.

McKennon schüttelte den Kopf. »Ich weiß es nicht!« Die Worte brachen fast aus ihr hervor, und sie ballte ihre zarte Hand in verzweifeltem Zorn zu einer Faust.

»Das ist das Schreckliche an dieser Sache! Es war ein völlig harmloses Volk, soweit es aus den verfügbaren Aufzeichnungen hervorgeht. Einfach, friedlich ... in mancher Hinsicht primitiv, trotz ihres bescheidenen technologischen Niveaus. Hat Arios eine Erklärung abgegeben?«

»Er sagt, daß Sie es getan hätten«, warf Spock ein, nachdem er einen kurzen Blick mit dem Captain ausgetauscht hatte. McKennon verzog entsetzt und angewidert das Gesicht.

»Nach Arios' Aussagen«, fügte Kirk hinzu, »handelte es sich bei den Tau Lyranern um eine parapsychisch begabte Spezies, von der sie sich Unterstützung für ihre Rebellion erhofften.«

»Die *Tau Lyraner?*« McKennon starrte ihn fassungslos an. »Die ... Wie haben sie sich selbst genannt? Die Yoons?« Sie schüttelte den Kopf und schloß ungläubig die Augen. »Nein, Captain«, sagte sie leise. »Es stimmt, daß die Yoons zu gewissen parapsychischen Interaktionen imstande waren, die eine Rolle in ihrer Kommunikation spielten, aber ansonsten waren sie ... genau das, was sie zu sein schienen. Eine einfache Kultur, die es geschafft hatte, das Radio zu erfinden, es aber nie bis zu Bomben gebracht hat. Glauben Sie mir, das Institut hat Unterlagen über jede psionisch aktive Spezies der Galaxis aus der Gegenwart und der Vergangenheit. Wir sind ständig auf der Suche nach Verbesserungsmöglichkeiten unserer eigenen Ausbildung und Methode. Wir hätten niemals eine solche ... Vergeudung zugelassen!«

Sie hatte eine Hand auf die Stirn gelegt und ihren Mund verzogen, als hätte sie etwas Giftiges geschmeckt. »Ich kann nur vermuten«, sprach sie nach einer Weile weiter, »daß der Grund etwas mit der Position von Tau Lyra Drei zu tun hat. Natürlich wußten wir, daß der Planet zerstört war. Nach unseren Aufzeichnungen wurde er irgendwann in dieser Zeit durch eine Sonneneruption vernichtet. Nachdem Arios einen

Weg gefunden hatte, mit einem Psi-Sprung durch die Kreuzwege-Anomalie zu gelangen, wollte er vielleicht eine Art … sicheren Stützpunkt in dieser Zeitepoche einrichten. Entweder für die Schismatiker von Starfleet oder aus Gründen, die nur er weiß. Ich habe keinen Beweis dafür, aber ich kenne seine Denkweise.«

»Sie klingen, als würden Sie ihn überhaupt sehr gut kennen«, sagte Kirk.

Ihr Unterkiefer spannte sich an, und die schwarzen Wimpern verschleierten für einen kurzen Moment ihre Augen. »Ja«, sagte sie leise. »Ich kenne ihn gut.« In ihrem Gesichtsausdruck spiegelte sich eine unausgesprochene Vergangenheit, eine Welt bitterer Erfahrungen, als sie mit leerem Blick auf ihre Hände starrte und entschlossen die Lippen aufeinanderpreßte.

Das Schweigen lastete schwer auf den Anwesenden, als befänden sie sich plötzlich tief unter Wasser.

Dann faßte sich McKennon wieder. »Sie sollten ein offizielles Gespräch mit Captain Rial Varos von der *Savasci* führen«, sagte sie schließlich.

Kirk hob eine Augenbraue, verzichtete jedoch auf eine Bemerkung über den romulanischen Namen. Also schienen sich die Romulaner innerhalb der nächsten dreihundert Jahre der Föderation angeschlossen zu haben.

»Nominell leite ich diese Mission«, erklärte McKennon. »Es ist meine Aufgabe, Dylan Arios und seine Leute zur Rechenschaft zu ziehen. Offiziell haben Sie es jedoch mit Captain Varos und seiner Besatzung zu tun. Ich muß zugeben«, setzte sie mit einem flüchtigen Lächeln hinzu, »daß ich hier zunächst … die Lage sondieren wollte. Wie alle Meister des Konzils bin ich ersetzbarer als ein Captain oder ein Schiff von Starfleet. Schließlich hätte Arios die *Enterprise* in der Zwischenzeit in seine Gewalt bringen können. Da ich Arios kenne, war diese Möglichkeit keineswegs auszuschließen.«

»So ist es«, bemerkte Kirk nachdenklich.

Die Domina zögerte und musterte sein Gesicht mit leichter Besorgnis in den schönen grünen Augen. »Sind Sie ... von der Echtheit unserer Beweise überzeugt?« fragte sie nach einer Weile. »Wie gesagt, ich kenne Dylan Arios. Ich bin überzeugt, daß er Ihnen irgend etwas gesagt hat, das Sie zögern läßt, ihn und seine Leute ohne weiteres an uns auszuliefern ... Etwas, das gerade glaubhaft genug klingt. Und er hat Sie dazu bewegt, Ihr Schiff mit moderneren Schilden ausrüsten zu lassen. Ganz gleich, welche Beweise Sie noch benötigen, Captain, ich werde mich nach Kräften bemühen, Sie Ihnen zur Verfügung zu stellen.«

»Vielen Dank«, sagte Kirk. Er dachte darüber nach, ob ihre angenehme und versöhnliche Art etwas mit der Tatsache zu tun hatte, daß sie Arios und seine Leute nicht einfach mit dem Transporter aus der *Enterprise* holen oder ihre eigenen Truppen an Bord beamen konnte. Er stand auf. »Mr. Spock ... ich hätte gerne mit Ihnen gesprochen. Bitte entschuldigen Sie uns für einen Moment, Domina McKennon.«

»Captain«, sagte Spock mit ernstem Unterton in der Stimme, als sie den Konferenzraum verlassen hatten und sich auf den Weg zum Turbolift machten, »im Verlauf dieser Konversation haben Sie alarmierend oft die Unwahrheit gesagt.«

»Deck Drei«, sagte Kirk, worauf der Lift sich in Bewegung setzte und kurz darauf wieder anhielt. Die Hände hinter dem Rücken verschränkt, folgte Mr. Spock seinem Captain interessiert in das Physiklabor, das im Augenblick nur von Dr. Maynooth besetzt war, der sich in seine Analysen der Daten über die Eruption von Tau Lyra vertieft hatte. Genauso wie Lao machte der Physiker den Eindruck, als hätte er seit drei Tagen nicht geschlafen, doch er hatte seinen gewohnten Elan nicht verloren. Was ihn wachgehalten hatte, war nicht Verzweiflung, sondern Faszination. Er blickte nicht einmal auf, als der Captain und der Erste Offizier in den kleinen, stark abgeschirmten Allzweckraum im Hintergrund traten.

»Ich vermute, daß sich die Abhörtechnologie in den nächsten Jahrhunderten verbessert«, sagte Kirk leise. »Also können wir nur hoffen, daß die Abschirmung dieses Raumes ausreicht. Ich werde Domina McKennon bitten, an Bord der *Enterprise* zu bleiben, und sie zu einem Drink in der Offiziersmesse einladen. Ich möchte, daß Sie in dieser Zeit mit Captain Arios einen Weltraumspaziergang machen. In geschwärzten Schutzanzügen, da ich vermute, daß die *Savasci* unsere Aktivitäten genau überwacht. Sie werden zur *Nautilus* hinüberwechseln und sich dort den Boden des Hangars und die Außenschotte ansehen. In Ihrem Bericht erwähnten Sie, daß die gesamte Inneneinrichtung mit Schimmel und Yagghorth-Harz überzogen ist. Ein solches Projektil hätte zumindest dort eine Spur hinterlassen, wo man es startbereit gemacht hat. Wenn Sie irgend etwas finden – Kratzer auf dem Boden oder an den Schotten, provisorische Halteklammern –, dann hätte ich gerne eine Erklärung von Arios.«

Spock neigte den Kopf.

»Sie müssen ohne Bewacher gehen«, sagte Kirk. »Zwei Personen in Raumanzügen werden vielleicht nicht bemerkt – eine größere Gruppe würde sicher auffallen.«

»Selbst wenn Captain Arios wirklich der Verbrecher ist, den Domina McKennon uns präsentiert hat, vermute ich, daß er über genügend logisches Denkvermögen verfügt, um zu erkennen, daß er die *Nautilus* nicht allein manövrieren kann. Und selbst sechs oder sieben Sicherheitskräfte wären ein unzureichender Schutz, wenn er den Yagghorth Nemo rufen sollte, um mich zu überwältigen.«

Dagegen war kaum etwas einzuwenden. Vielleicht

war es ganz gut, dachte Kirk, daß von den Sicherheitsleuten, die Spock und Scotty zu den Reparaturarbeiten in die *Nautilus* begleitet hatten, niemand etwas von der Existenz des Yagghorth gewußt hatte.

Kirk drehte sich um und wollte den Raum verlassen.

»Captain?«

Er wandte sich fragend um.

»Ich habe immer wieder versucht, die Funktion unterschwelliger Motive in der menschlichen Handlungsweise zu ergründen. Läßt sich Ihr Mißtrauen vielleicht darauf zurückführen, daß McKennon zur Demonstration ihrer Fähigkeiten die Empfindung des Widerwillens wählte – statt der näherliegenden Emotion der Zuneigung?«

Kirk lächelte schief. »Sie meinen, sie hat absichtlich vermieden, daß wir uns ›Hals über Kopf in sie verlieben‹, weil sie genau dies unterschwellig schon die ganze Zeit bewirkt hat?«

Wenn Spock kein Vulkanier gewesen wäre, hätte er jetzt vermutlich gegrinst. »Exakt«, sagte er nur.

»Ich fürchte, so rational lassen sich diese Dinge nicht analysieren, Mr. Spock. Also könnte ich mich durchaus irren. Aber da zumindest eine Seite mit massiven Lügen arbeitet, wäre es mir lieber, wenn ich ein paar greifbare empirische Beweise hätte. McKennon behauptet steif und fest, daß dieses Projektil von der *Nautilus* gestartet wurde, aber ich wette um drei Züge in unserer nächsten Schachpartie, daß sie nicht weiß, welche Zustände auf diesem Schiff herrschen. Und ich gehe jede Wette ein, daß sich die Möglichkeiten zur Fälschung visueller Aufzeichnungen in den nächsten dreihundert Jahren erheblich verbessern werden.«

Damit kehrte er durch das Labor zum Turbolift zurück, um die Anwesenden im Konferenzraum und seinen liebreizenden rothaarigen Gast nicht länger warten zu lassen.

»Die *Savasci* ist ziemlich klein für ein interstellares Raumschiff.« Der Ingenieur Montgomery Scott half Mr. Spock beim Anziehen der Handschuhe, schloß die Versiegelung und warf einen fragenden Blick auf Dylan Arios, der gerade den schwarz gefärbten Schutzanzug über seine magere Gestalt zog.

»Man braucht nicht viel Besatzung für ein Sprungschiff«, erwiderte der Meister. »Für ihre Zwecke ist es sogar ein recht großes Schiff. Auf einer zweiwöchigen Mission von der Erde zum Rigel-System und zurück gehen sich die Leute nicht auf die Nerven. Man braucht nicht einmal eine Wäscherei. Man bringt seine schmutzigen Unterhosen einfach wieder mit nach Hause und läßt sie von Muttern waschen.«

Mr. Spock blickte Scott irritiert an, als der Ingenieur in lautes Gelächter ausbrach, verzichtete jedoch auf eine Nachfrage. Die drei Männer in der kleinen Kammer unter der Kontrollzentrale des Hangardecks verloren keine Zeit. Sie ließen die geräumigen Helme einrasten und befestigten die Strahltriebwerke auf dem Rücken. Spock hatte schon mehrmals im luftleeren Raum gearbeitet, und vor allem verfügte er über die Körperkräfte eines Vulkaniers. An den angestrengten Bewegungen von Arios erkannte er sofort, daß der Meister längst nicht so gut in Form war.

»Die Steuerung funktioniert nach dem Reaktionsprinzip«, erklärte er. »Sie drückten den Kontrollhebel auf der Vorderseite einfach in die gewünschte Richtung. Starker Druck, wenn Sie anhalten wollen, noch einmal drücken, um weiterzufliegen. Allerdings rate ich in der gegebenen Situation dazu, daß wir uns einfach am Hangartor in Richtung der *Nautilus* abstoßen, um sichtbare Energiestöße auf ein Minimum zu reduzieren.«

»Verstanden«, kam Arios' heisere Stimme über die Helm-zu-Helm-Verbindung. Scott befestigte den Helm des Meisters, so daß Arios nur noch ein schwarzer

Schatten mit undeutlichem, humanoidem Umriß war. »Wir werden durch die Schleuse neben dem Haupttraktorstrahl einsteigen. Sie läßt sich problemlos von außen öffnen, und in diesem Teil des Schiffes dürften wir nicht allzuviel Atmosphäre verlieren, bevor wir es wieder verschlossen haben.«

Spock und Arios gingen gemeinsam die Checkliste durch, um die Funktionen der Anzüge zu prüfen, während Scott zur Kontrollzentrale hinaufstieg. Mit einem Seufzer schloß sich hinter ihm die Luftschleuse. Um die Risiken temporaler Paradoxa zu minimieren, hatte der Ingenieur den gesamten Bereich vom Personal räumen lassen. Dazu hatte er eine gründliche Überprüfung des Maschinenraums angeordnet, der auch die Besatzungsmitglieder zugeteilt wurden, die normalerweise in diesem Hangar Dienst taten.

Spock drehte sich zum Überwachungssensor um und signalisierte, daß alles in Ordnung war. Dann erlosch die Beleuchtung des Shuttle-Hangars, bis nur noch eine einzige Notlampe im erhöhten Kontrollbereich brannte. Als sie sich den riesigen, gekrümmten Außenschotten näherten, wechselten die gelben Anzeigen über der Kontrollzentrale ihre Farbe allmählich zu Rot, während die Luft abgepumpt wurde. Kurz darauf begann der Boden unter ihren Füßen leise zu vibrieren. Zwischen den dunklen Hälften des Außenschottes erschien ein Spalt aus absoluter Finsternis, der von isolierten Lichtpunkten durchsetzt war.

Natürlich war es für Spock völlig logisch, daß der Absprung vom Rand des Hangardecks in den Weltraum nicht gefährlicher als der Sprung vom Rand des Swimmingpools an Bord des Schiffes war. Im Grunde war es sogar ungefährlicher, da man im Wasser auf den Boden aufschlagen oder gar ertrinken konnte. In einiger Entfernung hing steuerbord die *Nautilus* im Raum, ein finsterer Schatten vor den glühenden Massen des Kreuzwege-Nebels. Wenn die Rebellen alle ihre Schiffe geschwärzt hatten, war es kein Wunder, daß man von der Schattenflotte sprach.

Backbord und ein Stück weiter oben stand die *Savasci*. Sie sah aus wie das abgekoppelte Diskussegment eines Schiffs der Constitution-Klasse, obwohl sie etwas kleiner war. Die Metallhülle war so glatt wie Glas, da es keine sichtbaren Nähte oder Fenster gab, und schimmerte leicht im Licht der Sterne.

Ihr Navigator hatte sie so geparkt, daß von der *Enterprise* aus keine Identifikationsnummer zu erkennen war. Ihr makelloser Perlmuttschimmer war ein krasser Gegensatz zum ramponierten schwarzen Rebellenschiff, das sie bis hierher verfolgt hatte.

Spock hielt sich an den Torhälften fest, die sich etwas mehr als einen Meter weit geöffnet hatten, und blickte zur *Nautilus* hinüber, um die Entfernung abzuschätzen. Im leeren Weltraum war es ein einziger Sprung über etwa einen Kilometer, mitten durch den gestaltlosen Abgrund des unendlichen Raumes.

Es wäre völlig unlogisch, sich deswegen Sorgen zu machen, da die bodenlose Tiefe unter dem Rand des Hangardecks in der Schwerelosigkeit keinerlei Gefahr darstellte. Spock wußte, daß er unter diesen Bedingungen nicht abstürzen konnte, so daß er sich mit der Gleichmütigkeit seines Wissens dem freien Fall überließ. Er orientierte sich an seinem Ziel und stieß sich wie ein Schwimmer vom Beckenrand ab. Er konnte den Gesichtsausdruck von Dylan Arios unter der lichtlosen Helmkugel nicht sehen, aber er bemerkte, daß der Mann lange zögerte, bis er ihm in die Leere folgte.

»Ich habe meiner Besatzung Anweisungen gegeben, daß man Sie ganz einfach mit ›Guten Tag, Domina‹ ansprechen und auf Bemerkungen über das Wetter in diesem Teil des Weltraums verzichten soll«, erklärte Kirk. McKennon blickte ihn zunächst verblüfft an und lachte dann wie ein fröhliches kleines Mädchen. Die Handvoll

Offiziere in der Messe auf Deck Fünf gab sich Mühe, die Frau nicht allzu offensichtlich anzustarren, doch Kirk spürte ganz genau, daß sie im Zentrum der Aufmerksamkeit stand. Auch McKennon hätte blind sein müssen, um es nicht zu bemerken.

»Und ich kann nicht einmal antworten: ›Ach, in meiner Zeit ist es viel sternenklarer‹, damit ich nicht versehentlich die Geschichte verändere und zusammen mit der *Savasci* und Captain Varos spurlos verschwinde.«

»Bis jetzt sind Sie noch nicht verschwunden, also denke ich, daß Sie genau das Richtige gesagt haben.« Kirk führte sie in den Teil der Messe, der normalerweise für Gäste reserviert war. Er bestand aus einer Sitzgruppe in leicht deprimierendem Starfleet-Blaugrau, obwohl man das Ensemble durch eine silbergraue Schale mit ruhigeren Vertretern aus der botanischen Abteilung aufgelockert hatte. Als Kirk und McKennon sich setzten, kam der Fähnrich, der ihnen als Adjutant zugeteilt worden war, an den Tisch und erkundigte sich, was sie trinken wollten.

»Mineralwasser«, bestellte McKennon lächelnd. Kirk entschied sich für ein Bier. Die Lebensmittelsynthetisierer der *Enterprise* hatten normalerweise Probleme mit der Feinabstimmung des Geschmacks, doch dank der Bastelarbeiten von Mr. Brunowski war die Qualität des Bieres im allgemeinen akzeptabel.

»Im letzten Moment ist mir eingefallen, daß es in Ihrer Zeit noch gar kein romulanisches Ale gibt«, sagte die Domina mit einem verzweifelten Seufzer, nachdem der Mann gegangen war. »Das hätte zu einem weiteren Zeitparadoxon führen können. Vielleicht hätte ich es gar nicht erwähnen dürfen. Die Information, daß die Romulaner eines Tages der Föderation beitreten werden, könnte verhindern, daß dieses Ereignis eintritt, oder es völlig verändern ...«

Sie lehnte sich auf der Couch zurück, und Kirks Beschützerinstinkt wurde noch stärker als zuvor. Gleichzeitig empfand er eine gewisse Melancholie, da sie ihn irgendwie an Ruth erinnerte, die Frau, die er während seiner Zeit an der Akademie geliebt hatte.

Dann fragte er sich mit leichter Verärgerung, ob McKennon tatsächlich glaubte, seine Gefühle wären so einfach zu beeinflussen.

»Es überrascht mich, daß Arios nicht längst ein entsprechendes Programm für die Synthetisierer geschrieben hat«, sprach sie weiter, während sie dem Adjutanten, der ihnen die Getränke brachte, ein bezauberndes Lächeln schenkte. »Er besitzt die nötige Arroganz dazu. Er würde vermutlich sagen, daß es nur zu Ihrem eigenen Wohl wäre.«

Sie seufzte und schüttelte leicht den Kopf. Kirk sah, wie Mr. Sulu vom Tisch aufstand, an dem er sich seinem Abendessen gewidmet hatte, und dem Adjutanten eine Hand auf den Arm legte. Es kam zu einer leisen Unterhaltung, auf die verstohlene Blicke von Uhura, Organa und Chekov folgten, die ebenfalls an Sulus Tisch saßen. Alle trugen mehr oder weniger legere Freizeitkleidung, während Chekov mit seinem grellbunten bestickten Kosakenhemd eindeutig der Gewinner des Abends war. Als sie bemerkten, daß Kirk zu ihnen hinübersah, beschäftigten sie sich sofort wieder mit ihren Mahlzeiten, wie Kinder, die man beim Spionieren durchs Schlüsselloch erwischt hatte.

Innerlich verdrehte Kirk die Augen. Jeder an Bord der *Enterprise* hatte sich vor Neugier auf die Besatzung des schwarzen Raumschiffes verzehrt, seit es zum ersten Mal gesichtet worden war, und im Verlauf der folgenden Ereignisse waren die Mutmaßungen aus der Gerüchteküche immer abenteuerlicher geworden.

Kirk hatte bislang nichts dementiert. Nicht einmal, nachdem Maynooth und Miller über die Charakteristik der Programmsperren gesprochen hatten, die Raksha in den Hauptcomputer eingebaut hatte, oder nachdem

Paxson in ihrem Bericht beschrieben hatte, was die medizinischen Untersuchungen von Cooper und Sharnas ergeben hatten. Kirk hatte sich gedacht, daß es besser wäre, die gelegentlichen richtigen Erkenntnisse unter der Lawine von Spekulationen untergehen zu lassen.

Aber er wußte auch, daß es unmöglich war, die Wahrheit längerfristig geheimzuhalten. Es gab zu viele Hinweise, zu viele Leute, die an verschiedenen Aspekten des Rätsels um das schwarze Schiff gearbeitet hatten. Maynooth und Miller hatten den Befehl erhalten, über die außergewöhnlich komplexe Programmierung, die die Sicherheitssysteme der *Enterprise* außer Kraft gesetzt hatte, Stillschweigen zu bewahren, aber jeder der Leute, die sich mit dem Ersatzcomputer auf Deck Neunzehn beschäftigt und versucht hatten, die Programmsperre zu knacken, hatten gesehen, womit sie es zu tun hatten.

Es war nur eine Frage der Zeit, bis jemand die richtigen Schlußfolgerungen zog, genauso wie er selbst, Mr. Spock und Lao es bereits getan hatten. Sie hatten Mr. Scott in den Kreis der Eingeweihten aufnehmen müssen, und obwohl der Chefingenieur vertrauenswürdig war, würde es irgendwann eine Person zuviel geben, die Bescheid wußte. Dann würde irgend jemand die Frage stellen, die auch Kirk auf der Zunge brannte: *Was wird in der Zukunft mit mir geschehen?*

Werde ich die Enterprise *sicher zurückbringen? Oder werde ich – werden meine Besatzung, meine Freunde – in einem Monat oder einem Jahr nicht mehr am Leben sein? Wie lange werde ich leben, und unter welchen Umständen werde ich sterben?*

Außerdem befand sich die Person an Bord, die auf irgendeine Weise für die Entstehung des Konzils verantwortlich war.

Kein Wunder, daß McKennon sie nicht angegriffen hatte und auf keinen Fall versuchen würde, Arios mit Gewalt zu fassen, solange auch nur die geringste Möglichkeit eines Kampfes bestand. Selbst wenn diese Person überlebte, die zur Zeit vielleicht nur eine untergeordnete Rolle an Bord des Schiffes spielte, könnte der Tod von Freunden oder eine Veränderung in der Umgebung ohne weiteres ihre Entscheidungen für die Zukunft nachhaltig beeinflussen.

»Captain.« McKennons sanfte Stimme holte ihn in die Gegenwart zurück. Ihre Augen hatten seinen Blick verfolgt, so daß auch sie die kleine Gruppe am Tisch in der Nähe beobachtete, wo man sich unzweifelhaft in neuen Spekulationen erging, während der Adjutant an die Bar trat, um persönlich einige Drinks zu mixen.

»Sie wissen genausogut wie ich, daß ein Zeitparadoxon um jeden Preis vermieden werden muß.« Sie legte ihm eine kühle Hand auf den Unterarm. »Wie ich Arios kenne, hat er Ihnen ... Dinge über das Konzil gesagt, Dinge, die seiner Ansicht nach Ihre Zukunft betreffen. Vielleicht sogar etwas über ... jemanden an Bord Ihres Schiffes.«

Aha! dachte Kirk, sagte jedoch nichts. Ihre grünen Augen starrten ihn an, suchten verzweifelt in den seinen nach Bestätigung und Verständnis.

»Captain«, sagte sie leise, »Sie müssen mir glauben. Auch wenn Arios Ihnen etwas anderes erzählt hat – das Konzil ist keineswegs eine bösartige Verschwörung, die die Föderation unter ihre Herrschaft gebracht hat. Wir sind ein unabhängiges Forschungs- und Kommunikationskonsortium, das sich laut Vertrag um die Astrogation und den Betrieb von Psi-Sprungschiffen kümmert. Wenn das Konzil nicht gewesen wäre – beziehungsweise die Forschungsorganisation namens Starfield, aus der wir hervorgegangen sind –, wären nahezu alle Zivilisationen der Föderation und der gesamten bekannten Galaxis durch die Seuche ausgelöscht worden.«

»Das verstehe ich«, sagte Kirk, während er sich fragte, ob der flehende Ausdruck ihrer Augen aufrichtig war, ob es sich bei seinen Überzeugungen wirklich noch um seine eigenen handelte oder ob alles auf unterschwellige Impulse ihres verdrahteten Hirnstamms zurückzuführen war.

»Hat Arios ein besonderes Interesse an … jemandem aus Ihrer Besatzung gezeigt? Hat er Sie um einen bestimmten Gefallen hinsichtlich einer Person gebeten? Oder hat er versucht, sich unter vier Augen mit jemandem zu treffen?«

Kirk schwieg eine Weile und dachte über Zeitparadoxa nach.

Er dachte an Edith Keeler, die von der Bordsteinkante einer New Yorker Straße trat.

Die Person, die für die Entstehung des Konzils verantwortlich ist …

Er dachte an graues Wasser, das vom peitschenden Regen aufgewühlt wurde, in dem einfache elektronische Bauteile und Klumpen aus geschmolzenem Plastik schwammen. An Aufzeichnungen von verzweifelten Hilferufen, die sich voller Entsetzen fragten, was mit der Sonne geschah. An verkohlte Leichen in einem Bunker, die noch die Schätze ihrer Kultur in den Armen hielten, die sie nicht mehr in Sicherheit bringen konnten.

Gedankenkontrolle durch Starfleet. Folterszenen in Holovision, in denen ein Mensch immer wieder auf qualvolle Weise starb. Eine frei programmierbare Realität, die sich nach den Anforderungen des Konzils veränderte. Und eine Technik, die Schiffe durch den Weltraum springen ließ, um sie in Minuten von der Erde bis zur Barriere zu befördern.

Die meisten Leute glauben immer noch nicht daran, daß das Konzil für die Verbreitung der Seuche auf Qo'noS und Romulus sorgte …

Er schüttelte den Kopf. Sie versuchte, in seinen Augen zu lesen, um zu erkennen, ob darin vielleicht eine Lüge war.

»Captain«, sagte sie, »aus den Aufzeichnungen weiß ich, daß Sie Erfahrungen mit einem Zeitparadoxon haben. Ich weiß – genauso wie Sie –, daß ein Ereignis auf unglaublich vielen Faktoren beruht und daß unglaublich viele Dinge durch die Veränderung eines Ereignisses bewirkt werden können ... Schon meine Anwesenheit, Ihr Wissen über unsere Zukunft oder die Tatsache, daß Ihre Besatzung sich Gedanken macht und spekuliert, könnte zu einer Katastrophe führen, die sämtliche Zivilisationen der Galaxis vernichtet. Und ich weiß«, fügte sie leise hinzu, »daß es keine einfache Situation für Sie ist.«

Er wich ihren Augen aus, als hätte sie darin die Unsicherheit, die Unentschlossenheit und die Momente der Verzweiflung gesehen.

»Wir verfügen inzwischen über Techniken ... wir *werden* über Techniken verfügen, mit denen sich selektiv Erinnerungen auslöschen lassen. Sie werden einfach entfernt, als hätten sie niemals existiert. Wir könnten jede Erinnerung an Arios, an das, was er Ihnen gesagt hat, und jede Erinnerung an die *Savasci* aus Ihrem Geist und dem der anderen Besatzungsmitglieder löschen. Es dauert nicht sehr lange, aber es ist eine Technik, die sich nur mit dem freiwilligen Einverständnis des Betroffenen durchführen läßt. Ich denke, damit könnten wir Ihnen und Ihren Leuten einen großen Dienst erweisen.«

Pille, dachte Kirk sofort, als er sich an die tiefe Niedergeschlagenheit erinnerte, die sich innerhalb weniger Stunden in das Gesicht seines Freundes eingegraben hatte. Lao, der verzweifelt versuchte, mit seinem Entsetzen zurechtzukommen. Und aus anderen Gründen Miller und Maynooth, Chapel und Scotty – und Spock. Allerdings traute er Spock zu, sein Wissen über die Zukunft für sich behalten zu können.

Diese schreckliche Unentschlossenheit, die ständigen Fragen und Zweifel, was er gegen Ereignisse unternehmen konnte, die weit außerhalb seiner Reichweite lagen, all dies wäre vorbei. Und falls Arios log, falls McKennon die Wahrheit sagte, ließen sich vielleicht Ereignisse abwenden, die viel schlimmer als die Seuche sein würden. Alles würde wieder so sein wie vorher. Alles würde niemals geschehen sein.

Wenn er nur die Gewißheit hätte, daß McKennon sich damit begnügen würde.

12

Fähnrich Lao!« – Er wirbelte herum, sah, daß Chapel ihn angesprochen hatte, und wollte zur Tür des Medikamentenlagers flüchten. Doch Chapel hatte den Raum mit zwei Schritten durchquert und hielt ihn am Arm fest. Er drehte sich herum und wirkte für einen Moment wie eine Schlange, die zubeißen wollte. Er war so bösartig und haßerfüllt, daß Chapel ihn sofort losließ, einen Schritt zurücktrat und befürchtete, er würde sie brutal angreifen.

Eine Weile herrschte bedrücktes Schweigen. Dann wandte er sich ab, senkte den Kopf und hob eine Hand. »Gütiger Himmel … Schwester, es tut mir leid. Es … tut mir leid.« Er sah sie wieder an und streckte ihr zögernd seine zitternde Hand hin, als wäre sie der greifbare Beweis seiner Reue.

»Schon gut«, sagte Chapel, doch sie beobachtete weiterhin aufmerksam sein Gesicht.

Chapel hatte Lao drei- oder viermal auf dem Weg zum oder vom Labor gesehen, in dem sie ihre schlaflosen Nächte damit verbrachte, Spocks Blut auf mögliche Infektionen durch den Yagghorth zu untersuchen – bislang ohne Befund. Daher wußte sie, daß Lao ebenfalls nicht schlafen konnte. Meistens hatte er am Hauptcomputer gearbeitet und penibel alle Daten über den verwüsteten Planeten Tau Lyra III zusammengestellt. In der Raumfahrt kursierte immer wieder das Gerücht, daß es jemandem gelungen war, die Nahrungsspender auf Koffein mit vervierfachtem Wirkungsgrad zu programmieren, und wenn sie ihn ansah, glaubte sie mühelos an eine solche Möglichkeit.

Er hatte sich gut gehalten, dachte sie, zumindest bis zu ihrem Besuch auf dem Planeten an diesem Vormittag. War es wirklich erst heute früh gewesen? Nach den visuellen Aufzeichnungen hatte er die Exkursion gut verkraftet.

Doch während der Besprechung war er leichenblaß gewesen und hatte kaum ein Wort gesagt, als wäre das, was er in der dunstigen und stürmischen Hölle gesehen hatte, der letzte Tropfen gewesen, der das Faß seines Entsetzens zum Überlaufen gebracht hatte. Er war erst einundzwanzig Jahre alt, dachte sie, und er hatte sich drei Tage lang angestrengt, nicht an das zu denken, was er über die Zukunft seiner Welt wußte. Doch so etwas ließ sich nicht auf Dauer verdrängen.

»Haben Sie ein wenig geschlafen?« fragte sie freundlich. »Sie sind sofort nach der Besprechung gegangen …«

Er schüttelte den Kopf. »Ich kann im Augenblick nicht schlafen«, sagte er. »Ich … ich habe hier nach etwas Nedrox gesucht. Ich muß unbedingt die Computeranalyse unserer Funde auf dem Planeten abschließen …«

»Dazu ist auch noch morgen Zeit«, sagte Chapel, doch Lao winkte heftig ab, als wollte er diesen Gedanken von sich wegschieben. Obwohl die zweite Schicht längst begonnen hatte, trug er immer noch seine Uniform, die schwarze Hose und das goldfarbene Hemd mit dem einzelnen Streifen eines Fähnrichs auf dem Ärmel. Nach der Besprechung war Chapel in ihr Quartier gegangen, um ein wenig zu schlafen. Aber sie hatte schlecht geträumt, von unerträglicher Hitze und dem Anblick verdrehter, mumifizierter Leichen, die zerplatzte und geschmolzene Reste in den Händen hielten …

»Nein, es … es wird schon gehen.« Er wandte sich

zum Gehen, doch dann drehte er sich noch einmal zu ihr um. Tiefe Falten säumten seine dunklen Augen.

»Wissen Sie, was Thad mir erzählt hat?« fragte er mit einer Stimme, die von Schrecken und Ermüdung gebrochen war. »Ich habe ihn gefragt … ob es stimmt, daß die Genmanipulatoren des Konzils die Unterprivilegierten so gezüchtet haben, wie sie sind. Er schien überrascht, daß ich ihn überhaupt fragen mußte. Er sagte, daß sie bereits als Kleinkinder ihr Implantat erhalten, bevor die Fontanelle in der Schädeldecke zuwächst. Sie erhalten Stimulatoren für Schmerz und Freude. Auf diese Weise arbeiten sie besser und sind zufriedener …«

Er schüttelte den Kopf, wie ein Tier, das von Fliegen geplagt wurde.

»Sie sind an Bord gekommen, nicht wahr?« fragte er, nachdem er eine Weile darum gekämpft hatte, sich zu beruhigen.

Chapel nickte. »Die Domina McKennon. Sie ist allein gekommen.«

Er kniff die Lippen und Augen zusammen. Trotz seiner Erschöpfung, die sein Gesicht älter machte, wirkte er für sie immer noch sehr jung.

»Zhiming.« Sie trat näher und berührte seinen Arm. Obwohl er zusammenzuckte, wich er diesmal nicht vor ihr zurück. »Zhiming, Sie sind müde. Erschöpft. Ich rate Ihnen dringend, in Ihr Quartier zu gehen und sich etwas Schlaf zu gönnen. Ich werde Ihnen etwas verschreiben, Cillanocylen …«

»Nein«, sagte er hastig. »Nein, es geht schon. Ich … ich werde jetzt in mein Quartier gehen. Sie haben Recht. Ich brauche wirklich etwas Ruhe.«

Er machte kehrt und wankte durch die Tür nach draußen. Chapel blickte ihm noch eine Weile nach, bis sie schließlich zögernd zum Medikamentenschrank ging und die Anzeige auf dem Behälter mit dem Nedrox ablas. Die Leuchtziffern zeigten denselben Inhalt wie gestern an, doch Chapel erinnerte sich, daß

Lao ein Computerexperte war, der vermutlich ohne weiteres die Anzeigen verändern konnte. Normalerweise war er absolut vertrauenswürdig, aber sie wußte, daß er jetzt nicht mehr klar denken konnte. Sie tippte ihr Paßwort ein und zählte persönlich die Kapseln mit dem starken Aufputschmittel nach.

Die Anzahl stimmte mit der Anzeige überein. Er hatte sich keine genommen.

Als sie sich wieder in ihr eigenes kleines Labor zurückzog, erinnerte sie sich an alles, was Zhiming ihr über seinen älteren Bruder Qixhu erzählt hatte. Kein Wunder, daß er sich um Thad kümmerte und ihn vor jedem beschützen wollte, der ihm unrecht tat. Dieses Wissen in Verbindung mit dem, was er auf dem verwüsteten Planeten gesehen hatte, mußte ihn am Ende der Besprechung überwältigt und in stummer Verzweiflung aus dem Raum getrieben haben.

Sie versuchte, diese Gedanken zu verdrängen, als sie die Meßwerte der letzten Untersuchungen von Coopers, Sharnas' und Arios' Verdrahtung abrief. Das Wachstum der beschädigten Bereiche war äußerst langsam, aber unzweifelhaft feststellbar. Arios hatte gesagt, daß sich das Geflecht alle zwei bis drei Monate erneuerte – »je nach dem«. *Je nach was?* hatte McCoy gefragt. Arios hatte einen Moment lang mit leerem Blick vor sich hin gestarrt und dann den Kopf geschüttelt.

Wie würde es sich wohl anfühlen, fragte sie sich erschaudernd, wenn man genau wußte, was in einem war? Und daß es unaufhaltsam wuchs? Feine Drähte verbanden sich mit Nervenenden, bis man die Stimme der Meister in seinem Kopf flüstern hörte. Vielleicht die angenehme, vernünftige Stimme von Germaine McKennon …

Trotzdem …

Sie nahm die Tomographien in die Hand und studierte sie gründlich. Dann rief sie die Aufzeichnung ihres Gesprächs mit Arios über dieses Thema auf.

Sie erhielt nur die Meldung SICHERHEITSCODE ROT.

Die Aufzeichnung war genauso wie alles andere, das etwas mit der Zukunft zu tun hatte, gesperrt worden.

Für Chapel war es jedoch weniger tragisch, da sie schließlich an dem Gespräch beteiligt gewesen war. Soweit sie sich erinnern konnte, hatte Arios gesagt, daß Sharnas' Verdrahtung vor fünf oder sechs Wochen gekappt worden war und die von Cooper vor fast acht Wochen.

In ihrem Kopf kristallisierte sich allmählich eine Theorie heraus. Sie legte die Tomographien in die verschließbare Schublade ihres Schreibtisches zurück und machte sich auf den Weg zu den Botschaftersuiten auf Deck Fünf.

Als sie eintrat, war es ungewöhnlich still in der Suite, denn normalerweise war ständig das gutmütige Gezänk der *Nautilus*-Besatzung zu hören. Chapel fragte sich einen Moment lang, ob die Rebellen einen neuen Fluchtplan verwirklicht hatten. Doch kurz darauf hörte sie Adajias Stimme aus dem Schlafzimmer. »Versuch es mit dem nächsten Kanal«, sagte die Orionerin. Als Chapel durch die Tür trat, sah sie die Leute, die sich um den lahmgelegten Interkom-Anschluß an der Wand drängten. Raksha hockte auf dem Bett und horchte an einem Kommunikator – den eigentlich keiner von ihnen haben durfte. Sie hatte das Gerät mit mehreren Drähten an das Innenleben des Interkoms angeschlossen.

»Haben Sie etwas aufgeschnappt?« fragte Chapel freundlich. Die Klingonin warf ihr einen halb mißtrauischen, halb ironischen Blick zu.

»Nur die üblichen Gerüchte.« Sie löste die Drähte und steckte den Kommunikator völlig unbefangen in eine Tasche ihrer Rüstung. Dann schob sie die losen Drähte in die Wandöffnung zurück und schloß die Verkleidung des Interkoms. Durch ihre jahrelange Freundschaft mit Uhura wußte Chapel genau, daß ein gewöhnlicher Interkom-Anschluß erheblich weniger Drähte besaß. Das bedeutete, daß die Klingonin Werkzeuge gestohlen oder gebastelt hatte, um die Elektronik der Suite für ihre eigenen Zwecke zu nutzen.

»Nach Auskunft von Fähnrich DeNoux in der Offiziersmesse sitzen Ihr Captain und die Domina immer noch gemütlich bei einem Drink und plaudern. Sagen Sie Kirk, daß er sich vor ihr in acht nehmen soll, Chapel. Sie ist Schlangengift, das sich als Muttermilch tarnt.«

»Ich vermute«, sagte Chapel ruhig, »daß sie Captain Kirk mit ähnlichen Worten vor Arios warnt. Sie werden Ärger bekommen, wenn man bei Ihnen den Kommunikator findet«, fügte sie hinzu und streckte Raksha eine Hand entgegen.

»Sie haben den Meister mitgenommen«, sagte Thad, der mit einem flehenden Blick in den dunklen Augen zu ihr trat. Wenn Cooper ihnen die Wahrheit gesagt hatte, dachte Chapel unbehaglich, war es kein Wunder, daß der arme Kerl ständig verängstigt aussah und ihn das Wissen, sich in einem Starfleet-Schiff zu befinden, vor vier Tagen im Transporterraum fast in den Wahnsinn getrieben hatte.

Chuulak, hatte Adajia gesagt. Eine öffentliche Bestrafung mit dem Zweck, die Zuschauer abzuschrecken. Wer wußte, was man ihm angetan hatte …

»Vor zwanzig Minuten kamen Mr. Spock und ein Sicherheitswächter und haben ihn in aller Eile weggebracht«, sagte Raksha. »Der Meister schien keine Einwände zu haben. Jedenfalls hat er uns gesagt, daß wir hierbleiben sollen …«

Chapel dachte, daß es den Rebellen ähnlich sah, unter diesen Umständen in ihrem Gefängnis zu bleiben – nicht weil draußen auf dem Korridor eine Wache stand, sondern weil ihr Meister es ihnen befohlen hatte. »Könnte Sharnas mentalen Kontakt mit ihm aufnehmen?« fragte sie. »Zumindest um sich zu vergewissern, daß es ihm gutgeht? Denn ich bin davon überzeugt, daß mit ihm alles in Ordnung ist.« Sie mußte auf jeden Fall versuchen, diese Leute zu beruhigen, da Raksha offensichtlich eine Möglichkeit gefunden hatte, das Kommunikationssystem des Schiffes anzuzapfen, und das bedeutete vermutlich, daß sie von hier aus auch an den Hauptcomputer herankam.

»Nicht solange die Domina an Bord ist«, sagte Cooper, der neben Raksha auf der Bettkante saß. »Wir wissen nicht, wieviel Kirk ihr erzählt. Wenn Sharnas nach dem Meister rufen würde, könnte sie den mentalen Impuls spüren.«

»Würde sie es auch bemerken, wenn Sharnas nur passiv lauscht?« fragte Chapel.

»Wenn die Domina ihn in der Gewalt hat«, sagte Phil, »ist er vielleicht nicht mehr in der Lage, seine Fähigkeiten einzusetzen.«

»Aber die Domina ist doch mit dem Captain in der Offiziersmesse!«

»Das war sie zumindest vor zehn Minuten«, warf Raksha ein.

Chapel ging in das Wohnzimmer hinüber und musterte die unbeschädigte Interkom-Einheit an der Wand. Sie tippte die Zahlen 5-24 ein – zögernd, da sie diese Nummer nicht häufig wählte.

»DeNoux hier«, meldete sich der Adjutant, der an diesem Abend hinter der Bar Dienst tat.

»Neil, sind sie noch da?« Chapel hatte ihre Stimme zu einem verschwörerischen Flüstern gesenkt. »Was treiben die beiden?«

Sie glaubte, beinahe das Grinsen in seiner Stimme hören zu können. »Soweit ich von hier aus sehen kann, hat sie ihm bereits eine Hand auf den Arm gelegt, während er ihr vermutlich Geschichten aus seiner Zeit an der Akademie erzählt. Hast du vielleicht eine Ahnung, wer diese Frau ist, Chris?«

Als Muttermilch getarntes Schlangengift.

»Ich habe noch nie ein solches Schiff gesehen, aber ich kann nicht erkennen, daß sie einen Translator benutzt.«

»Ich weiß nur, was McCoy mir erzählt hat«, log Chapel. »Sie ist irgendeine wichtige Persönlichkeit ... aber wenn du etwas mehr herausfinden könntest ... Sie hat nicht zufällig etwas Exotisches bestellt, oder?«

»Mineralwasser!« DeNoux, ein Biertrinker, klang leicht angewidert. »Miller gibt alle Daten in den Computer ein, um eine Wahrscheinlichkeitsanalyse durchzuführen.«

»Halte mich auf dem laufenden!«

Sie unterbrach die Verbindung und drehte sich zu Raksha um. Sharnas hatte sich auf das zweite Bett gelegt, die Augen geschlossen und sich entspannt. Er atmete ruhig und gleichmäßig, und sein Gesicht sah aus, als würde er schlafen.

»Sie haben ganz richtig vermutet, daß sie Ihrem Captain ähnliche Geschichten über den Meister erzählt wie die, die wir Ihnen über McKennon und das Konzil berichtet haben.« Die Klingonin verschränkte die Arme und blickte Chapel mit ernstem Gesichtsausdruck an. »Die Meister arbeiten am liebsten mit gezielten Informationen – und mit Verleumdungen. Die Domina versucht ihn wahrscheinlich gerade davon zu überzeugen, daß die Yoons plötzlich die Raumfahrt und Phaserwaffen entwickelt haben und in zwei Jahren einen blutigen Krieg gegen die Föderation geführt hätten, wenn man tatenlos zugesehen hätte.«

Cooper, der bemerkte, wie sich Chapels Unterkiefer anspannte, sagte: »Sie hätten hören sollen, was die Meister über die Organianer erzählten, nachdem sie ...«

»Nemo ...«, flüsterte Sharnas plötzlich.

»Ich wußte, daß es eins der alten Schiffe der Constitution-Klasse war. Es wurde lange vor der Einführung des Psi-Antriebs gebaut.« Die heiseren Echos von Dylan Arios' Stimme hallten unheimlich durch die langen Frachtkorridore auf Deck Dreiundzwanzig. »Man erkennt es an den Maschinen. Wer weiß, warum sie nicht schon längst verschrottet wurde? Sie hat jahrelang Erz befördert, und es ist nicht zu übersehen, daß sie mehrfach schwer beschädigt wurde. Doch ihr Besitzer muß sie mit einem Psi-Sprungantrieb ausgerüstet haben, bevor das Konzil sich das Monopol auf die Patente sichern konnte. Ich vermute, das geschah zu einem Zeitpunkt, als das Konzil noch nicht alle kleineren Firmen vom Markt verdrängt und den kompletten Frachtverkehr unter Kontrolle gebracht hatte.«

Die Liftröhre, vermutete Spock, mußte etwa seit derselben Zeit nicht mehr in Betrieb gewesen sein, wenn man nach der Dicke der Schicht aus *Vescens zicreedens* ging, die die Wände und verrosteten Türen bedeckte. Sie benutzten die Jefferies-Röhre, die neben dem Schacht verlief, durch den immer wieder nichtidentifizierbare Geräusche hallten. Die kleine Schleuse neben dem Traktorstrahl ließ sich eigentlich nur durch einen Code öffnen, den man in eine seitlich angebrachte Konsole eingeben mußte, doch der Meister hatte sie einfach mit manueller Bedienung öffnen können.

»Phil und ich flohen in einem Schiff namens *Antilope* aus der Akademie, doch als wir zurückkamen, um Sharnas zu holen, wurde es in Stücke geschossen. Die Schwerkraft war ausgefallen, und es hatte mindestens zwanzig Lecks. – Im Diskussegment ist noch Luft, aber ich übernehme keine Garantie, ob sie noch atembar ist.«

Spock hob eine Augenbraue. Sie hatten die Scheinwerfer von den Anzügen mitgenommen, die sie im Maschinenraum neben dem schon lange nicht mehr funktionsfähigen Traktorstrahl zurückgelassen hatten, und die dürftige Beleuchtung reichte gerade aus, um die Korrosion und den Schimmel auf den glitschigen Sprossen zu erkennen. An einigen Stellen wiesen die

Wände Rußspuren und Löcher auf. Das Schiff schien zumindest teilweise ausgeschlachtet worden zu sein. Oder waren es Kampfspuren? Aus der Zeit der Kriege nach der Seuche?

»Es wäre durchaus denkbar, daß die Luft im Diskussegment noch schlechter als in den unteren Räumen ist«, sagte er nachdenklich. »Auch wenn ich kaum glaube, daß es schlechtere Luft geben kann.«

Arios lachte. Sein Atem hinterließ eine kleine Dunstwolke im schwachen Licht. Spock wußte, daß sich ein oder zwei Decks höher der feuchtheiße Lebensraum des Yagghorth befand, doch hier unten gaben die verrosteten Heizspulen kaum noch Wärme ab. Allerdings unterdrückte die Kälte den Gestank der vielfältigen Schimmelpilze und den Ammoniakgeruch der Bohrglimpfe. Spock war froh, daß er den dünnen Wärmeschutzanzug unter seiner Uniform trug. Der Meister jedoch zitterte sichtlich in der Kälte. Von seinen früheren Fernmessungen dieses Schiffes wußte Spock, daß es im Diskussegment noch kälter war.

»Für die Yagghorths scheint es überhaupt keine Rolle zu spielen, wie groß oder klein ihre Schiffe sind«, sagte Arios nach einer Weile. »Für sie ist es einfach ihre Eierschale, ihr vielkämmriges Schneckenhaus. *Ich könnte in eine Nußschale eingesperrt sein und mich für einen König von unermeßlichem Gebiete halten ...*«

»*... wenn nur meine bösen Träume nicht wären*«, vervollständigte Spock leise das Zitat. Plötzlich kam ihm die Idee, ob auch Nemo, der geistig mit Sharnas verbunden war, Alpträume hatte.

Aus der Dunkelheit hörte er von unten ein Geräusch, ein schwaches Poltern und Scharren. Er drehte den Kopf und blickte in die undurchdringliche Finsternis der Decks, die unter ihnen lagen. Sein eigener Schatten schluckte das meiste Licht der schwachen Lampe. Dennoch hatte er das unbestimmte Gefühl, daß etwas Großes und Dunkles schwerelos in der Dunkelheit unter ihm schwebte, von rudimentären Flügeln in der Luft gehalten, die haarlosen Spinnenbeine angewinkelt, die Tentakel schlaff herabhängend und die Krallen, Zähne und Organe feucht glänzend.

Sein logischer Verstand sagte ihm, daß Nemo keine Gefahr mehr für ihn darstellte. Arios konnte die *Nautilus* niemals allein manövrieren. Selbst wenn McKennons Version der Geschichte den Tatsachen entsprach, wäre es für Arios der Gipfel der Dummheit, wenn er Spock ermordete oder von Nemo ermorden ließ. Spock rief sich ins Gedächtnis, wie ruhig er beim Schritt vom Hangardeck in den bodenlosen Abgrund der Unendlichkeit gewesen war, weil er wußte, daß er ohne Schwerelosigkeit nicht abstürzen konnte. Und er erinnerte sich an seine leichte Ungeduld angesichts Arios' unverkennbarer und äußerst unlogischer Furcht. Er versuchte, den Adrenalinausstoß und den plötzlichen Schmerz in seinen angebrochenen Rippen zu unterdrücken, die nach den Geräuschen hinter seinem Rücken eingesetzt hatten. Dabei empfand er das unangenehme menschliche Gefühl der Verärgerung, weil es ihm so schwerfiel.

»Nemo«, murmelte Sharnas. Seine langen Wimpern warfen halbmondförmige Schatten auf seine Wangen, als er wie im Schlaf unruhig den Kopf hin und her warf. »Er ist … sie sind … Dunkelheit. Enge. Hinterer Wartungsschacht.« Er holte tief Luft und stieß sie wieder aus. »Das Ei.«

»Sie sind auf der *Nautilus*«, sagte Cooper mit besorgtem Stirnrunzeln. Er blickte zu Christine hinüber, die sich ihm gegenüber auf die Bettkante gesetzt hatte, während Thad und Adajia sich um den Vulkanier drängten. Nur Raksha hatte ihren Platz auf dem anderen Bett in der Nähe des Interkom-Anschlusses nicht verlassen. Sie hatte die Hände vor dem Gesicht verschränkt, als wollte sie den Ausdruck ihres Mundes verbergen.

»Die Turbolifte funktionieren schon seit Ewigkeiten nicht mehr«, erklärte Cooper. »Und die meisten Wartungsröhren sind nicht überall passierbar. Offenbar sind sie zu den modifizierten Decks unterwegs – in die ursprüngliche Yagghorth-Höhle unter den Maschinen. Oder irgendwo in der Nähe.«

»Was, zum Teufel, macht er auf der *Nautilus?*« fragte Adajia.

»Spock ist bei ihm«, sagte der Empath nach einer Weile. »Nemo … atmet seinen Geist …« Eine Sorgenfalte entstand zuckend zwischen den schrägen Augenbrauen, dann verstummte er wieder.

»Vielleicht hat Spock bei den Reparaturarbeiten einen Schraubenzieher vergessen!« warf Thad begeistert ein.

»Ich kann zur Not verstehen, daß sie den Meister in unser Schiff bringen, solange die Domina an Bord der *Enterprise* ist«, sagte Cooper, »aber …«

»Nein«, erwiderte Chapel. »Sie müssen nach irgend etwas suchen.«

»Stimmen«, sagte Sharnas unvermittelt. »Nemo … saugt sie auf … aus der Finsternis …« Der Vulkanier zuckte zusammen, und sein Gesicht verzog sich vor Schmerz. »Ich kann nicht … ich fühle sie … Es sind die Stimmen aus der Mine. Stimmen aus der Mine. Ich höre sie …«

Raksha und Cooper blickten sich verdutzt an, und Chapel spürte, wie ihr eiskalt wurde. Sie beugte sich vor, ohne Sharnas zu berühren, da sie seine Trance nicht stören wollte, doch ihr Herz raste in ihrer Brust.

»Was für Stimmen?« fragte sie so sanft, wie sie konnte. »Die Stimmen der Toten?«

»Stimmen …« Er sprach jetzt keuchend, und seine Hände zitterten. »Ich höre sie. Nemo … trinkt sie. Er streckt die Fühler seines Geistes aus … und ergreift sie damit. Stimmen wie die, die ich in der Mine hörte. Die Yoons.«

Er sog zischend den Atem durch die Zähne ein, und

sein Gesicht verzerrte sich vor Schmerz und Entsetzen. Er hob suchend die Hände, und Chapel hielt sie in den ihren fest. Sie waren eiskalt.

Unmöglich, dachte sie, es war unmöglich – aber trotzdem sah sie ihn wieder, wie er knietief im Schmutzwasser der Mine von Ruig gestanden hatte, während überall die Leichen verstreut lagen, im Tod erstarrt. Und über die Helmverbindung hörte sie ihn hoffnungslos flüstern: *Ich höre ihre Stimmen. Die Stimmen der Toten.*

»Die Yoons rufen.« Seine Stimme war schwach und verzweifelt, wie ein Kind, das im Alptraum nach seiner Mutter rief. »Die Weisen, die Lehrer des Geistes. Sie leben. Sie sind gefangen. Sie rufen um Hilfe.«

Im Vergleich zur Dunkelheit des Hangardecks der *Enterprise* wirkte die schwarze Unendlichkeit des Weltraums, die mit einem leuchtenden Puder aus Sternen bestäubt war, recht hell. Ein Spalt aus unheimlichem Licht, das in eine tiefere Finsternis fiel und sogar einen blaßgrauen Schatten auf den Betonboden warf. Von der abgedunkelten Kontrollzentrale aus beobachtete Christine Chapel die zwei winzigen humanoiden Umrisse, die den unteren Teil des Spaltes verfinsterten und sich unbeholfen in der plötzlichen Schwerkraft bewegten.

Sie erkannte sofort an der Größe und Haltung, wer Spock war.

Sie glaubte sogar, sie würde ihn überall wiedererkennen.

Neben ihr drückte Mr. Scott auf eine Taste. Der Spalt zwischen den Hangartoren wurde schmaler, bis sie sich schlossen und den Traum vom Weltall aussperrten.

Nüchterne rote Warnlampen begannen zu blinken, als der Hangarraum mit Luft gefüllt wurde. Im wechselnden Lichtschein sah Chapel, wie Spock und Arios sich schwerfällig auf den Weg zum Schott unter dem Kontrollturm machten. Ihre Rückentriebwerke schaukelten wie Kamelhöcker hinter den anonymen, blickdichten Kugeln ihrer Helme. Als sie das Schott erreicht hatten, war das Licht der Warnlampen gelb geworden. Scott schaltete die Hallenbeleuchtung ein, als der Druckausgleich abgeschlossen war, und Chapel folgte ihm über die Metallstufen der Treppe nach unten.

»Haben Sie gefunden, wonach Sie gesucht haben?«

»In der Tat, Mr. Scott.« Spock hob die große Helmkugel von den Schultern. Der schwarzhaarige Kopf, der nun zum Vorschein kam, wirkte recht klein über dem grauen Metall des Helmverschlusses. Er erkannte Chapel und begrüßte sie mit einem freundlichen Nicken. »Schwester Chapel.«

Er hatte sie nur ein einziges Mal Christine genannt – als er das Gefühl gehabt hatte, ihr eine Erklärung schuldig zu sein. Natürlich sprach er auch den Captain fast nie mit dem Vornamen an, obwohl die beiden im Laufe der Jahre eine tiefe Freundschaft und Vertrautheit entwickelt hatten – soweit der Vulkanier dies eben zuließ. Mehr war ihm einfach nicht möglich. Der Hang zur menschlichen Kumpanei lag einfach nicht in der Natur eines wahren Vulkaniers.

»Mr. Spock«, sagte sie, »wenn Sie einen Moment Zeit hätten, würde ich Sie gerne in einer dringenden Angelegenheit sprechen. Captain Arios ebenfalls.«

Spock hob eine Augenbraue um ein winziges Stück an, wandte sich dann jedoch an Scott. »Ist Ihnen bekannt, ob sich die Domina McKennon noch an Bord befindet?«

»Es heißt, daß der Captain sie gerade zum Transporterraum zurückgebracht hat.«

Plötzlich öffnete sich auf der anderen Seite des Hangars die Tür. Spock und Scott blickten sich sofort um. Sicherheitswächter Wolfman hatte die strikte Anweisung, niemanden einzulassen. Chapel war der Zugang erst gewährt worden, nachdem Dr. McCoy sein Einverständnis über Interkom gegeben hatte.

Captain Kirk lief mit langen Schritten wie ein jagender Löwe über die graue Oberfläche. Die Bewegungen seines Kopfes und seiner Schultern verrieten ungeduldige Energie. Chapel kannte diese Symptome. Genauso wie der arme Lao kämpfte er auf seine eigene Art und Weise gegen das, was er wußte. Scott hatte Arios dabei geholfen, die klobigen Handschuhe auszuziehen, und wandte sich zum Gehen, doch Kirk gab ihm ein Zeichen, daß er bleiben sollte.

»Was haben Sie entdeckt?«

»Die Hangartore der *Nautilus* sind fugenlos mit Rost und Schimmel überzogen«, meldete der Wissenschaftsoffizier. »Der Boden ist zentimeterdick mit Harz, Schimmel und Johnson-Flechte bedeckt, ebenso sämtliche Frachtschleusen und Ladeschlitten. Sie wurden seit mindestens dreißig Standardjahren nicht mehr benutzt.«

Arios zuckte die Schultern. »Schon im Institut wurde ich ständig ermahnt, weil ich mein Zimmer nicht sauberhalten konnte.«

Kirk stand eine Weile reglos da. Dann schloß er kurz die Augen und stieß einen schweren Seufzer aus. »Endlich«, sagte er leise. »Endlich haben wir einen Beweis, der uns zeigt, wer lügt und wer die Wahrheit sagt.«

Er hielt ein kleines Gerät aus weißem Plastik hoch. »Dann ist das hier eine Fälschung.« Er reichte es Arios. »Es ist eine Bildaufzeichnung, die zeigt, wie aus dem Shuttle-Hangar der *Nautilus* ein Projektil mit hochkomprimierten Fusionstorpedos gestartet wird, Kurs Tau Lyra. Die Computer konnten keine Manipulation feststellen.«

»Tsss!« Mr. Scott verzog angewidert den Mund. »Die Unschuld vom Lande hat es faustdick hinter den Ohren!«

»Werden Sie morgen eine weitere Gruppe zur Untersuchung der Hangartore hinüberschicken?« Arios zwängte sich aus dem Druckanzug und wischte sich den Schweiß von der Stirn. »Ich würde nämlich sämtliche Dilithium-Vorräte der *Nautilus* darauf verwetten, daß sie dann deutliche Spuren einer Öffnung aufweisen.«

»Dagegen würde ich keine lockere Schraube setzen«, sagte Kirk grimmig. »Ich werde mich um einundzwanzig Uhr in der *Savasci* einfinden, um mit Captain Varos zu sprechen. Wenn sie über Waffen verfügen, mit denen sie das gesamte Leben auf einem Planeten vernichten können, weiß niemand, wozu sie außerdem noch fähig sind. Die Frage ist nur, wie wir die *Nautilus* zum Kreuzwege-Nebel und zurück in Ihre Zeit bringen können, ohne daß die *Savasci* das Feuer eröffnet.«

Scott grinste. »Nun, Captain, wenn ich mich nur zehn Minuten lang mit den Maschinen des Schiffes beschäftigen könnte ...«

»Captain«, sagte Chapel. »Es gibt da noch ein weiteres Problem. Sharnas sagt, Nemo hätte mentale Impulse aufgefangen, die genauso klingen wie die, die Sharnas in der Mine auf Tau Lyra Drei wahrgenommen hat. Er ist davon überzeugt, daß einige von ihnen überlebt haben.«

Neunzehn Uhr und zehn Minuten. Der Besuch der *Savasci* war auf einundzwanzig Uhr angesetzt. Captain Kirk seufzte und rieb sich die Augen. Er war hundemüde.

»Wir brauchen eine psionische Verstärkung, damit ich von hier aus eine stabile Verbindung mit Nemo aufbauen kann«, sagte Arios und schlang die Arme um seine angewinkelten Knie. Er saß zwischen Raksha und Phil auf dem Boden der Botschaftersuite und sah im schwachen Licht sehr fremdartig aus. Seine Gelenke schienen anders als bei Menschen gebaut zu sein, und das schweißverklebte grüne Haar verlieh seinem Schädel außerirdische Proportionen. Die Gene eines Rembegil waren mit denen eines Menschen kombiniert worden, um den Streß der empathischen Verdrahtung ertragen zu können, hatte Cooper gesagt. Normale Rembegil überlebten den ersten geistigen Kontakt mit einem Yagghorth nicht. Kirk fragte sich, was das ›unabhängige Forschungs- und Kommunikationskonsortium‹ sonst noch entwickelt haben mochte.

»Wie können Yoons tief genug in den Minen überlebt haben, um vor der Hitze geschützt zu sein?« Chapel, die neben Kirk an der Tür stand, beugte sich zu ihm hinüber. »Ich war dort«, sagte sie leise, während Arios weitersprach. »Ich habe die gesamte Umgebung mit dem Tricorder abgesucht. Alle tieferen Stollen waren überflutet.«

»Sie könnten in einer Luftblase gefangen sein, die sich am Ende eines nach oben führenden Tunnels gesammelt hat«, erwiderte Kirk mit einem leichten Erschaudern, als er daran dachte, wie es sein mußte, fünf Tage lang an einem solchen Ort ausharren zu müssen. »Ich bin kein Geologe, aber ich weiß, daß bestimmte Metallkonzentrationen mit den Messungen eines Tricorders interferieren können. Ich müßte überprüfen lassen, welche Erze in der Mine vorkommen. Auf jeden Fall gab es heftige Ionen-Interferenzen.«

Seine größte Sorge galt jedoch der Frage, wie er das Rettungsteam unentdeckt auf den Planeten und in die *Nautilus* bringen konnte. Wie sollte er der Domina solche Verzögerungen erklären?

»... ach, verdammt!« sagte Arios gerade. »Wir haben den Yermakoff-Psi-Induktor mit der Antimaterie verloren. Jetzt brauchen wir jemanden mit einem Wert von null Komma sieben oder höher auf der Ghi'har-Skala.«

»Mr. Spock«, sagte Sharnas mit einer leichten Verbeugung des Kopfes. »Mir ist bewußt, daß es mit ernsthaften Problemen verbunden sein könnte, wenn ich Sie frage, ob Sie eine mentale Verbindung mit einem Yagghorth eingehen würden. Selbst mit Ihrer Hilfe könnte es nicht gelingen, einen stabilen Kontakt zu den Überlebenden auf dem Planeten herzustellen. Aber wir haben keine andere Wahl. Wir müssen die Yoons herausholen.«

»Ich verstehe«, sagte Spock leise und nahm am kleinen Tisch neben Sharnas und Arios Platz, während Cooper die Beleuchtung dämpfte.

Es wurde still, ihr Atem ging tiefer und gleichmäßiger, als wären sie eingeschlafen. Einmal zuckte Spock zusammen, und Arios schloß seine Finger fester um die Hand des Vulkaniers. Kirk erschauderte, als er sich an die Aufzeichnungen erinnerte, an das düstere und schreckliche Wesen, das Menschen beiläufig in Stücke riß, wie ein Gärtner, der Unkraut jätete. Es hätte Spock beinahe getötet, nachdem es aus der schwülen Finsternis der *Nautilus* emporgestiegen war, ein gnadenloser und lautloser Jäger.

Dieses Wesen mit dem unförmigen Kopf und dem insektenhaften Gang schritt nun durch die Windungen von Spocks Gedanken.

Kirk warf einen erneuten Blick auf sein Chronometer. Neunzehn Uhr einundzwanzig. Er mußte sich bald auf den Weg machen, um sich auf den offiziellen Empfang an Bord des Konzil-Schiffes vorzubereiten. In zwanzig Minuten, entschied er, falls bis dahin nichts Wichtiges geschehen war. Während des ersten Jahres ihrer Reise hatte Spock ihm einige Entspannungs- und Meditationstechniken beigebracht, damit er sich von seinen emotionalen Reaktionen freimachen konnte, damit er Wut, Schmerz oder Trauer aus seinem Geist vertreiben konnte.

Er hatte diese Übungen bei mehreren Gelegenheiten angewandt. Und er hatte das Gefühl, sie würden ihm auch jetzt ganz guttun.

Irgend jemand an Bord dieses Schiffes war für die Gründung des Konzils verantwortlich.

Er dachte über diesen großen Unbekannten nach, über seine Rolle innerhalb der aktuellen Ereignisse. Er fragte sich, ob er dieser Person in den letzten fünf Jahren – oder den letzten Monaten – vielleicht irgendwann das Leben gerettet hatte. Damit wäre auch Kirk selbst für Thad verantwortlich und für die Hölle aus Hitze, Wasser und Tod auf dem Planeten unter ihnen.

Wenn der Unbekannte einfach getötet oder von seinem Weg abgebracht wurde, könnten damit Milliarden Intelligenzwesen zum Tod durch die Seuche verurteilt werden. McKennon hatte keinen Zweifel daran gelassen. Gleichzeitig hatten McKennon und Arios darauf geachtet, keinen Hinweis auf die Identität der unbekannten Person zu geben. Und Kirk wußte sehr genau, daß die Vorstellung nach dem Motto ›Tötet seine Mutter, dann wird er nie geboren werden‹ viel zu einfach war und zu gefährlichen Zeitparadoxa führen konnte. Auf eine solche Idee konnte nur jemand kommen, der keine Ahnung von zwischenmenschlichen Beziehungen sowie ökonomischen und sozialen Einflüssen hatte.

Möglicherweise gab es nichts, was er unternehmen konnte, um die Seuche und damit alle weiteren Ereignisse zu verhindern, an denen die Föderation, wie er sie kannte, eines Tages zugrunde gehen würde. Doch er konnte sehr wohl etwas für die Rebellen tun, die viele Jahrhunderte nach seinem eigenen Tod geboren würden, da sie weit genug von den entscheidenden Ereignissen entfernt waren, um sich auf die nähere Zukunft auszuwirken.

»Schwester Chapel«, sagte Kirk leise und bedeutete ihr mit einem Nicken, ihm nach draußen in den Korridor zu folgen.

»Wenn sie erst dann Kontakt mit den überlebenden Yoons aufnehmen, nachdem ich in die *Savasci* gebeamt wurde, teilen Sie Mr. Spock bitte mit, daß ich ihn zu allen Maßnahmen ermächtige, die nötig sind, um ein Rettungsteam auf den Planeten zu schicken.« Er sprach sehr leise, damit der Wachmann im Korridor ihr Gespräch nicht belauschen konnte. »Sagen Sie ihm, er soll alle Informationen auf einen möglichst kleinen Personenkreis beschränken. Niemand soll mehr wissen als nötig. Aber er soll die Yoons unbedingt an Bord holen. Sie müssen um jeden Preis überleben.«

»Ja, Captain.« Chapel warf dem Sicherheitswächter einen Blick zu und sah aus, als wollte sie noch etwas sagen, ihn um etwas bitten. Doch dann schien sie es sich anders zu überlegen. »Wird das andere Schiff unseren Transporterstrahl zum Planeten bemerken? Könnten sie dem Rettungsteam auf die Spur kommen und den Leuten folgen?«

»Nach Arios' Angaben verfügen sie nur über sehr wenig Besatzung«, sagte Kirk. »Sagen Sie Spock, er soll fünf Gruppen in verschiedene Regionen hinunterbeamen lassen, eine zur Rettung der Yoons und vier zur Ablenkung. Er soll so viel Sicherheitspersonal mitschicken, wie er braucht.«

»Ich werde es ihm sagen, Captain.« Beiden war bewußt, daß es sich um Informationen handelte, die sie nicht einmal dem Bordcomputer anvertrauen durften.

»Nachdem wir sie in Sicherheit gebracht haben, werde ich mir überlegen, was mit ihnen geschehen soll und wie wir die *Nautilus* auf den Weg bringen können. Wir sollten die Yoons in einem abgeschirmten Bereich unterbringen, damit sie nicht von den Sensoren der *Savasci* identifiziert werden können. Es wird ...«

»Wo sind wir?« hörten sie plötzlich Sharnas' Stimme aus dem Wohnzimmer der Suite. Sie klang rauh und aufgeregt. Kirk trat sofort in den Raum und sah, wie der Kopf des jungen Vulkaniers beinahe den Tisch berührte. Er zitterte am ganzen Körper. »Wo sind wir, Großvater? Was ist mit uns geschehen?«

»Die Welt hat geschrien.« Spocks Stirn legte sich plötzlich in tiefe Falten der Konzentration. Wieder zuckten seine Hände, als wollte er sich aus der körperlichen Verbindung lösen, doch Sharnas und Arios hielten ihn fest. Im schwachen Licht sah sein entsetztes Gesicht grauenerregend aus. »Sinaida, meine Schöne, meine geliebte Frau! Litas ... Telemarsos ... Indipen ... meine Kinder! Meine Lieben ...«

»Tot«, flüsterte Sharnas. »Sie sind tot, Großvater ... sie haben geschrien ... *Was ist mit uns geschehen?*«

»Sagt mir, wo ihr seid.« Arios sprach, ohne die Augen zu öffnen. Sein Gesicht war schweißüberströmt. »Wir sind da, wir hören euch zu. Sagt mir, was ihr fühlt, was ihr hört, was ihr riecht. Wir können euch finden, wenn ihr es uns sagt. Wie ist eure Umgebung?«

Spock erzitterte heftig. Sharnas senkte wieder den Kopf, so daß ihm das lange Haar über sein Gesicht fiel.

»Was seht ihr?« fragte Arios noch einmal.

»Kälte.« Spock sprach schleppend, wie jemand in tiefer Hypnose. Kirk und Chapel tauschten einen verblüfften Blick aus. Selbst einen Kilometer unter der Oberfläche war es in den Minen immer noch wie in einem Backofen gewesen.

»Kaltes ... Licht«, keuchte Spock, als müßte er um jedes Wort kämpfen. »Kalte ... Wände. Kalte Luft, die nach Metall und Chemikalien riecht. Nichts Lebendes, keine Pflanzen, keine Bäume. Nackte, harte Wände, Betten aus Substanz, die niemals gelebt hat.«

»Da sind noch andere«, murmelte Sharnas. »Großvater ... ich höre, wie ihr Geist nach uns ruft. Andere Weise ... auch Bauern ... Tante Tsmian, die Schmiedin, und ihr Sohn. Alle in kleinen Räumen. Sie sind ... in unserer Nähe. Kalte, harte Wände. Auch sie haben den Todesschrei der anderen gehört. Ihre Familien, ihre Kinder, sie schrien ihre Namen.« Er sprach immer schneller, bis er fast über seine Worte stolperte. »Großvater, ich bin in der Nacht aufgewacht, und da waren Dinge in meinem Zimmer, die nach mir griffen. Eins berührte mich nur am Arm, und danach kann ich mich an nichts mehr erinnern. Ich konnte mich nicht wehren ... dann wachte ich hier auf.«

»Iriane.« Das Wort drang wie ein Traumgemurmel aus Spocks Mund, und er schüttelte den Kopf, als würde er gerade aus tiefem Schlaf erwachen. »Iriane, mein Kind ...«

»Großvater ...«

»Wer seid ihr?« Spock versuchte den Kopf zu heben. Seine Gesichtszüge hatten sich auf schockierende Weise verändert. Sein Mund schien breiter und flacher geworden zu sein, seine Augen wirkten viel größer und runder, obwohl er sie immer noch geschlossen hatte, und seine Schultern wirkten viel schmaler. »Ich wurde ... betäubt. Wir alle wurden betäubt. Dieser Geist ... dieser Yagghorth ... ich spüre, wie er von uns träumt. Ich war in meinem Garten, auf dem Balkon. Ich wollte gerade zu Sinaida nach drinnen gehen. Dann träumte ich plötzlich, wie ich sie schreien hörte. Sie sterben sah. Ich weiß, daß sie tot ist. Alle sind tot. Wir sind hier noch etwa hundert ... einhundertfünf. Warum wir, warum nicht meine Sinaida, warum nicht die anderen? Iriane? Wer seid ihr? Wer hört uns?«

»Bleibt ruhig«, flüsterte Arios. »Bleibt ruhig. Wir werden kommen und euch helfen. Wir kommen und holen euch heraus.«

Raksha knurrte etwas äußerst Gehässiges auf klingonisch, und Cooper brummte: »Ich glaube es einfach nicht! Diese verlogenen Stinktiere!«

»Wo sind sie?« fragte Chapel leise. »Sie haben nichts davon gesagt ...«

»Das mußten sie auch gar nicht.« Kirk spürte, daß auch er in Wut geriet. Auch er konnte sich gut an die Hitze auf dem Planeten erinnern.

»Wie wollen Sie diese Leute finden?« fragte Thad und blickte Kirk in ängstlicher Verwirrung an. Überall waren wütende Gesichter. »Wenn sie irgendwo unten auf dem Planeten sind ...«

»Dort sind sie nicht«, sagte Kirk entschieden. »McKennon hat jemanden hinuntergeschickt, bevor die *Savasci* die Torpedos abfeuerte. In erster Linie wollte die Domina verhindern, daß Sie mit den Weisen der Yoons in Berührung kommen, aber sie ist noch einen Schritt weitergegangen. Sie hat selbst eine Gruppe von Yoons entführen lassen.«

13

Es geschieht nicht zum ersten Mal«, sagte Arios. Er versuchte den Kopf herumzudrehen, um Kirk anzusehen, der mit verschränkten Armen an der Tür zur Krankenstation stand, doch McCoy klopfte seinem Patienten leicht mit der Zange auf den Hinterkopf, worauf Arios gehorsam wieder seine vorherige Haltung einnahm. Es war recht unbequem, mit dem Kopf im Stützgestell des Operationstisches dazuliegen, und seine Stimme klang gedämpft.

»In unserer Zeit reist jeder mit dem Transon-Netz. Man wählt ein Ziel aus, drückt auf den Knopf, und schon ist man in Cleveland. Orte, die nicht ans Netz angeschlossen sind, existieren einfach nicht. Aber es gibt sehr große Gebiete, in denen sich offiziell gar nichts befindet. Ich weiß es genau, denn ich wuchs in einer Kolonie von Rembegil auf, die keinerlei Kontakt mit der Außenwelt hatte – oder zumindest keinen, der nicht vom Konzil genehmigt war. Wenn man die Yoons in einer solchen Kolonie ansiedelt, werden sie vermutlich niemals erfahren, daß Menschen auf demselben Planeten leben.«

»Und Sie glauben, Sie können die Yoons in der *Savasci* lokalisieren?«

»Ja, ich denke schon.« Arios' Körper, der nackt bis zur Hüfte auf McCoys Operationstisch lag, hatte nun die dunkelbraune Hautfarbe eines Drawida aus Südindien. Sein Haar war schwarz gefärbt und vom Schiffsfriseur gekürzt und geglättet worden. Es war immer noch lang genug, um einen Teil seines Nackens zu bedecken, aber gleichzeitig kurz genug, um einem flüchtigen Blick die nun scheinbar makellose Haut zu enthüllen.

McCoy war gerade damit beschäftigt, die Haltbarkeit dieser Haut zu testen. Mit der kleinen Zange zog er vorsichtig an den Rändern, um zu überprüfen, ob die Synthohaut über den Metallimplantaten und den Narben hielt.

»Ich kann mich nicht an mentalen Signalen orientieren, sondern muß mich an den Grundriß des Schiffes halten. Aber ich kann dafür sorgen, daß es von niemandem bemerkt wird, wenn Mr. Scott, Lao und ich uns von der Hauptgruppe trennen«, erzählte Arios weiter. »Sharnas hat meine Verdrahtung erst vor kurzer Zeit ausgebrannt, so daß McKennon mich nicht entdecken wird, solange ich ihr kein Signal gebe. Und ich verspreche Ihnen, daß ich das auf keinen Fall tun werde.« Er streckte die Finger auf dem Lederpolster aus, da er nicht mit den Schultern zucken durfte. »Wenn Dr. McCoy uns je einen Schuß Dalpomin und Adrenalase verpaßt, kann ich Phils Verdrahtung kappen, während Sie Ihre Ausgehuniform anlegen. Nur für alle Fälle ...«

»Wären Sie dazu in der Lage?« fragte Kirk schockiert. »Ich hatte eher den Eindruck, daß Cooper vorerst nicht sein Bett verlassen sollte.«

»Es ist kein großer Eingriff«, sagte Arios. »Und Phil hat sich schon einmal ins Kampfgetümmel gestürzt, nachdem ich ihm zehn Minuten vorher die Drähte gezogen habe. Und zwar ohne Adrenalase, nicht wahr, Phil?«

»Völlig richtig«, sagte Cooper, der in einer Ecke der Krankenstation vor einem Spiegel stand und seinen überzeugend echt wirkenden Schnurrbart bewunderte. »Aber ich würde diese Erfahrung nur ungern wiederholen.«

»Waschlappen!«

Cooper grinste. Sein Haar war passend zum Schnurrbart zu einem unscheinbaren Sandbraun aufgehellt worden, und im roten Hemd und der schwarzen Hose eines Sicherheitswächters würde ihn niemand eines genaueren Blickes würdigen, dachte Kirk.

Aber nur, solange niemand genauer hinsah. Während seines Geschichtsstudiums war Kirk immer wieder von alten Porträts fasziniert gewesen und hatte sich häufig über die Unterschiede zwischen Gesichtern aus verschiedenen Epochen gewundert. Gesichter des siebzehnten Jahrhunderts sahen anders aus als solche des neunzehnten Jahrhunderts, die sich wiederum in Form und Ausdruck von Gesichtern des dreiundzwanzigsten unterschieden. Die Abweichungen waren sehr fein, aber durchaus vorhanden, und sie zeigten sich erst im direkten Vergleich – oder wenn man es mit jemandem zu tun hatte, der im falschen Jahrhundert geboren zu sein schien. Unter Bellocqs zahlreichen Fotografien von Prostituierten des neunzehnten Jahrhunderts aus New Orleans fand sich nur ein einziges Mädchen mit einem Gesicht des zwanzigsten Jahrhunderts, und unter den Porträts von Rockmusikern des zwanzigsten Jahrhunderts gab es einen, der aussah, als wäre er nicht 1940, sondern im Jahre 1640 geboren worden.

Der Punkt war der, daß Dylan Arios und Phil Cooper keine Gesichter des dreiundzwanzigsten Jahrhunderts hatten.

Vielleicht war es das ständige Mißtrauen, das sich wie Staub in die Haut eines Arbeiters in einer Dilithium-Mine eingegraben hatte, der ständige Blick über die Schulter, die Wut auf das Konzil, der aus Verzweiflung geborene Kampfwille. Auf jeden Fall war Kirk bereit, diese Leute bei ihrem Kampf zu unterstützen – gegen eine Zukunft, in der jeder solche Augen hatte.

»Vielleicht ist es gar nicht nötig«, sagte McCoy.

Kirk, Cooper und Arios blickten den Arzt gleichzeitig mit unverhohlener Verblüffung an.

»Ich habe die Wachstumsrate von Ihren und Sharnas' Drähten verfolgt.« McCoy legte die Zange in das dafür vorgesehene Schubfach zurück, hielt seine Hände in das Reinigungsfeld und deutete mit einem Kopfnicken auf die jüngsten tomographischen Aufnahmen, die auf dem Schreibtisch lagen. »Schwester Chapel hat mich vor etwa einer halben Stunde darauf aufmerksam gemacht. In den letzten vier Tagen ist das Wachstum der Drähte fast zum Stillstand gekommen. Sie sagten selbst, daß die Wachstumsrate von verschiedenen Faktoren abhängt. Ich habe die Theorie, daß sie in erster Linie vom Gehalt bestimmter Spurenelemente im Blut abhängig ist. Eisen, Kalziumsalze und andere Mineralien, die das System für die Selbstrekonstruktion benötigt. Zufällig bewirkt eine Vergiftung mit Rhodon-Gas – von der Sie alle betroffen waren, als Ihr Kühlsystem versagte –, daß diese Spurenelemente aus dem Blut ausgeschieden werden.«

Arios richtete sich langsam auf dem Tisch auf. Cooper legte eine Hand in den Nacken, als verspürte er den unbewußten Drang, seine Verdrahtung vor Schaden zu schützen.

»Sie meinen, wenn ich mir einen tiefen Zug Rhodon-Gas genehmige, bevor ich mich auf den Weg mache, wird es mir gutgehen?«

»Ich meine, wenn ich Ihnen einen kräftigen Schuß Vitamin D sieben gebe«, sagte McCoy und hob die silberne Röhre eines Injektors, »werden die Elemente zwar in Ihrem Blut gelöst bleiben, aber sie können nicht mehr von den Drähten aufgenommen werden. Sie werden sich etwas erschöpft und kurzatmig fühlen, bis Ihr Körper sich daran gewöhnt hat, aber es ist besser als der Schock, wenn die Verbindung zwischen Drähten und Nerven durch Ausbrennen getrennt wird.«

»Können wir den Besuch nicht noch etwas hinauszögern?« Chapel reichte Arios das rote Hemd eines Sicherheitswächters und warf Cooper einen besorgten Blick zu. In den letzten vier Tagen waren ihr die Besucher sehr sympathisch geworden.

»McKennon würde sofort vermuten, daß wir irgend etwas im Schilde führen«, sagte Kirk. »Sie glaubt, daß ich diese Leute sicher hinter Schloß und Riegel gebracht habe.« Er blickte auf sein Chronometer, was er in den vergangenen fünfzehn Minuten immer wieder getan hatte, und spürte, daß er immer aufgeregter wurde. »Ich darf ihr keinen Anlaß zum Mißtrauen geben. Wir haben noch dreißig Minuten, und wir brauchen neben Arios noch mindestens eine weitere Person, die sich mit der Konstruktion eines Konzil-Sprungschiffs auskennt.«

McCoy brummte. »Sharnas ist noch zu jung, und niemand weiß, was wir Thad damit antun würden. Und was die anderen beiden betrifft, weiß McKennon genau, daß kein einziger Klingone und sehr wenige Orioner im Dienst von Starfleet stehen.«

»Zumindest in dieser Zeit«, sagte Arios nachdenklich. Auch seine Augen hatte man dunkler gefärbt. Mit den scharf geschnittenen Gesichtszügen wirkte er jetzt fast wie ein ungewöhnlicher indischer Mischling. »Der erste klingonische Starfleet-Offizier wird an Bord dieses Schiffes Dienst tun … Natürlich nicht auf dieser *Enterprise,* sondern der *Enterprise*-D. Danach wurden es immer mehr.«

Kirk verspürte wieder das seltsame Gefühl, das er auch schon bei Adajias erstauntem Ausruf empfunden hatte. Das Bewußtsein, es mit Leuten zu tun zu haben, für die seine Zukunft Vergangenheit war.

»Sie waren … sie sind sehr gute Offiziere. Die Beziehungen zwischen dem Imperium und der Föderation – und dem Reich der Romulaner – waren sehr entspannt, als die Seuche ausbrach. Wir wissen bis heute nicht, wie es dazu kommen konnte. Wenn das Konzil nicht gewesen wäre, vermute ich, daß die Romulaner vollständig ausgerottet worden wären. Ihre Kultur hat sich nie von diesem Schlag erholt.«

Er warf Chapel einen Blick zu. »Wenn Phil das D sieben bekommt und anschließend sofort mit uns zur *Savasci* hinübergebeamt wird, sollte er vielleicht auch noch etwas Tri-Ox und Adrenalase erhalten. Was meinen Sie?«

Chapel sah McCoy an, der ihr zunickte. Als sich die Tür zischend hinter ihr schloß, wandte sich der Meister wieder an Kirk. »Die Seuche griff das Zentralnervensystem an, beeinträchtigte hauptsächlich die Sinnesnerven und die Verbindung zwischen den instinktiven und kognitiven Zentren des Gehirns. Die meisten Opfer litten unter Gewaltausbrüchen, Angstzuständen und Paranoia. Es kam zu schrecklichen Szenen. Die Endorphine, die bei Aggressionen freigesetzt werden, halfen den Leuten, den Schmerz zu ertragen. Es gab eine Welle von Kriegen, weil viele der Politiker – ganz zu schweigen von den Truppen – ebenfalls betroffen waren, ohne es zu wissen. Als das Konzil, das damals natürlich noch nicht so genannt wurde, schließlich ein medizinisches Team auf Romulus absetzen konnte, waren dort kaum mehr als Ruinen übrig. Remus ist bis heute ein helles Leuchtfeuer, das sich mit Strahlungssensoren im ganzen Sektor anmessen läßt.«

Arios trat zur Seite und sah interessiert zu, wie McCoy den Injektor an Phils Arm hielt und ihn mit einem leisen Zischen aktivierte.

»Wie stellt man dieses Zeug her?« fragte er. Als McCoy ihn verwundert ansah, fügte er hinzu: »Vergessen Sie nicht, daß das Institut des Konzils seit hundert Jahren der einzige Ort ist, an dem Medizin unterrichtet wird.«

McCoy verzog das Gesicht zu einer Grimasse und ging zum Terminal auf der anderen Seite des Operationstisches, um eine Reihe von Befehlen einzutippen. Der Drucker summte leise, als müßte er über das Problem nachdenken, dann spuckte er eine blaßgrüne Folie aus. »Es ist denkbar einfach.«

»Das ist gut«, erwiderte Arios, »denn wir werden es

mit eigenen Mitteln in unserer Kombüse zusammenbrauen müssen. Verstehen Sie, ohne die Technologie, durch die die Verdrahtung billig genug wurde, um sie allgemein verfügbar zu machen – ohne nanochirurgische Eingriffe und Schnittstellen zu den psionischen Zentren des Gehirns –, hätte man niemals die niederfrequenten psionischen Alpha-Wellen ausstrahlen können, die die Leute davon abhielten, weiterhin Amok zu laufen. Es war wie ... ein Steppenbrand, der vom Regen gelöscht wird. Als hätte man die Lautstärke des Schmerzes niedriger gestellt, der jeden in den Wahnsinn trieb.«

»Doch der Preis der Heilung«, sagte Kirk leise, »war die Notwendigkeit, die gesamte Bevölkerung zu verdrahten.«

»Für die erste Generation ja«, sagte Arios. »Danach war es nicht mehr absolut notwendig – nachdem jeder gegen die Seuche und ihre Varianten geimpft war. Jahrzehntelang waren immer wieder neue Virus-Mutationen aufgetreten. Doch anschließend war die Verdrahtung zu etwas Alltäglichem geworden. Zu dieser Zeit wiesen sämtliche Bevölkerungen schwerwiegende genetische Schäden auf. Die Hälfte der Menschheit war bereits zu Unterprivilegierten degeneriert, bevor das Konzil an der DNS herumschnippelte, damit sie so blieben, wie sie waren. Die Kriege hatten überall Strahlung hinterlassen, und die frühen Versuche, die Seuche mit Medikamenten zu bekämpfen, hatten zu schweren Vergiftungen geführt. Nur das Konzil verfügte über intakte Einrichtungen, um aus dem noch vorhandenen gesunden Genmaterial Klone zu züchten. Thad stammt aus einer von etwa zweitausend ›Linien‹ oder ›Serien‹. Immer wieder treten neue, zum Teil furchtbare Mutationen auf. Phil ist kein Klon«, fügte er mit einem Grinsen hinzu. »Deshalb hat er so große Probleme, passende Schuhe zu kaufen.«

»Willst du die *Nautilus* vielleicht mit Kompaß und

Sextant durch den Kreuzwege-Nebel steuern?« gab Phil zurück. Plötzlich wurde er grau im Gesicht und setzte sich schnell auf den Operationstisch.

»Apropos Mutanten«, sagte Arios. »Achten Sie auf die Sicherheitstruppen, wenn wir in der *Savasci* eingetroffen sind. Lao und ich müßten es schaffen, für eine Weile die Türen zu verriegeln und die Schwerkraft auszuschalten. Ich hoffe, lange genug, um die Yoons aus ihrem Gefängnis zu holen und in das große Frachtshuttle zu bringen, während Mr. Scott die Maschinen lahmlegt. Danach werden Sie uns diese Leute wahrscheinlich vom Hals halten müssen. Wo ist Lao übrigens?«

Während er sprach, öffnete sich die Tür, und Christine Chapel kam mit einem Tablett herein, auf dem die benötigten Injektoren bereitlagen. McCoy verabreichte Cooper das Tri-Ox sofort, worauf der Astrogator der *Nautilus* wieder etwas mehr Farbe bekam. Mr. Spock, der nach Chapel eingetreten war, sagte: »Ich habe nach Mr. Coopers Anweisungen die Befehle für den Autopiloten des Frachtshuttles der *Savasci* vorbereitet. Außerdem haben Rakshanes und ich ein Programm entworfen, das den Computer des Schiffes lahmlegen müßte, sofern er noch zu der Generation gehört, die zwei Monate vor dem Zeitsprung der *Nautilus* üblich war. Fähnrich Lao hat sich jedoch nicht wie vorgesehen zur Lagebesprechung eingefunden.«

»Ich habe ihn zuletzt vor etwa einer Stunde gesehen«, sagte Chapel. Sie reichte McCoy den Injektor mit der Adrenalase und drehte sich verwirrt um. »Er sagte, er wollte sein Quartier aufsuchen, um ein wenig zu schlafen.«

Kirk wunderte sich darüber, bis ihm plötzlich einfiel, daß Lao sich um neun Uhr am Morgen dieses Tages – also vor weniger als zwölf Stunden – in der Hölle von Tau Lyra III aufgehalten und die kläglichen Überreste der Zivilisation der Yoons gesehen hatte.

Kein Wunder, daß er erschöpft war. Er konnte noch gar nicht wissen, daß einige der Yoons überlebt hatten und es jetzt eine Chance gab, den Rebellen zu helfen.

»Er hat nicht auf meinen Anruf reagiert«, sagte Spock gerade.

»Versuchen Sie es noch einmal«, sagte Kirk. »Vielleicht schläft er sehr tief.«

»Er machte keinen sehr guten Eindruck auf mich«, bemerkte Chapel.

»Setzen Sie ihn über unsere Mission in Kenntnis. Er soll sich um zwanzig Uhr fünfzig mit mir im Transporterraum Zwei treffen.« Kirk blickte wieder auf sein Chronometer. Zwanzig Uhr sechsunddreißig. Wieso war die Zeit plötzlich wie im Fluge vergangen? »Sagen Sie ihm, er kann danach so lange schlafen, wie er will.«

Das wird uns allen guttun, dachte er und machte sich auf den Weg von der Krankenstation zum nächsten Turbolift.

In zwanzig Minuten würde er sich auf die *Savasci* beamen lassen, um sich mit der rothaarigen Frau auseinanderzusetzen, die so überzeugend von den Wohltaten gesprochen hatte, für die das Konzil verantwortlich war.

Er würde erleben, was für Leute – zumindest für einige Zeit – sein Erbe angetreten hatten.

Er würde versuchen, eine Situation zu bereinigen, die fast drei Jahrhunderte in der Zukunft lag und über deren Voraussetzungen und Konsequenzen er fast nichts wußte.

Als er seine Ausgehuniform anzog und die kleinen Streifen aus den Etuis holte, die seine Verdienste repräsentierten, empfand er eine seltsame Enttäuschung, wie ein Schatzjäger, der in der Piratenkiste nur Steine vorgefunden hatte. Ganz gleich, was er erreichte, der Föderation standen auf jeden Fall etliche dunkle Jahre bevor.

An jedem der farbigen Streifen hafteten Erinnerungen. Zehn verwundete Männer, die er lebend in die *Republic* zurückgebracht hatte. Ein klingonisches Raumschiff, das in einer grellweißen Explosion über der rosafarbenen Oberfläche von Thalia III verglühte. Ein weiteres Klingonenschiff, das unverrichteter Dinge in der Finsternis zwischen den Sternen verschwand.

Der Geruch nach verbranntem Isolationsmaterial und Blut im flackernden Licht der verkohlten Brücke der *Van der Vekken*. Der Präsident der Kargiten, der ihm die Hand schüttelte.

Edith Keeler, die von einer Bordsteinkante trat …

Streifen aus buntem Stoff.

Er schloß die Augen.

Und jetzt diese unmögliche und verrückte Mission in der *Savasci* …

Der Türsummer ertönte. Dylan Arios trat herein. Mit seiner dunklen Haut und den veränderten Augen war er kaum wiederzuerkennen. Die rote Uniformjacke war ihm an den Schultern ein wenig zu weit. An den Wurzeln seiner Augenbrauenhaare war kein Grün mehr zu sehen, und sogar seine Wimpern hatte man schwarz gefärbt. »Bevor das Feuerwerk beginnt«, sagte er, »wollte ich mich noch einmal bei Ihnen bedanken. Vor allem dafür, daß Sie uns glauben. Eigentlich hätten Sie gar keinen Grund dazu.«

Kirk seufzte und rückte den grünen Samt seines Hemdes zurecht. »Irgend jemand hat in bezug auf die Torpedos gelogen. Sie waren es nicht.«

»Richtig«, stimmte der Meister zu. »Aber ich kenne nicht viele Starfleet-Captains, die nach Beweisen, wie McKennon sie Ihnen vorgelegt hat, skeptisch geblieben wären. Vor allem, wenn sie vorher mit Klebeband verschnürt und in einen Lagerraum gesperrt wurden.«

Kirk grinste. »Ich werde meine Vorschläge für Verbesserungen der Schiffskonstruktion und der Ausbildung der Besatzung umformulieren müssen«, sagte er. »Und ich werde sie handschriftlich auf Papier einreichen, damit Raksha sie nicht aus dem Computer löscht, wenn gerade niemand zusieht.« Er blickte auf die Sammlung seiner Auszeichnungen. »Nicht daß ich mir hundertprozentig sicher bin, ob es etwas nützt.«

Die gefärbten Augen blickten von Kirk auf die Streifen, die der Captain noch nicht an seine Uniform gesteckt hatte. »Ich habe mir alle Mühe gegeben, Ihnen nichts zu verraten«, sagte er leise.

»Geschah das zu meinem Wohl, oder damit Sie sich nicht zu tief in die Karten blicken lassen mußten?«

Jetzt grinste Arios. »Aus beiden Gründen«, antwortete er. »Schließlich hätte die *Enterprise* eine Falle sein können. Es wäre nicht das erste Mal gewesen.«

Er runzelte die Stirn und lehnte sich mit den schmalen Schultern gegen den Türrahmen. »Gibt es einen Grund, warum Sie die Yoons mit dem Frachtshuttle der *Savasci* zur *Nautilus* bringen wollen, statt sie über den Transporter der *Savasci* zu schicken? Wir könnten den Empfangscode der *Nautilus* chiffrieren, damit die Computer der *Savasci* die Zielkoordinaten nicht erkennen können.«

»Die Yoons werden nach ihrer Rettung nicht an Bord der *Nautilus* gebracht – falls es uns gelingt, sie herauszuholen.« Kirk sprach sehr ruhig. »Spock hat ein Programm für den Autopiloten geschrieben, das sie zu dem kleinen Planetensystem im Kreuzwege-Nebel bringen wird, das Mr. Scott auf den Namen Brigadoon getauft hat. Nach Ihren Informationen ist der Nebel auch in Ihrer Zeit verhältnismäßig isoliert, so daß sie dort in Sicherheit sein müßten – vor dem Konzil, vor der Seuche und vor Starfleet. So lange, bis Sie in zweihundertachtzig Jahren Kontakt mit ihnen aufnehmen können. Bis dahin müßten sie sich zu einer hübschen kleinen Kolonie entwickelt haben.«

»Aha.« Arios betrachtete eine Weile schweigend seine Stiefelspitzen. »Und aus welchem Grund? Wegen der Gefahr, daß wir beschossen werden, bevor wir die

Singularität erreichen, oder weil Sie uns immer noch nicht vertrauen?«

»Ich vertraue Ihnen«, sagte Kirk. »Wir werden Ihnen die Koordinaten von Brigadoon geben, bevor wir sie aus unserem Computer löschen, damit McKennon sie niemals in die Hände bekommt, falls ihr unser Missionslogbuch zur Verfügung steht. Ich möchte nur, daß die Yoons nicht bevormundet werden.«

Arios sagte eine Weile lang nichts. Dann streckte er einen Arm aus und berührte mit dem Finger Kirks farbige Streifen, die noch im Etui lagen. »Das ist es, worum es in der Föderation eigentlich geht, nicht wahr?« sagte er, ohne aufzublicken. In seiner Stimme lag plötzlich eine gewisse Ehrfurcht. »Es gab eine Zeit, in der auch ich davon träumte, mir solche Streifen zu verdienen. Ich kann jede Auszeichnung aufzählen, die Sie erhalten haben – und die, die Sie noch bekommen werden. Sie waren der Grund, warum ich Starfleet beigetreten bin, wissen Sie.«

Kirk starrte ihn an. Es war irritierend, diese Worte von einem Mann zu hören, der nur wenige Jahre jünger als er war. Von einem Mann, der es geschafft hatte, sein Schiff mit Klebeband und Spucke zusammenzuhalten.

»Ich wurde genetisch konstruiert und mehr oder weniger unter der Aufsicht des Konzils aufgezogen«, sagte Arios, »aber als ich über Sie gelesen hatte, über dieses Zeitalter der Raumfahrt, über die Föderation, da begann ich darum zu kämpfen, eine Offizierslaufbahn einschlagen zu dürfen, statt mich damit zu begnügen, der mentale Partner eines Yagghorth zu werden und Befehle auszuführen, wie man es von mir erwartete. Sie sind ... ein Held für jene, die sich mit der Geschichte auskennen. Wie Cook, Patton oder Lee. Ich habe über Sie gelesen, über die Missionen der *Enterprise* und über die anderen Raumschiffe der Föderation, und ich habe gedacht: *Das ist es, was ich will. Das ist es, was ich werden will und was ich tun will.*«

Er grinste mit seiner üblichen ironischen Gelassenheit. »Natürlich wurde mir sofort nach dem Beginn der Starfleet-Ausbildung klar, daß ein solcher Held in meiner Zeit nicht mehr möglich ist. Diese Missionen, um neues Leben und neue Zivilisationen zu erkunden, um die Föderation in Kontakt mit ihnen zu bringen und sie in die Föderation aufzunehmen – so etwas gibt es nicht mehr. Oder wenn es doch geschieht, dann tut es den Betroffenen vermutlich sehr leid. Ich würde gerne ...« Er schüttelte den Kopf. »... aber ich darf Ihnen kein Beispiel erzählen, weil alles noch in der Zukunft liegt. Trotzdem ... Sie haben mich inspiriert. Und nachdem ich über Sie und Ihre Zeit gelesen hatte, blickte ich mich in meiner Zeit um und begann mich zu fragen, was sich verändert hatte, was falsch gelaufen war. Es tut mir leid, wenn es Ihnen jetzt kitschig vorkommt«, fügte er hinzu. »So ist es nicht gemeint.«

»Nein.« Kirk erinnerte sich an seine eigenen Vorbilder, an Helden wie Gordon, Ise und Reluki, an denen er sich, so gut es ging, orientiert hatte. »Nein, manchmal müssen wir in die Fußstapfen eines anderen treten und ihnen folgen.«

»Es war mir ein Bedürfnis, es Ihnen zu sagen«, erklärte Arios. »Sie sind berühmt. Man erinnert sich an Sie. Das gilt nicht nur für mich. Ihr Name wird von vielen Rebellen der Schattenflotte in Ehren gehalten. Nicht umsonst begann die Rebellion in den Reihen von Starfleet. Es ist immer noch die Institution, von der Idealisten angezogen werden, die nach den Sternen greifen wollen.«

»Wenn Sie Rakshas Rat beherzigt und die Lebenserhaltung ausgeschaltet hätten«, sagte Kirk leise, »dann hätten Sie gegen Ihre tiefsten Überzeugungen verstoßen.«

Er grinste leicht verlegen. »Sie haben davon gehört?« fragte er.

»Spock hat es mir erzählt«, sagte Kirk.

»Ganz so einfach ist es nicht«, sagte Arios. »Es ist niemals so einfach. Die Person, die sich an Bord Ihres Raumschiffs befindet, hat etlichen Milliarden Intelligenzwesen das Leben gerettet, mit der Forschungsarbeit, die zur Grundlage von Starfield wurde. Es war nicht die Schuld von Starfield, daß diese Arbeit schließlich von skrupellosen und habgierigen Erben für ihre egoistischen Zwecke eingesetzt wurde. Daß sie sich mit anderen zusammentaten, die alles kontrollieren und beherrschen wollten. Und diese anderen waren damals die einzigen, die über die Mittel verfügten, das zu bewirken, was Starfield niemals hätte erreichen können. Vielleicht gibt es Fälle, in denen man eine Person tötet oder sie irgendwie an ihrem Vorhaben hindert, damit sich die Zukunft ändert, aber dies ist eine andere Situation. Es ist zuviel Zeit im Spiel, es gibt zu viele Faktoren. Zuviel Gutes, das untrennbar mit Bösem verflochten ist. Deshalb will ich Ihnen nicht sagen, um wen es sich handelt.«

Kirk nickte. »Weil dieser Unbekannte jetzt noch nicht der ist, der er einmal sein wird«, sagte er leise. »Und jede Veränderung könnte dazu führen, daß er nicht zu dem wird, der diesen vielen Milliarden das Leben rettet.« Er verschränkte die Arme und betrachtete die kleine, nicht sehr einnehmend wirkende Gestalt, die in der rot-schwarzen Uniform eines Sicherheitswächters mit einem Phaser am Gürtel noch kleiner wirkte. »Wie Sie selbst.«

»Vielleicht«, erwiderte Arios mit seinem schüchternen Lächeln. »Wenn ich überlebe. Und es könnte trotz allem zu Veränderungen kommen. Sie sind meine Vergangenheit, Captain, aber ich bin nicht notwendigerweise Ihre Zukunft. Es gibt tausend mögliche Zukunftsvarianten, hat man bei meinem Volk, den Rembegil, immer gesagt. Und eine winzige Abweichung in der Flugbahn eines Raumschiffes kann dazu führen, daß es sein Ziel um tausend Kilometer – oder tausend

Lichtjahre – verfehlt. Diese Abweichung könnte entscheiden, ob eine Welt gerettet oder zerstört wird.« Er zuckte die Schultern. »Aber ich werde nur mein eigenes Universum erleben. Ich kann nicht mehr tun, als mein Bestes zu versuchen.«

Kirk lächelte und steckte sich die Streifen an seine Uniform. »Dann wollen wir es jetzt versuchen.«

»Lauter Wahnsinnige!« sagte McCoy, als er Phil Cooper musterte, wie er mit Schnurrbart, blonden Haarsträhnen und mit Adrenalase vollgepumpt durch die Tür trat, um den Transporterraum aufzusuchen. »Alle zusammen! Schwester Chapel, ich weiß, daß Ihre Schicht vorbei ist, aber ...«

Sie schüttelte lächelnd den Kopf. »Ich bitte Sie, Doktor! Sie können nicht von mir erwarten, daß ich jetzt ins Bett gehe.«

Er bedachte sie mit einem schiefen Grinsen. »Der Captain scheint zu glauben, daß alles wie am Schnürchen verlaufen wird, aber wir sollten lieber Adrenalase, Antican und die übliche Notfallausrüstung bereithalten. Dürfte ich Sie bitten, das zu übernehmen, während ich mich darum kümmere, daß ein ausreichender Vorrat an Vitamin D sieben zusammen mit den Sachen, die wir vom Planeten geborgen haben, in das Frachtshuttle hinübergebeamt wird? Verdammt, ich wünsche mir, wir hätten mehr Zeit gehabt, uns die Sachen vorher einmal anzusehen!«

Chapel ging zum Medikamentenlager hinüber und blinzelte ermüdet im grellen Licht. Es schienen Tage vergangen zu sein, seit sie hier mit Lao gesprochen hatte – hektische Tage voller Besorgnis. Wochen seit diesem Vormittag, als sie in Schutzanzügen in die kochende Hölle hinuntergebeamt worden waren, die einmal Tau Lyra III gewesen war. *Ich bete darum,* dachte sie, *daß sie heil von diesem Schiff wegkommen ...*

Über das allgemeine Kommunikationssystem kam

Mahases Durchsage: »Fähnrich Lao, die Sicherheitswächter Wolfman, Shimada, Watanabe und Chavez, bitte zum Transporterraum Zwei. Fähnrich Lao, die Sicherheitswächter Wolfman, Shimada, Watanabe und Chavez, bitte zum Transporterraum Zwei ...«

Als Chapel sich wieder der Wand aus kleinen Plastikschubladen mit den roten Digitalanzeigen zuwandte, bemerkte sie eine Kerbe an einem der Behälter auf der rechten Seite. Sie hätte schwören können, daß diese Kerbe bei ihrer letzten Inspektion am Vormittag noch nicht dagewesen war.

Jemand hatte sich an der Schublade zu schaffen gemacht.

Chapel bückte sich stirnrunzelnd und überprüfte das Etikett.

Neurophylozin. Ein Betäubungsmittel, dessen Abgabe streng kontrolliert wurde, da es in hohen Dosen tödlich sein konnte. Sie drückte auf die Taste, mit der die Bestandsanzeige aufgerufen wurde. Gestern waren fünfzig Kapseln vorhanden gewesen, und im Augenblick waren es immer noch fünfzig. Dann tippte sie schnell ihren Code ein und zog dann den Behälter aus dem Fach.

Auf den ersten Blick sah sie, daß er nicht fünfzig Kapseln enthielt. Sie schüttete sie auf dem Tisch aus und zählte sie durch ... fünfzehn, sechzehn, siebzehn.

Dreiunddreißig zuwenig.

Dreiunddreißig!

»Fähnrich Lao, bitte melden Sie sich in Transporterraum Zwei ...«

»O mein Gott!« flüsterte Chapel. »Zhiming ...!« Sie legte die noch vorhandenen Kapseln in den Behälter zurück und schob ihn wieder in die Wand, während sie sich mit erschreckender Deutlichkeit an Laos ausgezehrtes Gesicht, seine zitternden Hände und seine Verzweiflung erinnerte. Wann war er hier gewesen? Sie waren gegen 14 Uhr vom Planeten zurückgekehrt, und die Besprechung hatte unmittelbar darauf stattgefunden. Kurz danach war das fremde Schiff aufgetaucht, die rothaarige Frau mit dem betörenden Lächeln – und dann war sie Lao begegnet, der hier nach etwas gesucht hatte, was ihn wachhielt …

Bereits zu jenem Zeitpunkt hatte sie geahnt, daß er gelogen hatte.

Chapel stürmte aus der Krankenstation und machte sich auf den Weg zu Laos Quartier. Sie wagte kaum daran zu denken, was sie dort vorfinden würde.

Nur wenige Besatzungsmitglieder der *Enterprise* besuchten jemals die Wäscherei und die Recyclingabteilung auf Deck Acht.

Auf eine entsprechende Frage hätten die meisten geantwortet, daß es dort nicht viel zu sehen gab. Es war ein großer Raum mit einer Reihe von Reinigungseinheiten in der Mitte und überall Haufen aus zusammengefalteten roten und blauen Hemden und schwarzen Hosen neben weiteren Starfleet-Kleidungsstücken. Dahinter befand sich ein noch größerer Raum mit lärmenden Maschinen und der dicken viereckigen Röhre des Nahrungsmittelverteilers, der von der noch größeren Recyclingabteilung in der Maschinensektion kam und unter dem man sich jedesmal hindurchducken mußte, wenn man den Raum durchqueren wollte.

Die Leute, die hier arbeiteten – Lieutenant Dazri und seine zwei Assistenten Brunowski und Singh –, hatten Fähnrich Miller dazu überredet, Warnsysteme einzurichten, die sie alarmieren sollten, wenn sich ein Vorgesetzter näherte.

Die Arbeit in der Recyclingabteilung war der unbeliebteste Job an Bord des Schiffes. Auf der Erde und den meisten Planeten der Föderation wurden gewöhnlich solche Personen damit beauftragt, die für keine anderen Aufgaben einsetzbar waren.

Qixhu arbeitete in einer großen Wäscherei in Yemen City, dachte Fähnrich Lao, als er durch die Tür in die schwach beleuchtete, von Geräuschen erfüllte Halle trat. Angeblich machte er seine Arbeit sehr gut, doch für ihn gab es keine Aussichten auf eine Karriere, da er sich nie für andere Aufgaben qualifizieren konnte.

Kein Wunder, dachte Lao verbittert, daß das Konzil viele Menschen produzieren ließ, die genauso wie er waren.

Die Dunkelheit schloß sich wie eine Faust um sein Herz.

»Ein *Lasertennis*-Team? Wie kommst du auf diese verrückte Idee?« beklagte sich eine Stimme aus dem Raum, der mit Bäumen bepflanzt war. Die gesamte Besatzung – natürlich mit Ausnahme von Mr. Spock – bezeichnete diesen Bereich als ›Central Park‹. Turnschuhe knirschten auf den Kieswegen, und der Geruch nach Wasser und Gras wehte durch die sterile Mischung aus Sauerstoff und Stickstoff, als die Tür geschlossen wurde. »Die *Enterprise* braucht ein Lasertennis-Team genauso dringend wie ich eine zweite Gallenblase. Wenn wir dagegen ein ordentliches Baseball-Team zusammenstellen könnten …«

»Ach, hör auf! Ein virtuelles Baseballspiel ist genauso spannend wie virtueller Sex …«

Fähnrich Lao durchquerte lautlos den Raum, während er darüber nachdachte, daß der wahre Grund, warum die meisten Leute die Recyclingabteilung mieden, vermutlich der war, daß sie nicht daran erinnert werden wollten, woraus die Lebensmittel aus den Nahrungsspendern hergestellt wurden. Bei diesem Gedanken breitete sich die Dunkelheit in ihm immer weiter aus, bis seine Erinnerungen ihn mit einem fast körperlichen Schmerz quälten. Die Menschen wollten nicht daran erinnert werden, daß es Leute wie Qixhu gab, die an unsichtbaren Orten wie diesem für sie arbeiteten.

Und in der Zukunft wollte niemand daran denken, daß es Menschen wie Thad gab.

Brunowski war nirgendwo zu sehen. Lao folgte der dicken Röhre des Nahrungsmittelverteilers durch den Raum bis zu der Stelle, wo sie in der Wand verschwand. Es war gleichzeitig die Stelle, wo das Diskussegment mit der Maschinensektion verbunden war. Genau darunter befand sich ein großes Wartungsschott, das im Schatten am Ende der Halle kaum zu erkennen war.

Mit einem verbitterten Lächeln öffnete Lao die Abdeckklappe über den Kontrollen und entriegelte das Schott. Als er sich bückte, um in den Schacht zu kriechen, umfing ihn ein Dschungel aus Drähten und Kabeln, aus Glasfaserbündeln und plastikumhüllten Energieleitungen. Es roch nach Staub und Schmiermitteln und nach den Substanzen, die durch das Verteilerrohr befördert wurden.

Durch das angelehnte Schott drang gedämpft eine Durchsage über das allgemeine Kommunikationssystem nach drinnen. »Fähnrich Lao«, sagte die Stimme von Lieutenant Mahase, »bitte melden Sie sich im Transporterraum Zwei. Fähnrich Lao, bitte melden Sie sich im Transporterraum Zwei.«

Er wußte, daß diese Durchsage im ganzen Schiff zu hören war.

Aus einer Tasche seines Werkzeuggürtels zog er eine blaßgrüne Folie, mehrere Drähte zur Überbrückung, ein Punktschweißgerät und ein Schneidwerkzeug. Im Schein der schwachen Wartungsleuchte studierte Lao den Plan auf der Folie und verglich ihn mit den Leitungen, die hier durch das Rückgrat des Schiffes liefen.

Hinter ihm war wieder Mahases Stimme zu hören. »Fähnrich Lao, bitte kommen Sie unverzüglich zum Transporterraum Zwei!«

»Äußerst ungewöhnlich.« Mr. Spock klappte seinen Kommunikator zu und steckte ihn wieder an den Gürtel. »Im Laufe meiner Zusammenarbeit mit Mr. Lao ist es noch nie vorgekommen, daß er sich verspätet hat oder nicht über seinen Kommunikator erreichbar war.«

Kirk blickte unruhig vom Chronometer an der Wand des Transporterraums zur kleinen Gruppe, die sich neben der Kontrollkonsole versammelt hatte. Neben Mr. Kyle und seinem Assistenten Oba stand Scotty, der zwischen den Sicherheitswächtern überhaupt nicht auffiel, genauso wie Dylan Arios und Phil Cooper.

»Es würde nicht lange dauern, das Schiff zu durchsuchen, Captain«, sagte Scott. Obwohl er bereits mit den Impulstriebwerken der *Nautilus* vertraut war, hatte er die vergangenen fünf Stunden damit verbracht, die von Arios zusammengestellten Unterlagen über die modernere Technik des sechsundzwanzigsten Jahrhunderts zu studieren. »Wenn Spock recht hat und er normalerweise nie zu spät kommt ...«

»Wir können uns keine Verspätung erlauben, wenn wir keinen Verdacht erregen wollen«, sagte Kirk ruhig. »Und ich weiß sehr gut, wie lange es dauern kann, das Schiff zu durchsuchen.« Er ging im Kopf schnell die Computerexperten durch, die ausreichend mit Rakshas Programmen vertraut waren, um Laos Stelle einnehmen zu können. Dan Miller hatte Scottys Posten im Maschinenraum übernommen, und Lieutenant Maynooth war körperlich so unbeholfen, daß er ihn auf diese Mission nicht mitnehmen konnte.

»Mr. Spock, ich muß Sie leider bitten, sich unserer Gruppe anzuschließen«, sagte er dann. Spock neigte den Kopf und griff nach der kleinen Tasche, in der ein umgerüsteter Tricorder steckte, der alle nötigen Daten aufzeichnen und übertragen sollte.

»Nutzen Sie die erste Gelegenheit, die Transporterschilde des Schiffes auszuschalten. Vielleicht müssen wir sehr schnell wieder verschwinden. Deaktivieren Sie die Sensoren erst kurz vor dem Start des Frachtshuttles. Doch vorher sollten Sie noch den Impulsantrieb der *Savasci* lahmlegen. Wenn es Probleme gibt, treffen Sie sich im Maschinenraum für die Impulstriebwerke. Wir werden alles versuchen, um Ihnen Deckung zu geben. Wenn Sie es nicht schaffen, sollten Sie die Hauptdatenbank der *Savasci* anzapfen. Raksha hat eine Liste mit den wahrscheinlichsten Namen der Selbstlöschungsprogramme zusammengestellt. – Captain Arios, sind Sie sicher, daß Sie ihn und Mr. Scott unbemerkt von der Hauptgruppe wegbringen können? Sind Sie sicher, daß es neben McKennon keinen weiteren Meister an Bord des Schiffes gibt?«

»Im Regelfall hält sich nur ein Meister in einem Schiff auf.« Arios warf Phil einen leicht besorgten Blick zu, aber die Adrenalase schien immer noch zu wirken. Kyle forderte Oba auf, sein rotes Uniformhemd auszuziehen und es Mr. Spock zu geben. Die Ärmel waren ein wenig zu kurz für den Vulkanier, aber es fiel nicht weiter auf. »In erster Linie müssen Sie sich vor den Sicherheitstruppen in acht nehmen, aber da die Leute verdrahtet und geklont sind, um sie für psionische Befehle empfänglich zu machen, kann ich sie mit etwas Glück vielleicht dazu bringen, in die andere Richtung zu schauen, wenn es nötig wird. Allerdings gefällt es mir überhaupt nicht, daß Lao plötzlich spurlos verschwunden ist …«

»Mir auch nicht.« Kirk ging zur Tür und tippte eine Nummer in den Interkom-Anschluß. »Brücke hier«, meldete sich kurz darauf Mr. Sulus Stimme. Obwohl es schon spät war, hatte Kirk darauf bestanden, daß der Pilot auf seinem Posten blieb, damit die *Enterprise* jederzeit voll einsatzfähig war und nötigenfalls auch anspruchsvollere Manöver durchführen konnte.

»Mr. Sulu«, sagte Kirk. »Mr. Spock wird Mr. Scott und mich in die *Savasci* begleiten. Mr. DeSalle soll das Schiff nach Fähnrich Lao durchsuchen lassen. Verdoppeln Sie außerdem die Wachen für die *Nautilus*-Besatzung.«

Cooper wollte protestieren, doch Arios gab ihm mit einer Geste zu verstehen, daß er still sein sollte.

»Sie haben das Kommando, Mr. Sulu.«

Er drehte sich wieder zu den anderen um. »Meinetwegen kann es losgehen, meine Herren!«

14

Sie sind weg.« Die Klingonin Raksha öffnete nur kurz die Augen, während ihre Hände aufhörten, den Kartenstapel zu mischen, womit sie sich seit einer halben Stunde unablässig beschäftigt hatte. Sie berührte den Draht, der vom provisorischen Ohrhörer durch die Überreste des Kommunikators zum Interkom-Anschluß verlief. »Die Transportsequenz verzeichnet neun hinübergebeamte Personen, im ersten Schub vier Menschen und ein Vulkanier, im zweiten drei Menschen und ein nicht identifiziertes Intelligenzwesen.«

»Wer ist nicht identifiziert?« fragte Thad, der seine Aufmerksamkeit vom Holovideo eines äußerst schlechten Westerns abwandte. »Und wo ist der Meister?«

Eine Gruppe von Cowboys mit asiatischen Gesichtszügen feuerte gerade mit Laserkanonen auf einen miserabel einkopierten Belothmir – ein Wesen aus dem Cygnus-Sektor, das im Film als schätzungsweise zwölf Meter hoch dargestellt war, einem Menschen in Wahrheit jedoch kaum bis zum Knie reichte. Im Vordergrund standen die Kulissen einer Ranch mit Lattenzaun, und im Hintergrund ragte, wie es aussah, der Hindukusch in den blauen Himmel. Der Belothmir wirkte in dieser Szene ziemlich deplaziert.

»Der Meister kann vom Computer nicht identifiziert werden, weil er noch gar nicht erfunden wurde«, erklärte Raksha geduldig, während sie auf dem Tisch eine Patience legte. »Bis zur Entdeckung der Rembegil sind es noch …«

Sie verstummte und legte wieder eine Hand ans Ohr. Der Blick ihrer dunklen Augen wurde plötzlich hart. Adajia stellte mit der Fernbedienung den Ton des Holowesterns ab, obwohl Raksha die leise Stimme des Computers selbst bei einer schlimmeren Ablenkung als der durch den *Schrecken der Pecos* verstanden hätte.

»Das ist verrückt.«

»Meinst du das, was der Computer dir sagt, oder diesen Belothmir?« erkundigte sich Sharnas, der auf der Couch lag und eine lockere mentale Verbindung zu Nemo hielt.

»Jemand hat eins meiner Manipulationsprogramme gestartet.« Raksha richtete sich auf und lauschte konzentriert. »Kleines Terminal, untere Systemebene ...« Sie hob den Kommunikator auf und sprach hinein. »Überwachung und Meldung aller Aktivitäten auf Datenleitung PN7995. Quelle der Aktivität feststellen und Position melden!«

Adajia sprang sofort auf und holte einen Handcomputer. Sie drückte auf den Reset-Knopf an der Seite, um die geladenen Spiele zu löschen.

»Heißt das, Captain Kirk wird ziemlich sauer sein?« fragte Thad, aber niemand antwortete ihm, und im Grunde rechnete er auch gar nicht mit einer Antwort. Sharnas hatte seine Halbtrance verlassen und kam zu ihm, um das Holovideo abzustellen. Thad blickte fragend zum jungen Vulkanier auf, doch Sharnas schüttelte nur den Kopf.

»Ich habe nicht die leiseste ...«

»Jetzt stellt das Programm eine Verbindung zum Transporter her«, sagte Raksha. »Verdammter Vocoder! Er unterbricht jedesmal die Übertragung der Kommunikation, wenn ein neuer Befehl durchkommt.«

»Wer?« fragte Thad, aber nur leise. Er wußte, daß es besser war, Raksha nicht in ihrer Konzentration zu stören.

Sharnas zuckte die Schultern. »Mr. Spock kann es

nicht sein, wenn er mit an Bord der *Savasci* gegangen ist«, sagte er. »Damit bleiben eigentlich nur noch Miller, Maynooth oder Lao. Sie sind die einzigen, die das Programm kennen.«

Thad nickte, nachdem er eine Weile nachgedacht hatte. »Was soll also mit dem Transporter verbunden werden?« fragte er. »Und warum?«

»Es sieht so aus«, sagte Raksha schließlich mit geschlossenen Augen und auf die leise Stimme in ihrem Ohr konzentriert, »daß jemand eine Automatikschaltung herstellt, die durch den Rückkehrimpuls des Transporters ausgelöst werden soll. Mit anderen Worten: Wenn der Captain wieder an Bord gebeamt wird, passiert etwas.«

»Oh«, sagte Thad und runzelte die Stirn. »Und was?«

Das erste, was James Kirk auffiel, als er im Transporterraum der *Savasci* materialisierte, war eine durchsichtige Schutzscheibe zwischen der Transporterplattform und der Konsole des technischen Personals.

Auch die Domina McKennon befand sich auf der anderen Seite der Scheibe. Sie sah hübsch, zierlich und mädchenhaft wie immer aus, obwohl sie ihr rotes Haar hochgesteckt hatte und ein strenges, schwarzes Kleid trug, in dem sie trotzdem sehr attraktiv aussah. An ihrer Seite stand ein kleiner schlanker Romulaner, dessen Blick und Haltung auch ohne die Rangabzeichen an der Uniform sofort verrieten, daß er der Captain der *Savasci* war. Die dritte Person war eine Frau, doch Kirk konnte nicht unterscheiden, ob es eine Romulanerin oder Vulkanierin war. In ihren dunklen Augen war ein seltsames Glitzern des Wahnsinns. Schließlich gab es noch einen schlaksigen, blonden Mann, dessen rotschwarze Uniform denen der zehn völlig identischen Wachleute im Hintergrund glich, aber wesentlich mehr Rangabzeichen aufwies.

Ihre Gesichter trugen die Spuren unterschiedlicher

Erfahrungen. Einer hatte eine kleine sichelförmige Narbe am Kinn, ein anderer eine ähnliche Stelle unter dem linken Auge. Weitere Unterschiede gab es in der Haarlänge, obwohl es Mode zu sein schien, sich den Kopf kahlrasieren zu lassen – nicht nur bei den Sicherheitswächtern, sondern auch beim romulanischen Captain. Einige schienen mehr Zeit im Fitneßraum zu verbringen als andere, obwohl alle kräftige Muskeln hatten. Nur die Augen waren bei allen völlig gleich. Mittelbraun, mißtrauisch zusammengekniffen, überheblich und bösartig.

Die grauen Augen ihres blonden Vorgesetzten waren genauso.

Kirk fragte sich, ob auch von diesem Mann identische Kopien existierten, die auf anderen Starfleet-Schiffen Dienst taten.

Die durchsichtige Schutzscheibe versank lautlos im Boden. »Captain Kirk!« McKennon lächelte und streckte beide Hände aus. »Captain Varos vom Starfleet-Abfangjäger *Savasci.* Sicherheitsoffizier Edward Dale, die Astrogatorin Karetha.«

Die romulanische Frau neigte den Kopf. Sie hatte fast völlig normal gewirkt – bis sie sich bewegte. Als sie vortrat, hob sie unbewußt die Arme wie eine Gottesanbeterin an die Brust, und die vernarbten Hände mit den langen, gekrümmten Fingernägeln spreizten sich auf eine Weise, die Kirk erschreckend an die Videos erinnerte, die er über die Yagghorths gesehen hatte. Das Schwanken ihres Kopfes, die gebeugten Schultern ... *Mein Gott, wie lange ist sie schon die empathische Partnerin eines Yagghorth? Ist das die zwangsläufige Entwicklung?*

Er verspürte Übelkeit, als er daran dachte, daß sich Sharnas eines Tages genauso bewegen und genauso aussehen würde – falls er lange genug überlebte.

Sie sah aus wie ein Mensch in den Sechzigern, obwohl sie in Anbetracht der Langlebigkeit der Vulkanier und ihrer Abkömmlinge wahrscheinlich wesentlich älter war. Ihr schwarzes Haar, das sie zu einem apfelsinengroßen Knoten zusammengesteckt hatte, war mit grauen Strähnen durchsetzt.

Sie streckte ihm eine Hand hin.

Kirk hielt sich an Arios' Anweisungen und stellte weder Mr. Spock noch Mr. Scott vor. Niemand, nicht einmal McKennon, die sich zumindest an Spock erinnern mußte, schien von ihnen Notiz zu nehmen.

»Captain Kirk«, sagte Varos und hob eine Hand. Er sah aus wie vierzig und schien älter als Spock zu sein, obwohl man sich auch in seinem Fall leicht täuschen konnte. »Es ist mir eine besondere Ehre, Sie zu treffen.«

»Ich bedaure nur, daß es unter so unerfreulichen Umständen geschieht«, sagte McKennon und trat näher. Kirk hatte plötzlich Schwierigkeiten, die romulanische Empathin anzusehen. Es fiel ihm sogar immer schwerer, sich dessen bewußt zu sein, daß sie die Gruppe begleitete, als sie den Transporterraum verließen und durch den gekrümmten und recht engen Korridor liefen. Der Boden, die Wände und die Decke waren mit einer Art Stoff verkleidet, der unter seinen Füßen wie ein elastischer Teppich wirkte. Obwohl seine Schritte völlig anders klangen, schien es den Öffnungsmechanismus der ungewohnt schmalen Türen nicht zu beeinträchtigen.

»Sie müssen zugeben«, bemerkte die Domina, als sie Kirks überraschten Ausdruck sah, »daß Ihr Hauptgrund, sich an Bord unseres Schiffes zu begeben, die Möglichkeit war, sich davon zu überzeugen, ob Dylan Arios die Wahrheit sagt. Spielen Sie mir nichts vor, Captain ...« Ihr Lachen erinnerte ihn an Drachensteigen und Picknick und Sommertage. »Glauben Sie mir, ich kenne diesen Mann gut genug, um zu wissen, daß er sogar als Ihr Gefangener versuchen wird, Sie davon zu überzeugen, daß das Konzil die absolute Kontrolle über Starfleet hat und alle Fäden in der Föderation zieht. Zumindest hat er diese Geschichte schon mehrfach erzählt. Es könnte natürlich sein, daß er sich inzwischen einen neuen Grund ausgedacht hat, um seine private Armee zu rechtfertigen.«

»Ich versichere Ihnen, Captain«, sagte Varos, »daß Starfleet nur vom Föderationsrat Befehle entgegennimmt und von niemand anderem, wie es schon immer war.« In seinen schwarzen Augen war keine Falschheit und keine Unruhe zu erkennen. Bei seinen wenigen Begegnungen mit Romulanern hatte Kirk erfahren, daß in ihrer Kultur die Aufrichtigkeit einen höheren Wert als Ehre, Leben oder Höflichkeit besaß.

Zumindest war es dreihundert Jahre vor der Geburt dieses Mannes so gewesen.

»Was hat es dann mit der Schattenflotte auf sich?« fragte er.

Hinter ihnen lachte Sicherheitsoffizier Dale schnaufend. »Romantische Verklärung!« sagte er. Kirk warf Varos einen Blick zu, um zu sehen, ob er ihm zustimmte.

»In gewisser Weise ja.« Der romulanische Captain lächelte nicht, aber in seinen Augen war ein zynisches Funkeln. »Sie sind wie die Segelschiffkapitäne eines früheren Zeitalters, die sich weigerten, ihren Fuß auf ein Dampfschiff zu setzen, oder wie die Autofahrer, die Turbo-Bahnen boykottierten, weil sie mit Kernenergie angetrieben wurden. Und ein paar sind wie jene Leute, die vor Jahrhunderten alle Steckdosen aus den Wänden rissen, weil sie glaubten, daß die Regierung sie damit elektronisch belauschen könnte. Rückenmark-Implantate wurden nicht deswegen eingeführt, um die persönliche Freiheit einzuschränken oder dem Konzil die Möglichkeit zu verschaffen, die Herrschaft über die Galaxis zu erlangen. Nicht jeder Bürger ist damit ausgestattet, sondern nur Personen in bestimmten Positionen. Sie sollen die Leistungsfähigkeit eines Raumschiffes verbessern, nicht mehr und nicht weniger. Sie ermöglichen es uns, unvorstellbare Entfernungen in einer Zeit zu überwinden, von der Sie noch träumen.«

Kirk blickte sich kurz zur Empathin Karetha um, die nervös mit dem Kopf hin und her schaukelte und immer noch die Fäuste an die Brust drückte. An ihrer Haltung, ihrem Gang, an ihrer ganzen Art war nichts Menschliches mehr. Kirk wandte sich wieder dem romulanischen Captain zu. Wo sich bei Arios, Cooper und Sharnas eine Furche aus durchbohrtem Narbengewebe über den Nacken zog, war bei Varos nur glatte Haut, die nicht die geringsten Spuren eines chirurgischen Eingriffs aufwies.

Er mußte Pille erzählen, daß sich die medizinische Technik offenbar erheblich verbessert hatte. Für die Chirurgie schien es nicht mehr notwendig zu sein, die Haut zu verletzen.

»Wenn ich in einen Kampf ziehe«, fügte Dale hinzu, »und ich die Wahl hätte, ob ich Offizieren dienen soll, die verdrahtet sind und mit Empathen und ihren Kollegen kommunizieren können, oder solchen, die sich über Subraumkommunikation oder Interkom zu verständigen versuchen, dann weiß ich genau, wofür ich mich entscheiden würde. Das können Sie mir glauben!«

Spock hob protestierend eine Augenbraue, sagte aber nichts.

»Wie ich Ihnen schon bei dem köstlichen Mineralwasser auf der *Enterprise* erzählte«, sagte McKennon unbeschwert, »bin ich lediglich in beratender Funktion an Bord dieses Schiffes. Weil Dylan Arios ein abtrünniger Meister des Konzils ist, der seine Fähigkeiten höchstwahrscheinlich gegen Sie einsetzen wird, und weil das Konzil an der Beantwortung einiger Fragen über die Methoden dieser Rebellion interessiert ist.«

Kirk überlegte, ob sie zur ›Beantwortung einiger Fragen‹ auch bis zur Holo-Folter gehen würde, wie Cooper sie beschrieben hatte.

»Kommen Sie jetzt!« sagte sie. »Es hat nichts mit der

Rebellion zu tun, aber ich kann mir vorstellen, daß Sie bestimmt an einer Führung durch die Brücke interessiert wären ...«

Kirk folgte ihr. Irgendwann drehte er sich um und erinnerte sich schockiert daran, daß er völlig vergessen hatte, eine Situation zu schaffen, in der sich Spock, Scotty und Arios unbemerkt davonschleichen konnten. Er hatte im Grunde seit zwanzig Minuten überhaupt nicht mehr daran gedacht, daß sie da waren.

Und jetzt waren sie nicht mehr da.

»Es funktioniert immer noch nach dem Prinzip der Materie-Antimaterie-Reaktion«, sagte Arios, während er dem bewußtlosen Ingenieur die Hände mit Klebeband fesselte und zwei weitere Streifen über Mund und Augen klebte. Mr. Scott nahm mit liebevoller Vorsicht eine Abdeckplatte ab und betrachtete ehrfürchtig die Leitungen des Hauptenergiewandlers im Maschinenraum der *Savasci*. »Etwa zwanzig Jahre bevor der Psi-Antrieb perfektioniert wurde, hatte man endlich das Problem der Rekristallisierung von Dilithium-Kristallen gelöst, aber wie Sie sehen, ist das Warptriebwerk nur noch eine Art Ersatzsystem für den Notfall. Sie sollten sofort diese Spule dort herausziehen. Das ist der Modulator, über den der Empath die Verbindung zwischen dem Yagghorth und dem Schiff herstellt.«

»Ach«, sagte Mr. Scott. »Wir wollen ja verhindern, daß sie vor Ihnen an der Anomalie auftauchen, nicht wahr? Trotzdem ...«, fügte er hinzu, während er dahockte und den Impulsantrieb studierte. Arios verstaute unterdessen den Ingenieur der *Savasci* in einem unauffälligen Schrank. »... es ist so schön, daß es eine Schande wäre, es mit einem Werkzeug zu beschmutzen. Sie können das Schiff nicht einfach über den Computer lahmlegen, Mr. Spock?«

»In Anbetracht der Sicherungen, mit denen die Basisprogramme ausgestattet sind«, erwiderte der Vulkanier, der abwechselnd vom kleinen Monitor des Tricorders zum Bildschirm des Maschinenraum-Terminals blickte, an das er das Gerät angeschlossen hatte, »würde ich es lieber nicht versuchen.«

Er steckte einen von Rakshas vorbereiteten Speichermoduln in den Tricorder und tippte einen Code ein. Darauf wanderten lange Datenkolonnen über das Anzeigefeld, die ihm bestätigten, daß das große Frachtshuttle der *Savasci* tatsächlich auf den Start, den Flug und die Landung auf dem lebensfreundlichen Planeten Brigadoon programmiert wurde. Nach den Meldungen des Terminals wurden diese Informationen nicht vom Hauptcomputer des Schiffes registriert, und Spock gab anschließend eher zögernd das Signal für die Unterbrechung der Verbindung, falls der Computer der *Savasci* über einen automatischen Abrufmodus verfügte, wie er für viele Schiffssysteme üblich war.

Als Dylan Arios die Augen schloß und in eine leichte Trance fiel, wechselte Spock das Speichermodul gegen ein anderes aus, in dem sich Rakshas Sperrprogramm befand, und kämpfte sich durch das Labyrinth aus Sicherungen und Abwehrprogrammen, um zunächst die Traktorstrahlen zu deaktivieren. Dann legte er die Schaltung lahm, mit der Transporterstrahlen verfolgt werden konnten, während er den Computer – und jeden, der zufällig seine Funktionen verfolgte – immer wieder davon überzeugte, daß alles in bester Ordnung war. Raksha hatte diese Funktion als Scheuklappen-Programm bezeichnet, obwohl Spock nicht ganz verstand, wie es mit dem Computer kommunizieren und ihm gleichzeitig weismachen konnte, daß gar keine Kommunikation stattfand.

Auf jeden Fall war es bis jetzt eine äußerst interessante Erfahrung; bislang hatte es auch keine Zwischenfälle gegeben, was sich jedoch jeden Augenblick ändern konnte.

Spocks feines Gehör registrierte leise Schritte auf

dem federnden Boden draußen im Korridor. Gleichzeitig öffnete Arios die Augen und hob ruckhaft den Kopf. Er wirkte immer noch etwas geistesabwesend, genauso wie in dem Moment, als sie sich von den Sicherheitswächtern entfernt hatten. McKennon war so sehr damit beschäftigt gewesen, den Captain zu betören, daß es ihr überhaupt nicht aufgefallen war, als die Männer allmählich hinter die Gruppe zurückfielen. Auch für die Leute von den Sicherheitstruppen mit den fast identischen, ernsten Gesichtern waren sie anscheinend unsichtbar oder zumindest sehr unauffällig geworden.

Die Schritte im Korridor hielten inne. Stimmen begrüßten sich und tauschten die nichtssagenden und überflüssigen sozialen Formeln aus, wie sie für Personen typisch waren, die sich nichts von Bedeutung zu sagen hatten. Der Mann hätte problemlos die entsprechenden Daten von seinem eigenen Terminal abrufen können, wenn er wirklich an Informationen über das aktuelle Holoprogramm interessiert wäre. Doch für ihn schien es viel wichtiger zu sein, mit irgend jemandem darüber zu reden. Selbst zweihundertneunundsiebzig Jahre hatten daran offensichtlich nichts geändert. Zu Beginn dieser Mission der *Enterprise* hatte Spock Lieutenant Uhura über diese Sitte des ›Plauderns‹ befragt, und selbst heute verstand er immer noch nicht, warum Menschen sie pflegten.

Spock blickte zu Arios hinüber und dann wieder zur Tür. Die gefärbten Augenbrauen des Meisters senkten sich, dann schloß er die Augen wieder. Draußen fluchte eine der Stimmen: »Verdammt!«

»Was gibt es?«

»Ich bin mit Cane-zwölf zum Kaffee verabredet!«

»Oh.« Die Frau klang leicht verärgert, obwohl Spock keinen Grund dafür erkennen konnte, da sie nicht beleidigt worden war.

»Willst du mitkommen?«

Dann entfernten sich die Schritte.

»Ist das typisch für Ihr Volk?« fragte Spock sehr leise, während er die Datenkolonnen auf seinem Tricorder nicht aus dem Auge ließ. »Diese Fähigkeit der Ablenkung der Aufmerksamkeit anderer Personen?«

»Ich glaube schon«, sagte Arios ebenso leise. »Vergessen Sie nicht, daß ich niemals auf Giliaren gelebt habe. Die Zivilisation der Rembegil ... wie soll ich es behutsam formulieren? ... hat den Kontakt mit der Föderation nicht überlebt. Das Konzil hat etwa fünfundsiebzig Jahre lang eine isolierte Kolonie unserer Spezies am Leben erhalten können, genauso wie sie es mit den Yoons vorhaben – und wie sie es mit den Vulkaniern gemacht haben. Wir – also die Rembegil – hatten den höchsten psionischen Index von allen, aber wie ich bereits erwähnte, sind diejenigen sofort gestorben, die als Empathen erstmals Kontakt mit einem Yagghorth aufnahmen. Ich habe kaum noch Ähnlichkeit mit einem richtigen Rembegil, aber ich lebte bis zum Alter von zwölf oder dreizehn Jahren bei meinem Volk.«

Er sah sich nach Mr. Scott um, von dem nur ein Stück seiner roten Uniform in der Öffnung der Wartungsklappe des Impulsantriebs zu erkennen war. Dann konzentrierte er sich wieder auf die Tür und lauschte angestrengt. Spock konnte niemanden hören, der sich näherte. Die Umgebung der Impulskammer schien völlig menschenleer zu sein.

Er fragte sich, wie Vulkanier und Romulaner selbst eine nur zwei Wochen dauernde Mission mit so viel Umweltlärm ertragen konnten.

»Sie waren körperlich und mental sehr empfindlich. Ich glaube, aus diesem Grund entwickelten sie parapsychische Kräfte, um sich in ihrem ursprünglichen Ökosystem gegen überlegene Feinde durchsetzen zu können. Über die Art dieser Bedrohungen sind leider keine Aufzeichnungen erhalten. Die Föderation besitzt seit der Seuche nicht mehr die Mittel, um bedrohte Spezies zu schützen, wie Sie es heute noch versuchen. Meines Wissens wurden nicht einmal Artefakte geborgen – wie die der Yoons in den Kisten, die Sie an Bord des Shuttles beamen wollen … Sie haben doch daran gedacht, die Unterbrechung des Fluges an den vorgesehenen Übernahmekoordinaten zu programmieren?«

Spock nickte.

»Ich weiß nicht einmal, ob noch irgendwelche Rembegil in der Kolonie leben oder ob es nur noch eingefrorene Proben in den Genbanken gibt. Damit könnte das Konzil nicht sehr viel anfangen, weil alle Unterrichtstechniken, die Übungen und kulturellen Voraussetzungen zur Entwicklung der Psi-Fähigkeiten jetzt verloren sind. Sind Sie fertig?«

Scott kroch aus dem Gehäuse der Maschine und zeigte ihm eine Faust mit nach oben gerecktem Daumen. Mr. Spock hatte inzwischen den Tricorder auf Speichermodus umgeschaltet und kopierte im Schnelldurchlauf alle Daten aus dem Hauptcomputer der *Savasci*, damit Raksha sie später analysieren konnte. Zögernd unterbrach er den Vorgang.

Sie durften jetzt keine Zeit verlieren.

Sicherheitswächter Wein und Fähnrich Giacomo aus der Hauptcomputerabteilung trafen gleichzeitig auf der Brücke ein. Der Sicherheitsmann trat zur Seite, damit die schlanke junge Frau in der blauen Uniform vor ihm aus dem Turbolift treten konnte. Mr. Sulu blickte von seiner Konsole auf, deren Bildschirm die digitalen Daten über die relativen Positionen der *Enterprise*, der *Savasci* und der *Nautilus* zeigte. Die leuchtendgrünen Zeichen standen wie die Sterne einer Galaxis vor dem schwarzen Hintergrund des Monitors. Der Hauptsichtschirm zeigte eine Realansicht des schwach schimmernden Diskus der *Savasci*, der steuerbord wie eine leuchtende Qualle über ihnen in der Finsternis hing, und backbord trieb der kaum sichtbare Schatten der *Nautilus*. Ein anderer Bildschirm stellte die drei Schiffe vor dem Hintergrund der Sterne dar, während der blaue Kreuzwege-Nebel wie ein hauchdünner Gazeschleier im Wind wehte. Ein halbes Dutzend Leute hatte irgendeine Ausrede gefunden, um sich auf der Brücke einzufinden und Mahase über die Identifikationsnummer des fremden Schiffes auszufragen. Doch jeder hatte sich mit ihrer sachlichen Antwort zufriedengeben müssen, daß diese Informationen geheim waren und sie zum Stillschweigen verpflichtet war.

»Mr. Sulu, ich dachte, ich sollte Ihnen lieber persönlich Meldung machen«, sagte Giacomo leise. »Ich habe gerade einen seltsamen Impuls in den Datenanzeigen des Hauptcomputers entdeckt, genauso wie der, den wir kurz vor dem Erlöschen der Beleuchtung registrierten.« Sie blickte sich zu Wein um, von dem sie wußte, daß er für die Bewachung ihrer Gäste zuständig war, und sah dann auf den Bildschirm, der eine Nahansicht der *Nautilus* zeigte. Sie lag dunkel wie ein Geisterschiff in der ewigen Nacht vor Anker. »Der Impuls ist kurz darauf wieder verschwunden, aber …«

»Raksha sagte mir, daß ich mich unverzüglich bei Ihnen melden sollte«, sagte Wein und blickte auf den Piloten herab. »Sie sagt, sie hätte einen Hinweis erhalten, daß jemand mit ihrem eigenen Programm in den Computer eingedrungen ist.«

»Wie kann sie das festgestellt haben?« fragte Sulu. »Sie hat doch überhaupt keinen Zugang zum Computer!«

»Ich schätze, sie … äh … hat sich irgendwie einen Kommunikator besorgt und damit eine Verbindung über das Kommunikationssystem hergestellt«, sagte Wein. Er vermißte schon seit einiger Zeit seinen Kommunikator, hatte diesen Umstand aber noch nicht mit seinen Schützlingen in Verbindung gebracht. »Sie war bereit, den Kommunikator zurückzugeben, wollte damit aber gerne die Herkunft der Störung lokalisieren.

Sie sagt, daß jemand versucht hat, auf die Transportersysteme Einfluß zu nehmen.«

Sulu murmelte auf Tagalog irgend etwas über Schildkröteneier. »Giacomo«, sagte er dann, »gehen Sie hinunter ins physikalische Labor und sehen Sie nach, ob Dr. Maynooth anwesend ist. Wein, Sie suchen im Maschinenraum nach Miller. Wenn er nicht dort ist, überprüfen Sie, ob er sich in seinem Quartier aufhält. Rufen Sie mich nicht über Interkom an, sondern geben Sie mir nur ein Bestätigungssignal über Ihren Kommunikator. Dawe, Sie erkundigen sich bei Mr. Kyle, ob Lao sich irgendwann im Transporterraum eingefunden hat oder ob er immer noch vermißt wird. Wenn ja, gehen Sie zu Mr. DeSalle, damit er eine Suche nach ihm organisiert. Aber verhalten Sie sich leise. Geben Sie nichts über das Kommunikationssystem durch. Lieutenant Mahase, ich werde unsere Gäste auf Deck Fünf aufsuchen.«

Die Notbrücke im vorderen Teil der Maschinensektion hatte exakt dieselben Ausmaße wie die Hauptbrücke im Diskussegment. Sie war genauso eingerichtet und konnte für genau dieselben Funktionen eingesetzt werden. Über die identischen Konsolen hatte man Zugriff auf die Maschinen, die Phaser, die Schilde oder die Torpedos. An der Akademie und später auf der *Enterprise* hatte Lao sich mit allen diesen Systemen vertraut gemacht. Er wußte genau, welche Verbindungen er unterbrechen und welche er überbrücken mußte, damit keine verräterischen Impulse von den selbstregulierenden Systemen des Schiffes bemerkt wurden. In den Stunden, die seit dem Ende der Besprechung vergangen waren, hatte er sich die Dateien mit den Schaltplänen besorgt und sie gründlich studiert, so daß er die Funktionen der Hauptbrücke auf die Notbrücke übertragen konnte. Da er kein Ingenieur, sondern Computertechniker war, mußte er sich sehr konzentrieren, um die Arbeit so durchzuführen, daß der Schiffscomputer nicht auf ihn aufmerksam wurde – selbst nachdem er die vielen kleinen Schutzprogramme installiert hatte, die er aus den Aufzeichnungen von Rakshas Manipulationen kopiert oder rekonstruiert hatte.

Doch er wußte genau, daß er es schaffen würde. Er empfand die seltsame, erfrischende Leichtigkeit, die er gelegentlich während des Kata-Trainings erlebte oder wenn er einen Sparringskampf mit Sulu machte. Es war das Gefühl, daß ihm alles gelingen mußte, was er sich vornahm. Es mußte einfach funktionieren, denn es war die einzige Chance, die er hatte.

Die einzige Chance, um das Konzil aufzuhalten.

Die einzige Chance, um die Föderation zu retten, die Welt, die er kannte und an die er so verzweifelt glaubte.

Und in einem abgeschiedenen Winkel seiner Seele wußte er, daß er dieses Ziel nur dann erreichen konnte, wenn er seinen Geist wie einen Laserstrahl auf das konzentrierte, was er tat.

Seine Hände begannen vor Erschöpfung zu zittern. Er zwang sich dazu, ruhig zu bleiben.

Was er tat, erforderte Mut und Konzentration. Dessen war er sich trotz seiner Erschöpfung genau bewußt. Er vermutete, daß Kirk seinem Entschluß zustimmen würde, obwohl seine Stellung als Captain ihn natürlich davon abhielt, an diese offensichtliche Lösung auch nur zu denken. Er wußte, daß sogar Arios ihn unterstützen würde, wenn der Meister die Gelegenheit dazu hätte. Aber es war eine Aufgabe, die letztlich nur von einem einzelnen durchgeführt werden konnte. Von jemandem, der über genügend Mut und die geeigneten Fähigkeiten verfügte.

Die Überbrückungsdrähte an die grünen Kabel der Energieleitungen zum Verstärker der Deflektorimpulse anschließen ... das Kabel durchschneiden und wieder anschließen. Die Überbrückung am Kabel zu den Hauptphasern anbringen ... richtig, es war das rote Kabel ... und wieder anschließen. Er versuchte abzuschätzen, wieviel Zeit bereits verstrichen war, aber er durfte sich nicht von seiner Aufgabe ablenken. Es konnte noch nicht viel Zeit vergangen sein, obwohl ihm das Zeitgefühl bei großer Konzentration stets abhanden kam.

Genie ist die Fähigkeit, unbegrenzte Mühen auf sich zu nehmen … Wer hatte das gesagt? Das gelbe Kabel auf der Rückseite der taktischen Konsole überbrücken, mit der die Backbord-Phaser kontrolliert wurden, und durchschneiden … Nein, zuerst die Schalterstellung überprüfen! Hatte er daran gedacht, auch vor der Überbrückung der Verbindung zum Transporter den Schalter zu kontrollieren? Und war da nicht noch etwas, das er vergessen hatte …?

In seinem Hinterkopf ertönte eine leise Alarmsirene, aber er zwang sich dazu, nicht in seiner Konzentration nachzulassen. Wenn er hier unten fertig war, dann … dann …

Jetzt erinnerte er sich, was er vergessen hatte – nämlich die Türen zur Notbrücke hinter sich zu blockieren. Es fiel ihm in dem Augenblick wieder ein, als sich die Türhälften mit einem leisen Zischen öffneten und eine tiefe Frauenstimme zögernd fragte: »Zhiming?«

»Hier!« Arios tastete vorsichtig mit den Fingern eine Tür auf dem dritten Deck unter der Brücke ab. Spock war von der ungewöhnlichen Konstruktion des Schiffes fasziniert gewesen, von der ungleichmäßigen Anordnung der Decks und Räume, von der klaustrophobischen Enge der Kammern. Noch mehr faszinierte ihn Arios' Fähigkeit, für Ruhe in ihrer Umgebung zu sorgen. Die Wachen, denen sie auf ihrem Weg vom Maschinenraum bis zu diesem Korridor mit den bewachten Zellen begegnet waren, schliefen tief und fest, nachdem sie zuerst versucht hatten, Arios Richtungsanweisungen zu geben, während Spock von hinten an sie herangetreten war. Drei- oder viermal hatte er seitdem

Schritte gehört, die sich durch den Korridor näherten, bis Arios irgend etwas getan hatte und sie sich wieder entfernten.

Jedesmal hatte Spock eine zögernde Verlangsamung der Schritte bemerkt, als hätte sich das Besatzungsmitglied an etwas Wichtiges erinnert, um dann in die entgegengesetzte Richtung zurückzugehen.

Was sagte Uhura bei solchen Gelegenheiten? *Einem geschenkten Gaul schaut man nicht ins Maul.*

Die ausgleichende Gerechtigkeit der Evolution für empfindliche ›gläserne Elfen‹.

Das Schloß öffnete sich, nachdem Arios es berührt hatte – vermutlich reagierte es irgendwie auf einen Meister des Konzils.

Kaltes Licht ... kalte Wände ... Das plötzliche Wiedererkennen ließ Spock vorübergehend die Orientierung verlieren. Es war eine schreckliche Vertrautheit, das Gefühl, schon einmal in diesem Raum gewesen zu sein.

Und das überwältigend starke Gefühl, dem fetten, kleinen krötenähnlichen Geschöpf schon einmal begegnet zu sein, das nun vor ihm stand, nachdem es aus der dicht gedrängten Gruppe von Yoons hervorgetreten war und mit riesigen kupferfarbenen Augen zu ihm aufblinzelte.

Natürlich kannte er dieses Wesen, dachte Spock. Er empfand eine verblüffende Vertrautheit in vielerlei Hinsicht, er kannte das lange, erfüllte Leben voller Freude und Sorge, das Studium des Wissens und die Liebe zu einem großen Kreis von Freunden. Er kannte nur nicht seinen Namen.

Der Yoon erkannte ihn ebenfalls, wie Spock bemerkte.

Der Yoon hob gleichzeitig alle vier Hände – vermutlich eine Friedensgeste, die zeigen sollte, daß sie leer waren – und stieß eine Reihe von pfeifenden und trillernden Lauten aus, die wie eine rituelle Litanei klangen. Spock, Arios und Mr. Scott erwiderten die Geste sofort, worauf der Yoon zu einem niedrigen Tisch watschelte, auf dem mehrere Messingscheiben lagen.

Auf dem Planeten hatte die sengende Hitze des Infernos die Toten bis auf die Knochen oder zumindest die Haut entblößt, so daß Spock erst jetzt sah, daß die Yoons lange, weiche Pelze trugen, hauptsächlich in Grün- und Grün-Orange-Tönen. Dieser Yoon jedoch, der jetzt zurückkehrte und ihm mit einer dreifingrigen Hand eine Scheibe reichte, hatte einen hellgelben Pelz, der in einem kunstvollen Muster aus Rot und Blau getigert war. Der Pelz war an den Gliedmaßen ausgefranst und bildete um Kopf und Schultern eine prachtvolle Mähne. Darüber trug er einen weiten Umhang, der mit ebenso farbenfrohen Mustern und vielen Taschen besetzt war.

Der dicke gelbe Yoon – der alte Mann, der Großvater, der Spocks Geist berührt und durch ihn zu Arios gesprochen hatte – drängte ihn mit einer ungeduldigen Geste, die Scheibe anzunehmen.

Spock bemerkte nun, daß dem Yoon ein Teil der Mähne im Nacken ausrasiert worden war.

Man hatte ihn bereits verdrahtet.

Ungeduldig nahm der Yoon Spocks Hand. Seine Finger waren unbehaart und angenehm warm im Vergleich zur eiskalten Berührung eines Menschen. Dann drückte der Yoon ihm die Messingscheibe knapp unter dem Kragen seiner Uniform an die Brust. Spock sah, daß der Yoon eine ähnliche Scheibe an seinem Umhang trug.

Wieder begann der Yoon zu sprechen, doch diesmal hörte Spock nicht nur das helle Trillern, sondern gleichzeitig verständliche Worte, die aus der Scheibe drangen.

»Du bist der, durch dessen Geist ich gesprochen habe«, sagte der Yoon. »Und er …« Mit seinen riesigen, kupferfarbenen Augen blickte er Arios an, während sich die spaltförmige Iris abwechselnd zusammenzog und weitete. »Er war bei dir. Er sagte, du würdest kommen, um uns zu helfen, diesen Ort zu verlassen. Ist das wahr?«

»Es ist wahr«, sagte Spock. »Ich bin Spock von der Welt namens Vulkan. Dieser Mann ist Dylan Arios, der Captain eines Raumschiffes. Und das ist Scott, der Ingenieur eines anderen Raumschiffes. Ich weiß nicht, ob ihr etwas davon versteht oder begreift, was mit eurer Welt geschehen ist ...«

»Wir wissen, daß unsere Welt zerstört wurde«, sagte der Yoon, und für einen Moment trübten sich seine großen Augen. »Wir wissen, daß es für uns keine Rückkehr gibt. Die Domina erklärte uns allen, daß sie uns gerettet hat und daß sie uns zu einem Ort bringen würde, an dem wir leben können. Doch dann brachte sie einige von uns fort – die Weisen, die Lehrer, die Heiler – und ließ uns einschlafen. Als wir hier wieder aufwachten, waren kalte Metalldrähte in uns, aus denen seltsame Stimmen sprachen, die absurde Dinge flüsterten.«

Er drehte den Kopf in Arios' Richtung. »Nach diesem ... Geflüster ... ist er derjenige, der für das Sonnenfeuer verantwortlich ist. Aber ich habe in seinen Geist geblickt und darin nichts Böses gesehen.«

»Diese Domina«, sagte ein anderer Yoon, ein weibliches Exemplar mit grün-orange gescheckten Pelz und langen schwarzen Strähnen in der Mähne. »Sie macht ...« Darauf folgte ein langgezogenes Pfeifen und Zwitschern, doch nach einer kurzen Verzögerung reichte der Translator die Übersetzung nach: »Sie injiziert Parfüm in faules Obst, um es verkaufen zu können. Doch im Innern rieche ich deutlich ihre Fäulnis.«

Der gelbe Großvater nickte. »Ich heiße Cymris Darthanian«, sagte er. »Meine Enkeltochter Iriane, die zu eurem jungen Freund sprach, ist hier irgendwo ...« Er blickte sich um, worauf ein recht kleiner weiblicher Yoon mit hell- und jadegrün gestreiftem Pelz durch die

Tür hereinkam, nachdem sie sich im Korridor umgesehen hatte.

»Großvater, wenn wir von hier fliehen wollen …«

Sie hielt inne und betrachtete Spock und Arios mit nachdenklichen bernsteingelben Augen.

»Sie sind es«, sagte sie. »Die versprochen haben, uns von hier fortzubringen. Ist es wirklich das, was ihr tun wollt?«

»Aus diesem Grund sind wir gekommen. Wir …« Spock unterbrach sich, als er plötzlich aus der Ferne schnelle Schritte wahrnahm.

Er hob eine Augenbraue. »Es scheint«, sagte er, »daß wir entdeckt wurden und die Sicherheit auf dem Weg zu uns ist.«

15

Kirk wußte augenblicklich, daß etwas schiefgegangen war.

Er saß in einem Pariser Café. Die tiefblaue Nacht war mit goldenen Tropfen durchsetzt und so warm wie Badewannenwasser. Violinen träumten zum rhythmischen Kontrapunkt des Hufgeklappers der Pferdekutschen, die auf der anderen Seite der blassen Stämme der Kastanienbäume hinter dem Bürgersteig durch die Dunkelheit fuhren. Sein Anzug aus braun gestreiftem Wollstoff bildete einen beruhigenden Kontrast zu den Kellnern in den weißen Jacken, den Bürgern mit den hohen Zylindern und den Flaneuren in den feinen schwarzen Fracks. An seinem Tisch saß Germaine McKennon, die im dunkelgrünen Taftkleid, das im Gaslicht schimmerte und ihre smaragdgrünen Augen hervorragend zur Geltung brachte, hinreißend aussah. Die Luft roch nach ihrem Parfüm, nach Kaffee, Pferden und dem Fluß.

»Die Holodeck-Technologie hat erhebliche Fortschritte gemacht«, sagte sie gerade. »Wenn Sie von Ihrem Kaffee trinken, würde er Sie vermutlich achtundvierzig Stunden wach halten. Wer hier ein Trainingsprogramm absolviert, trägt gelegentlich sogar psychosomatische Verletzungen davon, wenn man nicht schnell genug einem Schlag oder einem Schwerthieb ausweicht ...«

Sie lachte. Es war ein angenehmes Geräusch inmitten der französischen Gesprächsfetzen, die er hier viel besser verstehen konnte als während seiner Schulzeit. »Es gibt unzählige Geschichten über Männer, die sich in die liebreizende Madame Sowieso verlieben ... eine sehr beliebte Figur aus den Programmen, die dezent als ›Männerabenteuer‹ umschrieben werden. Auch Frauen lassen sich von den Helden aus Mrs. Schindlers Romanzen hinreißen, aber ich bin noch nie jemandem begegnet, der oder die ein solches Abenteuer genossen hat.«

Er hätte sie gerne gefragt, ob sie schon einmal jemandem begegnet war, der tatsächlich an einer Holo-Folter gestorben war, nachdem er von einem Mheerscha gefressen oder ihm die Eingeweide herausgerissen worden waren. Aber er verzichtete darauf. Sie würde nur auf ihre reizende Art lachen und ihm sagen, daß dieses Gerücht von der Schattenflotte verbreitet worden war, und er würde sich wieder davon überwältigen lassen, wie sehr Germaine McKennon ihn an seine erste Liebe Ruth erinnerte.

Und natürlich würde ihm niemand die erotischen Holoprogramme vorführen, ob sie nun gewalttätig oder einfach nur pornographisch waren.

»Allerdings wäre anzumerken«, fügte sie spitzbübisch hinzu und blickte zum Nachbartisch hinüber, wo Captain Varos, Edward Dale und zwei identische Sicherheitswächter in Pullovern und Schirmmützen von Pariser Arbeitern sie beobachteten, »daß einige der historischen Programme und der Ansichten von weit entfernten Planeten ... weniger akkurat gestaltet wurden. Es gibt sogar ein Holo-Abenteuer, das auf der originalen *Enterprise* spielt. Es würde mich brennend interessieren, wie nahe es der Wahrheit kommt ...«

Dann sah er die Veränderung in ihren Augen. Sie blitzten im sanften weißen Licht der Gaslaternen des Cafés auf, zunächst überrascht und schockiert, dann mit einer teuflischen Mischung aus Triumph, Trotz und Wut. Sie öffnete den Mund, um etwas zu sagen, doch Kirk war schneller. Er riß seinen Phaser aus dem Gürtel und setzte sie mit einer vollen Betäubungsladung außer Gefecht. Gleichzeitig nahm er ihr die Holo-Fernbedienung aus der kraftlosen Hand, warf das handliche dünne Rechteck aus Plastik auf das Pflaster aus Granitsteinen und zertrat es mit dem Stiefelabsatz. Paris begann zu flackern und sich zu verzerren, bis an einigen Stellen graue Metallwände hinter den glühenden Schatten der Nacht des neunzehnten Jahrhunderts erschienen.

All dies geschah innerhalb weniger Sekunden. Er entdeckte den Ausgang im selben Moment, als er das Feuer auf Dale und Varos eröffnete, aber sie flüchteten bereits in verschiedene Richtungen, wichen Kellnern und Gästen aus und stolperten über Tische, die zeitweise ihre Realität verloren. »Wolfman!« schrie Kirk, doch dann erinnerte er sich, daß von allen Räumen an Bord des Schiffes die Holokammern über die beste Schallisolierung verfügten. Die Bilder verblaßten, als er die Tür erreichte und auf den Öffnungsmechanismus schlug. Ein Phaserstrahl schlug in die Wand, so nahe neben seinem Kopf, daß er vorübergehend die Orientierung verlor.

Draußen kümmerte sich Wolfman um eine Frau aus ihrer Gruppe, die am Boden lag, während die anderen beiden sich ein heftiges Gefecht mit vier oder fünf Leuten von der Sicherheitstruppe lieferten. Kirk duckte sich, wirbelte herum, feuerte auf die Kontrollen der Tür und dann, mit Betäubungsstrahlen, in die Rücken der Gegner, bevor sie reagieren konnten. Überall leuchteten rote Lampen auf, und die Alarmsirenen ertönten. Wolfman schoß auf die restlichen zwei Wachen von der *Savasci*, warf sich dann die bewußtlose Shimada über die Schulter und hetzte den Korridor entlang, um durch das Vakuumschott zu schlüpfen, bevor es sich schloß.

Cooper hielt eine Hand gegen den Kopf gepreßt und verzog das Gesicht, als hätte er einen schweren Schlag erhalten. »Zum Shuttle-Deck«, sagte er. »Sie haben die Yoons. Sie sind auf dem Weg nach unten.«

»Ich dachte, Ihre Verdrahtung wäre außer Funktion!« Kirk feuerte auf das Schott, als es sich wieder öffnete, und hastete dann im Laufschritt durch den Korridor.

»Es war nur ein Lokator-Signal! Hier entlang!« Er bog in einen abzweigenden Gang. Kirk dachte, daß es nicht ganz falsch war, was Dale über verdrahtete Befehlshaber und ihre Truppen gesagt hatte.

Das bedeutete natürlich, daß auch die Sicherheitstruppen der *Savasci* genau wußten, wo sie sich sammeln mußten.

Er hatte recht, denn unterwegs wurden sie zweimal angegriffen. Die Spuren, die die Phaserstrahlen an den grauen Wänden hinterließen, verrieten Kirk, daß die Waffen ihrer Feinde auf schwere Betäubung eingestellt waren. Die Korridore der *Savasci* waren eng und vollführten ungewohnte Biegungen. Er erhielt einen Treffer am Bein und zwang sich dazu, trotz des Schmerzes weiterzuhumpeln. Er wußte genau, was mit ihm geschehen würde, wenn McKennon ihn lebend faßte. Sie würde seine Erinnerungen löschen oder verändern, aber vermutlich nichts beeinflussen, was zu einem Zeitparadoxon führen könnte, dachte er grimmig, während er hinter einer Ecke in Deckung ging und das Feuer einer neuen Gruppe von Verfolgern erwiderte. Unwillkürlich erinnerte er sich auch an die holographischen Folterszenen, von denen Cooper ihm erzählt hatte.

Und wenn McKennon irgendwie herausfand, welches Besatzungsmitglied der *Enterprise* zum Begründer des Konzils werden sollte – falls sie es nicht längst wußte –, gäbe es keine Rettung mehr für die Sicherheitswächter in seiner Gruppe. Sofern es sich nicht um gute Freunde des Unbekannten handelte. Dann mußten auch ihre Erinnerungen gelöscht werden. Und Phil Cooper wäre in jedem Fall ein toter Mann.

»Captain!« hörte er Spocks Stimme rufen. Als er sich

umdrehte, erkannte er den Wissenschaftsoffizier in der halb geöffneten Tür zu einem Lagerraum. Kirk und seine Begleiter schlüpften hindurch, dann ließ Spock die Tür zufallen und verschmolz den Mechanismus mit einer Ladung Phaserenergie. In der fast vollkommenen Dunkelheit spürte Kirk eine Gruppe aus schimmernden Augen und den starken, aber nicht unangenehmen Geruch einer fremden Spezies. Er wußte, daß er von den lebenden und atmenden Körpern der Wesen umgeben war, die er an diesem Vormittag als verkohlte Skelette und mumifizierte Leichen gesehen hatte.

»Wo sind Arios und Scotty?«

»Flankendeckung«, sagte Spock knapp und reichte ihm eine Translatorscheibe. »Sie werden im Shuttle-Hangar zu uns stoßen. Jeder hat ein halbes Dutzend Yoons bei sich, die mit Phasern bewaffnet sind.«

»Meine Enkeltochter Iriane«, zwitscherte Darthanian, »hat eine große Wut in sich, einen furchtbaren Zorn. Sie wurde zur Kriegerin erzogen. Glaubt mir, diese Menschenwesen haben keine Ahnung, was sie sich in ihr Raumschiff geholt haben.«

Spock hatte im Hintergrund des Lagerraums die Abdeckung eines Wartungsschachts geöffnet, durch den die Gruppe nun einer nach dem anderen hinabstieg. Hinter den Wänden hörten sie gelegentlich das Poltern von Stiefeln und das Zischen von Phaserfeuer. »Ich vermute, daß das Gefängnis der Yoons mit einer Warnanlage versehen war«, sagte Spock, als Cooper die Gruppe anhalten ließ, die Abdeckung eines Lüftungsschachts von der Wand nahm und als erster hineinkroch. »Eine vernünftige Vorsichtsmaßnahme von Mrs. McKennon, wenn sie Captain Arios tatsächlich so gut kennt, wie sie behauptet.«

Kirk konnte ihm nicht widersprechen, während er den Yoons dabei half, die bewußtlose Shimada in den Luftschacht zu hieven.

»Keinen Schritt näher!« Chapel, die an der Tür zum Turbolift stehengeblieben war, konnte sehen, daß Lao einen Phaser in der Hand hielt, als er sich von der Konsole erhob, hinter der er gehockt hatte. »Gehen Sie an die Navigationskonsole und nehmen Sie dort Platz. Es dürfte nicht lange dauern.«

Selbst von der Tür aus konnte Chapel erkennen, daß seine Hand zitterte. Auf dem Boden neben der geöffneten Konsole standen eine Instrumententasche und eine Lampe, die im Dämmerlicht der Notbrücke ungewöhnlich hell wirkte. Laos Stimme hatte etwas Hartes und Angestrengtes, und die ruckhafte Art, in der er sich bewegte, machte ihr angst.

Sehr vorsichtig ging sie über den erhöhten Außenring zum Gegenstück der Konsole, an der normalerweise Chekov saß, und ließ sich in den gepolsterten Sessel sinken. Die leuchtenden Anzeigen der Kontrollen vor ihr waren aktiviert, ebenso zwei weitere Konsolen an der Wand. Eine davon war die technische Station, und sie stellte sich vor, wie Mr. Scott sich über die kleinen Bildschirme und Monitore beugte. Dawe stand gewöhnlich an der anderen, was bedeutete, daß es sich vermutlich um ein Subsystem handelte. Sie saß vor den Kontrollen der Waffen und des Hauptcomputers.

Schweiß stand glänzend auf Laos Gesicht. »Was machen Sie hier?«

Was ich hier ...? dachte Chapel entrüstet, doch sie bemühte sich, mit ruhiger und freundlicher Stimme zu antworten. »Ich habe gesehen, wie Sie in der Nähe Ihres Quartiers in den Lift traten«, sagte sie. »Ich habe mir Sorgen um Sie gemacht und wollte Sie fragen, ob Sie etwas über die Medikamente wissen, die aus dem Lager verschwunden sind ...«

Sie blickte wieder auf die Instrumententasche und sah nun die hellroten Pillen in der kleinen Plastiktüte. Eine sehr hohe Dosis, die ein Dutzend Menschen umbringen konnte.

»Zhiming«, sagte sie, »überlegen Sie bitte ...«

»Was gibt es da noch zu überlegen?« unterbrach er sie mit einem abgehackten, schrecklichen Lachen. »Die Föderation bricht zusammen und verwandelt sich in ... in einen grausamen Alptraum! Das Konzil belügt, verstümmelt und ermordet jeden, der auch nur den Anschein einer Bedrohung erweckt! Und Sie wollen mir sagen, ich soll es mir noch einmal überlegen? Christine, sind Sie wirklich so blind oder versuchen Sie nur, mich dazu zu bringen, den Phaser aus der Hand zu legen und die Implosionssequenz abzubrechen?«

»Implosion?« Sie brauchte einen Moment, bis ihr die Bedeutung seiner Worte klar wurde. Und was er hier auf der Notbrücke tat. Sie erinnerte sich an den Ausdruck seines Gesichts, als sie ihm in der Krankenstation begegnet war. Wie er sich abgewandt und hastig fortgegangen war. »Zhiming ...!«

»Runter!« befahl er, da sie vorsichtig aufgestanden war. »Denken Sie nicht einmal daran, daß Sie mich irgendwie aufhalten können!« sprach er etwas ruhiger weiter. »Ich habe den Phaser auf tödliche Energie eingestellt. Es gibt keinen anderen Weg. Ich darf nicht über mögliche Zweifel nachdenken. Sogar Captain Kirk weiß, daß es getan werden muß.«

Kirk und die Sicherheitswächter Wolfman, Watanabe und Chavez verließen den letzten Abschnitt des Wartungsschachtes und stießen hinter der nächsten Biegung des Korridors wie erwartet auf Sicherheitstruppen der *Savasci.* Phaserschüsse zischten und bohrten stinkende Löcher in den weichen Wandbelag. Dann waren im Hintergrund verwirrende Geräusche zu hören, schließlich Flüche und stürzende Körper. Als Kirk in den Vorraum des Shuttle-Hangars trat, sah er überall Yoons, die aus einem Lüftungsschacht gekommen waren und die Wachen von hinten überrascht hatten.

Das Wesen, das Darthanian als seine Enkeltochter Iriane vorgestellt hatte, brach den fünf bewußtlosen Sicherheitswächtern systematisch das Genick. Als Vertreterin einer baumbewohnenden Spezies hatte sie äußerst kräftige Arme, und für einen Moment glaubte Kirk zu erkennen, wie sich die gleißenden Blitze, die tanzenden Wasserhosen und der wolkenbruchartige Regen von Tau Lyra III in ihren kupferroten Augen spiegelte.

Darthanian selbst hatte sich über die bewußtlose Shimada gebeugt, die Augen halb geschlossen und die Hände auf ihre Schläfen und Handgelenke gelegt. Cooper hatte ein aschgraues Gesicht und lehnte sich erschöpft an eine Wand. Kirk vermutete, daß die Wirkung der Adrenalase nachließ.

»Sie wird es überleben«, sagte der alte Yoon besorgt, als er aufblickte. »Aber ich kann sie jetzt noch nicht ins Bewußtsein zurückholen. Diese Waffen sind sehr bösartig.«

Erst jetzt bemerkte Kirk, daß Arios Stellung an der zweiten Tür des Shuttle-Vorraums bezogen hatte, hinter der sich vermutlich ein weiterer Korridor befand. Seine Augen waren halb geschlossen, als würde er angestrengt lauschen. Scott und Spock kamen im Laufschritt durch das Schott zur Haupthalle des Hangars.

»Das Schiff ist durchgecheckt und abflugbereit«, meldete Scotty atemlos. »Die Koordinaten für den Transport der vier Kisten sind eingegeben.«

»Für die Bergung dieser Kisten sind wir euch besonders dankbar«, sagte Darthanian, als die Yoons sich auf den Weg zum riesigen, geschoßförmigen Shuttle machten. Sie liefen, rannten und stolperten auf allen vieren oder sechsen.

Der alte Yoon richtete würdevoll seinen pummeligen Körper auf und blickte Kirk in die Augen. »Ich weiß, was sich darin befindet. Jeder Baum legte eine Truhe mit den alten Legenden und Schätzen, mit Werkzeugen, Medikamenten und Anweisungen zur Herstellung weiterer Medikamente an.«

»Warum?« fragte Kirk neugierig, weil er wußte, daß auch die vielen Föderationsgelehrten, die ihre Lebensaufgabe verloren hatten, an der Antwort auf diese Frage interessiert sein würden. Diesmal war es nicht darum gegangen, ›nach neuem Leben und neuen Zivilisationen‹ zu suchen, sondern die Zukunft einer Zivilisation zu retten, die bereits untergegangen war. »Wenn Ihr Volk niemals Vernichtungswaffen erfunden hat ...«

Der Weise blickte überrascht auf. »Wer hat so etwas behauptet?« fragte er. »Natürlich haben wir solche Waffen erfunden – im Labor. In der Theorie. Natürlich wissen wir, wie man sich gegenseitig in großer Zahl umbringen kann, falls wir jemals so verrückt sein sollten, es zu tun. Aber wozu? Die Truhen dienten als Wissensspeicher für Yoons, die ferne Länder kolonisierten, damit sie lernten, wie man am besten unter widrigen Bedingungen überlebt. Also werden sie froh sein, darüber zu verfügen.«

Spock stand an einer geöffneten Wandklappe und hatte die Schaltkreise mit seinem Tricorder verbunden. »Die Sensoren sind jetzt blind«, rief er.

»*Sie?*« fragte Kirk nach, an Yoon gewandt.

Darthanian lächelte. Fünf oder sechs Yoons, die genauso alt oder noch älter als er waren, wenn man nach den weißen Strähnen ihrer Mähnen ging, kamen vom Shuttle in den Vorraum zurück, wo sich Kirk aufhielt. Auch sie lächelten.

»Ja, sie«, sagte Darthanian. »Meine wenigen Freunde und ich ...« Er deutete mit einer Hand auf die Gruppe. »Wir werden beim Konzil bleiben, während die anderen zur neuen Welt aufbrechen. Wir werden aus der Ferne ihren Weg in die Zukunft begleiten. Wie du siehst, hat man uns allen diese lächerlichen Drähte eingepflanzt. Ich bin sicher, daß die Domina fest daran glaubt, wir würden die Träume und Gedanken, die sie uns damit übermittelt, ernst nehmen – oder wir würden das Kitzeln und Flüstern im Hirnstamm als Schmerz, Trauer und Wut wahrnehmen.«

Er lächelte immer noch, aber plötzlich stand eine verbitterte Entschlossenheit in seinen Augen. »Also werden wir der Domina dienen«, sagte er. »Wenn wir uns im Schiff verteilen und uns laut beklagen, daß wir verletzt wurden und daß unsere Gefährten uns im Glauben zurückließen, wir seien tot, weil wir sie nicht begleiten wollten, wird sie uns zweifellos für vertrauenswürdig halten. Natürlich kann es niemals eine Vergeltung für das geben, was sie uns angetan hat. Trotzdem ...« Die Geste, die er mit dem Arm ausführte, wirkte wie ein Schulterzucken. »Es interessiert mich, wieviel Schaden wir anrichten können, bevor wir entlarvt werden. Iriane, meine Enkeltochter ...«

Er streckte ihr die Arme entgegen. Sie hockte neben Arios an der Tür zum Korridor und hatte nach Spocks Meldung sofort die Aufgabe der Flankendeckung übernommen und die kleine Gruppe der Yoons während der Flucht zum Shuttle mit verbissener Entschlossenheit verteidigt.

»Nein.« Irianes Stimme, die aus Kirks Translator kam, war kaum mehr als ein Schnurren. »Großvater, es tut mir leid. Du weißt, was ich verloren habe – meinen geliebten Mann, die Kinder, die ich ihm geboren habe, und die Schwester, die mir näher als eine Schwester stand. Meine Mutter, meinen Vater ...« Sie schüttelte den Kopf. »Mein Rachedurst ist ungestillt. Er wird sich nicht dadurch stillen lasse, daß ich fliehe und ein neues Leben aufbaue.« Sie streckte eine haarlose schwarze Hand aus und berührte Arios' Finger.

Darthanian wirkte traurig. Er sah aus wie jemand, der in die Zukunft sah und den unaufhaltsamen Lauf der Zeit erkannte, dachte Kirk. »Du versprichst, einer der größten Weisen zu werden, Kind, nachdem du in allen unseren Künsten ausgebildet wurdest. Unter denen, die die neue Welt aufbauen werden, gibt es ohnehin viel zu wenige Weise.«

»Der Schmerz, den ich empfinde, würde sich nur in Haß verwandeln«, sagte die Kriegerin leise. »Ich kann die Kinder, die künftig geboren werden, nicht lehren, ein Leben voller Haß zu führen.«

»Sie kommen!« Arios zuckte zusammen und legte mit schmerzhaftem Gesichtsausdruck eine Hand an die Schläfe. Seine Stimme klang heiser. »Sie ist bei ihnen.«

»Starten Sie das Schiff!« sagte Kirk.

Spock gab die entsprechenden Befehle in seinen Tricorder ein, worauf sich die großen Schotten zum Hangardeck mit dem glänzend weißen Shuttle schlossen. Rote Warnlampen leuchteten auf, als die Atmosphäre hinter dem Schott abgepumpt wurde. Die Yoons krochen bereits in den Luftschacht zurück, um die Stellen aufzusuchen, an denen sie gefunden werden wollten.

Jetzt war das Zischen des Phaserfeuers der Sicherheitstruppen zu hören, das sich auf die Verriegelung der Tür zum Hangar-Vorraum konzentrierte.

Kirk klappte seinen Kommunikator auf. »Mr. Kyle? Holen Sie uns hier raus!«

»Äh … ich fürchte, damit gibt es im Augenblick ein Problem«, kam Kyles Stimme krächzend aus dem kleinen Lautsprecher.

»Was soll das heißen?« wollte Kirk wissen. »Wir stecken in der Falle …«

»Wir arbeiten daran, so schnell wir können, Captain«, sagte Kyle. »Jemand hat eine Phasenumkehr der Phaserstaffeln programmiert, die durch ein hereinkommendes Transportersignal ausgelöst wird, und die Sicherheitssperren außer Kraft gesetzt.«

Scotty, der neben Kirk stand, schnappte schockiert nach Luft.

»Wenn wir Sie an Bord beamen«, faßte Kyle überflüssigerweise zusammen, »wird das Schiff explodieren.«

Die Tür zum Korridor gab nach und sprang auf. Dahinter kamen Dale, Varos und mehrere Sicherheitskräfte zum Vorschein.

Und wie ein Gewittersturm in Schwarz und Kupferrot die Domina McKennon.

Kirk blieb kaum genügend Zeit, im Durchgang zum hinteren Korridor in Deckung zu gehen, wo sich Arios, Scott und seine übrigen Leute drängten. Er feuerte zwei Schüsse auf die Sicherheitstruppen der *Savasci* ab, um Spock für seinen hastigen Rückzug Deckung zu geben, aber er wußte, daß es hoffnungslos war. Ein heftiger Schmerz schoß brennend durch seinen Kopf und raubte ihm den Atem. Ein Wachmann stürmte in den Raum zu den Kontrollen, um die Startsequenz abzubrechen, und Kirk schoß dreimal auf ihn. Erst das konzentrierte Feuer von Arios und Scott riß ihn von den Beinen.

»Start abbrechen!« hörte Kirk die Stimme von McKennon aus dem Korridor rufen. »Halten Sie das Shuttle auf – um jeden Preis!«

Ein Phaserstrahl streifte seine Hand, und neben ihm keuchte Cooper auf und ging in die Knie. Drei neue Gegner drangen in den Vorraum ein und deckten Kirk und die anderen mit Sperrfeuer ein, so daß sie sich weiter zurückziehen mußten. Er sah noch, wie weitere Männer aus dem Korridor hereinkamen.

Dann hörte er einen schrillen, kreischenden Lärm von oben, das Geräusch von zerreißendem Metall. Die Sicherheitstruppen hielten inne und starrten nach oben, als sich über ihren Köpfen ein Loch in der Decke öffnete.

Dann schlängelte sich ein Tentakel hindurch, von dem etwas tropfte, das die Konsistenz von Honig hatte. Doch es verbreitete einen Geruch, der aus dem Bodensatz der schlimmsten Alpträume aufzusteigen schien.

Kirk hielt den Atem an.

»Nemo …«, flüsterte Arios.

Im nächsten Augenblick sprang es in den Raum, ein

schwarzes, glänzendes Etwas, das im grellen Kunstlicht noch furchteinflößender und widerwärtiger wirkte. Der augenlose Kopf drehte sich herum. Eine Kralle schlug aus und schlitzte einen Mann der Sicherheitstruppen mit tödlicher Leichtigkeit von der Luftröhre bis zum Schambein auf. Der Sicherheitswächter gab ein schreckliches Röcheln von sich, als er in einer Lache aus seinem eigenen Blut zusammenbrach.

Kirk war nahe genug, um den Yagghorth berühren zu können, und zog sich in den Gang zurück, als das Wesen mit vogelartiger Ruckhaftigkeit herumfuhr. Es stieß einen unbeschreiblichen Laut aus, hob einen unglaublich langen Arm und riß einem Gegner das Gesicht herunter, der zu schockiert war, um sich wehren zu können. Dann hörte Kirk das Knacken von Knochen, als sich das Wesen über die Leiche beugte. »Töten Sie es nicht!« schrie McKennons Stimme hinter Dales Rücken. »Nur auf Betäubung!« Kirk war sich nicht sicher, ob Dale ihren Befehl gehört hatte und ihn befolgen wollte, aber er wußte genau, daß es ohnehin keine Rolle spielte. Kein Phaser der ganzen Galaxis hatte einem Yagghorth jemals schlimmere Beschwerden als einen Schluckauf zugefügt.

Ihr Befehl war völlig überflüssig. Dale feuerte aus unmittelbarer Nähe auf den Yagghorth, während das Wesen gleichzeitig einen weiteren Gegner in drei Stücke zerriß. Dann schlug es wieder mit den Krallen aus und öffnete den Brustkorb und Bauch des Sicherheitsoffiziers, um den Inhalt wie ein Bündel nasser Lumpen herauszuzerren.

Arios und Spock zerrten Kirk zurück in den hinteren Korridor und drängten ihn zur Eile. Kirk hatte immer noch den intensiven, süßlichen Geruch des vergossenen Blutes in der Nase, das ihm auf Ärmel und Hose gespritzt war.

Mit einem letzten Blick in den Vorraum des Hangars sah er, daß die Lampen über dem Schott in konstantem

Rot leuchteten. Das Shuttle war draußen und brachte die überlebenden Yoons zu ihrer neuen Heimat.

Dann schloß Scott einen Draht kurz, und die Tür begann sich zischend zu schließen. Der Ingenieur beeilte sich, nicht den Anschluß an die Gruppe der Flüchtenden zu verlieren.

Doch es gab keine Verfolger.

Für jene, die sich im Korridor vor Entsetzen dicht an die Wand gepreßt hatten, war die plötzliche Stille im Vorraum schrecklicher als das Fauchen und Zischen des Yagghorth. In der Luft hing der Gestank nach Blut und Innereien. Dann war ein leises Geräusch zu hören, das erstickte Keuchen eines Menschen, der noch nicht tot war, obwohl kaum noch Leben in ihm sein konnte.

»Ihnen nach!« sagte McKennon und packte Varos am Ärmel. »Schneiden Sie ihnen den Weg ab. Die Leute wissen, wohin das Shuttle unterwegs ist. Los ...!«

Varos spähte vorsichtig durch den Türrahmen. Der Yagghorth war verschwunden. Von den Wänden tropfte Blut, obwohl der Überzug aus Duraso die Eigenschaft hatte, Feuchtigkeit zu absorbieren.

Mitten im Raum lag Edward Dale und versuchte sich zu bewegen.

Varos trat einen Schritt auf seinen Freund zu, doch McKennons kleine und flinke Hand schloß sich wie eine Zange um seinen Unterarm. »Er ist tot«, sagte sie. »Sie müssen jetzt Arios und Kirk fangen. Ich hätte wissen müssen, daß er Kirk auf seine Seite ziehen würde.«

»Ed ist noch am Leben«, sagte Varos. Es war das erste Mal seit zwölf Jahren, daß er keine förmliche Anrede benutzte, wenn er über seinen Freund sprach.

»Gehen Sie!« fauchte McKennon.

»Er braucht Hilfe! Wir müssen ihn zu einer Gefrierkammer bringen und ...«

Dann brach der Schmerz über Varos herein. Es war ein Schmerz, der durch seine Nerven, sein Rückenmark und sein Gehirn schnitt und ihm den Atem raubte, als würde sein Körper von den blitzenden Krallen des Yagghorth zerrissen. Der Schmerz hatte kein Zentrum und keine Quelle – bis auf die wütenden grünen Augen. Schmerz und eine lähmende Schwäche, Kälte und ein Gefühl in seinem verdrahteten Nervensystem, das er niemals hätte beschreiben können. Sein Blickfeld wurde dunkel, und sein Geist schien sich zurückzuziehen, als wäre seine eigene Persönlichkeit – der Teil von ihm, der Rial Varos war und einen Freund namens Ed Dale hatte – in eine kleine Zelle gesperrt worden, während jemand anderer – oder etwas anderes – seinen Kopf, seine Arme und seine Beine bewegte. Er ging wankend fünf oder sechs Schritte den Korridor entlang, gemeinsam mit seinen überlebenden Männern, in Richtung des Turbolifts, der in die oberen Decks führte, und war sich kaum bewußt, was er tat.

Er wollte sich dazu zwingen, wieder zurückzugehen, zur gnadenlosen Quelle seines Schmerzes zurückzukehren, an den glühenden und stechenden Augen vorbei zu Ed, damit er ihn irgendwie in die Krankenstation schaffen konnte, in eine Gefrierkammer …

Aber er konnte es nicht.

Er wankte weiter und geriet ins Stolpern. Er schlug mit der Schulter gegen die Wand und fing sich ab. Ohne daß er es wollte, wandte er sich um und ging weiter zum Lift, um die Verfolgung aufzunehmen.

»Beeilen Sie sich! Sie werden sonst entkommen!«

Er hörte, wie sein Freund einen Laut von sich gab, der sein Name gewesen sein könnte, als er ihn zurückließ, ihn sterben ließ. McKennon folgte ihm mit leise und heimtückisch tappenden Schritten auf dem weichen Bodenbelag.

16

Ich habe herauszufinden versucht, wer es war.« Fähnrich Lao hatte sich gegen die Waffenkonsole gelehnt, ohne den Phaser herunterzunehmen. Seine Augen schienen im Halbdunkel zu funkeln. »Ich habe die Aufzeichnungen durchgesehen und Wahrscheinlichkeitsprogramme auf die Personaldateien angesetzt. Dafür habe ich den ganzen Nachmittag gebraucht. Ich habe nach den möglichen Ursachen einer solchen Entwicklung gesucht. Wie unter Berücksichtigung der Seuche und der Fähigkeiten der Yagghorths – über die wir fast nichts wissen – eine solche Organisation entstehen könnte. Ich habe das Machtvakuum analysiert, das nach dem Tod oder geistigen Verfall wichtiger Persönlichkeiten entstehen würde. Um den zu finden, der für alles verantwortlich war – oder sein wird.«

Die Person, die das Konzil gründete, ist ein Mitglied Ihrer Besatzung.

Vielleicht Sulu, überlegte Christine, wie sie es in den wenigen Stunden, die sie zu schlafen versucht hatte, immer wieder getan hatte. Oder Miller mit seiner effektiven Kombination aus umfangreichem Computerwissen und technischem Know-how. Oder die ruhige und zielstrebige Organa. Sie konnte sich ohne große Mühe vorstellen, wie Organa die Föderation unter ihre Herrschaft brachte.

Sie hatte auch schon daran gedacht, daß es möglicherweise Lao war.

Oder war es jemand, dem man es eigentlich nicht zutraute? Dem überflüssigen Riley zum Beispiel. Oder Chekov. Doch Chekov besaß ein viel zu gutes Herz ...

»In diesem Fall wäre es einfach.« Lao hob die Hand, als wollte er sich damit die Augen reiben. Doch er tat es nicht. Er ließ nicht zu, daß er sein Ziel auch nur einen Moment aus den Augen verlor. »Dann müßte ich nur eine einzige Person töten. Ich würde es sogar tun, wenn es jemand wäre, an dem mir etwas liegt. Ich würde mich freiwillig dem Gerichtsverfahren stellen. Ich würde durch meine Erklärung kein Zeitparadoxon heraufbeschwören. Ich würde mein Urteil annehmen. Ich hätte all das getan, aber es standen nicht genügend Daten zur Verfügung, um sicher zu sein.«

»Und was ist mit der Seuche?« fragte Chapel. Sie ließ beide Hände auf den Knien liegen und sprach mit ruhiger und freundlicher Stimme, so gut sie konnte. Zu ihrer eigenen Überraschung stellte sie fest, daß es ihr recht gut gelang. »Wie ich die Sache verstanden habe, rettete das Konzil viele Zivilisationen vor der Auslöschung.«

»Ich ... ich werde sie vor der Seuche warnen«, sagte Lao – eine Spur zu hastig, dachte sie. »Dann kann man etwas dagegen unternehmen. Eine Quarantäne anordnen oder ... oder eine andere Lösung finden ...«

»Und was ist, wenn es keine andere Lösung gibt?« hakte Christine nach. Sie vergaß für eine Weile, daß sie es mit einem Mann zu tun hatte, der unter akutem Schlafentzug litt. Sie hatte plötzlich wieder die Zeit ihrer gemeinsamen Arbeit mit Roger Korby vor Augen, die Studien über Epidemien der Vergangenheit, die Art, Geschwindigkeit und Richtung ihrer Ausbreitung in uralten Zivilisationen. »Zhiming, ich habe diese Dinge studiert und weiß, daß eine Quarantäne nie als Schutz ausgereicht hat. Auch nicht im galaktischen Maßstab. Nicht bei genügend langer Inkubationszeit. Und Sie werden überhaupt nicht mehr am Leben sein, wenn ...«

»Seien Sie still!« Seine Hand mit dem Phaser zitterte,

seine Augen brannten vor Leidenschaft und Zorn über das, was er auf dem Planeten gesehen und von der Besatzung der *Nautilus* gehört hatte. »Vielleicht ist es keine gute Lösung … vielleicht gibt es andere Lösungen … aber so ist es am besten, Christine. Denken Sie darüber nach! Dann werden Sie erkennen, daß es die einzige Möglichkeit ist. Diese Leute haben die Yoons vernichtet, den ganzen Planeten unbewohnbar gemacht …«

»Aber es gibt eine Handvoll Überlebende!«

Lao stutzte. Er blinzelte und schüttelte dann den Kopf. »Das ist unmöglich.«

»Nein, Zhiming. Das Konzil hat sie vorher vom Planeten geholt …« Chapel verstummte, als sie die Veränderung in seinem Blick bemerkte.

»Also wurden sie zu Werkzeugen des Konzils, genauso wie jeder andere. Richtig?« In seiner Stimme lag Befriedigung, und in seinem Gesicht stand eine Andeutung von Phil Coopers niedergeschlagenem Zynismus.

»Christine, wir können nicht so tun, als würde es niemals geschehen. Ich wollte …« Er schüttelte den Kopf. Er wirkte erschöpft, viel erschöpfter als bei ihrer Begegnung in der Krankenstation vor einigen Stunden.

»Ich wollte es auf die einfache Art machen. Alles vorbereiten, mir ein Versteck suchen, das Neurophylozin nehmen … und einfach einschlafen. Ich wollte es gar nicht wissen.« Auf seinem Gesicht erschien die verzerrte Karikatur eines Lächelns. »Ich denke, ich würde es ohnehin niemals erfahren. Oder Sie. Es würde sehr schnell gehen.« Er runzelte angestrengt die Stirn und suchte nach einem Chronometer.

»Um welche Uhrzeit sind Kirk und die anderen hinübergebeamt worden?«

Chapel versuchte einzuschätzen, ob ihr eine Lüge in dieser Situation weiterhelfen würde und in welcher Hinsicht sie die Wahrheit strapazieren sollte, aber es war schwierig zu entscheiden, was im Augenblick richtig und falsch war. »Um einundzwanzig Uhr«, antwortete sie wahrheitsgemäß.

»Vor anderthalb Stunden«, flüsterte er mit heiserer Stimme. »Es wird nicht mehr lange dauern. Und es wird schnell gehen. Ich verspreche es. Niemand von uns wird irgend etwas spüren.«

»Kann er die Schaltung manuell auslösen?« fragte Sulu, als er die verriegelte Tür zum Ersatzcomputerraum anstarrte. Er stand auf dem Korridor vor dem Konferenzraum auf Deck Neunzehn. Sie hatten in kürzester Zeit herausgefunden, wo Lao sich aufhielt und was er getan hatte, nachdem sie wußten, wonach sie suchen mußten. Die Notbrücke war der logische Ausgangspunkt für einen Versuch, die Phaser auf Phasenumkehr einzustellen. Miller und Maynooth hatten sich mühelos von jedem Verdacht reinwaschen können. Sie waren ebenfalls anwesend, zusammen mit Dr. McCoy, Raksha, DeSalle und Butterfield, der sich als erster davon überzeugt hatte, daß die Tür fest verschlossen war.

»Mit ziemlicher Sicherheit«, sagte Miller, der die Decke nach Einstiegen in die Luftschächte absuchte. »Ich vermute, daß er die interne Kommunikation des Schiffes überwacht, damit er sofort erfährt, wenn ihm jemand auf die Spur kommt. Dann wird er möglicherweise kein Risiko eingehen wollen und auf den Knopf drücken.«

»Er hat die taktische Station unter seiner Kontrolle«, meldete Maynooth, der gerade aus dem Konferenzraum gekommen war. Während sich die Tür hinter ihm schloß, konnte Sulu kurz die gelben Linien des Übersichtsplans auf dem Bildschirm des Tisches sehen. »Also können wir nur noch versuchen, die Energie aus den Phasern zu ziehen.«

»Das können wir manuell bewerkstelligen«, sagte Sulu. »Auf diese Weise wird er nichts vom Energieverlust bemerken, bis es zu spät ist, um noch irgendwelchen Schaden anzurichten. Hat jemand eine Ahnung, wer bei ihm ist? Oder worum es überhaupt geht?«

Überall wurden Köpfe geschüttelt. McCoy blickte nacheinander die Anwesenden an und sagte langsam: »Was den letzten Punkt betrifft, hätte ich vielleicht eine Idee.« Er seufzte, und Sulu dachte, daß der Arzt aussah, als hätte auch er in letzter Zeit nicht gut geschlafen. Sein Gesichtsausdruck und die hängenden Schultern vermittelten Hoffnungslosigkeit. Nein, nicht ganz. Es war eher eine Resignation, die mit Wut vermischt war, das Wissen, daß es nichts gab, was die Zukunft verhindern konnte.

Sulu hatte diese Empfindungen in letzter Zeit bei anderen Besatzungsmitgliedern bemerkt. Auch beim Captain. Und auf jeden Fall bei Fähnrich Lao.

Doch als Sulu erwartungsvoll eine Augenbraue hob, schüttelte McCoy nur den Kopf. »Bei der gestrigen Besprechung, kurz bevor das ... das andere Schiff auftauchte, gab Captain Arios uns eine Information, die Fähnrich Lao ... in eine Krise gestürzt haben könnte. Ich weiß, daß er lange nicht geschlafen hat. Ich habe ihm Cillanocylen sechs verschrieben und mußte anschließend feststellen, daß zwei Drittel meiner Vorräte an Neurophylozin verschwunden waren.« Er machte eine Pause und sah aus, als würde er sich fragen, welche Teile seines Wissens er offenbaren durfte. Sulu sah, wie sein Blick auf die Klingonin Raksha fiel, worauf sie warnend den Kopf schüttelte.

McCoy seufzte. »Mehr kann ich dazu nicht sagen.«

»Das genügt mir nicht«, sagte Sulu.

Raksha hob eine Hand. »Das muß genügen«, sagte sie. »Laos Handlungen sind aus seiner eigenen Perspektive völlig logisch. Seine Entscheidung, das Schiff zu zerstören, und sein Plan, das Transportersignal als Auslöser zu benutzen. Und ich glaube«, kam sie einem Protest Sulus zuvor, »daß es kein Problem sein dürfte, die Phaserenergie abzuziehen. In dieser Situation ist es ausgeschlossen, daß die *Savasci* das Feuer auf die *Enterprise* eröffnet.«

Sulu zögerte, aber in den dunklen Augen der Klingonin stand immer noch der warnende Blick. Er dachte einen Moment lang nach, während er unauffällig die zwei Computerexperten betrachtete, dann den Arzt, den Sicherheitsoffizier, den Wachmann an seiner Seite und den zweiten Sicherheitswächter am Ende des Korridors. Sie waren nah genug, um ihr Gespräch mitzuhören. Ganz gleich, welche brisante Information Arios bei der Besprechung bekanntgegeben hatte – von der offensichtlich auch die Klingonin wußte –, sie hatte Lao zu einer solchen Reaktion veranlaßt. Damit war es möglich, daß sie eine ähnlich unvorhersehbare Auswirkung auf die Anwesenden hatte. Sulu hielt es zwar nicht für sehr wahrscheinlich, aber er hatte im Weltraum schon viele unwahrscheinliche Dinge erlebt. Und er hätte Lao eine solche Reaktion niemals zugetraut.

»Wie lange wird es dauern?«

Miller zuckte die Schultern. »Vierzig Minuten, wenn man die Zeit berücksichtigt, die wir brauchen, um die Energieverteiler abzuschirmen, damit Lao auf den Anzeigen der Konsolen da drinnen nichts bemerkt.«

Sulus Kommunikator meldete sich. Es war bestimmt Kyle, dachte er, als er ihn aufklappte. Der Transportertechniker war bereits informiert worden, nicht das interne Kommunikationssystem zu benutzen, sondern die Handkommunikatoren, die sie inzwischen teilweise abgeschirmt hatten.

»Mr. Sulu, der Captain hat uns erneut aufgefordert, ihn sofort an Bord zu beamen«, war der angenehme Bariton des Mannes zu hören. »Es klang ziemlich dringend.«

»Sagen Sie ihm, daß wir daran arbeiten«, entgegnete Sulu und nickte Miller zu. »Wir werden ihn so schnell wie irgend möglich herausholen.«

Als der Ingenieur zusammen mit Raksha durch den

Korridor losrannte, fragte sich Sulu erneut, was für eine Information es gewesen war, deretwegen ein Mann den Verstand verloren hatte, der auf dem Weg gewesen war, zu einem der besten Captains von Starfleet zu werden. Wie konnte eine Information jemanden so sehr aus der Bahn werfen? Und er fragte sich auch, ob er es wirklich wissen wollte.

Sulu wandte sich an DeSalle. »Verteilen Sie Ihre Leute im Schiff«, sagte er leise. »Versuchen Sie herauszufinden, mit wem Lao Kontakt hatte, ob er irgend jemandem von … von dieser Information erzählt hat.« Er sah sich neugierig zu McCoy um, der den Blick abwandte.

»Ich werde hier zu erreichen sein. Keine interne Kommunikation – nur Handkommunikatoren. Aber ich wüßte gerne, ob seine … Krise auch auf andere Leute übergegriffen hat, die möglicherweise ähnlich reagieren. Und ich wüßte gerne, ob die Person, die sich bei ihm aufhält, ein Komplize oder eine Geisel ist.«

Großartig, dachte Sulu, als DeSalle in dieselbe Richtung wie zuvor Miller davonlief. *Der Captain übergibt mir das Kommando, und nur neunzig Minuten später sitzt er in feindlichem Territorium fest, und ein Verrückter will die* Enterprise *in die Luft jagen. Wenn irgend etwas mit dem Schiff passiert, wird Kirk mich umbringen!*

Er begab sich in den Konferenzraum, um Maynooth bei der Arbeit am Computer über die Schulter zu blicken und den Gang der Dinge abzuwarten.

»Vierzig Minuten!« schimpfte Kirk und klappte seinen Kommunikator zu. »Dieses Schiff ist nicht sehr groß, aber es gibt viel mehr Sicherheitskräfte als auf der *Enterprise.*« Er überprüfte seinen Phaser. Die Ladung war auf zehn Prozent gefallen. Der niedrige Lagerraum, in dem sie Zuflucht gesucht hatten, befand sich neben einer Frachtrampe und eignete sich denkbar schlecht als Verteidigungsstellung, da er nur ein paar

Kisten enthielt, hinter denen sich ein ausgewachsener Mann kaum verstecken konnte.

»Wie, zum Henker, hat es dieser … Nemo … geschafft, in das Schiff zu kommen?« wollte Mr. Scott wissen. »Wenn ich mir vorstelle, daß Starfleet auf Gedeih und Verderb diesen Wesen ausgeliefert ist …«

»Nun«, sagte Arios, der sich neben Cooper gesetzt hatte und seine Hände an die Schläfen des Bewußtlosen drückte. »Genau das ist der Punkt. Allerdings habe ich noch nie erlebt, daß ein Yagghorth von Schiff zu Schiff springt. Ich wußte gar nicht …« Er lachte mit einem leicht hysterischen Unterton. »Offenbar liegt ihm so viel an uns, daß er sogar versucht hat, uns zu Hilfe zu kommen.« Coopers Gesicht sah aschgrau aus; er schien einen ziemlichen Schock erlitten zu haben. Darthanian und Iriane hatten sich ebenfalls neben ihn gehockt und besprachen sich mit leisem Gezwitscher. Shimada lag wie ein totes Kätzchen im Nest ihres schwarzen Haares. Für einen normalen Phasertreffer war sie schon viel zu lange bewußtlos.

Zumindest für einen Phasertreffer des dreiundzwanzigsten Jahrhunderts.

»Warum sollte er Ihr Schiff durch die Gegend manövrieren, wenn ihm nichts an Ihnen liegt?« fragte Scotty verblüfft. »Was macht er überhaupt in Ihrer Widerstandsbewegung?«

Arios richtete sich auf und bedachte ihn mit einem schiefen Grinsen. »Genau das ist das Problem. Und genau das macht Starfleet so verrückt. *Wir wissen es nicht.* Er hilft uns, aber niemand von uns, wahrscheinlich nicht einmal Sharnas, hat auch nur die leiseste Ahnung, warum er es tut.«

»Und wohin ist er jetzt verschwunden?«

Arios schüttelte nur den Kopf.

»Im Augenblick durchsuchen sie systematisch jeden Raum des Schiffes.« Spock hatte eine Wandverkleidung abgenommen und seinen Tricorder an einen Schaltkreis angeschlossen, um die Suchaktion über die Kommunikationskanäle des Schiffes zu verfolgen. »Vor allem haben sie mit einer Neuinstallation aller Computersysteme begonnen. Das heißt, sie dürften die Lücke in der Transporterabschirmung in maximal sechzig Minuten geschlossen haben.«

»Und minimal?« fragte Arios vorsichtig.

»Der früheste Zeitpunkt wäre meiner Einschätzung nach in fünf Minuten«, antwortete Spock. Die drei Sicherheitswächter, die damit beschäftigt waren, die Ladung ihrer Phaser zu überprüfen, blickten gleichzeitig erschrocken auf.

»Wir müssen weiter«, sagte Kirk und trat an die Tür des Lagerraums. »Und wir müssen in Bewegung bleiben.« Durch sein rechtes Bein, das einen Streifschuß abbekommen hatte, zog sich vom Spann bis zur Leistengegend ein dumpfer Schmerz, während der Rest taub war und kribbelte, als würde er mit tausend Nadeln gestochen. Iriane kam an seine Seite, um gemeinsam mit ihm zu lauschen, als er ein Ohr an die Tür legte. Er fragte sich, wieviel die kleine grüne Kriegerin hörte, oder ob sie mit ihren komplizierten, blütenförmigen Ohren überhaupt das gleiche hörte wie ein Mensch.

»Sie kommen.« Spock löste die Verbindung zwischen Tricorder und Schaltkreis und hob horchend den Kopf. »Sie sind am oberen Ende der Frachtrampe. Eine kleinere Gruppe befindet sich ein Deck unter uns.«

»Hmm«, sagte Kirk leise. »Wohin könnte der Luftschacht dort drüben führen, falls wir ihn überhaupt benutzen können?«

»Überallhin«, antwortete Arios ohne Zögern. »Es handelt sich um einen der Hauptschächte. Aber er führt steil nach unten, und wir können uns nur an den Wänden abstützen.« Er blickte sich zu Cooper um und griff nach Shimadas eiskalter Hand. »Die beiden brauchen Antican. Vermutlich hat jemand der Domina eine Dosis verabreicht, da sie so schnell wieder auf den Beinen war. Ohne Antican werden sie tagelang bewußtlos sein und sich danach noch wochenlang hundeelend fühlen.«

»Der Schacht ist kein Problem«, sagte Iriane, die mit ihrem seltsamen Watschelgang zurückkam. »Ich werde einen eurer Leute tragen. Es dürfte nicht schwerer sein, als einen Sack Mehl auf einen hohen Ast zu schleppen.«

»Auch ich kann jemanden tragen«, bot sich Darthanian an. »Irgendwann werde ich mich von euch trennen, damit man mich in einem angemessenen mitleiderregenden Zustand findet. Aber bis dahin ...«

»Rede keinen Unsinn«, erwiderte Iriane. »Du wirst genügend Probleme damit haben, dich selbst durch den Schacht zu bewegen.«

»Captain«, rief Spock, der inzwischen den Horchposten an der Tür übernommen hatte.

Kirk sammelte im Vorübergehen Wolfmans und Coopers Phaser ein, obwohl er wußte, daß sie nicht mehr viel Ladung hatten.

Er trat auf die Frachtrampe hinaus, die von einer Ladeschleuse der *Savasci* zu verschiedenen Lagerräumen führte. Mit weiten Sprüngen hastete er die Stufen hinauf und ging vor einer Krümmung in Deckung. Von dort feuerte er auf Varos und die Sicherheitstruppen, als sie am oberen Ende der Rampe auftauchten. Er zog sich schnell zurück, als sie das Feuer erwiderten, während er gleichzeitig weitere Schüsse von unten hörte. Die Beleuchtung war höchstens auf ein Viertel der normalen Helligkeit eingestellt, und wenn es hier so geräumig wie auf den Frachtrampen an Bord der *Enterprise* gewesen wäre, hätte er sich niemals halten können. Doch die Sicherheitstruppen hatten sich trotz ihrer Kampfausbildung in die Enge treiben lassen.

Es folgte ein neuer Schußwechsel, dann herrschte eine Weile Ruhe.

Kurz darauf traf ihn ein furchtbarer Schmerz, ein Druck gegen den Brustkorb, ein betäubendes und übelkeiterregendes Brennen. Er keuchte auf und hörte Schritte von oben. Er zwang sich dazu, um die Ecke zu schauen und wieder zu schießen, obwohl er bei jeder Bewegung das Gefühl hatte, seine Rippen würden brechen. *Es ist eine Illusion,* sagte er sich. *Oder etwas Ähnliches, etwas, das mir von außen aufgedrängt wird …*

Ein neuer Schmerz schoß durch seinen Unterleib. Er beugte sich vor und feuerte wieder, bis er den Lärm eines stürzenden Mannes hörte, der über die Rampe zu ihm herabrollte. Ein Schuß streifte seine Schulter, als er dem Mann, der fast zu seinen Füßen liegengeblieben war, sicherheitshalber eine weitere Betäubungsladung verpaßte. Der Schmerz verursachte ihm Übelkeit, und er verfluchte Germaine McKennon, diese hübsche, zierliche Rothaarige, die ihn so sehr an Ruth erinnerte. Er kämpfte darum, einen klaren Kopf zu behalten und die Dunkelheit aus seinem Gesichtsfeld zu vertreiben, das immer enger wurde …

»Halten Sie durch!« flüsterte Arios' Stimme in sein Ohr.

Der Schmerz wurde erträglicher. Kirks Geist war so verwirrt, daß er mit einer Hand nach hinten greifen mußte, um die knochige Schulter des Meisters zu berühren und sich zu vergewissern, daß der Mann wirklich bei ihm war und nicht nur seine Stimme projiziert hatte.

Nach einer Weile sprach Arios in tiefer Trance stockend weiter. »Sie benutzt die Frachtrampe als Resonanzkammer. Darthanian … gehen Sie mit Spock …«

Von unten waren Phaserschüsse zu hören. Es waren zwei oder drei Waffen, die gleichzeitig abgefeuert wurden. Kirk beugte sich wieder vor und deckte die Truppen am oberen Ende der Rampe mit Dauerfeuer ein, während der Meister sich vorwagte und den bewußtlosen Gegner um seine Waffe und seinen Kommunikator erleichterte.

In der nächsten Kampfpause tastete Kirk nach seinem eigenen Kommunikator. Sein rechter Arm war fast taub, so daß er ihn kaum von seinem Gürtel lösen konnte. »Mr. Kyle?« sprach er schließlich in das Gerät. »Haben Sie eine Ahnung, wie lange Sie noch brauchen werden?«

Maximal sechzig Minuten, hatte Spock gesagt, was praktisch bedeutete, das es etwas mehr oder auch etwas weniger als eine halbe Stunde dauern konnte, bis die Blockade der Abschirmung aufgehoben war und sie an Bord der *Savasci* festsaßen. Dann erwartete sie Gefangenschaft ... und dann war es nur eine Frage der Zeit, bis McKennon erfuhr, zu welchem Ziel das Shuttle mit den Yoons unterwegs war.

Kyles Stimme klang hektisch und bedauernd. »Wir arbeiten daran, Captain.«

»Haben Sie ihre Gesichter gesehen?« flüsterte Lao im Halbdunkel der Notbrücke. Im schwachen rötlichen Schein der Konsole war zu erkennen, daß sein Gesicht vor Schweiß glänzte. Christine spürte, wie auch ihr im Nacken der kalte Schweiß ausbrach und sich über den Rücken nach unten ausbreitete, während sie auf den Blitz und das Krachen wartete, mit dem die Phaserstaffeln explodieren würden. Sie fragte sich, ob sie Schmerzen empfinden würde oder ob es keine Rolle mehr spielte, wenn sie sofort starb.

»Die von Arios und Cooper«, sprach der junge Mann weiter. »Diese Augen, die nichts und niemandem trauen. Diese Augen, die sich nicht mehr vor erstaunter Ehrfurcht öffnen können, weil sie gelernt haben, daß alles, was sie sehen, eine Falle, eine Gefahr sein könnte.«

Mit einer fahrigen Geste deutete er auf die Kontrollzentrale, die dunklen Bildschirme, die wie Fenster ins Nichts waren. »Als ich in die Akademie eintrat, als ich zu Starfleet kam, dachte ich ... da draußen würden große Wunder auf mich warten. Neue und erstaunliche

Dinge. Die nie ein Mensch zuvor gesehen hat. So sagt man doch. Die nie ein Mensch zuvor gesehen hat«, wiederholte er flüsternd. »Und jetzt wird all das vorbei sein, es sei denn, ich kann ... irgend jemand kann sie aufhalten. Bevor es beginnt. Ich mache es nicht nur für Arios und die anderen, ich mache es für ... für alle, Christine. Können Sie das verstehen?«

»Und was werden Sie sonst noch aufhalten?« fragte Chapel sachlich. »Ja, der Weg zum Konzil beginnt auf diesem Schiff. Aber welche anderen Wege beginnen hier? Vielleicht der Weg, auf dem das Konzil aufgehalten wird, nachdem die Seuche gewütet hat, nachdem der Sprungantrieb entwickelt wurde. Sie können nicht wissen ...«

»Ich weiß es!« widersprach Lao. »Ich verstehe, was wichtig ist, und ich ... Was ist das?« Er wirbelte herum und lauschte mit erhobenem Kopf. Chapel spürte, wie ihr Herz klopfte, als sie dachte: *Jetzt geht es los ...*

Die Stille war wie der Tod, wie undurchdringliche Finsternis. Keiner wagte zu atmen.

Dann tippte Lao ein paar Befehle in die Hauptcomputerkonsole, immer noch den Phaser auf sie gerichtet. Er wandte nur für einen kurzen Moment den Blick ab, um die Anzeigen zu lesen. Sie sah, wie er mit der Tastatur hantierte, auf die Löschtaste drückte und noch einmal von vorne begann.

»Zhiming, Sie sind müde«, sagte sie ruhig, während sie selbst erstaunt war, wie gut sie ihre Stimme unter Kontrolle hatte. »Sie können nicht mehr klar denken ...«

»Ich weiß genau, was ich tue!« schrie er sie an. Dann riß er sich zusammen. Er atmete schwer, und der Phaser zitterte in seiner Hand. »Es sind jetzt schon über zwei Stunden«, sagte er etwas ruhiger. »Warum brauchen sie so lange?«

»Wie stabil ist die Konstruktion dieser Rampe?« Kirks Schmerzen und die erstickende Übelkeit hatten kaum nachgelassen. Im Gegenteil, er hatte den Eindruck, daß sie jetzt wieder stärker wurden und ihn zu überwältigen drohten, aber er war sich nicht sicher. Es war, als hätte er ein seltsames Fieber, das ihn desorientierte und ungeduldig machte, so wie damals, als er auf Iakchos II unter dem Flußfieber gelitten hatte. Seine Gelenke taten weh, und vor seinen Augen entstanden immer wieder dunkle Flecken. Der Schmerz im Arm und im Bein, wo er Phasertreffer erhalten hatte, war kaum noch zu ertragen. Oder war auch das nur ein Teil der Illusionen, die ihm vorgegaukelt wurden?

»Sie hält ziemlich viel aus«, sagte Arios, der seit etwa fünf Minuten nicht mehr gesprochen hatte. »Sie können sie jedenfalls nicht mit dem Phaser zum Schmelzen bringen, falls Sie etwas Derartiges beabsichtigen.«

»Und mit einer Phaserüberladung?«

»Nur bei vollen Batterien«, entgegnete Arios sofort. »Bei weniger als dreißig Prozent würde ich keine Wette eingehen.«

Kirk dachte kurz nach. Seit einiger Zeit hatte sich über ihnen nichts mehr gerührt, aber seine Schmerzen hatten zugenommen, und er wußte, daß alles nur noch eine Frage der Zeit war.

Eine Frage der Zeit. Genauso wie die Aufhebung der Sperre der Transporterabschirmung.

»Haben Sie Kontakt mit Darthanian?«

Der Meister nickte.

»Ich habe gesehen, wie Sie kleinere Illusionen erzeugt haben. Der Fähnrich aus der Bowlingbahn sagte, sie hätten ihm das Bild einer Bekannten vorgegaukelt, um ihn abzulenken. Könnten Sie hier etwas Ähnliches bewerkstelligen?«

»McKennon würde es sehr schnell durchschauen.«

»Es reicht, wenn wir nur ein paar Minuten Zeit gewinnen. Sagen Sie Spock, er soll einen der Phaser auf Überladung stellen und ihn auf meinen Befehl hin über die Rampe werfen. Ich werde von hier aus das gleiche machen. Könnten Sie und Darthanian dann eine Illusion schaffen, die die Explosion größer wirken läßt, damit wir genügend Zeit haben, in den Luftschacht zu steigen und zu verschwinden? Damit die Leute zumindest nicht merken, wohin wir verschwunden sind?«

Es war ein seltsames Gefühl, eine solche Frage zu stellen. *Können Sie mir etwas zaubern ...?* Arios war ein Kind von elfenartigen Wesen. Er hatte gelernt, seine Fähigkeiten in einem tödlichen Spiel einzusetzen. Er war von den Leuten geschaffen worden, die er jetzt zerstören wollte.

»Ich denke schon«, sagte Arios. Er schloß kurz die Augen, und sofort spürte Kirk, wie seine Schmerzen und sein Unbehagen wieder zunahmen. Arios sah aus, als hätte er bald das Ende seiner Kräfte erreicht. Schweiß lief durch die tiefen Falten seiner braunen Gesichtshaut. Kirk ging es ähnlich, und er fragte sich, ob Cymris Darthanian bald ebenso erschöpft sein würde.

»In Ordnung«, flüsterte Arios. »Iriane meldet, daß der letzte von ihnen in den Luftschacht gestiegen ist ... Sie befinden sich an einem dunklen Ort, wie sie sagt. Es ist heiß, und in der Nähe ist der Lärm von Maschinen. Gute Versteckmöglichkeiten. Es kann jederzeit losgehen.«

»Geben Sie uns so lange wie möglich Deckung«, sagte Kirk leise. »Sie und Darthanian gehen als erste durch den Luftschacht. Dann kommt Spock. Ich werde als letzter folgen. Mich werden sie vermutlich nicht töten, da ich zweifellos Einfluß auf denjenigen habe, der irgendwann das Konzil gründen wird. Und ich habe dafür gesorgt, daß ich nichts von den Koordinaten des Brigadoon-Systems weiß.«

»Sie könnten Sie niemals töten, Captain«, erwiderte Arios. »Aber wenn man Sie gefangennimmt, dürften wir Ihnen vielleicht nie wieder vertrauen. Also versuchen Sie, das zu vermeiden.« Er schwieg einen Moment, während seine Aufmerksamkeit auf etwas anderes gerichtet war. »Fertig«, sagte er schließlich.

Kirks Hand war völlig ruhig, als er die Schaltungen am Phaser vornahm, die im Prinzip genau die gleichen waren, die irgend jemand in größerem Maßstab auf der *Enterprise* durchgeführt hatte. Es ging darum, eine Entladung zu programmieren und dann zu verhindern, daß sie durch die Waffenmündung abgestrahlt werden konnte. Der Phaser gab ein schrilles Pfeifen von sich, während Kirk zu zählen begann. »Eins ... zwei ... jetzt!« Dann warf er ihn fort.

Gleichzeitig drehte er sich um und stürmte die Stufen an der Seite der Frachtrampe hinunter.

Obwohl die Phaser nur noch zu zwanzig Prozent geladen waren, erschütterte die Explosion den gesamten Schacht. Ein heißer Luftschwall warf ihn gegen die Tür zum Lagerraum und preßte ihm den Sauerstoff aus den Lungen. Undeutlich nahm er die Gestalten von Spock und Darthanian im Hintergrund des dunklen Raumes wahr. Der untersetzte gelbe Yoon sprang geschickt in die Öffnung des Luftschachts, die viel zu klein für seinen Körperumfang zu sein schien – wie ein farbenfroher denebianischer Bolbos, der sich in ein winziges Erdloch zwängen konnte. Die Frachtrampe war in das grelle Licht der Explosion getaucht, und er sah, was auch Varos und seine Truppen sehen konnten – ein Gewirr aus zerfetztem Metall und baumelnden Plastikteilen, klaffende Lücken aus Dunkelheit, wo die Konstruktion weggesprengt worden war, Flammen auf halb geschmolzenem Kunststoff und stinkenden Rauch.

Dann schlug er die Tür zu und ging schnell zum Luftschacht, während er unterwegs die Abdeckplatte aufhob. Nachdem er in den Schacht gestiegen war, brachte er die Platte wieder an – nur provisorisch, aber im dunklen Raum würde es nicht auf den ersten Blick zu erkennen sein. Es gab keine weiteren Anzeichen oder Spuren, daß ihnen dieser Raum als Zuflucht gedient hatte, daß sich überhaupt irgend jemand darin aufgehalten hatte. Er überlegte, ob es vielleicht doch einen Blutstropfen von seinem Ärmel oder ein Haarbüschel gab, das sich irgendwo verfangen hatte ...

Aber er hatte jetzt keine Zeit für solche Überlegungen.

Wie Arios angekündigt hatte, führte der Luftschacht kurz darauf steil nach unten. Er konnte sich mit den Schultern und Füßen abbremsen, als er in der Dunkelheit anderthalb Meter tief nach unten rutschte. Der viereckige Schacht war eng genug. Es roch nach Isolationsmaterial und Staub, der durch die Filter gedrungen war. Seine rechte Hand war immer noch etwas taub, so daß er sich hauptsächlich mit der linken abstützen mußte. Gelegentlich sah er blasse Flecken an den Wänden. Fingerabdrücke – oder die Illusion von Fingerabdrücken –, die einer der Yoons als Markierung für ihn hinterlassen hatte ...

Dann folgte ein waagerechter Schacht. Er kroch lange durch muffig riechende Dunkelheit, während er vor und neben sich das Huschen der Bohrglimpfe hörte. Selbst in dreihundert Jahren war es offenbar nicht gelungen, dieses weitgereiste Ungeziefer auszurotten.

Vor ihm wurde es warm, und ein dunkelrotes Pulsieren durchdrang die Finsternis.

Und ein fremdartiger Geruch, bei dem sich ihm die Nackenhaare sträubten.

»Passen Sie auf!« Arios berührte ihn an der Schulter, als er aus der Öffnung in den rötlich erleuchteten Raum stieg. Ein Labyrinth aus Röhren und Tanks, dazwischen tiefe Schatten, Kabel, die von der nachtdunklen Decke hingen und im schwachen Schein der blutroten Leuchtkörper wie die glänzenden Körper von Schlangen wirkten. Alles schien mit einem feuchten Schimmer überzogen, und als Kirk die Wand berührte, stellte er fest, daß sie mit Harz verklebt war. Er erinnerte sich an den Anblick eines Tentakels, von dem etwas wie bernsteingelbes Öl getropft war. Gleichzeitig war der furchtbare Gestank nach Alpträumen und Blut zurückgekehrt.

»Wir können hier nicht bleiben.«

Die drei Sicherheitswächter, die neben Cooper und Shimada knieten, signalisierten mit einem Blick ihr Einverständnis. Sogar Scotty, der mißtrauisch die seltsamen Formen und das schwache Glühen der Kontrollampen beobachtete, blieb in der Nähe und unternahm keine Streifzüge, wie er es in einem anderen Maschinenraum und einem anderen Schiff zweifellos getan hätte.

Dies war kein Maschinenraum, dachte Kirk, aber es war trotzdem das Herz des Schiffes.

Durch den Vorhang der Kabel und Schläuche konnte er eine Plexiglaskuppel erkennen, in der sich eine Art Couch befand, die auf menschliche Körpergestalt zugeschnitten war. Sie stand direkt vor einem gähnenden schwarzen Loch, das wie der dunkle Eingang zu einer Tierhöhle aussah. An den Rändern klebten getrocknetes Harz und bräunliche Flecken, die an Blut erinnerten. Auch die Kuppel war mit Harz bedeckt.

Hier schlief normalerweise der Empath, erkannte Kirk. Während des Sprungs schlief er im Geist des Wesens, das sich in der Finsternis verbarg.

Dann rührte sich etwas im dunklen Loch. Ein feuchter Glanz auf schuppigen Tentakeln und Knochen, dann schob es sich ins Licht – der Yagghorth der *Savasci*, augenlos, insektenhaft und wie ein riesiger Tintenfisch, der von der Aussicht auf Nahrung aus seinem Bau gelockt wurde.

17

Mr. Sulu, können Sie in etwa einschätzen, wie lange es noch dauern wird, bis Sie das Problem mit dem Transporter gelöst haben?«

Als Kirk das letztemal diese Frage gestellt hatte, war im Hintergrund das aggressive Fauchen und Knistern von Phaserschüssen zu hören gewesen. Jetzt war es still bis auf das schwache Wummern von Maschinen, während der Captain leise in den Kommunikator sprach. Dann war kurz ein schlangenhaftes Zischen zu hören.

Irgendwie war diese Stille schlimmer als der Kampflärm.

»Zwischen zehn und fünfzehn Minuten, Captain.« Auch Sulu sprach leise. Vom Korridor vor der Notbrücke konnte er in den Ersatzcomputerraum sehen, wo Millers Beine aus einem Wartungseingang herausragten. Maynooth kniete neben ihm, über ein kleines Terminal gebeugt. Kurz vor Kirks Anruf hatte der bebrillte Physiker ihm ein Zeichen gegeben, daß die Phaserbatterien des Schiffes immer noch zu dreißig Prozent geladen waren.

Weiter hinten im Korridor tauschte DeSalle ein paar leise Worte mit einem seiner Sicherheitsleute aus. Sulu konnte nicht verstehen, was er sagte, aber McCoy brummte etwas zur Antwort. DeSalle ging zur Tür des Computerraums und signalisierte den Wachen, die vor dem Noteingang der Brücke Stellung bezogen hatten, daß sie sofort hineinstürmen sollten, sobald das Energieniveau unter den kritischen Bereich fiel – oder falls etwas anderes geschah, wodurch der Mann in der Zentrale darauf aufmerksam werden könnte, daß das Spiel zu Ende war.

Sulu kannte die Leute von seinen Trainingsstunden mit den Kampfsportgruppen. Organa, Butterfield und Inciviglia – das waren DeSalles beste und härteste Kämpfer. Wenn es jemand schaffte, Lao von der Waffenkonsole fernzuhalten, dann waren sie es.

Kirks Stimme aus dem Kommunikator verriet, wie erschöpft er war. »Mr. Spock hat mich gebeten, Sie darauf hinzuweisen, daß zur Zeit in der *Savasci* alle Computersysteme neu gestartet werden. Die Wahrscheinlichkeit, daß unsere Blockade der Transporterschilde aufgehoben wird, steigt also von Minute zu Minute.« Er sprach immer noch recht leise, als hätte er Angst, jemand könnte ihn hören. Vielleicht war es wirklich so, dachte Sulu.

Im Hintergrund war wieder ein zischendes Geräusch zu hören.

»Ich mache es für Qixhu.«

Lao hob den Kopf, nachdem er lange Zeit geschwiegen hatte. Obwohl er sich über die Hauptcomputerkonsole gebeugt hatte und immer wieder neue Daten abrief, deren grüner und orangener Widerschein sich auf seinem Gesicht spiegelte, hatte er trotzdem ständig im Auge behalten, was im Raum vor sich ging. Einmal hatte Chapel ihre Schultern bewegt, da sie vor Anspannung zu schmerzen begonnen hatten, worauf er sofort mit erhobenem Phaser zu ihr herumgefahren war und sie wie ein in die Enge getriebener Panther angefunkelt hatte.

Es bestand nicht die geringste Chance, erkannte sie, ihm den Phaser abzunehmen.

»Qixhu ... ist einer von den unglücklichen null Komma fünf Prozent, wissen Sie«, sprach er mit entrückter Stimme weiter, als würde er die Gedanken eines anderen lesen. »Bei den meisten seiner Leidensgenossen kann man schon vor der Geburt etwas unternehmen. Enzym-Injektionen, unterstützende Therapien im Kindesalter, die Einpflanzung von Gehirnspeicher. Aber es bleiben trotzdem die null Komma fünf Prozent, bei denen man nichts ausrichten kann.«

»Noch nicht«, sagte Chapel vorsichtig, doch Lao lachte nur verbittert.

»Noch nicht«, wiederholte er. »Er hat Mutter einmal gefragt, ob ich klüger bin als er, weil ich jünger bin. Warum ich in den Weltraum gehen durfte und er lernen mußte, wie man eine Waschmaschine bedient. Er sagte, daß er auch in den Weltraum wollte.« Er schüttelte den Kopf, als wollte er diese Erinnerung vertreiben – und das Schuldgefühl eines vierzehnjährigen Genies, das sich um einen Erwachsenen von zweiundzwanzig Jahren kümmern mußte, dessen Geist sich niemals über den Entwicklungsstand eines Siebenjährigen erheben würde.

Sein keuchend eingesogener Atem klang für Chapel wie ein verzweifelter Versuch, nicht nur seinen beengten Brustkorb, sondern auch eine Fessel um sein Herz zu erleichtern.

»Jemand muß sie aufhalten, Christine.« Sein Gesicht verzerrte sich schmerzhaft. »Wenn ich gewußt hätte, daß es so lange dauern würde, hätte ich den Auslöser längst selbst betätigt.«

»Die Systeme sind jetzt zu zweiundsiebzig Prozent ersetzt«, meldete Spock leise.

In der rötlichen Dunkelheit bewegte der Yagghorth der *Savasci* den unförmigen Kopf, während die zerbrechlich wirkenden Fächer der Sinnesorgane wie in einer leichten Brise wehten. Kirk stand mit dem Rücken gegen einen Tank gepreßt, hinter den die anderen die Verwundeten gezerrt hatten, und hielt den Phaser, den er seinem Gegner an der Frachtrampe abgenommen und jetzt auf höchste Stufe gestellt hatte, in der Hand.

»Wenn diese Antennen oder Fühler Sinnesorgane sind«, flüsterte er Arios zu, »könnte er uns nicht mehr wahrnehmen, wenn ich sie mit einem Schuß abbrenne.«

Arios schüttelte den Kopf. »Es sind tatsächlich Sinnesorgane«, sagte er, »aber er würde uns auch ohne sie finden. Solange die Fächer sichtbar sind, wird er nicht angreifen.«

Er fragte sich, ob sie sich noch tiefer ins Schiff zurückziehen konnten, um sich zu verstecken, ob es überhaupt noch irgendwelche Fluchtmöglichkeiten gab.

Wieder rührte sich etwas in der Dunkelheit des Höhleneingangs, als würden sich Schlangen darin winden. Kirks erster Gedanke, bei dem fast sein Herzschlag aussetzte, war, daß dieser Yagghorth sich fortgepflanzt hatte. Daß es jetzt mindestens zwei davon gab.

»Nemo ...«, flüsterte Arios.

Von dem Blut, das auf den Körper des größeren Yagghorth gespritzt war, ließ sich kaum noch etwas erkennen. Nur der Geruch war geblieben, der sich aufdringlich in der stickigen Luft des Raumes verbreitete. Nemo bewegte den tentakelbesetzten Kopf und stieß den unteren Mund mit den schweren Beißzangen ein paarmal in Richtung des Yagghorth der *Savasci*. Der andere Yagghorth wich unruhig zur Seite und schnappte mit einem Gebiß zurück, das wie eine Ansammlung tropfender Messerklingen wirkte. Kirk schluckte entsetzt, doch neben ihm flüsterte Spock: »Faszinierend! In der *Nautilus* konnte ich Nemo bei einem ähnlichen Beißspiel mit Adajia beobachten.«

Kirk erinnerte sich an Karethas lange, gebogene Fingernägel und die Schnitte an Sharnas' Armen und Händen.

Vom anderen Ende des Raumes kamen klappernde Geräusche und leise Stimmen. Der *Savasci*-Yagghorth senkte den Kopf, zischte und drehte sich wieder zur Gruppe der Leute von der *Enterprise* um. Gleichzeitig hörte Kirk auf der anderen Seite der Tür das heiße Fauchen von Phaserfeuer.

»Wir werden in folgender Reihenfolge von Bord gebeamt«, sprach er leise in seinen Kommunikator. »Arios, Cooper, die Yoon Iriane, Shimada …« Er blickte sich zu Cymris Darthanian um, der hinter ihm im Schatten saß, einen unheimlichen grünen Widerschein in den Augen, als er gemeinsam mit Spock die Daten auf dem Tricorderbildschirm beobachtete.

»Großvater?« sagte Iriane leise, dann war ein Rascheln von Fell und Kleidung zu hören, als sie zwei seiner Hände ergriff. »Du wirst nicht mit uns kommen?«

Der alte Yoon legte eine dritte Hand an ihr Gesicht. »Ich denke, daß ich und meine wenigen Freunde viel mehr Schaden anrichten können, wenn wir hierbleiben.«

»Ich werde mich um Iriane kümmern«, sagte Arios, und Darthanian unterdrückte ein Lächeln.

»Ich halte es für viel wahrscheinlicher, daß sie sich um dich kümmern wird, mein Sohn«, erwiderte er mit einem leisen Pfeifen, das sich wie ein trauriger Vogelgesang mit den abgehackten Worten des Translators vermischte. »Das heißt, wenn du sie davon abhalten kannst, sich selbst zu töten, bevor ihr Zorn verraucht ist. Wenn du in dreihundert Jahren die Abkömmlinge unseres Volkes auf Brigadoon findest und zu ihnen sprichst, kann sie die Wahrheit deiner Worte bezeugen.«

Iriane öffnete protestierend den Mund, und ihre gelben Augen füllten sich plötzlich mit tiefer Trauer. Ihr Großvater lächelte ironisch. »Glaube mir, Kind«, sagte er – nur zu ihr, aber der Translator übersetzte die Worte trotzdem. »Siehst du mich vielleicht herumspringen, mit Pistolen in drei Händen und einer brennenden Fackel in der vierten? Ich muß jetzt gehen und mich auf meine Rolle in diesem Schauspiel vorbereiten.«

Arios zuckte zusammen und legte eine Hand an die

Schläfe. Im gleichen Moment verspürte Kirk einen heftigen Anfall von Übelkeit, der sofort wieder nachließ – aber nicht völlig. Es war ohnehin schon recht heiß im großen Raum mit den tiefen Schatten und den harzverklebten Maschinen, doch nun schien sich die Hitze auf ihn zu konzentrieren. Er konnte kaum noch atmen, und hinter ihm in der Dunkelheit keuchte einer der verwundeten Sicherheitswächter vor Schmerz auf.

»Spock«, rief Kirk leise. »Sie werden sich als erster hinüberbeamen lassen. Ganz gleich, was geschieht, halten Sie die *Enterprise* zwischen der *Savasci* und der *Nautilus* ...«

»Verstanden, Captain«, antwortete Spock. »Doch in Anbetracht der Tatsache, daß die Computer dieses Schiffes wieder zu achtzig Prozent funktionsfähig sind, muß ich Sie darauf hinweisen, daß ein Transportvorgang mit sehr hoher Wahrscheinlichkeit nicht mehr möglich sein wird.«

»Spock«, sagte Arios. Er keuchte vor Anstrengung, während er sich gegen die psionische Resonanz zu wehren versuchte, die sich fast greifbar auf diesen Raum konzentrierte. »Wußten Sie schon, daß Sie ein Klugscheißer sind?«

Der Yagghorth der *Savasci* hob den Kopf und richtete alle Sinnesorgane auf die Tür, um wie ein Liebhaber auf eine sehnsüchtig erwartete Stimme zu lauschen.

Das scharfe Knistern eines Kurzschlusses war sogar durch die Wände unmißverständlich zu hören. Auf das Geräusch folgte der unterdrückte Schrei eines Mannes. Lao fuhr herum, als wäre er selbst vom Stromstoß getroffen worden. »Was war das?« rief er. Dann warf er sich über den Monitor der Subsysteme und aktivierte hektisch die Anzeigen.

Chapels erster Gedanke war gewesen, daß es jetzt vorbei war, daß der Transporter die Schaltung ausgelöst hatte ... Gleichzeitig sah sie neben Laos Rücken den Überwachungsbildschirm, der Fähnrich Miller zeigte, wie er zwischen funkensprühenden Kabeln und einem angeschlossenen Monitor aus einer Wartungsklappe hervorkroch.

Im nächsten Moment dachte sie nur noch daran, daß er die taktische Station verlassen hatte. Bevor sie diesen Gedanken zu Ende gebracht hatte, war sie bereits auf den Beinen und hetzte wie eine Tigerin los. Sie verdrängte alles andere aus ihrem Geist und sah nur noch Laos breiten Rücken – und wie sich der junge Mann mit dem Phaser in der Hand zu ihr umdrehte ...

»Los!« schrie Sulu.

Chapel hörte überhaupt nicht, wie die Tür zur Brücke nachgab und aufsprang. Aber Lao hörte es und drehte den Kopf in die Richtung, aus der das Geräusch kam, als Chapel im selben Moment mit seinem Waffenarm zusammenstieß. Er hatte bereits auf den Auslöser gedrückt, so daß sie in den Wirkungsbereich des Strahls geriet. Sie spürte eine eiskalte Leere in der Brust, und ihre Knie wurden weich wie Wasser. Von irgendwo riefen Stimmen, Betäubungsstrahlen entluden sich singend aus Phasern, doch das alles war für sie bedeutungslos in dem schrecklich hellen Licht ...

Mit einem leisen Knarren bewegte sich die Tür zum Maschinenraum. Dahinter bildete sich ein schmaler Spalt aus kaltem Licht. Der Yagghorth der *Savasci* fauchte wieder und streckte den Kopf wie eine Schlange vor. Dann schob sich die Romulanerin Karetha durch die Türöffnung und hielt am oberen Ende der Stufen an, die von der erhöhten Plattform hinunter in den Raum führten. Ihr Kopf wankte hin und her, und ihre dunklen Augen waren leer. Sie war beinahe ein Spiegelbild des Wesens, das sie erwartete.

Nach einer Weile öffnete auch sie den Mund und fauchte.

Kirk drückte sich fester gegen den Tank und hielt den Phaser bereit. Hinter der schwankenden Romulanerin erschien die schlanke Gestalt von Germaine McKennon. Dann folgten Captain Varos, das Gesicht kalt wie Stein, und die Leute der Sicherheitstruppen, die sich über das Geländer schwangen und fast lautlos im vorderen Bereich des Raumes verteilten.

»Ganz gleich, was Sie tun«, sagte Arios leise. »Schießen Sie auf keinen Fall auf die Empathin. Wir können nicht ...«

Seine Worte wurden von einem elektronischen Summen unterbrochen, und Kirk spürte den zischenden Lufthauch, als das plötzlich entstandene Vakuum ausgefüllt wurde.

»Das wurde aber auch Zeit!« hörte er einen der Sicherheitswächter seufzen. »Gott sei Dank!« lautete Mr. Scotts Kommentar.

Kirk wich in den Schatten zurück und machte sich auf den Transport gefaßt. Dabei bemerkte er, daß Nemo ebenfalls verschwunden war, vermutlich auf die *Nautilus*, nachdem er erkannt hatte, daß seine Nestpartner nicht mehr in Gefahr waren. McKennon wirkte einen Moment lang desorientiert. »Faßt sie!« rief sie schließlich.

Kirk duckte sich hinter den Tank, als ein Phaserschuß heulend in das Metall schlug, und erwiderte das Feuer, während er sich fragte, ob die Romulanerin Karetha den Yagghorth auf sie hetzen würde, wie Nemo sich auf McKennons Sicherheitsleute gestürzt hatte. Und er fragte sich, wie lange es noch dauern würde, bis Kyle die Transporterkoordinaten neu eingegeben hatte. *Na los*, dachte er, während die Kopfschmerzen und das beklemmende Gefühl der Atemlosigkeit immer schlimmer wurden, nachdem Arios verschwunden war. *Na los! Spock sagte, die Programme wären zu achtzig Prozent wieder hergestellt. Die Zeit wird knapp ...*

Scott und die übrigen beiden Sicherheitswächter hockten neben ihm und hielten die anrückenden Gegner abwechselnd mit Sperrfeuer in Schach. Zwischen den Tanks war es genauso eng und dunkel wie in den Wartungsröhren und Luftschächten der *Enterprise*, in denen Arios psionische Resonanzfelder hatte erzeugen können. Kirk klappte seinen Kommunikator auf. »Mr. Kyle!« rief er verzweifelt. »Was ist …«

»Die Transporterschilde der *Savasci* sind wieder aktiv, Captain«, antwortete der Mann hektisch. »Wir kommen nicht durch!«

»Beamen Sie Arios und seine Besatzung zurück auf die *Nautilus* und sagen Sie ihnen, daß sie von hier verschwinden sollen«, befahl Kirk. »Mr. Spock …«

»Hier, Captain.« Natürlich hielt sich Spock immer noch im Transporterraum auf.

Kirk zuckte leicht zusammen, als er Scotty schmerzhaft aufstöhnen hörte. Als er sich umdrehte, sah er, daß der Ingenieur am Boden zusammenbrach.

»Halten Sie die *Enterprise* genau in der Schußlinie zwischen der *Nautilus* und der *Savasci*, bis die *Nautilus* in den Kreuzwege-Nebel und durch die Anomalie zurückgekehrt ist. Und falls …«

Er blickte sich erneut um, als einer seiner Leute fluchte. Der Mann von der Sicherheit hielt sich den betäubten Arm und keuchte vor Schmerz. Im rötlichen Licht des Maschinenraums konnte Kirk erkennen, das der Kreis der Sicherheitstruppen aus identischen Gesichtern immer enger wurde.

Ihr Wille stand unter der Kontrolle von McKennon. Sie dachten nur die Gedanken ihrer Befehlshaberin.

»Wenn wir wieder an Bord sind, Spock, möchte ich, daß Sie bereit sind, eine Gedankenverschmelzung mit mir und möglicherweise allen anderen, die jetzt noch hier sind, durchzuführen, selbst wenn ich diesen Befehl später widerrufen sollte. Ich autorisiere Sie hiermit, mich nötigenfalls von meinem Kommando zu entbinden und mich bis zum Ende der Mission in Einzelhaft zu nehmen. Verstanden?«

»Verstanden, Captain«, antwortete Spock.

»Wir werden hier so lange wie möglich die Stellung halten. Kirk Ende.«

Er schloß den Kommunikator, als der Schmerz in seinem Schädel plötzlich unerträglich wurde. Kein Wunder, daß Scott in diesem idealen Versteck seine Deckung vernachlässigt hatte, wenn es in seinem Schädel pochte und er kaum atmen konnte. Kirk kroch mühsam zum schmalen Schlitz zwischen den Tanks und klammerte die Finger um den Phaser, obwohl er seine Hände kaum noch bewegen konnte.

Das rote Licht im Raum schien vor seinen Augen zu Blut zu gerinnen, und sein Gesichtsfeld verengte sich zu einem grauwandigen Tunnel. Er spürte den Yagghorth, der immer noch bewegungslos zwischen dem harzverklebten Eingang zu seiner Höhle und der Kuppel kauerte, in der Karetha während der Psi-Sprünge schlief. Und er spürte Karetha, die sich ebenso ruhig verhielt, das Gesicht zu einer Maske erstarrt, die kaum noch etwas Menschliches an sich hatte.

McKennon stand neben ihr auf den Stufen. Ihr kindliches Gesicht hatte den Ausdruck selbstgefälliger Siegesgewißheit. Hinter ihr war Captain Varos kaum mehr als ein Schatten im Türrahmen. Sein braunes Gesicht war wie ein Klumpen aus gekochtem Leder, und in seinen Augen stand ein roter Schimmer des Verlustes, der Trauer und des verbitterten Hasses.

Es wurde immer anstrengender, genügend Luft einzuatmen, um bei Bewußtsein zu bleiben, um auf den Beinen zu bleiben …

Als sich die Sicherheitstruppen der *Savasci* wie Wölfe auf einen sterbenden Hirsch stürzten, konnte er dies nur noch durch einen dicken Vorhang aus Schmerz beobachten, der ihn in eine dumpfe Apathie hüllte. Sein Finger wollte nicht auf den Auslöser des Phasers drücken – die Waffe fiel ihm aus der Hand, als seine Knie nachgaben.

Ich schätze, jetzt werde ich erfahren, wie lange ich ihrem Einfluß standhalten kann, dachte er.

Die Kopfschmerzen hörten auf. Er spürte, daß wieder Sauerstoff in sein Blut und sein Gehirn gelangte, als die Sicherheitstruppen ihn auf die Beine stellten. Es war wie eine plötzliche Stille nach einem Lärm, den er gar nicht bewußt wahrgenommen hatte.

Auch Kirks übrige Leute wurden zwischen den Tanks hervorgezerrt. Obwohl Scotty bewußtlos war, zeigte das Gesicht des Ingenieurs die Spuren des Schmerzes.

McKennon kam langsam die Treppenstufen herunter, während das lange, enge Kleid sie wie eine schwarze Blume aus Samt einrahmte. Kirk war überzeugt, daß er in Ohnmacht gefallen wäre, wenn die Sicherheitstruppen ihn nicht gestützt hätten. Aber er kämpfte gegen die Bewußtlosigkeit an

Er wußte, daß er nicht nachgeben durfte. Als die grünen Augen in seine blickten, war es, als würde er in einen tiefen Brunnen mit eiskaltem Wasser schauen, das so klar war, daß er bis zum Grund sehen konnte. In diesem Moment erkannte er, daß alles, was Arios ihm über diese Frau und über das Konzil erzählt hatte, der Wahrheit entsprach.

Aus der Dunkelheit zwischen den Tanks zogen die Sicherheitsleute Cymris Darthanian hervor. Seine Hände waren provisorisch mit Draht gefesselt, und der alte Yoon jammerte mitleiderregend, während er befreit wurde. »Meine Enkeltochter!« klagte er. »Meine geliebte Iriane! Man hat sie an Bord des kleinen Schiffes gebracht und sie entführt!«

McKennon trat vor und legte freundlich eine Hand auf den seidigen Pelz des gebeugten Kopfes. Ihr Mund war ein dünner Strich, ihre Nasenspitze war blaß, und ihre Augen waren zu schmalen Schlitzen des Zorns verengt.

»Meine Herrin«, flüsterte Darthanian mit flehender Stimme, »man hat mir Schmerzen zugefügt ...«

»Sie werden dafür bezahlen«, sagte McKennon mit glühender Drohung. »Sie werden dafür bezahlen.«

Aber nicht für die schlechte Behandlung eines alten Geschöpfes, das McKennon für ihren Verbündeten hielt. Arios sollte bezahlen, daß er die Pläne von Germaine McKennon durchkreuzt hatte.

Der Interkom-Anschluß neben der Tür summte. McKennon kehrte zurück und nahm den Anruf entgegen, während zwei ihrer Männer Kirks Hände hinter seinem Rücken fesselten, mit etwas, das sich elastisch und weich um seine Handgelenke schloß. Karetha war die Stufen herabgestiegen und neben den Yagghorth getreten, und Kirk beobachtete voller Unbehagen, wie der Yagghorth sie tatsächlich mit einem Beißspiel begrüßte, wie er mit den Kiefern nach den Händen und der Nase der Frau schnappte.

Karetha schüttelte ihre Mähne aus ergrautem Haar zurück und erwiderte den spielerischen Angriff.

Würde Sharnas irgendwann genauso werden? Würde er allmählich mit dem Geist dieses Wesens eins werden, mit dem er geistig verbunden war, auf das er seit frühester Kindheit trainiert worden war? Würde er seine Menschlichkeit – beziehungsweise seine vulkanische Natur – verlieren, bis er nur noch in der Gesellschaft seines fremdartigen empathischen Partners leben konnte? Bis es für ihn nur noch den Yagghorth und die Träume während der Psi-Sprünge gab?

Oder geschah so etwas nur mit Empathen, die unter ihren eigenen Artgenossen keine Freunde mehr hatten?

Über Interkom meldete sich eine Stimme. »Die *Nautilus* entfernt sich, Domina. Sie hält Kurs auf den Kreuzwege-Nebel. Geschätzte Flugzeit bis zur Anomalie vierzig Minuten. Keine Spur vom Shuttle.«

»Wo ist die *Enterprise?*«

»Auf dem identischen Vektor, Domina. Sie steht genau vor der *Nautilus*.«

Kirk dachte, daß auch Varos reagieren würde, aber der Romulaner blieb im Schatten und sagte nichts.

»Um fünf Grad ausweichen«, befahl McKennon mit eiskalter Stimme. »Machen Sie sich bereit, das Feuer zu eröffnen. Maximale Energie.«

»Ja, Domina.«

Kirk blickte auf den bewußtlosen Mr. Scott herab, dessen Stirn immer noch vor Schmerz gerunzelt war. Dann wandte er sich wieder McKennon zu. Mehr Beweise brauchte er nicht.

Er erkannte, daß er bei der überstürzten Flucht in den Lagerraum und durch die Luftschächte in diese rotglühende Hölle, die das Zentrum der Macht des Konzils verkörperte, völlig vergessen hatte, Scotty zu fragen, ob er seine Arbeit im Maschinenraum zu Ende gebracht hatte. Wenn nicht …

Was dann? Für ihn selbst hätte es keinerlei Konsequenzen, zumindest fielen ihm keine ein. Mit etwas Glück könnte die *Savasci* vielleicht sogar die Spur des Shuttles mit den Yoons wiederfinden. Dann mußten die Yoons nur noch eingeladen und durch die Anomalie mitgenommen werden. Es wäre genau so, als wäre all das niemals geschehen.

Nur daß es dann irgendwelche Befehle von Germaine McKennon gab, die für immer tief in seinem Gehirn schlummern würden.

Der Interkom-Anschluß summte erneut. »Domina?« Der Navigator riß sich zusammen, aber Kirk hörte trotzdem die große Angst in der Stimme des Mannes. Auch das paßte zum Ganzen. Sulu machte sich bestimmt Sorgen, daß Kirk ihn nach seiner Rückkehr in der Luft zerriß, aber er würde niemals ernsthaft daran glauben, daß der Captain ihm tatsächlich körperlichen Schaden zufügte …

»Die Steuerung des Schiffes reagiert nicht, Domina.

Die Kommandos werden von den Maschinen ignoriert. Mr. … Mr. Jarmeen liegt in der Krankenstation. Man hat ihn bewußtlos im Maschinenraum gefunden …«

McKennon sagte ein Wort, das Kirk seit seiner Jugend in den Überlebenstrainingslagern nicht mehr gehört hatte.

In ihren grünen Augen stand ein kalter und zorniger Wille, der noch nie zuvor gebrochen worden war, als sie sich umdrehte und ihm mit der Hand ins Gesicht schlug.

Kirk lächelte.

Sie schlug ihn noch einmal, viel härter, und an ihrem Gesichtsausdruck erkannte er, daß es ihre Gewohnheit war, so zu reagieren, wenn es nicht nach ihrem Willen ging.

»Sie denken vermutlich, daß Sie einen kleinen Sieg errungen haben«, fauchte McKennon ihn an. »Da Sie sich anschließend an nichts mehr erinnern werden, kann ich es Ihnen jetzt sagen: Zuerst werde ich Ihnen die Zielkoordinaten dieses Shuttles aus dem Gehirn zerren – und Sie können mir glauben, daß ich mir dazu mehr Zeit nehmen werde, als nötig wäre. Dann werde ich Ihnen verschiedene Befehle einpflanzen, damit Sie nur noch im Sinne des Konzils handeln können. Doch gleichzeitig werden Sie nie wieder lieben können. Sie werden nie wieder mit einer Frau schlafen können. Sie werden überhaupt nicht mehr schlafen können. Das verspreche ich Ihnen.«

»Davon würde ich abraten, Herrin.« Cymris Darthanian zupfte vorsichtig und respektvoll an der Hand der Domina. »Von jedem einzelnen Punkt.«

Ihr Kopf fuhr herum, und in ihren Augen stand ein glühendes Feuer. »Was wissen Sie schon davon?«

Darthanian verschränkte seine vier Hände und verbeugte sich. Irgendwie wirkte er viel älter und schwächer als vor einer Weile auf der Frachtrampe, wo er die Stufen hinuntergestürmt war, um Spock gegen den Angriff der Sicherheitstruppen zu unterstützen. »Wir haben diese Dinge studiert, Herrin. Die möglichen Varianten der Zukunft und der Vergangenheit. Dafür waren die Weisen von Yoondri berühmt. Wenn dieser Mann in enger Verbindung mit einem Angelpunkt der Zeit steht, mit irgendeiner Person oder einem Ereignis, das eine Voraussetzung für Ihre Gegenwart darstellt, dann würde jeder Eingriff in seinen Geist – selbst eine Befragung – seine späteren Entscheidungen auf unvorhersehbare Weise beeinflussen, so daß Sie genau das Gegenteil von dem bewirken würden, wofür Sie bislang gearbeitet haben.«

»Aber wenn er nur darauf programmiert wird ...« Sie zögerte.

»Worauf programmiert, Domina?« fragte der Weise. »Wir wissen nicht – niemand von uns weiß es –, was genau zu einer Entscheidungsfindung führt. Was dafür verantwortlich ist, daß sich ein Ereignis auf die eine oder andere Weise entwickelt. Was einen Mann dazu bewegt, im entscheidenden Moment nach links und nicht nach rechts zu gehen, was eine Frau dazu bewegt, ja statt nein zu sagen, was ein Kind dazu bewegt, über etwas zu lachen, statt vor Angst davonzulaufen. Nur weil wir niemals die Raumfahrt entwickelt haben, bedeutet das nicht, daß wir keine Ahnung von der Chaostheorie haben. Wenn Sie in einen See steigen, müssen Sie sehr vorsichtig sein, wenn Sie keine Wellen verursachen wollen, die bis zum anderen Ufer schwappen.«

McKennon starrte Kirk an. Ihre Augen schienen aus gefrorenem Quecksilber zu bestehen.

»Es wäre das beste, sich vorerst nicht mehr um das Shuttle zu kümmern, Herrin«, sagte Darthanian leise. »Meine irregeleiteten Freunde sprachen davon, daß die Sterne ihre Bestimmung seien. Ich bin überzeugt, daß ich Ihnen helfen kann, sie in Ihrer eigenen Zeit wiederzufinden. Doch da sie ohne Werkzeuge, ohne Ausrüstung und ohne die Instrumente der Lehre sind, glaube ich kaum, daß sie überleben werden, selbst wenn sie ihr Ziel erreichen.«

Sie wirbelte herum und zeigte mit ausgestreckter Hand auf Mr. Scott. »Geben Sie ihm eine Dosis Antican«, befahl sie einem Mann von der Sicherheitstruppe. »Ich gehe davon aus«, fügte sie giftig hinzu, während sie sich wieder Kirk zuwandte, »daß Sie ihm befehlen werden, den Schaden rückgängig zu machen, den er angerichtet hat, allein schon aus dem Grund, damit wir ebenfalls durch die Kreuzwege-Anomalie in unsere Zeit zurückkehren können.«

»Allein schon aus diesem Grund«, wiederholte Kirk höflich.

Er dachte, McKennon würde ihm ins Gesicht spucken. Doch sie kehrte lediglich um und stieg wieder die Stufen hinauf – eine rauschende Bewegung aus weißer Haut, schwarzer Seide und Haar in der Farbe glühender Kohle. Sie sah offenbar nicht die reglose Gestalt von Captain Varos, der immer noch wie ein Schatten im Türrahmen stand und sie beobachtete.

Es war das letzte, was Kirk von ihr sah.

Mr. Scott ließ sich Zeit mit der Reparatur der Maschinen der *Savasci*. »Wir wollen schließlich ordentliche Arbeit abliefern, damit sie beim Flug durch die Anomalie keine Schwierigkeiten bekommen. Wie der Meister … äh … Captain Arios sagte, muß ein Schiff in diesen Energiefeldern eine Menge einstecken.«

Er sprach zu Kirk und Mr. Palahnuk, dem Zweiten Ingenieur. Außerdem waren zwei Männer der Sicherheitstruppen anwesend, die ihn mit steinernen Augen bei der Arbeit beobachteten. Nicht daß sie oder Mr. Palahnuk auch nur die leiseste Ahnung hatten, ob die Maschinen tatsächlich ordentlich repariert wurden. Durch die Kürze der Reisen mit dem Sprungantrieb trug der Ingenieur nur noch geringe Verantwortung, da der Warpantrieb nur im Ausnahmefall und die Impulstriebwerke nur noch dazu eingesetzt wurden, um von einem Sprungpunkt zum nächsten zu gelangen.

Palahnuk hatte bereits versucht, den subtilen Schaden zu beheben, den Scott angerichtet hatte. Was er gefunden hatte, war von ihm wieder in Ordnung gebracht worden. Doch das Schiff hatte sich immer noch nicht von der Stelle bewegt. Auf dem kleinen Sichtschirm im Maschinenraum konnte Kirk beobachten, wie der glühende gelbe Streifen des Warpantriebs der *Nautilus* immer kleiner wurde und zu einem Stern schrumpfte, der genau in dem Dreieck stand, das von der Maschinensektion und den Triebwerksgondeln der *Enterprise* gebildet wurde. Kirk rief eine andere Anzeige auf, die die drei Schiffe als digitalisierte Umrisse zeigte. Sie standen auf einer Linie, die immer länger wurde, während sich ein Endpunkt dem Kreuzwege-Nebel näherte.

Kirks rechtes Bein und die rechte Schulter wurden immer noch von schmerzender Taubheit geplagt, da McKennon in einem wütenden Anfall von Trotz verboten hatte, daß die Mediziner ihn mit Antican behandelten. Trotzdem empfand er die Zufriedenheit, gute Arbeit getan zu haben.

Mr. Scott war immer noch mit den Maschinen beschäftigt, als Cymris Darthanian und Captain Varos auf das kleine obere Maschinendeck traten.

Kirk erhob sich. Er fühlte sich in der Gegenwart des romulanischen Captains unwohl. Er hatte dafür gesorgt, daß Chavez, Watanabe und Wolfman, die noch übrigen Sicherheitswächter, sich seit ihrer Gefangennahme nicht allzuweit von ihm entfernten. Watanabe hatte eine kleinere Dosis Antican erhalten, so daß er noch etwas benommen und unbeholfen war, aber zumindest keine Schmerzen mehr hatte. Chavez war nicht von seiner Seite gewichen und hatte sich bereit gehalten, jeden Versuch zu vereiteln, die Mitglieder der *Enterprise*-Gruppe voneinander zu trennen. Doch bislang hatte es niemand versucht.

Es war Darthanian, der sich verbeugte und vortrat. Als er sprach, wurde seine zwitschernde Stimme vom Translator in verständliche Worte verwandelt, die allmählich immer mehr Ausdruck erhielten.

»Captain Kirk«, sagte er. Seine Sprechorgane konnten den harten K-Laut nicht bilden, so daß er nur ein abgehacktes Pfeifen zustande brachte. »Die Domina McKennon hat eingesehen, daß jeder auch noch so geringfügige Versuch einer Einmischung in Ereignisse dieser Zeitlinie sich als katastrophal erweisen könnte. Gleichzeitig ist uns bewußt, daß bereits eine erhebliche Einmischung stattgefunden hat. Hoffnung und Verzweiflung sind wichtige Faktoren, ebenso wie das Wissen.

Die Domina hat mit Ihnen bereits über die Methoden gesprochen, mit denen man Ihre Erinnerung an bestimmte Erlebnisse auslöschen kann. Ähnliche Methoden sind uns, den Yoons, bekannt, den Weisen, die sich mit der Heilung des Geistes beschäftigen. Ich glaube, daß es das beste für alle wäre, wenn meine Freunde und ich auf Ihr Schiff kommen würden, um diese Dinge aus der Erinnerung Ihrer Besatzung zu entfernen. Alles, was seit dem Augenblick geschah, als die *Nautilus* von Ihren Fernbereichsensoren erfaßt wurde. Wie mir bekannt ist, wäre Mr. Spock in der Lage, eine entsprechende Löschung in den Computern und Logbüchern Ihres Schiffes durchzuführen.«

Kirk schwieg eine Weile und blickte nur in die runden, bernsteinfarbenen Augen. Er dachte an die Zukunft – an die Möglichkeiten der Zukunft. An das Gute, das vom Konzil bewirkt worden war, bevor es sich in etwas Böses verwandelt hatte. An die Welt, die gerettet würde, und an die Hoffnung, die er in die kleine Bande von Rebellen gesetzt hatte, die Welt erneut zu retten.

Er dachte daran, warum ein Mann nach links statt nach rechts ging, warum eine Frau ja statt nein sagte, warum ein bestimmtes Kind über eine Gefahr lachte, statt ängstlich davor zu flüchten. Sobald man begann, sich einzumischen, würde sich alles verändern, und niemand konnte vorhersehen, mit welchen Resultaten.

»Captain ...«

Er blickte auf und sah in die dunklen, nachdenklichen Augen des Romulaners Varos.

»Ich gebe Ihnen mein Wort«, sagte Varos mit stockender Stimme, als würde ihm das Sprechen schwerfallen, »daß diese Yoons, diese Weisen, die einzigen sein werden, die Ihr Schiff betreten und die den Geist Ihrer Besatzung berühren. Ich verspreche es Ihnen. Ich werde mich dafür einsetzen.«

Varos streckte ihm seine Hand hin, und sein haßerfüllter Blick traf Kirk. Ein Haß, der sich vom anfänglichen Schmerz in eine lange, abwartende Kälte verwandelt hatte. Ein Haß, der überhaupt nicht gegen ihn gerichtet war, wie Kirk überrascht feststellte.

»Leben Sie wohl, Captain«, sagte er ruhig. »Ihnen begegnet zu sein ... war mir eine Ehre. Und ich habe durch Sie einiges gelernt.«

Er trat zurück zur Gruppe seiner Leute und der letzten Weisen von Tau Lyra III, gefolgt vom alten Yoon, damit Kirks Gruppe sich auf das Beamen vorbereiten konnte.

Kirk empfand das Gefühl eines schweren Verlustes, als er erkannte, daß er diesen Mann gerne näher kennengelernt hätte, wenn der Zeitpunkt und die Umstände günstiger gewesen wären. Und jetzt würde er sich nicht einmal an das erinnern, was geschehen war.

Auf dem Sichtschirm verlor sich der gelbe Stern, der Dylan Arios' Schiff war, in der weiten Unendlichkeit, als er vom Glühen des Kreuzwege-Nebels verschluckt wurde.

18

»Sie haben Besuch, Christine. Mr. Spock ist soeben gekommen.«

Chapel drehte den Kopf ein Stück zur Seite, um einen Blick auf das Chronometer werfen zu können. Dabei stieß sie einen leisen Seufzer aus. Es war einundzwanzig Uhr dreißig. Es war dumm – und ausgesprochen egoistisch –, sich verletzt zu fühlen, weil er nicht eher zu ihr gekommen war, denn sie wußte, daß sich etwas sehr Seltsames im Schiff ereignet hatte. Sie konnte es sich nicht erklären und hatte nicht einmal eine genaue Erinnerung an das, was mit ihr geschehen war. Doch tief im Innern wußte sie, daß sie beinahe gestorben wäre.

Trotzdem fühlte sie sich verletzt.

»Danke, Diana. Bitten Sie ihn herein!«

Tief vergraben unter einem Chaos aus Medikamenten und Schmerzen befand sich das undeutliche Gefühl, daß sie wegen etwas sehr Wichtigem mit Fähnrich Lao sprechen wollte. Aber sie konnte sich nicht erinnern, was es war. Uhura hatte ihr gesagt, daß Lao ebenfalls in der Krankenstation lag. Er litt unter den Nachwirkungen eines schweren Phasertreffers, dessen Ursache unbekannt war. Und er schien vor kurzem unter großem Streß gestanden und nur wenig geschlafen zu haben.

Sie dachte daran, daß sich möglicherweise irgendwo ein Phaser überladen hatte, konnte sich aber nicht vorstellen, warum sie und Lao sich als einzige in der Nähe aufgehalten haben sollten.

»Schwester Chapel.«

Er stand in der Tür, so daß das hellere Licht des Korridors seine leicht vorgebeugte Gestalt umrahmte und sich bläulich auf seinem glatten schwarzen Haar spiegelte. Er hatte in seiner charakteristischen Pose die Hände auf dem Rücken verschränkt und den Kopf ein wenig zur Seite geneigt. Sie erinnerte sich daran, als sie ihn zum ersten Mal gesehen hatte, wie er neben Mr. Kyle gestanden hatte, als man sie an Bord gebeamt hatte. Und sie erinnerte sich, wie Captain Kirk sie miteinander bekannt gemacht hatte – und wie sie zum ersten Mal seine Stimme gehört hatte.

Damals war sie noch viel zu sehr mit Roger beschäftigt gewesen, mit ihrer Suche nach dem Mann, den sie geliebt hatte, um sich intensiver mit Spock auseinanderzusetzen. Das war erst später gekommen.

»Es freut mich zu hören, daß es Ihnen wieder besser geht.«

Chapel nickte und wollte ihm eine Hand hinstrecken, doch sie fühlte sich noch zu schwach für eine solche Geste. Als echter Vulkanier würde Spock ohnehin jede körperliche Berührung vermeiden.

»Ich kann mich … nicht mehr genau erinnern, was geschehen ist.« Sie war überrascht, wie stark ihre Stimme klang. Vermutlich sah sie furchtbar aus, erschöpft, blaß und ausgezehrt, die Spuren der vergessenen Träume auf ihrem Gesicht, doch er schien es nicht zu bemerken. In seinen schwarzen Augen stand nur ein waches Interesse, das sehr zurückhaltend, sachlich und abstrakt wirkte, als wären seine Gedanken mit einem ganz anderen Problem beschäftigt.

Kein Wunder, schließlich war er der wissenschaftliche Offizier.

Es dauerte eine Weile, bis er etwas erwiderte. »Da alle in diesem Schiff darunter leiden, habe ich von Ihnen nichts anderes erwartet.«

»Alle …?«

»Es scheint zu einer … äußerst ungewöhnlichen und umfassenden … Desorientierung gekommen zu sein. Dieses Phänomen könnte in Zusammenhang mit der Überladung der Phaser stehen oder auf eine unbekannte Strahlung zurückzuführen sein, die während der Eruption des Sternes Tau Lyra abgegeben wurde …«

»Tau Lyra?« Bei diesem Namen klingelte etwas in ihrem Kopf, und sie erinnerte sich an einen Schock und ein tiefes Bedauern. Ob sie einen schlimmen Traum gehabt hatte …?

Spock beobachtete interessiert ihre Reaktion. »Tau Lyra trat innerhalb der letzten fünf Tage in eine kurze Phase der Instabilität«, sagte er. »Zur Zeit befinden wir uns im Orbit um den dritten Planeten und versuchen, möglichst viele Artefakte der Zivilisation zu bergen.«

Er runzelte die Stirn, als würde ihn etwas beunruhigen, und Chapel empfand einen untröstlichen Kummer. Sie mußte nicht fragen, was mit einer Zivilisation geschehen war, deren Sonne ›eine kurze Phase der Instabilität‹ durchgemacht hatte.

»Ich habe geträumt …«, begann sie, doch sie konnte sich an keinen Traum mehr erinnern. Nur das Bild einer zerbrochenen Puppe mit froschähnlichem Aussehen drang an die Oberfläche ihres Bewußtseins, um sich sofort wieder in unerreichbarer Finsternis zu verlieren.

»Es hat einige … äußerst seltsame Phänomene gegeben«, sprach Mr. Spock weiter. »Aus allen Logbüchern des Schiffes wurde der Zeitraum von fünf Standardtagen gelöscht, und nur die Hälfte der Besatzung kann sich an verschiedene Ereignisse erinnern – hauptsächlich die üblichen Routineangelegenheiten. Im Vergleich stellen sich jedoch krasse Widersprüche zwischen ihren Geschichten heraus. Beispielsweise können sich die Bowling-Teams sowohl der technischen Abteilung als auch der Sicherheit deutlich daran erinnern, das Turnier gewonnen zu haben. Und Dr. Maynooth sowie weitere Physiker und Techniker berichten von ihrem ›Eindruck‹, daß eine unserer Sonden im Kreuzwege-Nebel ein kleines Planetensystem gefunden hat, doch dazu gibt es weder Koordinaten noch sonstige Daten.«

Er blieb noch etwa fünf oder zehn Minuten, in denen er hauptsächlich darüber sprach, was während dieser sogenannten ›Auszeit‹ geschehen sein könnte und wie seine Theorie der Ereignisse der vergangenen Tage lautete. Chapel machte ein paar Vorschläge, die Gehirnchemie einiger Besatzungsmitglieder zu untersuchen oder die Speicherchips für die Spiele in den Freizeiträumen zu analysieren, um vielleicht einige Hinweise zu erhalten. Dabei verlor sich ein Teil der Beklemmung, die zeitweise zwischen ihnen beiden geherrscht hatte. Es war eines der angenehmeren Gespräche ihrer zaghaften Freundschaft.

Erst als Spock sich zum Gehen bereitmachte, weil er sich mit Kirk wegen dieser Angelegenheit treffen wollte, raffte Chapel sich auf. »Ich weiß, daß meine logischen Fähigkeiten nicht mit Ihren zu vergleichen sind, Mr. Spock«, sagte sie. »Aber falls mir etwas einfallen sollte, das uns möglicherweise weiterhelfen könnte, werde ich es Sie wissen lassen.«

Spock blickte sie überrascht an. »Ihre bislang geäußerten Ideen zu diesem Problem sind mindestens so gut wie die, die während der Konferenz der wissenschaftlichen Abteilung entwickelt wurden«, sagte er. »Ich habe Sie schon immer für eine brillante Wissenschaftlerin gehalten. Auf jeden Fall läßt Ihre Arbeit, die Sie als Studentin von Roger Korby geleistet haben, soweit sie mir bekannt ist, diesen Schluß zu.«

»Sie haben meine Arbeiten ... mit Roger gelesen?« Verblüfft erkannte sie, daß sie noch nie zuvor an diese Möglichkeit gedacht hatte.

»Natürlich.« Spock neigte den Kopf. »Meiner Ansicht nach«, fügte er langsam hinzu, als würde ihm erst jetzt bewußt, daß Roger Korby für Chapel immer noch ein unangenehmes Thema sein mochte, »hätten Sie ihn innerhalb weniger Jahre übertroffen, wenn Sie Ihre Studien fortgesetzt hätten, statt sie abzubrechen und nach ihm zu suchen.«

Sie wollte ihm sagen, daß sie damals nicht anders handeln konnte, aber sie brachte den Satz nicht heraus. Sie hatte ihn doch geliebt, aber auch das konnte sie Spock nicht sagen.

Roger war nicht mehr derselbe gewesen, als sie ihn endlich gefunden hatte. Er hatte einen Androiden gebaut, in dem er seinen Geist und seine Persönlichkeit untergebracht hatte, und eine Androidensklavin dazu, eine kurvenreiche, hübsche und unterwürfige Geisha, die dumm wie Bohnenstroh war, wie Uhura es damals auf den Punkt gebracht hatte. Und das war ein unübersehbarer Hinweis darauf, dachte Christine matt, was er von Frauen erwartet hatte.

Sie schloß die Augen und schlief ein.

Sie war einigermaßen überrascht, als sie sich plötzlich auf dem Aussichtsdeck der *Enterprise* wiederfand. Sie trug Zivilkleidung, ihr Sweatshirt und Strumpfhosen. Das bedeutete, daß es schon recht spät sein mußte, denn sie zog diese Sachen meistens dann an, wenn sie nachts keinen Schlaf fand und sich mit Forschungsprojekten beschäftigte.

Im vergangenen Jahr hatte es viele Nächte gegeben, in denen sie nicht ohne weiteres hatte einschlafen können.

Es war wirklich schon spät, dachte sie. Die Beleuchtung an Bord des Schiffes war auf das sanfte Dämmerlicht der Nachtschicht reduziert worden, um dem gewohnten Tagesrhythmus der vielen Menschen entgegenzukommen, die monatelang in einer künstlichen Umwelt leben mußten. In diesem nächtlichen Zwielicht schien die Unendlichkeit der Sterne hinter dem Aussichtsfenster auf Deck Zwölf in den Raum hineinzureichen. Die glühenden Diamanten im Samt des Weltalls schienen zum Greifen nah.

Aus irgendeinem Grund war sie in Gesellschaft eines vulkanischen Jungen.

In der friedlichen Abgeschiedenheit ihres Traumes – sie wußte genau, daß sie träumte – fragte sie sich, ob es Spock als junger Mann war, doch gleichzeitig wußte sie, daß es nicht Spock war.

Er trug einen Umhang aus grauem Frottee, einen knielangen und häßlichen Mantel aus Starfleet-Beständen, doch er trug ihn wie das Gewand eines Ritters oder Königs. Sein schwarzes Haar war zu einem Pferdeschwanz zusammengebunden, der so dick und fast so lang wie ihr Unterarm war. Er hielt die Hände vor dem Körper verschränkt, während er auf und ab ging, und seine Haltung erinnerte an Spocks vornehme Art, obwohl diese Gefaßtheit in seinem Fall eher mitleiderregend wirkte. Seine Hände waren mit Narben von Schnitt- und Kratzwunden überzogen, als hätte er mit einer großen Raubkatze gekämpft.

»Es wäre unsinnig zu behaupten, daß ich ihn vermisse«, sagte der junge Vulkanier. Er ging zum Aussichtsfenster, und Christine folgte ihm. In der schwarzen Unendlichkeit der Sternennacht glaubte sie etwas Dunkles zu erkennen, das backbord neben der *Enterprise* im Raum hing, etwas Großes, das alles Licht verschluckte. »Wir stehen in mentalem Kontakt, aber das ist nicht dasselbe.« Ein ironisches Lächeln umspielte seine Mundwinkel. »Es ist völlig unlogisch, wenn ich mir Sorgen um Nemo mache, so wie er sich um mich sorgt. Aber schließlich sind unlogische Empfindungen die Grundlage der Empathie.«

»Tatsächlich?« fragte Christine. Sie hatte das Gefühl, daß sie eigentlich wissen müßte, wer Nemo war, und daß sie über seine Wort schockiert oder beunruhigt sein sollte. Was hatte es mit Nemo auf sich? Sie war überzeugt, daß ihr irgend jemand einmal erzählt hatte, wer er war, und daß sie darüber entsetzt gewesen war.

»Sicher.« Der junge Vulkanier blickte sich über die Schulter zu ihr um. »Zumindest wenn der empathische Partner kein Vulkanier ist. Wir haben gelernt, klar zu denken und das Diktat der Vernunft über die Forderungen des Herzens zu stellen. In der Empathie geht es darum, den Partner so zu akzeptieren, wie er ist, und bedingungslos an seiner Seele und seinen Träumen teilzuhaben. Das fällt einem Vulkanier nicht leicht. Anschließend weiß man mehr, als einem lieb ist. Häufig fühlt man sich geradezu ... beschmutzt.«

Er wandte den Blick von ihr ab und berührte die Blätter einer der vielen Pflanzen in den Gefäßen zwischen den grau gepolsterten Sesseln und Sofas des Aussichtsdecks. Sein Haut wies eine ungesunde Blässe auf, als wäre er lange Zeit krank gewesen, und in seine Augenwinkel hatten sich tiefe Falten des Schmerzes gegraben. Christine fragte sich, wer er war und warum sie von ihm träumte. Warum sie das Gefühl hatte, ihn in mancherlei Hinsicht besser als Spock zu kennen.

Sie runzelte die Stirn, als sie angestrengt darüber nachdachte. »Aber Vulkanier sind doch gar nicht zu einer solchen Beziehung fähig«, sagte sie. »Es ist ...« Sie zögerte, weil sie gar nicht genau wußte, was sie eigentlich sagen wollte oder ob sie überhaupt weitersprechen wollte. »Mr. Spock ...« Sie brachte kaum seinen Namen über die Lippen. »... ist ein ... Freund des Captains, auch wenn er sich sträubt, es zuzugeben.«

Er ist zur Liebe fähig, dachte sie. *Zweifellos.*

»Freundschaft ist etwas anderes«, sagte der junge Vulkanier, während er sie wieder mit dunklen Augen ansah. »Hier geht es nicht um Freundschaft. Das wissen Sie.«

Sie wußte es. Er hatte ihre Gefühle für Spock wahrgenommen, als sie seine Hände in ihre genommen hatte, um ihm in seinen schrecklichen Alpträumen

Trost zu spenden. Sie fragte sich, wie tief er in ihre eigenen Träume geblickt hatte.

»Mr. Spocks Freundschaft mit dem Captain wäre immer noch dieselbe, auch wenn sie zehn oder zwanzig Jahre lang auf verschiedenen Schiffen dienen würden. Wenn ich in meine Zeit zurückkehre, werden wir immer Freunde bleiben, obwohl wir uns niemals wiedersehen werden.«

»Ja«, sagte Chapel leise. Sie wußte, daß es so war. »Ja, so wird es sein.«

»Liebe ist etwas anderes. In einer Freundschaft wie zwischen Mr. Spock und dem Captain gibt es keinen Drang zur Nähe.« Er sprach die Worte zögernd aus. »Es gibt nicht das Gefühl des Friedens in der Nähe, das in der Ferne verschwindet. Es ist unlogisch, aber wahr. Keine Sehnsucht.« Er blickte wieder auf die Sterne hinaus und auf die dunkle Form, die sich vor den verwischten Staubwolken des schwach glühenden Kreuzwege-Nebels nur erahnen ließ.

»Ich weiß nicht, ob das Konzil mir diese Dinge mitgegeben hat oder ob durch den Vorgang der empathischen Bindung nur etwas freigesetzt wurde, was so tief in jedem Vulkanier verborgen ist, daß mein Volk es völlig vergessen hat und nicht einmal einen Namen dafür kennt.«

Das Sternenlicht zeichnete plötzlich Falten der Trauer auf seine Stirn und um seine noch so jungen Lippen.

»Ich weiß, daß ich durch meine empathische Bindung unlogische Gefühle entwickelt habe und kein richtiger Vulkanier mehr bin. Es stimmt, daß nur wenige vulkanische Empathen auf ihre Heimatwelt zurückkehren, und diejenigen, die es tun, verschweigen gewöhnlich, was sie empfinden.«

Dann veränderte sich die Umgebung, und sie lief plötzlich durch die verdunkelten Korridore von Deck Sechs. Die Leuchtkörper hingen wie ausgeglühte Holzscheite an der Decke. Überall hörte sie Menschen, die durch die Dunkelheit tappten. Vor ihr trat jemand durch eine Tür und blickte sich noch einmal über die Schulter um, bevor er verschwand. Sie erkannte, daß es Roger war, obwohl sie nicht wußte, wie sie ihn in der Finsternis erkennen konnte. Aber es gab keinen Zweifel, zu wem die breiten Schultern unter dem blau-grünen Overall, das helle, ergraute Haar und die intelligenten blauen Augen gehörten.

Sie rief seinen Namen, eilte ihm nach, stieß mit der Schulter gegen eine Wand und stolperte über ein unsichtbares Hindernis, das einen brennenden Schmerz an ihrem Schienbein hinterließ. Die Tür, die sich hinter ihm geschlossen hatte, wollte sich nun für sie nicht mehr öffnen. Sie mußte einen Umweg nehmen, durch Korridore, die immer wieder in Sackgassen endeten, während überall die murmelnden Stimmen und scharrenden Schritte anderer suchender Menschen in der Dunkelheit waren. *Sie sind gefangen,* dachte sie. *Wir alle sind gefangen und orientierungslos.*

Eine andere Gestalt huschte undeutlich an ihr vorbei. Obwohl sie nicht wußte, wie das möglich war, konnte sie wieder schwarzes Haar, die blaue Uniform und das Aufblitzen eines Starfleet-Abzeichens erkennen. Sie hätte die Bewegung und die Haltung seines Körpers überall wiedererkannt, auch noch in fünfzig Jahren. *Spock,* rief sie, doch kein Laut drang aus ihrer Kehle. Ängstlich und verzweifelt lief sie ihm nach, ihr Herz schlug im Rhythmus ihrer lauten Stiefeltritte, aus Furcht, sie könnte seine Spur verlieren und würde ihn niemals wiederfinden. Genauso wie Roger verschwand er in der Dunkelheit, die so tief wie das Nichts des Weltraums war. Sie folgte ihm, wie sie Roger gefolgt war, sie wollte sich nur vergewissern, daß sie in seiner Nähe in Sicherheit war. Daß es irgendwo Sicherheit für sie gab.

Dann materialisierte flimmernd eine Gestalt in der Finsternis. Sie hetzte los, rief den Namen eines Mannes, und diesmal zog sich die Gestalt nicht zurück, sondern lief ihr entgegen, streckte die Arme nach ihr aus, wie sie selbst die Arme ausstreckte.

Erst als sie ihn fast erreicht hatte, erkannte sie, daß es ein Spiegel war. Die undeutlich erkennbare Gestalt vor ihr war sie selbst.

»Natürlich war es notwendig, verschiedenen Besatzungsmitgliedern in Schlüsselpositionen Pseudo-Erinnerungen einzupflanzen.« Der dicke, narzissengelbe Weise riß die großen Augen auf, als wäre er überrascht, daß Germaine McKennon nicht von selbst darauf gekommen war. »Wie sonst sollten wir eine Lücke von fünf Tagen vertuschen?«

»Warum habe ich nichts davon erfahren?« fragte sie verärgert und stieß das kleine Lesegerät mit dem Bericht von sich weg. »Sie sagten, es würde nichts verändert werden, und jetzt höre ich, daß Sie doch etwas verändert haben ...«

»Nichts von Bedeutung, Domina. Wirklich.« Cymris Darthanian verschränkte die Hände und verbeugte sich, so daß er noch unbedeutender und demütiger als gewöhnlich wirkte. McKennon hatte Kleidung in den grauen und weißen Farben des Konzils für ihn anfertigen lassen, nachdem seine locker gewobenen und bunt gefärbten Gewänder von Tau Lyra III zerlumpt und schmutzig geworden waren. Auf so kurzen Missionen wie dieser waren die Hygieneeinrichtungen an Bord eines Schiffes begrenzt.

»Im wesentlichen handelt es sich um eine Technik, die ähnlich wie die Restaurierung beschädigter Videoaufzeichnungen vorgeht, indem das dupliziert wird, was bereits vorhanden ist. Die meisten Besatzungsmitglieder werden überzeugt sein, daß sie in den vergangenen fünf Tagen ihren gewohnten Routineangelegenheiten nachgegangen sind. Jeder, der einmal in einer größeren Regierungsorganisation gearbeitet hat«, fügte er ironisch hinzu, »weiß, wie schwierig es ist, die Abläufe verschiedener Tage auseinanderzuhalten. Ansonsten sind sie auf Vermutungen angewiesen ...« Er breitete sein oberes Handpaar aus. »Aber was nützen ihnen Mutmaßungen und Ahnungen? Was sind schon Träume?

Unklare Ahnungen werden Christine Chapel nicht von ihrer Entscheidung abbringen, Starfleet zu verlassen und im Institut für Xenobiologie zu arbeiten. Sie werden keinen Einfluß auf ihre Forschungen zur Nanochirurgie des Zentralnervensystems oder ihre spätere Entdeckung der künstlichen Verstärkung psionischer Rezeptoren haben. Sie werden sie nicht davon abhalten, die Organisation Starfield zu gründen und die Forschungen weiterzuführen, die schließlich die Föderation vor den Auswirkungen der Seuche retten werden.«

Er erinnerte sich an seine einzige kurze Begegnung mit der Frau, deren Arbeit eine ganze Galaxis vor der Katastrophe rettete ... und deren Erben die unerwartete Ausbeute der technologischen Errungenschaften dazu benutzen würden, um Waffen herzustellen, die seine Welt zerstörten, und die Personen zu prägen, die sie abschossen. Er erinnerte sich an ihre stämmige und sehnige Gestalt, die für alle Menschen typisch zu sein schien, wie sie im Kreis ihrer Freunde verletzt auf dem hohen Bett im seltsam riechenden Raum der Heilung gelegen hatte. Er wußte zu wenig von der Geschichte dieser Zeitlinie, um sich erinnern zu können, ob sie jemals erfahren würde, was andere aus ihrer Arbeit gemacht hatten.

Irgendwann und irgendwo würde irgend jemand etwas zu ihr sagen, das ihre Schritte aus der Sackgasse führte, in der sie sich gegenwärtig bewegte, worauf sie einen neuen Lebensweg beschritt. Niemand wußte, wann oder wo oder wer es sein würde.

Er konnte nur ihr Gedächtnis berühren und ihr alles Gute wünschen.

Die Domina ließ sich in ihren weichen Ledersessel zurückfallen und spielte mit einem silbernen Schreibstift, mit dem sie immer wieder auf den harten, schwarzen Schreibtisch klopfte. Das leise klickende Geräusch klang wie zerbrechende Knochen. Hinter ihr auf dem Sichtschirm – dessen Bild von der Brücke überspielt wurde, aber trotzdem wie ein großes Aussichtsfenster aussah – leuchteten in der Schwärze die pastellfarbenen Gasriesen des Sol-Systems, orange oder weißlich-grün, mit ihren Diademen aus Monden und Kronen aus atemberaubenden Eisringen.

Nachts weinte Cymris Darthanian manchmal vor Erschöpfung, wenn er zwischen der Trauer um seine Familie, sein Volk und seine Welt, auf der er siebenundneunzig Jahre gelebt hatte, und den Wundern und Freuden dieses erstaunlichen und unwahrscheinlichen Universums, in das es ihn so plötzlich verschlagen hatte, hin und her gerissen war.

Für ihn war nur schwer zu verstehen, daß Yoondri, Tau Lyra III, seine Heimat, nun schon seit über zweihundertfünfzig Jahren eine Trümmerwelt war – ein zeitlicher Abgrund, der mit dem Blinzeln des teuflischen Auges eines Yagghorth überwunden worden war.

Iriane war irgendwo dort draußen, dachte er. Sie alle waren dort irgendwo, die Nachkommen, die Erben all jener Freunde und Mitgefangenen, die er zum letzten Mal gesehen hatte, bevor sie mit dem Shuttle der *Savasci* durch die großen Stahltüren geflohen waren. Sie waren die Erneuerer seiner Zivilisation geworden, die neuen Weisen der Yoons.

Bald würde Dylan Arios mit ihnen Kontakt aufnehmen, um von ihnen Hilfe gegen das Konzil zu erbitten.

Es verstand sich von selbst, daß der Planet, auf den Darthanian diese Frau aufmerksam gemacht hatte, sehr weit vom Kreuzwege-Nebel entfernt lag. Wenn sich dort keine Spur einer Kolonie fand, durfte man nicht vergessen, daß immerhin fast dreihundert Jahre vergangen waren.

Die einzigen, die Yoondri noch gekannt hatten, waren die Weisen auf diesem Schiff und Iriane. Er betete in jeder Nacht für sie und hoffte, daß die Bürde ihres Zorns inzwischen verbrannt war, so wie er auch um die Erleichterung seiner eigenen Last betete. Manchmal hörte er tief in seinem Geist das Flüstern ihres fernen Gesangs.

Irgendwann würden sie sich wiedersehen.

»Sind Sie sicher?« fragte McKennon im eingeschnappten Tonfall eines verzogenen und bösartigen Kindes.

Cymris Darthanian nickte. »Vertrauen Sie auf die Entfaltung der Zukunft, Domina«, sagte er ruhig. »Es liegt im Wesen der Ereignisse, sich so und nicht anders zu ereignen. Schaffen Sie noch einmal die gleichen Bedingungen, und die Ereignisse werden sich zwangsläufig auf genau die gleiche Weise entwickeln.«

Er wußte natürlich, daß dies eine komplette Lüge war – und eine unerhörte Behauptung für jeden, der auch nur eine gewisse Ahnung von der Struktur der Zeit hatte. Während seines kurzen Gesprächs mit Dylan Arios hatte er gespürt, daß auch der abtrünnige Meister über dieses Wissen verfügte. Die Vergangenheit war die Vergangenheit, aber es gab unendlich viele Zukunftsvarianten. Am Kreuzwege-Nebel hatte sich ein wichtiger Knotenpunkt befunden, von dem aus die Verzweigungen der Möglichkeiten in viele Richtungen verliefen. Er wußte, daß es Varianten gab, in denen er und die anderen Weisen nicht der Zerstörung von Yoondri entkommen waren, in anderen hatte es das Shuttle mit den Überlebenden nicht geschafft, unversehrt den Hangar der *Savasci* zu verlassen. In anderen war es tatsächlich Dylan Arios gewesen, der die Torpedos in die Sonne gefeuert hatte – ein Dylan Arios, wie er sich entwickelt hätte, wenn andere

Ereignisse die Verzweigungen seiner Zeitlinie verändert hätten.

In einigen wenigen war es sogar James Kirk gewesen.

»Es gibt tausendmal tausend unendliche Zukunftsvarianten«, sagte er leise zu der Frau, die vor dem strahlenden Hintergrund der fremden Sterne und Welten an ihrem Schreibtisch saß, die Frau, die noch so jung war, aber trotzdem schon so viel Macht gewonnen hatte, und die ihre Macht ohne die Weisheit einsetzte, die wahre Weise auf ihrem Lebensweg erlangten. »Doch jeder von uns besitzt nur den Schlüssel zu einer einzigen.« Er verbeugte sich tief, um sich von ihr zu verabschieden. »Ich bin Ihr Diener, Domina.«

Wieder eine unverfrorene Lüge, dachte er amüsiert, als er ging. Aber das würde die Frau erst dann erkennen, wenn es für sie bereits viel zu spät war.

»... also hatte ich nach einer Weile die Nase voll und kaufte mir den ältesten, schrottreifsten und übelsten Weltraumkahn, den ich auftreiben konnte.« Ed Dale vollführte ausladende Gesten mit den großen Händen, die voller Schwielen und kräftig, aber so wohlgeformt wie die einer Frau waren. Das Grinsen auf seinem Gesicht war wie ein Sonnenaufgang. »Ich meine, die Mühle hätte schon vor fünfzig Jahren zu einer Pflanzmaschine umgebaut werden müssen, die in irgendeinem Stadtpark ihren Lebensabend fristet. Man bräuchte schon eine Steinschleuder von der Größe des Galaktischen Gerichtshofs, um die Kiste aus der Atmosphäre zu katapultieren.«

Er beugte sich über Varos' Schreibtisch und stemmte einen Ellbogen auf den endgültigen Bericht der Kreuzwege-Mission. Hinter ihm glühte Jupiter in roten und gelben Farbtönen, wie das verwundete und zornige Auge Polyphems. Ein Schleier aus Asteroiden funkelte wie eine Kette aus Diamanten in der Finsternis hinter Dales Schulter, und Wolken aus interplanetarem Staub hingen wie ein Heiligenschein über seinem Kopf. Ein sorgloser Kriegsgott, ein verirrter Wikinger, der sich einfach darüber freute, am Leben zu sein. Er sprach bereits etwas schleppend, wie er es immer nach einigen Bieren tat. Wie die meisten Erdenmenschen vertrug er keine größeren Mengen Bier.

»Ich habe es nur so weit repariert, daß die Maschinen wieder liefen. Dann bin ich gestartet und zu diesem ›exklusiven Privatclub‹ geflogen, zu ihrem ›Elysium der Auserwählten‹ …«

Varos schaltete das Holo ab, als die Sensoren im Korridor die Annäherung eines Besuchers meldeten. Er nahm den winzigen Speicher aus dem Abspielgerät und legte ihn in die Schachtel zurück, die er ganz hinten in seinem Schreibtisch aufbewahrte.

Es war die einzige Holo-Aufzeichnung, die er von seinem Freund hatte, die immer wieder dieselbe kindische, angeberische Geschichte jugendlichen Ungestüms zeigte. Varos wußte, daß er sich eigentlich dafür schämen sollte, ständig in dieser blutenden Wunde herumzustochern.

Aber niemand konnte einen wahren Freund einfach so vergessen.

McKennon hatte ihn sterben lassen.

Das Konzil hatte ihn sterben lassen.

McKennon hatte ihn, Varos – Dales besten Freund, seinen Blutsbruder, den Mann, dem Dale in den stinkenden Sümpfen von Deneb das Leben gerettet hatte –, dazu gezwungen, sich von Dale abzuwenden, als dieser blutend am Boden gelegen hatte, schwer verwundet, aber noch nicht jenseits aller Hoffnung. Wenn man ihn schnell genug in eine Gefrierkammer geschafft hätte.

Aber ihr Zorn auf Dylan Arios und James Kirk war größer gewesen. Schließlich gab es noch andere Sicherheitsoffiziere in Starfleet.

Der Haß, die bittere Hitze im Kern seines romulanischen Wesens, war wie Eisen in seinem Bauch, wie Schwefel und Salz in den Wunden seines Herzens.

Das Konzil würde dafür büßen. Es hatte die Macht, ihn durch Lust und Schmerz gefügig zu machen, aber er wußte, daß es Techniken gab, diese Macht zu brechen. Sein Wille gehörte nur ihm allein.

Der Zorn ist das Herz des Willens, hatte sein Großvater immer gesagt. Niemand vergaß einen wahren Freund. Varos hatte sich immer zuerst für einen Captain von Starfleet gehalten, einen romulanischen Offizier. Jetzt erkannte er, daß es nicht so war.

Es waren Karethas Schritte im Korridor, und er drückte auf den Türöffner, bevor sie völlig zum Stillstand gekommen waren. Viele Besatzungsmitglieder, vor allem die Unterprivilegierten, reagierten erschrocken auf diese Romulanerin, besonders in letzter Zeit. Dale hatte niemals Angst vor ihr gehabt. »Herein«, sagte Varos mit freundlicher Stimme.

Sie wollte ihn zur Begrüßung anfauchen, konnte sich aber im letzten Moment zusammenreißen. Sie hob den Kopf, und ihre Augen wurden wieder zu den Augen einer Frau. Einer alten Frau, die erschöpft und besorgt wirkte. Sie trug den weichen schwarzen Umhang, den sie nach Dienstschluß anzulegen pflegte, und ihr schwarzes Haar fiel lose den Rücken hinab, als hätte sie sich zum Schlafengehen bereitgemacht. Sie nahm in dem Sessel Platz, auf dem gewöhnlich Dale gesessen hatte. Sie saß wirklich, statt zu kauern, wie sie es manchmal tat, wenn sie sich vergaß.

»Ich weine mit Euch, Captain«, sagte sie förmlich. Er nickte und streckte ihr eine Hand hin. Ihre Fingernägel waren so lang und gebogen wie Krallen, denn sie und Khethi – den sie nach der kleinen Eidechsenart ihres Heimatplaneten benannt hatten – kratzten und bissen sich gelegentlich im Spiel, und sie wollte ihm keineswegs in jeder Hinsicht unterlegen sein.

»Es ist schon spät«, sagte er.

Sie seufzte und strich sich mit den Krallen durchs Haar. »Ich habe nach dem Sprung ein wenig geschlafen«, sagte sie. Ihre Hände waren mit Schokolade verschmiert, und auf ihrem Gewand war ein Kaffeefleck. Vor einigen Jahren war sie noch ordentlicher gewesen. »Während des Sprunges – und danach – war Khethi ... mit mir in dem, was er vom Yagghorth der Rebellen erfahren hat.«

»Vom Yagghorth der Rebellen?« Varos richtete sich auf und versuchte, die umständliche Sprache zu übersetzen, mit der sie die gedanklichen Prozesse ihres nicht-intelligenten Partners umschrieb.

Nur auf Betäubung, hatte McKennon befohlen. Als hätten stärkere Energien einem Yagghorth weh getan.

Karetha nickte. »Mir war nicht klar, daß Khethi den Kontakt zu seinen Artgenossen vermißte«, sagte sie leise. »Er ist ... Khethi ist ...« Sie runzelte die Stirn und hatte wie so oft Schwierigkeiten zu erklären, was der Yagghorth gesagt oder gedacht hatte. Varos hatte beobachtet, daß die meisten Empathen im Laufe der Jahre ihre eigene Sprache entwickelten, eigene Begriffe für die Kommunikation mit ihren Partnern fanden. Meistens ersetzten sie *sagen* oder *denken* durch *war* und *ist*. Er vermutete, daß es schwierig für die Yagghorths war, in zusammenhängenden Begriffen zu denken, die nichts mit sich verändernden Farben oder dem Geruch der Sterne zu tun hatten.

Karetha bewegte leicht die Hände, wobei ihre Fingernägel mit leisem Klicken aneinanderschlugen. »Er ist nicht mehr völlig von seiner eigenen Art«, sagte sie. »So wie ich es auch nicht mehr bin. Es gibt ... romulanische Anteile in seinem Geist, wie jetzt auch eine Menge Yagghorth in mir ist. Ja, ich weiß es«, setzte sie hinzu, und ihr Lächeln war wieder das einer Frau, auch wenn es ein trauriges Lächeln war. »Die Begegnung mit Nemo, dem Yagghorth der Rebellen, war ... angenehm für ihn. Gedanken wurden von Geist zu Geist ausgetauscht. Khethi …« Sie zögerte und kämpfte mit dem, was sie Varos mitteilen wollte.

»Khethi will sich den Rebellen anschließen.« Sie sprach die Worte sehr schnell aus, als hoffte sie, Varos würde sie auf diese Weise nicht richtig wahrnehmen. Dann zuckte sie zusammen, als würde sie einen Schlag oder Schlimmeres erwarten. Sie mußte wissen, dachte Varos, daß jeder andere Starfleet-Captain in dieser Situation sofort Khethis Entlassungspapiere unterschrieben hätte. Khethi, dessen Leben ihr inzwischen mehr bedeutete als ihr eigenes.

Er wußte auch, daß er als Starfleet-Captain sofort auf die Alarmtaste drücken sollte, bevor der Yagghorth verschwand, wie vor ihm bereits der Yagghorth der *Nautilus* aus den düsteren Höhlen der *Savasci* verschwunden war.

Doch er rührte sich nicht. Er hörte Karetha zu und beobachtete sie.

»Khethi … wollte, daß ich es Ihnen sage«, erklärte sie stockend. »Ich verstehe nicht, warum es in ihm war, daß Sie es wissen sollten.«

Nein, dachte Varos und lehnte sich wieder in seinem Sessel zurück. Unter seiner äußeren Ruhe raste seine Wut wie ein schäumender Fluß. Khethi hatte verstanden. Khethi, dessen Herz das Herz der *Savasci* war, dessen nicht-intelligentes Bewußtsein dieses Schiff erfüllte, wie das Netz der Sumpfspinne, das in trügerischer silbriger Zartheit eine Fläche von vierzig Quadratkilometern bedecken konnte.

Er fragte sich nicht zum ersten Mal, wieviel Khethi tatsächlich wußte.

»Und Sie?« fragte er behutsam. »Was haben Sie vor?« Sie unterhielten sich in einem regionalen romulanischen Dialekt, mit dem sie beide aufgewachsen waren. Obwohl sie jahrelang mit dem Föderations-Standard gelebt hatten, war es immer noch die Sprache ihrer Herzen.

»Ich werde Khethi folgen, ganz gleich, wohin er geht«, sagte Karetha. »Wenn er sich entscheidet, ein Rebell zu werden, werde auch ich ein Rebell sein.«

»Weiß er, wo er die Schattenflotte findet?«

»Ich weiß es nicht. Aber ich glaube, daß er den Weg zu Nemo wiederfinden wird.«

»Aha«, sagte Varos ruhig und griff nach ihrer Hand. »Dann, meine alte Freundin, werden wir alle zu Rebellen werden, nachdem wir die Erde erreicht haben und diese Besatzung von Bord gegangen ist. Sie und Khethi und ich werden Rebellen sein. Und dann«, sprach er weiter, während seine Stimme sich fast zu einem Flüstern senkte, »wird es dem Konzil leid tun, die *Savasci* zum Kreuzwege-Nebel geschickt zu haben, damit wir Kontakt mit der Vergangenheit aufnehmen. Kirk und seine Besatzung haben alles vergessen. Sie folgen keinem Meister außer ihrer Pflicht, die sie nach dem Diktat ihrer Vernunft und ihrer Herzen interpretieren. Und so sollte es auch sein. Aber ich habe nichts vergessen. Und ich werde nichts vergessen, solange ich lebe.«

Es ist unlogisch, sich gegen seine eigene Natur aufzulehnen, hatte Spock einmal zu ihr gesagt. Zu jener Zeit hatte sie gedacht, er würde auf sein damaliges Problem anspielen, den erschreckenden Trieb seiner vulkanischen Physiologie, der ihn dazu zwang, zu einem genetisch bestimmten Zeitpunkt zu seinem Heimatplaneten zurückzukehren.

Während Chapel im Grenzbereich zwischen Wachen und Schlafen trieb, erkannte sie, daß er von der Beziehung zwischen ihnen beiden gesprochen hatte.

Es war tatsächlich eine Beziehung, erkannte sie. Es war nur nicht die Art von Beziehung, nach der sie gesucht hatte.

Und sie würde auch niemals dazu werden.

In den vergangenen vier Jahren hatte es Zeiten gegeben, in denen sie sich danach gesehnt hatte, auf die andere Seite der unüberwindlichen Mauer zu gelangen, um den wahren Spock zu sehen. Doch jetzt wußte sie, daß sie dort nicht mehr als die Rückseite der Mauer sehen würde.

Jetzt sah sie ein verblassendes Traumbild, in dem sie sich auf dem Aussichtsdeck befand, neben ihr ein junger Vulkanier mit langem schwarzem Haar und merkwürdigen Schnittnarben an den Händen, einen Jungen mit einem Gesicht wie ein Prinz.

Es gibt keinen Drang zur Nähe, hatte er zum Thema vulkanischer Freundschaften gesagt. Und: *Ich bin kein richtiger Vulkanier.*

Sie wußte nicht mehr, warum er diese Worte gesagt hatte, aber sie hatte jetzt endlich verstanden, wie groß der Unterschied war, wie anders es war, ein Vulkanier zu sein.

Wenn ich in meine Zeit zurückkehre, Schwester Chapel, werden wir immer Freunde bleiben, obwohl wir uns niemals wiedersehen werden. Und: *Liebe ist etwas anderes.*

Ihre Beziehung zu Spock war keineswegs vorbei. Aber sie hatte jetzt verstanden, daß alles so bleiben würde, wie es war. Es war eine Freundschaft nach vulkanischer Art. Sie würden immer wieder getrennt sein, aber trotzdem würden sie ein Leben lang Freunde bleiben. Sofern sie es so wollte.

Sie hatte schon zuviel aufgegeben, um zwischen den Sternen nach Schatten zu jagen, erkannte sie. Neun Jahre lang hatte sie zuerst einen Mann in blinder Liebe und dann einen anderen Mann in stillerer Zuneigung verfolgt, doch jedesmal, wenn sie glaubte, ihr Ziel erreicht zu haben, hatte sich herausgestellt, daß es nicht der Mann gewesen war, den sie sich erträumt hatte.

In gewisser Weise hatte sie vermutlich immer gewollt, daß Spock zu einem neuen Roger wurde … aber sie hatte selbst nie gewußt, wie sie Roger haben wollte. Roger war Roger, und Spock war Spock – nicht mehr und nicht weniger.

Es wurde Zeit, daß sie sich wieder ihrer eigenen Arbeit widmete. McCoy würde ihr dabei helfen. Er hatte ihr bereits so viel geholfen! All die praktische Erfahrung, die sie in Xenobiologie gesammelt hatte ... Spock würde ihr mit aufrichtiger Befriedigung gratulieren, wenn sie endlich ihren Doktortitel und ihre Referenzen in der Hand hielt. Roger hätte sich darüber niemals freuen können, wie sie vermutete – und wahrscheinlich schon immer vermutet hatte. Spock würde ihr Freund bleiben und ihr helfen, ganz gleich, wo er sich aufhielt.

Das war nicht die Erfüllung, nach der sie tief in ihrem Herzen gesucht hatte – aber es war immerhin eine tröstliche Vorstellung.

Als Christine sich nach dem Abendessen etwas kräftiger fühlte, bat sie um ein Lesegerät und rief wieder das Bewerbungsformular auf, dessen Ausfüllung sie seit Tagen immer wieder vor sich hergeschoben hatte.

Möchten Sie ins Zivilleben zurückkehren?
o *Ja*
o *Nein*

Wo möchten Sie entlassen werden?
o *San Francisco, Erde*
o *Memory Alpha*
o *Vulkan, Zentralraumhafen*
o *anderer Ort:* ____________

Sie tippte WISSENSCHAFTSINSTITUT DER FÖDERATION ein und schickte die Bewerbung um eine Stelle an der Universität ab. Mit etwas Glück würde sie eine Antwort erhalten, bevor die *Enterprise* in drei Monaten ihre Mission abgeschlossen hatte und zur Erde zurückkehrte.

EPILOG

Es war kurz nach Beginn der Nachtschicht geschehen.

Was dieses ›es‹ auch immer sein mochte.

Kirk erinnerte sich, daß er mit Fähnrich Lao in der Sporthalle einen Sparringskampf ausgetragen hatte. Etwas undeutlicher erinnerte er sich, daß jemand ihn zum Interkom-Anschluß gerufen hatte, weil jemand von der Brücke ihn hatte sprechen wollen. Alles weitere war wie ein verschwommener Traum.

Seine nächste klare Erinnerung setzte an dem Zeitpunkt ein, als er um vier Uhr morgens schweißgebadet aus einem Alptraum aufgewacht war. Er hatte von einem düsteren und bedrohlichen, chitingepanzerten Wesen geträumt, das Menschen ohne weiteres in Stücke zerreißen konnte ... ein augenloses, tentakelbewehrtes, geflügeltes Ding, das unheimlich schimmerte. Ein Yagghorth, den er deutlich bei guter Beleuchtung gesehen hatte, ganz anders als die dunklen und flackernden Bilder der Videoaufzeichnungen.

Doch niemand aus seiner Besatzung wurde vermißt oder war verletzt, wenn man von Lao und Chapel absah, die mit schweren Phaserschocks in der Krankenstation lagen.

Doch darüber hinaus gab sein Gedächtnis nichts her. In seinem Quartier sah Kirk die Zusammenstellung der verschiedenen Berichte durch.

Spock hatte übermenschliche Arbeit geleistet. Kurz nachdem die temporale Diskrepanz entdeckt worden war, gegen acht Uhr an diesem Morgen, als Kirk auf die

Brücke gekommen war, hatten alle Personen an Bord – von Mr. Spock bis zu Mr. Brunowski aus der anrüchigen Recyclingabteilung – auf Kirks Anweisung hin genau notieren müssen, an welche Ereignisse der vergangenen fünf Tage sie sich erinnern konnten. Die meisten Leute waren fest davon überzeugt, nur ihren üblichen Tätigkeiten nachgegangen zu sein, doch als die Berichte miteinander verglichen wurden, ergaben sich eine Menge Widersprüche. Fast den ganzen Tag lang hatte Spock damit verbracht, sämtliche Daten zu überprüfen und daraus den wahrscheinlichsten Ablauf der Ereignisse zu rekonstruieren.

Doch seine Bemühungen hatten nur wenige Resultate erbracht.

In der Krankenstation hatte man Datenfolien und handgeschriebene Krankmeldungen für Chapel und Lao gefunden, auf denen bei beiden schwere Phaserschocks diagnostiziert wurden, während Laos Fall zusätzlich durch Schlafentzug und nervliche Erschöpfung kompliziert wurde. Die angegebene Sternzeit fiel mit dem Ende der fünftägigen ›Auszeit‹ zusammen. Die Berichte trugen McCoys Handschrift, doch der Arzt konnte sich an nichts erinnern.

Ganze 189 Personen – fast die halbe Besatzung des Schiffes – erinnerte sich daran, am selben Morgen um oder gegen vier Uhr aufgewacht zu sein, und von diesen 189 gaben etwa einhundert an, daß sie schlecht geträumt oder zumindest das Gefühl gehabt hatten, daß etwas nicht stimmte.

Die Energie der Phaserbatterien lag nur noch bei vierzehn Prozent, doch es waren noch sämtliche Photonentorpedos vorhanden, und es fanden sich auch keinerlei Spuren eines Kampfes.

Dreißig Prozent der Magnetverschlüsse an den Abdeckungen der manuellen Türkontrollen und den Schränken mit Notausrüstung waren gewaltsam entmagnetisiert worden und mußten ersetzt werden. Der

Magnetverschluß an der Tür der Backbord-Toilette war von innen durch einen behelfsmäßigen Entmagnetisierer aufgebrochen worden, den jemand aus den elektronischen Feldkontrollen der Spülung zusammengebastelt hatte. Nach den Fingerabdrücken hatte Mr. Scott das Gerät in den Händen gehalten, doch der Chefingenieur konnte nicht erklären, zu welchem Zweck er diese Konstruktion benötigt hatte.

Gerüchten zufolge zog Mr. Bryant, der Kommunikationsoffizier der dritten Schicht, diskrete Erkundigungen unter den weiblichen Mitgliedern der Besatzung ein, um die Eigentümerin eines Kleidungsstücks in Erfahrung zu bringen, das er in seinem Quartier vorgefunden hatte.

Fähnrich Zink aus der Lagerverwaltung meldete, daß sie sich erinnerte, wie ihr Geist den Körper verlassen hatte und ihr eine Offenbarung über frühere Inkarnationen zuteil geworden war. Lieutenant Bergdahl aus der anthropologischen Abteilung berichtete ausführlich davon, daß er von kleinen, leuchtenden Wesen unbekannter Spezies in ein fremdes Raumschiff entführt worden war, wo er sehr intimen medizinischen Untersuchungen unterzogen wurde. Seine Assistentin Adams meldete, daß Bergdahl ihr einen offiziellen Verweis erteilt hatte, weil sie nach ihren Experimenten mit Artefakten verschiedener Kulturen das Labor nicht aufgeräumt hatte. Doch es gab weder einen Bericht über diese Experimente, noch konnte die *Enterprise* die Planeten, von denen diese Artefakte stammen sollten, in den letzten fünf Tagen aufgesucht haben.

Die Sicherheitswächter Wolfman, Watanabe und Chavez berichteten, von einem Yagghorth geträumt zu haben, obwohl keiner von ihnen den Namen dieses Wesens kannte und auch nie zuvor entsprechende Videoaufzeichnungen gesehen hatte.

»Ich verstehe es nicht«, sagte Kirk, als der Vulkanier

in sein Quartier trat, und deutete auf den Bildschirm mit den Berichten. »Auch wenn es einige Hinweise zu geben scheint ...«

Als er sich mit dem Sessel herumdrehte, spürte er einen Schmerz im rechten Bein, als hätte er sich dort einen Muskel gezerrt – oder, wie ihm plötzlich klar wurde, als hätte auch er einen Phasertreffer erhalten.

Spock reichte ihm einen kleinen gelben Datenspeicher. »Meine abschließenden Korrelationen, Captain«, sagte er. Dabei fiel Kirks Blick auf die rosafarbenen Stellen an Spocks Händen. Es war Synthohaut für menschliche Patienten, die nicht zur leicht grünlichen Hautfärbung des Wissenschaftsoffiziers paßte. Selbst eine tiefe Hypnose hatte keine Erinnerung an seine Verletzung zutage gefördert. Nach McCoys Angaben fehlte mehr Synthohaut, als für Spocks Hände gebraucht worden war, sowie eine größere Menge des seltenen, aber harmlosen Vitamins D7.

»Irgendwelche Schlußfolgerungen?«

Spock schwieg eine Weile, während er den Speicher in seinen fleckigen Händen betrachtete.

Etwas war geschehen. Es war kurz nach Ende der ersten Schicht zur Sternzeit 6251.1 geschehen. Etwas, das jede Person an Bord des Schiffes in unterschiedlich großem Ausmaß betroffen hatte ...

Doch die Blätter der kleinen Zimmerpflanze auf Kirks Schreibtisch, die sein persönlicher Assistent namens al-Jasir jeden Tag zu beschneiden pflegte, waren in der Tat beschnitten worden. Erst gestern, wie es aussah. So katastrophal konnten die Ereignisse der Auszeit also nicht gewesen sein.

»Ich konnte keine eindeutigen Erkenntnisse gewinnen«, sagte Spock schließlich. »Ich könnte lediglich eine Reihe von ... recht ungewöhnlichen Vermutungen äußern.«

Er stand eine Weile mit nachdenklich gesenktem

Kopf da und schien das Chaos widersprüchlicher Informationen zu sortieren.

»Die Umgebung des Kreuzwege-Nebels ist seit langem als Quelle ungewöhnlicher Vorfälle bekannt«, sprach der Vulkanier weiter. »Wie Sie wissen, raten die allgemeinen Warnungen dazu, alle Daten bezüglich biochemischer oder biologischer Experimente in diesem Sektor einer erneuten Überprüfung zu unterziehen.«

»Schön«, sagte Kirk und verzog einen Mundwinkel. »Es war schon immer mein Ziel, in historischen Holovideos erwähnt zu werden, doch nicht unbedingt, weil ich eine Fußnote zu allgemeinen Warnhinweisen beisteuern konnte.«

»Vielleicht reicht es nicht einmal zu einer Fußnote«, erwiderte Spock, ohne eine Miene zu verziehen. »Bei meinen Untersuchungen bin ich zwar auf eine Korrelation zwischen der Auszeit und den langfristigen Nachwirkungen der Eruption von Tau Lyra gestoßen, aber die Ergebnisse deuten eher darauf hin, daß dieser Zwischenfall absichtlich verwischt wurde. Vielleicht wäre es besser, die Nachforschungen einfach einzustellen.«

Kirk blickte überrascht zu Mr. Spock auf. »Wir sollen den Fall abschließen?« Er hatte miterlebt, wie sich Spock in Todesgefahr begeben hatte, um ein winziges Informationsbruchstück zu erhalten, weil seine unheilbare vulkanische Neugier ihm keine andere Wahl ließ. »Ohne daß wir jemals erfahren, was wirklich geschehen ist?«

»Ich bin mir nicht sicher, Captain, ob wir es jemals erfahren *könnten.*« Spock seufzte. »Oder ob wir es erfahren sollten. Es wurden nicht nur die Erinnerungen aller Besatzungsmitglieder gelöscht beziehungsweise geändert, sondern auch die Logbücher des Schiffes wurden gründlich manipuliert.«

Kirk nickte. Sein letzter Eintrag war auf Sternzeit 6251.1 datiert und meldete, daß am Morgen eine Reihe von Sonden in den Kreuzwege-Nebel geschickt worden waren, neben einem Kommentar zu den allgemeinen Warnhinweisen.

»Nicht nur die Standard-Logbücher, sondern auch die Sicherungskopien und internen Systemmeldungen und sogar die privaten Tagebücher der Besatzung«, erklärte Spock. »Ich habe soeben die Untersuchung der Mikrokomponenten-Imprints dieser persönlichen Tagebücher abgeschlossen, darunter auch die Ihres privaten Logbuchs. Die Stimmen- und Netzhaut-Identifikation weist in allen Fällen darauf hin, daß die Löschungen von den Betroffenen selbst vorgenommen wurden. Alle Spuren, die ich finden konnte, lassen nur den Schluß zu, daß ich selbst die Daten aus allen Logbucheinträgen gelöscht habe – bis hin zu Routine-Übermittlungen und Aufzeichnungen von Energiewerten –, während Sie eine entsprechende Löschung für das Logbuch des Captains durchgeführt haben.«

Er legte den Datenspeicher auf Kirks Schreibtisch, auf den kleinen Stapel aus gebundenen Büchern, die Kirks privates Hobby waren.

»Es ist nicht auszuschließen, daß ein Zwang dahinterstand«, sagte er. »Aber es ist möglich, daß wir zu jenem Zeitpunkt genau wußten, was wir taten – besser als wir es jetzt verstehen. Und ich denke, daß wir diesen Punkt unbedingt berücksichtigen sollten.«

Kirk saß lange Zeit reglos mit dem Datenspeicher in der Hand da, nachdem Spock gegangen war.

... um neue Welten zu erforschen, neues Leben und neue Zivilisationen.

... die nie ein Mensch zuvor gesehen hat.

Erst in letzter Zeit war es ihm in den Sinn gekommen, daß es möglicherweise Orte gab, die man lieber nie zu Gesicht bekommen sollte.

Er seufzte und schüttelte den Kopf. Was auch immer geschehen war, es hatte Auswirkungen hinterlassen. Als McCoy nach der Auszeit erstmals auf die Brücke gekommen war, hatte er wie ein Mann ausgesehen, der um zehn Jahre gealtert war. Nur langsam verschwanden die Falten der Verbitterung, Erschöpfung und Schlaflosigkeit von seinem Gesicht. Nachdem Fähnrich Lao aus der Bewußtlosigkeit erwacht war, hatte er sich in den ersten zwölf Stunden sehr still verhalten und war von Traumbildern verfolgt worden, die er kaum beschreiben konnte. Eine Zeitlang hatte sich Kirk große Sorgen um ihn gemacht. Er war zwar außer Lebensgefahr, aber Kirk hatte befürchtet, die ungestüme Begeisterungsfähigkeit des jungen Mannes wäre für immer erstickt worden.

Erst als er heute abend in die Krankenstation gegangen war, um mit Lao und Christine Chapel zu sprechen, schien sich der junge Fähnrich wieder einigermaßen gefangen zu haben. Er hatte ihm ein Dutzend verschiedener Theorien über die Auszeit vorgetragen und überlegt, wie man Lichtwellen beugen und damit visuelle Übertragungen zurückholen könnte, um die Ereignisse zu rekonstruieren. Natürlich war ein solches Verfahren reine Theorie und praktisch niemals zu realisieren. Selbst die Gedankenverschmelzung, die Spock mit Kirk und Lao durchgeführt hatte, konnte keine neuen Informationen zutage fördern.

Kirk mußte unwillkürlich über den Enthusiasmus des jungen Mannes grinsen, als er aufstand. In wenigen Monaten war die Mission der *Enterprise* zu Ende. In wenigen Monaten würde er vierzig werden. Na und? Es war eine verdammt harte, aber äußerst ertragreiche und interessante Mission gewesen.

Und es würden noch weitere folgen, dachte er.

Er hob das Buch auf, in dem er gerade gelesen hatte – Xenophons *Erziehung des Kyros* – und ging zum Bett hinüber. Dabei glitt eine zusammengefaltete Folie zwischen den Seiten hervor und schwebte wie ein großes blaßgrünes Blatt zu Boden.

Darauf standen mehrere handgeschriebene Zeilen.

Es war so ungewöhnlich, daß jemand eine handschriftliche Notiz auf einer Datenfolie hinterließ, daß Kirk sie las, bevor er sich darüber wundern konnte, wer sie in seinem Quartier versteckt haben mochte. Auf der Folie stand:

Sie sind meine Vergangenheit, aber ich bin nicht notwendigerweise Ihre Zukunft. Es gibt tausend mögliche Zukunftsvarianten, und eine winzige Abweichung in der Flugbahn eines Raumschiffes kann dazu führen, daß es sein Ziel um tausend Lichtjahre verfehlt. Diese Abweichung könnte entscheiden, ob eine Welt gerettet oder zerstört wird. Wir können nicht mehr tun, als unser Bestes zu versuchen.

Tausend mögliche Zukunftsvarianten. Ob man mit vierunddreißig eine Fünfjahresmission begann oder mit neununddreißig davon zurückkehrte. Es blieb die Frage, was die Zukunft bringen würde.

Wie die Zukunft tatsächlich aussehen würde.

Wir können nicht mehr tun, als unser Bestes zu versuchen.

Kirk erkannte die Handschrift nicht. Irgendwann ließ er sie vom Computer mit der Handschrift sämtlicher Besatzungsmitglieder vergleichen. Doch unter den 430 Personen fand sich keine einzige Übereinstimmung.

STAR TREK™

in der Reihe
HEYNE SCIENCE FICTION & FANTASY

STAR TREK: CLASSIC SERIE

Vonda N. McIntyre, Star Trek II: Der Zorn des Khan · 06/3971
Vonda N. McIntyre, Der Entropie-Effekt · 06/3988
Robert E. Vardeman, Das Klingonen-Gambit · 06/4035
Lee Correy, Hort des Lebens · 06/4083
Vonda N. McIntyre, Star Trek III: Auf der Suche nach Mr. Spock · 06/4181
S. M. Murdock, Das Netz der Romulaner · 06/4209
Sonni Cooper, Schwarzes Feuer · 06/4270
Robert E. Vardeman, Meuterei auf der Enterprise · 06/4285
Howard Weinstein, Die Macht der Krone · 06/4342
Sondra Marshak & Myrna Culbreath, Das Prometheus-Projekt · 06/4379
Sondra Marshak & Myrna Culbreath, Tödliches Dreieck · 06/4411
A. C. Crispin, Sohn der Vergangenheit · 06/4431
Diane Duane, Der verwundete Himmel · 06/4458
David Dvorkin, Die Trellisane-Konfrontation · 06/4474
Vonda N. McIntyre, Star Trek IV: Zurück in die Gegenwart · 06/4486
Greg Bear, Corona · 06/4499
John M. Ford, Der letzte Schachzug · 06/4528
Diane Duane, Der Feind – mein Verbündeter · 06/4535
Melinda Snodgrass, Die Tränen der Sänger · 06/4551
Jean Lorrah, Mord an der Vulkan Akademie · 06/4568
Janet Kagan, Uhuras Lied · 06/4605
Laurence Yep, Herr der Schatten · 06/4627
Barbara Hambly, Ishmael · 06/4662
J. M. Dillard, Star Trek V: Am Rande des Universums · 06/4682
Della van Hise, Zeit zu töten · 06/4698
Margaret Wander Bonanno, Geiseln für den Frieden · 06/4724
Majliss Larson, Das Faustpfand der Klingonen · 06/4741
J. M. Dillard, Bewußtseinsschatten · 06/4762
Brad Ferguson, Krise auf Centaurus · 06/4776
Diane Carey, Das Schlachtschiff · 06/4804
J. M. Dillard, Dämonen · 06/4819
Diane Duane, Spocks Welt · 06/4830
Diane Carey, Der Verräter · 06/4848
Gene DeWeese, Zwischen den Fronten · 06/4862

STAR TREK™

J. M. Dillard, Die verlorenen Jahre · 06/4869
Howard Weinstein, Akkalla · 06/4879
Carmen Carter, McCoys Träume · 06/4898
Diane Duane & Peter Norwood, Die Romulaner · 06/4907
John M. Ford, Was kostet dieser Planet? · 06/4922
J. M. Dillard, Blutdurst · 06/4929
Gene Roddenberry, Star Trek (I): Der Film · 06/4942
J. M. Dillard, Star Trek VI: Das unentdeckte Land · 06/4943
David Dvorkin, Die Zeitfalle · 06/4996
Barbara Paul, Das Drei-Minuten-Universum · 06/5005
Judith & Garfield Reeves-Stevens, Das Zentralgehirn · 06/5015
Gene DeWeese, Nexus · 06/5019
D. C. Fontana, Vulkans Ruhm · 06/5043
Judith & Garfield Reeves-Stevens, Die erste Direktive · 06/5051
Michael Jan Friedman, Das Doppelgänger-Komplott · 06/5067
Judy Klass, Der Boacozwischenfall · 06/5086
Julia Ecklar, Kobayashi Maru · 06/5103
Peter Norwood, Angriff auf Dekkanar · 06/5147
Carolyn Clowes, Das Pandora-Prinzip · 06/5167
Diana Duane, Die Befehle des Doktors · 06/5247
V. E. Mitchell, Der unsichtbare Gegner · 06/5248
Dana Kramer-Rolls, Der Prüfstein ihrer Vergangenheit · 06/5273
Michael Jan Friedman, Schatten auf der Sonne · 06/5179
Barbara Hambly, Der Kampf ums nackte Überleben · 06/5334
Brad Ferguson, Eine Flagge voller Sterne · 06/5349
Gene DeWeese, Die Kolonie der Abtrünnigen · 06/5375
Michael Jan Friedman, Späte Rache · 06/5412
Peter David, Der Riß im Kontinuum · 06/5464
Michael Jan Friedman, Gesichter aus Feuer · 06/5465
Peter David/Michael Jan Friedman/Robert Greenberger, Die Enterbten · 06/5466
L. A. Graf, Die Eisfalle · 06/5467
John Vornholt, Zuflucht · 06/5468
L. A. Graf, Der Saboteur · 06/5469
Melissa Crandall, Die Geisterstation · 06/5470
Mel Gilden, Die Raumschiff-Falle · 06/5471
V. E. Mitchell, Tore auf einer toten Welt · 06/5472
Victor Milan, Aus Okeanos Tiefen · 06/5473
Diane Carey, Das große Raumschiff-Rennen · 06/5474
Diane Carey, Kirks Bestimmung · 06/5476
Barbara Hambly, Kreuzwege · 06/5681

STAR TREK™

STAR TREK: THE NEXT GENERATION

David Gerrold, Mission Farpoint · 06/4589
Gene DeWeese, Die Friedenswächter · 06/4646
Carmen Carter, Die Kinder von Hamlin · 06/4685
Jean Lorrah, Überlebende · 06/4705
Peter David, Planet der Waffen · 06/4733
Diane Carey, Gespensterschiff · 06/4757
Howard Weinstein, Macht Hunger · 06/4771
John Vornholt, Masken · 06/4787
David & Daniel Dvorkin, Die Ehre des Captain · 06/4793
Michael Jan Friedman, Ein Ruf in die Dunkelheit · 06/4814
Peter David, Eine Hölle namens Paradies · 06/4837
Jean Lorrah, Metamorphose · 06/4856
Keith Sharee, Gullivers Flüchtlinge · 06/4889
Carmen Carter u. a., Planet des Untergangs · 06/4899
A. C. Crispin, Die Augen der Betrachter · 06/4914
Howard Weinstein, Im Exil · 06/4937
Michael Jan Friedman, Das verschwundene Juwel · 06/4958
John Vornholt, Kontamination · 06/4986
Mel Gilden, Baldwins Entdeckungen · 06/5024
Peter David, Vendetta · 06/5057
Peter David, Eine Lektion in Liebe · 06/5077
Howard Weinstein, Die Macht der Former · 06/5096
Michael Jan Friedman, Wieder vereint · 06/5142
T. L. Mancour, Spartacus · 06/5158
Bill McCay/Eloise Flood, Ketten der Gewalt · 06/5242
V. E. Mitchell, Die Jarada · 06/5279
John Vornholt, Kriegstrommeln · 06/5312
Laurell K. Hamilton, Nacht über Oriana · 06/5342
David Bischoff, Die Epidemie · 06/5356
Diane Carey, Abstieg · 06/5416
Michael Jan Friedman, Relikte · 06/5419
Michael Jan Friedman, Die Verurteilung · 06/5444
Simon Hawke, Die Beute der Romulaner · 06/5413
Rebecca Neason, Der Kronprinz · 06/5414
John Peel, Drachenjäger · 06/5415
Diane Duane, Dunkler Spiegel · 06/5417
Susan Wright, Der Mörder des Sli · 06/5438
W. R. Thomson, Planet der Schuldner · 06/5439
Michael Jan Friedman & Kevin Ryan, Requiem · 06/5442
Dafydd ab Hugh, Gleichgewicht der Kräfte · 06/5443

STAR TREK™

Susan Wright, Verletzungen · 06/5404
John Betancourt, Der Arbuk-Zwischenfall · 06/5405
Christie Golden, Die ermordete Sonne · 06/5406
Mark A. Garland & Charles G. McGraw, Geisterhafte Visionen · 06/5407
S. N. Lewitt, Cybersong · 06/5408

DAS STAR TREK-UNIVERSUM, 2 Bde.,
überarbeitete und aktualisierte Neuausgabe!
von *Ralph Sander* · 06/5150

DAS STAR TREK-UNIVERSUM, Ergänzungsband
von *Ralph Sander* · 06/5151

William Shatner/Chris Kreski, Star Trek Erinnerungen · 06/5188
William Shatner/Chris Kreski, Star Trek Erinnerungen: Die Filme · 06/5450

Phil Farrand, Cap'n Beckmessers Führer durch STAR TREK – DIE NÄCHSTE GENERATION · 06/5199
Phil Farrand, Cap'n Beckmessers Führer durch STAR TREK – DIE CLASSIC SERIE · 06/5451

Ralph Sander, Star Trek Timer 1997 · 06/1997
Nichelle Nichols, Nicht nur Uhura · 06/5547
Leonard Nimoy, Ich bin Spock · 06/5548
Lawrence M. Krauss, Die Physik von Star Trek · 06/5549
J. M. Dillard, Star Trek: Wo bisher noch niemand gewesen ist · 06/6500
Judith & Garfield Reeves-Stevens, Star Trek – Deep Space Nine: Die Realisierung einer Idee · 06/5550
Judith & Garfield Reeves-Steven, Star Trek Design · 06/5545
Aris Kazidian & Bruce Jacoby, Das Star Trek Kochbuch · 06/5546

Diese Liste ist eine Bibliographie erschienener Titel
KEIN VERZEICHNIS LIEFERBARER BÜCHER!